사마르칸트

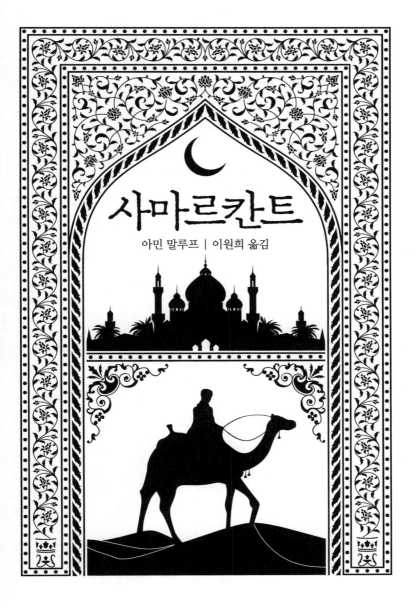

사마르칸트

아민 말루프 | 이원희 옮김

차례

이제 사마르칸트를 두루 살펴보라!
사마르칸트는 지구의 여왕이 아니던가?
세상의 모든 도시 위에 있고,
그 도시들의 운명을 손아귀에 쥐고 있어서 도도한 걸까?

_ 에드거 앨런 포(1809~1849)

대서양 깊은 바닷속에 책이 한 권 있다. 이제부터 내가 하려는 이야기는 바로 그 책에 관한 것이다.

아마도 여러분이 그 결말을 알고 있을 이야기다. 당시의 신문들이 일제히 사고 소식을 보도했고, 그 후 사고를 소재로 한 작품들도 나왔다. 1912년 4월 14일 밤에서 15일 새벽 사이, '타이타닉호'가 뉴펀들랜드의 먼바다에서 침몰했을 때, 희생된 사람들과 수많은 유실물 중에서 가장 많은 관심을 끌었던 것은, 페르시아의 현자이자 시인이며 천문학자였던 오마르 하이얌의 단 한 권밖에 없는 루바이야트*였다.

그 침몰 사건에 대해서는 거의 이야기하지 않으련다. 나 말고도 다른 사람들이 이미 그 피해액을 추산해놓았고, 사상자들의 이야기

---

* '루바이'는 페르시아어로 4행시를 말하며, 루바이의 복수형인 '루바이야트'는 4행시집을 가리킨다.

와 그들이 죽어 가면서 남긴 마지막 증언들을 조사해놓았으니까. 6년이 지난 지금도 나는 아직, 내가 그 책을 보관할 자격이 없는 사람이었다는 자책감을 떨치지 못하고 있다. 그 책을 본고장 페르시아*에서 빼돌린 사람이 바로 나, 벤저민 O. 르사즈가 아닌가? 내 가방 안에 들어가지 않았다면 그 책이 '타이타닉호'에 실렸을까? 나의 오만이 없었던들 그 책의 천 년 행로가 멈췄을까?

그 후 세상은 날이 갈수록 피와 어둠으로 뒤덮였고, 인생은 더는 내게 미소 짓지 않았다. 나는 추억의 목소리만을 듣기 위해 사람들을 멀리해야 했고, 내일은 그 책을 찾게 되리라는 순진한 희망과 집요한 망상을 품어야 했다. 나는, 금장 금고 안에서 또 한 번의 기구한 운명을 맞은 그 책이 바다 깊은 곳에서 손상되지 않은 채 무사히 떠오르기를 고대했다. 그래서 많은 사람들이 몰려들어 그 책을 펼쳐보고, 여백에서 여백으로 이어지는 모험의 연대기에서 눈을 떼지 못한 채 그 시인을, 그 시인이 초기에 썼던 시구들을, 그 시인의 환희와 두려움을 발견하게 되기를 고대했다. 이어서 그 책을 읽은 이들이 역사에 최초로 기록된 '암살단'을 만나게 되기를, 그리고 모랫빛과 에메랄드빛 표

---

* 페르시아라는 명칭은 고대부터 서양인들 사이에서 이란 민족, 혹은 이란 민족의 제국을 가리키는 말로 사용되었다. 1935년 팔레비 왕조의 레자 샤가 국호를 페르시아에서 이란으로 개칭할 때까지 여러 왕조에 걸쳐 페르시아라는 국호가 사용되었다.

지 그림 앞에서 믿기지 않는다는 얼굴을 하기를 고대했다.

날짜도, 화가의 서명도 없는 그 그림에는, 심취해서 쓴 것인지 환상에서 깨어나서 쓴 것인지 모를 문장이 다만 이렇게 적혀 있다.

"사마르칸트, 태양을 향해 영원히 돌고 있는 지구가 가진 가장 아름다운 얼굴이여!"

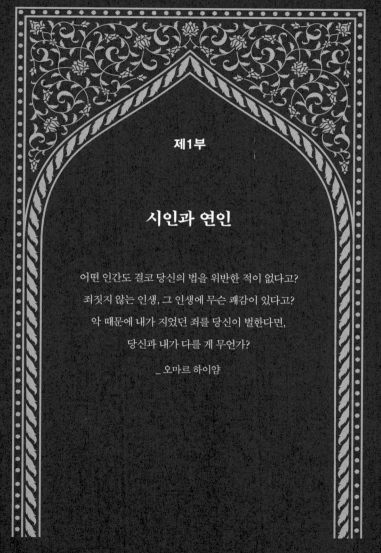

제1부

시인과 연인

어떤 인간도 결코 당신의 법을 위반한 적이 없다고?

죄짓지 않는 인생, 그 인생에 무슨 쾌감이 있다고?

악 때문에 내가 지었던 죄를 당신이 벌한다면,

당신과 내가 다를 게 무언가?

_ 오마르 하이얌

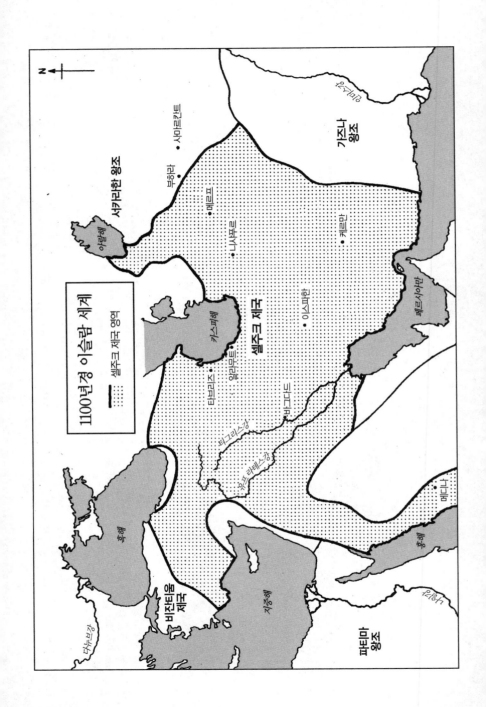

1100년경 이슬람 세계

― 셀주크 제국 영역
⋯ 셀주크 제국

사카리한 왕조

가즈나 왕조

셀주크 제국

비잔티움 제국

파티마 왕조

아랄해

부하라

사마르칸트

메르브

니샤푸르

케르만

이스파한

카스피해

타브리즈

하마단

바그다드

티그리스강

유프라테스강

흑해

지중해

홍해

나일강

다뉴브강

메디나

페르시아만

1

사마르칸트에서는 적적하고 무료한 날 저녁이면 할 일 없는 시민들이 후추 시장 부근에 있는 주막 골목을 기웃거린다. 소그디아나*산(産) 사향 포도주를 마시기 위해서가 아니라, 술집을 오가는 이들을 엿보거나 얼근히 취한 술꾼들에게 욕을 퍼붓기 위해서다. 그래서 그들에게 걸려든 사람은 흙구덩이로 끌려가는 망신과 모욕을 당하고, 지옥의 불이 술의 유혹을 물리치지 못한 이에게 찍는 붉은 낙인을 영원토록 지니게 된다.

루바이야트 필사본은 바로 이런 작은 사건이 계기가 되어 1072년 여름에 탄생하게 된다. 당시 오마르 하이얌은 스물네 살이었고, 사마르칸트에 온 지는 얼마 되지 않은 때였다. 그날 저녁 하이얌은 일부러 주막을 찾아 나선 걸까, 아니면 한가로이 거닐다가 우연히 지나게 된 걸까? 그는 석양에 물든 낯선 도시를 성큼성큼 걷는 신선한 기쁨을 누리며 여기저기 두리번거리고 있었다. 대황밭 거리로

---

* 아무다리야강과 시르다리야강, 두 강 상류의 중간을 동서로 흐르는 제라프샨 강 유역의 옛 이름. 현재는 대부분이 우즈베키스탄에, 북서의 일부가 타지키스탄에 속해 있다.

들어서니 맨발의 사내아이가 어느 가판대에서 훔친 사과 한 알을 목과 턱 사이에 끼고 포석이 깔린 길을 쏜살같이 도망치고 있다. 모직물 시장 골목의 한 가게 안에서는 기름 램프 아래 주사위 놀이가 한창이라 간간이 욕설과 숨넘어가는 웃음소리가 들린다. 밧줄 파는 골목에서는 노새 몰이꾼이 분수전 앞에 멈춰 서서 두 손바닥으로 뜬 물을 질질 흘리며, 잠든 아이의 이마에 입맞춤하듯 입술을 내밀고 쪽쪽 핥아먹는다. 목을 축이고 난 사내는 젖은 손으로 얼굴을 문지르며 감사의 말을 중얼거리고는, 우묵한 수박 껍질을 주워서 이번에는 노새에게 물을 떠먹인다.

시장 안의 활기 넘치는 광장, 한 임산부가 하이얌에게 다가왔다. 베일을 걷어 올린 여자는 열다섯 살 정도로밖에 보이지 않았다. 여자는 말 한마디 없이, 순박한 입술에 미소조차 띠지 않고 하이얌이 방금 산 구운 아몬드 한 줌을 슬그머니 집었다. 하이얌은 놀라지 않았다. 머지않아 어머니가 될 임산부가 길을 가다 마음에 드는 나그네를 만나게 되면, 그 사람의 음식을 함께 먹어야 그 나그네처럼 훤칠한 키에 이목구비가 반듯한 아기가 태어난다는 믿음이 오래전부터 사마르칸트에 내려오고 있었기 때문이다.

하이얌은 멀어져 가는 임산부를 쳐다보면서 남은 아몬드를 천천히 씹어 먹었다. 그때 웅성대는 소리가 들려서 그는 발걸음을 빨리했다. 그는 곧 흥분한 군중 속에 섞이게 되었다. 그곳에는 뼈마디가 앙상한 노인이 땅바닥에 넘어져 있는데 구릿빛 이마 위로 흰 머리칼이 헝클어져 있었다. 노인이 분노와 두려움에 떨며 고함을 질렸지만, 힘이 빠진 그 소리는 흐느낌 정도에 지나지 않았다. 노인이 새로운 얼굴에 애원의 눈빛을 보냈다.

가련한 노인의 주위에는 스무 명가량의 장정들이 곤봉을 든 채 수염을 자랑스레 흔들어대고 있었고, 거리를 두고 둥그렇게 에워싼 구경꾼들이 재미있다는 듯 지켜보고 있었다. 한 구경꾼이 눈살을 찌푸리고 있는 하이얌에게 안심하라는 투로 말했다. "걱정할 것 없어요. 이자가 바로 그 자베르란 작자거든요!" 그 말에 깜짝 놀란 하이얌이 치욕감에 떨면서 중얼거렸다. "자베르라면 아부 알리의 제자가 아닌가!"

아부 알리는 가장 흔한 이름에 속했다. 그러나 만일 부하라, 코르도바, 발흐, 바그다드에서 어떤 문인이 경의가 담긴 어조로 아부 알리란 이름을 언급했다면, 그것은 영락없이 서양에 아비센나*라는 이름으로 알려진 아부 알리 이븐 시나를 가리켰다. 오마르는 아부 알리가 사망하고 11년 후에 태어났지만, 아부 알리를 당대의 가장 위대한 스승, 모든 학문의 왕, 이성의 사도로 숭배하고 있었다.

하이얌은 또 혼잣말을 중얼거렸다. "아부 알리가 가장 총애하는 제자, 자베르!" 하이얌은 자베르를 한 번도 만난 적이 없었지만, 그 인물의 비통하고 기구한 생애에 대해서는 잘 알고 있었다. 이븐 시

---

* 이슬람의 철학자·의학자(980~1037). 이슬람 세계의 아리스토텔레스라 불릴 정도로 유명한 학문의 대가인데, 중세 유럽의 철학과 의학에 많은 영향을 주었다. 20여 편의 논문과 저서 《의학 전범》《치유의 서》《구원의 서》 등을 저술했다. 아랍어로 쓰인 《의학 전범》은 페르시아어, 힌디어, 라틴어로도 번역되어 유럽 대학에서 교재로 사용되었으며, 14세기 중국 원나라 때 한문으로도 번역되었다.

나는 자베르의 능력을 높이 평가하면서 자신의 형이상학과 아울러 의학의 후계자로 보았다. 그러나 한 가지, 자기의 사상을 너무 거침 없이 공언하는 점만은 못마땅하게 여겼다. 그 단점 때문에 자베르 는 여러 번 옥살이를 했고, 세 번이나 공개 태형을 당했다. 마지막 태형으로 사마르칸트의 대광장에서 측근들이 모두 보는 앞에서 쇠 심줄 채찍으로 150대를 맞은 자베르는 그 모욕을 끝내 이겨내지 못 했다. 그가 폐인이 된 것은 아내가 사망한 이후부터였다. 그 뒤로 사람들은 누더기를 걸친 자베르가 비틀거리면서 불경하고 비상식 적인 언동을 일삼고 다니는 모습을 보게 되었다. 그래서 그의 뒤에 는 늘 한 무리의 장난꾸러기들이 손뼉을 치며 따라다녔고, 아이들 이 던지는 돌멩이에 맞아 다치는 일이 많았다.

하이얌은 그 장면을 지켜보면서 '주의하지 않았다가는 언젠가 내 신세가 저렇게 되겠지' 하고 생각하지 않을 수 없었다. 그가 그 렇게 두려워하는 것은 자신의 음주벽 때문이 아니라, 자신이 술을 포기하지 않으리라는 것을 알고 있었기 때문이다. 술과 그는 서로 를 존중하는 터라 어느 한쪽이 다른 쪽을 죽이는 일은 결코 없을 것이었다. 그가 가장 두려워하는 것은 대중이었고, 그리고 그 대중 이 자신이 소중하게 여기는 자존심의 벽을 허물어뜨리는 것이었다. 두려움에 떠는 타락한 노인의 모습에서 위기를 느낀 하이얌은 외면 하고 그 자리를 뜨고 싶었다. 그러나 그는 자신이 결코 이븐 시나 의 제자를 군중의 손에 맡기고 돌아서지 않으리라는 것을 알고 있 었다. 그는 초연한 표정을 지으며 의연하게 세 걸음 앞으로 나와 단호한 어조로 당당하게 말했다.

"그 불쌍한 노인을 놔주시오!"

무리의 우두머리가 자베르를 향해 상체를 숙이고 있다가 몸을 일으키더니, 갑자기 참견을 하며 나서는 남자 앞에 와서 섰다. 오른쪽 귀밑에서 턱밑까지 깊은 칼자국이 나 있는 사내가 판결이라도 내리듯이 거드름을 피우며 말했다.

"이자는 술주정뱅이에 불신자에 철학자다!"

사내는 철학자라는 마지막 말에 휘파람을 불어 야유했다.

"우리 사마르칸트는 철학자를 원치 않는다!"

군중 속에서 찬성의 웅성거림이 일었다. 그들에게 '철학자'는 종교와 무관한 그리스인들의 학문, 다시 말해 종교나 문학이 아닌 모든 것에 지나치게 관심이 많은 사람을 뜻했다. 젊은 나이지만 오마르 하이얌은 이미 이름 높은 철학자였으니, 그들이 하이얌이 어떤 인물인지 안다면 그는 이 가련한 자베르보다 훨씬 거물급 사냥감이 될 터였다.

칼자국의 사내가 그렇게 말하고는 등을 돌려 다시 노인 쪽으로 돌아가는 것으로 보아, 하이얌을 알아보지 못한 것이 틀림없었다. 이제는 입을 다문 노인의 머리채를 잡아 세 번, 네 번 마구 흔들어 대다 옆 담벼락에 박아버릴 듯하던 사내가 불현듯 동작을 멈추었다. 갑자기 행동을 억제하는 것으로 보아, 하마터면 자신이 살인범이 될 뻔했음을 깨달은 것 같았다. 하이얌이 그 틈을 타서 얼른 다시 나섰다.

"노인을 놓아주시오. 그 사람은 병든 홀아비에 정신이 온전치 못한 노인이요. 입술을 들썩거릴 힘조차 없는 게 보이지 않소?"

칼자국의 사내가 획 돌아서서 하이얌 앞으로 걸어오더니 코앞에서 삿대질까지 하면서 말했다.

"이자를 잘 아는 모양인데, 너는 대체 누구냐? 사마르칸트에서는 못 보던 얼굴인 걸 보니 여기 사람은 아닐 터!"

하이얌이 당당한 몸짓으로 상대의 손을 치우기는 했지만, 싸움의 빌미를 제공할 만한 거친 동작이 아니라 버릇없이 굴지 못하게 만드는 위엄 있는 동작이었다. 사내는 한 걸음 뒤로 물러서기는 했지만 여전히 버텼다.

"대체 네 이름이 뭐냐?"

하이얌은 잠시 망설이면서 구실을 찾기 위해 하늘을 쳐다보았다. 엷은 구름이 초승달을 막 가리고 있었다. 침묵, 그리고 한숨. 명상에 잠겨서 군중 속에 있는 것조차 잊어버린 듯, 하이얌이 별들의 이름을 하나하나 불렀다.

장정들이 하이얌을 에워싸면서 슬쩍 건드리자, 그가 정신을 번쩍 차렸다.

"나는 니샤푸르*의 이브라힘의 아들 오마르요. 그러는 그대는 누

---

* 이란 북동부 호라산주에 있는 도시. 3세기 중엽에 사산 왕조의 샤푸르 1세가 세웠다고 전해지며, 1037년에 셀주크 튀르크의 수도가 되었다. 사마르칸트-부하라-메르프로 이어지는 실크로드의 주요 도시로 번성했다. 오마르 하이얌의 고향이며 남동부에 그의 묘가 있다.

구요?"

순전히 형식적인 그 질문에 사내가 대답할 리 없었다. 더구나 고향 땅에 있는 사람이 무엇 때문에 외지인에게 자기 이름을 밝힐 필요를 느끼겠는가. 나중에 오마르는 그 사내가 '칼자국'이란 별명으로 불린다는 것을 알게 된다. 손에 곤봉을 들고, 입으로 호령하는 그 사내는 훗날 사마르칸트를 떠들썩하게 흔들어놓을 인물이었다. 현재로서는 그를 둘러싸고서 그의 말 한마디 한마디와 그의 신호 하나하나에 주의를 기울이고 있는 젊은이들에게 발휘하는 영향력이 전부였지만.

불현듯 사내의 눈빛이 번득였다. 그가 자기 패거리 쪽으로 몸을 돌렸다. 그러고는 군중을 향해 의기양양하게 외쳤다.

"맙소사, 내가 니샤푸르의 이브라힘 하이얌의 아들 오마르를 몰라보다니! 호라산*의 별이요, 페르시아와 이라크의 천재요, 철학자들의 왕자인 그 고명한 오마르를 몰라보다니!"

사내가 한 손을 머리 위에서부터 휘두르며 허리를 크게 구부리는 시늉을 하다가 터번에 손가락이 걸리는 바람에 구경꾼들 사이에서 웃음이 터져 나왔다.

"경건함과 신앙심이 그토록 충만한 루바이를 지은 인물을 내가

---

* '태양이 떠오르는 땅'이란 뜻을 지닌 호라산은 니샤푸르, 헤라트, 발흐, 메르프를 중심으로 4개 지방으로 나뉘어 있고, 지리적으로 이슬람 세계와 중앙아시아를 연결하는 중요한 위치에 있어 튀르크족과 몽골족에게 서양 이동의 거점이 되었다.

몰라보다니!"

당신이 내 술항아리를 깨뜨렸나이다, 주여.
당신이 내 환희의 길을 막았나이다, 주여.
당신이 나의 석류빛 포도주를 땅바닥에 쏟았나이다.
신은 나를 용서하셨는데, 당신이 취하셨나이까, 주여?

하이얌은 몹시 못마땅하고 불안한 얼굴로 듣고 있었다. 그는 도전에 가까운 사내의 기세에 위기를 느끼고, 군중이 오해하기 전에 얼른 크고 또렷하게 답했다.
"그대의 입에서 나온 그 4행시는 나도 처음 들어보는 것이오. 내가 지은 루바이를 읊을 테니 잘 들으시오!"

그들은 아무것도 모르고, 알려고도 하지 않네.
보이는가 이 무지한 사람들, 그들이 세상을 지배하고 있나니.
네가 그들의 사람이 아니라고, 그들은 너를 무신론자라 부르네.
하이얌, 그들을 무시하고 네 갈 길 가거라.

오마르가 장정들을 향해 경멸하는 듯한 태도를 보이며 '보이는가 이 무지한 사람들'이라는 구절을 입에 올린 것은 분명 실수였다. 많은 손이 달려들어 하이얌의 옷을 잡아 뜯기 시작했다. 비틀거리는 하이얌의 등에 발길질이 날아오면서 그는 돌바닥에 엎어졌다.

무리의 발길질에 차여 기진맥진한 하이얌은 저항하지 않고 옷이 갈기갈기 찢기고 살이 찢기는 대로 내버려 두었다. 제물로 바쳐진 희생양처럼 이미 무감각 상태에 빠진 그는 아무것도 느껴지지 않았고, 아무 소리도 들리지 않았다. 그는 자신만의 세계로 들어가서 구름 벽을 쌓고 문을 닫았다.

하이얌은 소란을 진압하러 오는 무장한 사내 열 명을 물끄러미 바라보고 있었다. 그들이 쓰는 펠트 모자에 사마르칸트의 민병대 아다트를 표시하는 녹색 배지가 달려 있었다. 폭도들은 민병대를 보자마자 하이얌에게서 물러섰지만 자기들의 행동을 정당화하기 위해 군중을 증인으로 삼아 고함을 치기 시작했다.

"이자는 연금술사다! 연금술사다!"

당시 권력자들의 눈에 철학을 하는 것은 죄악이 아니었지만, 연금술을 행하는 것은 사형을 받아야 할 중죄였다.

"연금술사다! 이 외지인은 연금술사다!"

그러나 민병대 지휘관은 다만 이렇게 말했다.

"이 사람이 정말 연금술사라면 아부 타헤르 재판관께서 심판하실 것이다."

그 사이, 사람들에게서 잊힌 자베르는 다시는 밖으로 나오지 않으리라 다짐하면서 가까운 주막으로 슬그머니 사라졌고, 하이얌은 누구의 도움도 받지 않고 일어났다. 그는 묵묵히 똑바로 걸었고, 그의 당당한 표정이 피 묻은 얼굴과 찢긴 옷을 의젓한 모습으로 가려주었다. 앞에서는 횃불을 든 민병대가 그가 가는 길을 열어주고,

그 뒤로는 폭도와 구경꾼들의 행렬이 따랐다.

　하이얌의 눈에는 사람들이 보이지 않았고, 그들이 하는 말도 들리지 않았다. 그에게는 텅 비어 있는 길이고, 소리 없는 땅이고, 구름 한 점 없는 하늘이었다. 그리고 자신이 며칠 전에 발견한 사마르칸트는 여전히 꿈의 장소였다.

　3주간의 노정 끝에 사마르칸트에 도착한 하이얌은 휴식을 취하지 않고 지난날 그곳을 다녀갔던 여행자들의 조언을 따르기로 마음먹고 길을 나섰다가 봉변을 당한 것이었다. 여행자들은, 오래된 성채 쿠한디즈 옥상에 올라가서 사방을 둘러보면 보이는 것이라고는 냇물과 초목, 화단, 그리고 황소와 코끼리, 쭈그려 앉은 낙타, 당장이라도 달려들 것 같은 표범 모양으로 정교하게 깎아놓은 사이프러스 정원뿐이라고 말했다. 성벽 안으로 들어가니 정말 그들의 말대로 사원의 문에서 서쪽 중국풍의 문까지, 초목 우거진 과수원과 물이 철철 흐르는 냇물밖에 보이지 않았다. 그리고 여기저기 우뚝우뚝 솟아 있는 벽돌 미너렛*, 음각을 새긴 돔, 하얀 망루. 수양버들이 늘어선 연못가에서 미역을 감고 나와 열풍에 젖은 머리칼을 풀어헤치고 있는 여인.

　훗날 루바이야트 필사본에 삽화를 그려 넣은 익명의 화가가 환기하고자 했던 것이 바로 이 천국의 모습이 아니었을까? 사마르칸트의 카디** 중의 카디인 아부 타헤르가 거주하는 아스피자르 구역

---

* 이슬람교 사원 외곽에 설치하는 첨탑.
** 이슬람의 종교법인 샤리아 법정의 재판관을 의미한다.

으로 향하는 동안 하이얌이 품은 생각 역시 바로 이 천국의 모습이 아니었을까? 하이얌은 마음속으로 이렇게 되뇌었다. '나는 이 도시를 혐오하지 않으리라. 설사 미역 감는 여인이 환영일지라도. 설사 칼자국 난 얼굴의 사내가 현실일지라도. 설사 이 신선한 밤이 나를 위한 마지막 밤이 된다 할지라도.'

2

재판관의 집무실인 널찍한 디반에 들어서자 샹들리에 불빛이 하이얌의 얼굴에 하얗게 내려앉았다. 하이얌이 들어서자마자, 마치 그가 위험한 미치광이라도 되는 듯이 나이가 지긋한 경비병 둘이 양쪽에서 그의 어깨를 움켜잡았다. 하이얌은 그런 자세로 문간에 서서 기다렸다.

방 안 깊숙한 곳에 앉은 카디는 하이얌을 보지 못한 채 어떤 사건을 매듭짓고 있었다. 그는 양측 고소인들의 이야기를 듣고 나서 한 사람은 이치를 따져 설득하고, 다른 한 사람은 엄하게 꾸짖었다. 이웃 간의 오랜 갈등에서 비롯된 원한과 하찮은 입씨름에서 빚어진 싸움인 것 같았다. 아부 타헤르는 마침내 진력이 난 표정을 드러내면서, 두 집안의 가장에게 아무 일이 없었던 것처럼 자기가 보는 앞에서 서로 얼싸안으라고 명했다. 한 사람은 한 발짝 앞으로 나섰으나, 이마가 좁은 거인은 명령을 거역했다. 그러자 재판관은 그곳에 있던 사람들이 모두 질겁할 정도로 거인의 따귀를 호되게 때렸다. 거인은, 공격에 대비해 몸을 한껏 추어올린 채 화가 나서 씩씩거리는 땅딸막한 남자를 한동안 쳐다보다가 마침내 고개를 떨어뜨리고 볼을 문지르면서 명령에 복종했다.

이윽고 아부 타헤르가 그들을 물러가게 하고 나서 민병대 지휘관에게 가까이 오라는 신호를 했다. 지휘관은 몇 가지 질문에 대답하면서 거리에서 일어났던 소란의 자초지종을 고했다. 이어서 '칼자국'이 얘기할 차례가 되었다. 사내는 예전부터 잘 알고 있는 듯한 얼굴로 재판관을 향해 머리를 조아리고 열변을 토했다. 아부 타헤르는 자신의 감정을 드러내지 않고 사내가 하는 말을 경청했다. 재판관이 잠시 깊은 생각에 잠겨 있다가 명했다.

"군중에게 속히 집으로 돌아가라고 하라. 그리고 이 사람을 폭행한 너희들도 집으로 돌아가라! 판결은 내일 내릴 것이다. 피고인은 오늘 밤 여기 있을 것이고 내 경비병들이 지킬 것이니 모두들 물러가라."

빨리 돌아가라는 말에 깜짝 놀란 '칼자국'은 항의를 하려다가 곧 생각을 바꾸었다. 만사에 신중한 그가 옷자락을 걷어들고 허리를 크게 구부리며 물러갔다.

자신이 믿는 심복들만 남게 되자, 아부 타헤르는 뜻밖에도 오마르에게 수수께끼 같은 인사말을 했다.

"니샤푸르의 고명한 오마르 하이얌을 이곳에서 만나다니 광영일세."

재판관의 말은 비아냥거리는 말투도, 그렇다고 열렬한 환영의 말투도 아니었다. 감정이 전혀 드러나지 않는 담담한 어조에 가라앉은 음성, 튤립 모양의 터번, 짙은 눈썹, 희끗희끗한 콧수염. 시선은 탐색하는 듯했다.

갈기갈기 찢긴 옷을 입은 채로 한 시간 동안이나 문간에 서서 모든 이의 웃음거리가 되었던 하이얌으로서는 재판관의 돌연한 태도를 어떻게 해석해야 할지 참으로 모를 일이었다.

한참 동안 침묵을 지키던 아부 타헤르가 덧붙였다.

"오마르, 자네의 이름은 사마르칸트에도 이미 널리 알려져 있네. 젊은 나이에도 불구하고 자네의 학문은 이미 천하가 다 알 정도에 이르렀고, 자네의 쾌거는 학교에서도 회자되고 있네. 이스파한*에서 이븐 시나의 방대한 저서를 일곱 번 읽어서 암기한 다음, 니샤푸르로 돌아가서 한 자도 빠짐없이 필사했다지?"

하이얌은 자신의 행적이 트란스옥시아나**에 알려져 있다는 사실이 흐뭇했지만, 그렇다고 불안이 가시는 것은 아니었다. 샤피이파***의 재판관이 이븐 시나의 이름을 언급했다고 해서 안심할 일

* 이란 중부 이스파한주(州)의 수도. 셀주크 왕조 시대에 제국의 수도가 되어 대사원이 건설되는 등 상업과 문화의 중심지를 이루었으나, 술탄이 호라산으로 옮겨 간 뒤에 치안이 악화되어 황폐해졌다.
** 아무다리야강과 시르다리야강, 두 강 사이에 있는 지역을 아우르는 명칭. 8세기 이전에는 소그디아나로 불리었다. 아무다리야는 고대 그리스에서는 옥수스강으로 불렸고 다리야는 강이라는 뜻이다. 주요 도시는 사마르칸트, 부하라, 후잔트이다.

은 아니었다. 더구나 그는 아직 앉으라는 말도 하지 않았다. 아부 타헤르가 계속했다.

"입에서 입으로 전해지고 있는 자네에 대한 소문은 비단 업적뿐만이 아닐세. 자네가 괴상망측한 4행시를 많이 지었다고 하더군."

재판관의 말은 비난하는 것도, 무고하다고 보는 것도 아니었다. 간접적으로 묻는 신중한 말이었다. 하이얌은 입을 열 때가 되었다고 판단했다.

"칼자국의 사내가 얘기한 루바이는 제가 지은 것이 아닙니다."

재판관이 하이얌의 항의를 손으로 물리치며 처음으로 엄숙한 어조로 말했다.

"그 시가 자네가 지은 것이든 아니든 그건 중요하지 않네. 시가 불경하다느니 어쩌느니 말들이 많지만, 나는 그런 말을 입에 담는 것 자체가 죄스럽게 느껴지네. 난 자네에게 자백하라는 것도, 형벌을 내리려는 것도 아닐세. 연금술에 대한 비난은 한 귀로 듣고 다른 귀로 흘려버리면 그만이니까. 지금은 우리 둘밖에 없고, 우리는 지식인일세. 나는 다만 진실을 알고 싶을 뿐이네."

하이얌은 안심이 되기는커녕 함정에 빠지는 것 같아서 대답하기가 망설여졌다. 불구가 되거나, 거세되거나, 아니면 십자가형을 당하기 위해 사형 집행관에게 넘겨지는 자신의 모습이 그려졌다. 그

*** 이슬람법을 해석하는 방법에 따라 법학자들은 여러 학파로 나뉘는데, 4대 법학파 중 하나인 샤피이파는 이전의 판례보다는 무함마드의 언행을 수록한 《하디스》의 지침에 중점을 두었다.

러자 아부 타헤르가 고함을 지르듯이 언성을 높였다.

"니샤푸르의 천막 제조업자 이브라힘의 아들 오마르, 자네는 친구도 구별하지 못하는가?"

그 고함 속에는 하이얌의 가슴을 때리는 진정한 마음이 담겨 있었다. '친구도 구별하지 못하는가?' 하이얌은 그 물음을 진중하게 받아들이면서 재판관의 얼굴을 응시하고, 비죽거리고 있는 그의 입술과 파르르 떨고 있는 수염을 살폈다. 그리고 서서히 재판관에 대한 경계심을 풀었다. 긴장이 풀리면서 표정도 편안해진 하이얌은, 재판관의 손짓에 따라 이제는 자신을 견제하지 않는 경비병들한테서도 자유로워졌다. 앉으라는 말을 하지 않았는데도 앉을 용기마저 생겼다. 재판관은 다정한 미소를 짓고는 있지만 쉬지 않고 다시 질문을 했다.

"몇몇 사람들의 말대로 자네는 정말 불신론자인가?"

질문이라기보다는 고뇌의 외침과도 같은 그 말에, 하이얌은 재판관의 기대를 저버리지 않으려고 대답했다.

"저는 신앙인들의 열렬한 믿음은 신뢰하지 않지만, 유일신 이외에 또 다른 신이 있다고 말한 적은 결코 없습니다."

"그렇게 생각한 적도 없는가?"

"절대로 없습니다. 신이 제 증인이십니다."

"내게는 그 말로 족하네. 창조주께서도 그러리라고 믿네. 하지만 대다수 사람들에게는 아니지. 사람들은 자네의 말과 자네의 행동, 나의 언행, 아울러 왕자들의 언행을 살피고 있네. '내가 이따금 모

스크에 가는 것은 그곳의 어둠이 잠자기에는 그만이기 때문이다',
이런 말을 자네가 했다는 소문이 있는데……."

"자신이 믿는 신 앞에서 떳떳한 사람만이 예배소에서 잠을 잘 수
있습니다."

흥분한 오마르는 아부 타헤르의 의심쩍어하는 표정에도 불구하
고 한술 더 떠서 말했다.

"저는, 믿음은 무시무시한 심판의 근원일 뿐이고 기도는 맹세일
뿐이라고 생각하는 사람이 아닙니다. 다만 장미를 명상하고 별을
세는 것, 그리고 피조물의 아름다움, 그 완벽한 조합, 창조주의 가
장 아름다운 걸작품인 인간, 지식을 목말라하는 두뇌, 사랑을 목말
라하는 가슴, 인간의 깨어 있는, 또는 충만한 모든 감각과 감정에
대해 경탄하는 것이 제가 기도하는 방식일 뿐입니다."

생각에 잠겨 있던 재판관이 일어나 하이얌 옆에 와서 앉더니 아
버지처럼 그의 어깨에 손을 얹었다. 깜짝 놀란 심복들이 어리둥절
한 얼굴을 했다.

"내 말을 잘 듣게, 하이얌. 지고하신 신께서는 아담의 아들이 가
질 수 있는 모든 것을 자네에게 주셨네. 지성, 화술, 건강, 아름다
움, 지식욕, 생을 즐기는 욕망, 남자들로부터는 찬미의 대상이 되
고, 그리고 이건 내 짐작이지만, 여자들로부터는 동경의 대상이 되
는 귀한 능력을 자네에게 주셨네. 신께서 또한 현명함, 침묵할 줄
아는 지혜도 자네에게 주셨기를 바라네. 그것이 없다면 그 어느 것
도 존중될 수 없고, 지켜질 수도 없다는 걸 잊지 말게."

"제가 생각하는 것을 표현하려면 늙을 때까지 기다려야 한단 말씀이십니까?"

"자네가 생각하는 것을 모두 표현할 수 있는 건 자네 후손의 후손들이 늙어도 올까 말까 한 아득하게 먼 훗날에나 가능하겠지. 지금은 비밀과 공포의 시대이니 자네는 두 얼굴을 가져야 해. 군중에게 보일 얼굴 하나와, 자네 자신과 자네의 창조주께 보일 또 다른 얼굴. 자네가 눈과 귀와 혀를 지키고 싶다면 자네한테 눈과 귀와 혀가 있다는 것을 잊어야 하네."

카디는 입을 다물었고, 그 침묵은 위압적이었다. 상대에게 말할 기회를 주려는 침묵이 아니라, 공간을 장악하고 압도하는 침묵이었다. 오마르는 바닥에 눈길을 준 채, 카디가 머릿속에서 뒤죽박죽으로 떠오르는 생각 중에서 적당한 말을 찾을 때까지 기다렸다.

그러나 아부 타헤르는 깊은 한숨을 내쉬면서 심복들에게 물러가라고 명했다. 모두 나가고 문이 닫혔다. 그러자 재판관이 집무실 구석으로 가서 태피스트리 자락을 들추고 돋을무늬가 새겨진 나무 상자 뚜껑을 열더니, 그 안에서 책 한 권을 꺼내어 마치 의식을 거행하듯 엄숙한 몸짓으로 오마르에게 건넸다. 재판관이 인자한 미소를 지어 보였다.

이것이 바로 나, 벤저민 O. 르사즈가 훗날 손에 넣게 되는 바로 그 책이다. 풍화되어 종이의 면이 고르지 않고, 부채꼴 입체감이 나는 꺼칠꺼칠한 가죽으로 장정되어 있던 바로 그 책. 그러나 그 잊을 수 없는 여름밤에 하이얌이 건네받았던 책은 아직 시구들도, 표지 그림도, 여백에 적힌 연대기도, 채색 삽화들도 채워지지 않은 256쪽의 백지였다.

자신의 감정을 드러내지 않기 위해, 아부 타헤르는 손님을 끌려고 외치는 장사꾼처럼 책의 품질을 자랑했다.

"이것은 중국 종이 카기드라고 불리는 것으로, 사마르칸트에서는 생산된 적 없는 최고급 종이일세. 마투리드라는 동네에 사는 한 유대인이 나를 위해 만들어준 것인데, 고대 제지술에 따라 뽕나무를 주성분으로 만든 것이지. 만져보게. 비단을 만지는 것 같지 않은가?"

재판관이 마른기침으로 목청을 가다듬은 다음 설명했다.

"나보다 열 살 위의 형님이 한 분 계셨는데, 자네만 한 나이 때에 돌아가셨지. 당시 군주의 마음에 들지 않는 시를 지었다는 이유로 극형을 언도받고 발흐에서 능지처참을 당했어. 이단의 뜻을 품었다고 고소당했다는데, 사실인지는 나도 몰라. 아무튼 나는 루바이보다 겨우 조금 더 긴 하찮은 시를 짓는 데 일생을 바쳤던 형님이 원망스러웠지."

떨리는 음성으로 얘기하던 재판관이 숨을 가쁘게 몰아쉬었다.

"그 책을 잘 간직하고 있다가, 머릿속에 시구가 떠오르면서 입 밖으로 튀어나오려고 하거든 그때마다 억지로라도 참고 그 책에 써서 비밀로 만들게. 시를 쓰면서 나 아부 타헤르를 생각하고."

재판관은 자신의 그 행동과 말이 문자 역사상 최고의 비밀을 태어나게 하리라는 것을 알고 있었을까? 온 세상이 오마르 하이얌의 숭고한 시를 발견하기까지, 하이얌의 루바이야트가 역사상 가장 독창적인 작품 중 하나로 숭앙받기까지, 마침내 사마르칸트의 필사본이 겪게 되는 기구한 운명이 알려지기까지는 800년이란 세월을 기다려야 하리라는 것을 그는 알고 있었을까?

3

그날 밤 오마르는 재판관의 공관에 마련된, 거대한 정원 중앙의 민둥한 동산 위 목조 정자에서 잠을 청했으나 공연한 노력으로 끝났다. 그의 옆 낮은 탁자 위에는 갈대 붓과 잉크병, 불 꺼진 등잔, 그리고 책의 첫 페이지가 펼쳐져 있었는데 여전히 하얀 백지상태였다.

이른 새벽에 예쁘장하게 생긴 하녀가 예쁘게 썬 멜론 한 접시, 새 의복과 마잔다란*산 비단 터번 스카프를 가져왔다. 그러고는 재판관의 전갈을 속삭였다.

"주인님께서 새벽 기도가 끝난 후에 뵙자고 하십니다."

접견실은 벌써 사람들로 가득했다. 고소인들, 탄원자들, 고관들, 친지들, 여러 가지 이유로 찾아온 방문객들, 그리고 판결을 들으러 온 것이 분명한 '칼자국'이 그들 속에 있었다. 오마르가 들어서자마

---

* 이란 중북부에 있는 지역이며, 예부터 양잠이 성해 비단을 생산했다.

자 터진 재판관의 일성이 모든 이의 시선을 오마르에게 쏠리게 했다.

"예언자의 교의를 이해하는 데 있어 그 누구도 이론을 제기할 수 없을 정도로 정통한 인물, 이맘* 오마르 하이얌을 환영하오."

참석자들이 일어나서 저마다 허리를 크게 굽히며 오마르에게 차례로 경의를 표한 다음 자리에 앉았다. 오마르는, 구석 자리에 앉아 감정을 억제하려고 애쓰고는 있지만 비웃는 표정만은 감추지 못하고 있는 '칼자국'을 슬쩍 쳐다보았다.

아부 타헤르가 깍듯이 격식을 차려서 하이얌에게 자신의 오른편 자리를 내주는 바람에 가까이 있던 사람들은 서둘러서 자리를 비켜 주지 않을 수 없었다. 재판관이 말을 이었다.

"그런데 어제저녁에 우리의 귀한 손님이 큰 수모를 당했소이다. 호라산, 파르스, 마잔다란에서 존경을 받고, 도시마다 모시기를 고대하며, 군주들이 저마다 궁정에 초빙하고 싶어 하는 인물이 어제 사마르칸트의 길거리에서 폭행을 당했습니다!"

여기저기서 분노의 목소리들이 일면서 웅성거림이 이어지자, 카디가 잠시 기다렸다가 좌중을 향해 진정하라는 손짓을 한 다음 말을 이었다.

---

* 교단 조직에 속한 직명의 하나. 일반적으로 이슬람 공동체의 지도자를 가리키는데, 수니파에서는 집단예배 인도자를 뜻하고 시아파에서는 제4대 칼리파(예언자 무함마드의 후계자)인 알리의 자손을 가리킨다. 교단 최고의 존재로서 독자적인 신적 성격을 부여받고 있다. 그러나 여기서는 학식이 뛰어난 학자에 대한 존칭으로 사용되었다.

"더 심각한 일은, 하마터면 시장에서 폭동이 일어날 뻔했다는 사실입니다. 오늘은 왕조의 태양이자 경애하는 군주 나스르 칸께서 부하라를 출발해서 이곳 사마르칸트에 도착하기로 예정되어 있는 날인데, 바로 그 전날에 폭동이라도 일어났더라면……, 군중이 자제하지 못하고 흥분했더라면, 오늘 우리가 어떤 곤경에 처해 있을지 생각만 해도 아찔한 일이오. 얼마나 많은 이들의 목이 달아났을지 상상해보시오!"

아부 타헤르는 호흡을 가다듬을 겸, 참석자들에게 경각심을 가질 시간을 줄 겸, 잠시 말을 끊었다가 계속했다.

"그런데 천만다행으로 여기 와 있는 나의 옛 제자 한 명이 사마르칸트를 찾아온 귀한 손님을 알아보고 나에게 와서 알려주었지요."

재판관이 손가락으로 '칼자국'을 가리키면서 일어서게 했다.

"너는 이맘 오마르를 어떻게 알아보았느냐?"

'칼자국'이 어물어물 대답하자, 재판관이 자신의 왼편에 앉아 있던 흰 수염 노인을 가리키면서 소리를 질렀다.

"더 크게 말하라! 여기 와 계신 우리 삼촌께서는 귀가 어두우시다!"

"웅변이 예사롭지 않아 범상치 않은 방문객임을 느끼고 신원을 묻게 되었고, 이곳으로 안내하게 되었습니다." '칼자국'이 마지못해서 대답했다.

"아주 잘 처신하였다. 만일 일이 커져 폭동이라도 일어났다면,

피를 흘리게 되었을 것이다. 자, 이제 우리의 손님 곁에 와서 앉아라. 공을 세웠으니 그만 한 대접은 받아야지."

'칼자국'이 복종하는 시늉을 하면서 다가오는 사이, 아부 타헤르가 오마르의 귀에 살짝 속삭였다.

"자네의 친구가 될 위인은 못 되지만, 적어도 앞으로 다시는 공개적으로 자네를 비난할 수 없을 게야."

재판관이 다시 큰 소리로 말을 이었다.

"여기서 당했던 그 모든 수모에도 불구하고, 흐와제* 오마르가 사마르칸트에 대해 너무 나쁜 기억을 갖게 되지 않기를 바라네."

오마르가 답변했다.

"어제저녁에 일어났던 일은 이미 잊었습니다. 훗날 이 도시를 생각할 때, 저는 제 머릿속에 각인되어 있는 한 훌륭한 인물의 모습을 기억할 것입니다. 아부 타헤르 재판관님을 칭송하는 것이 아닙니다. 카디에 관한 최고의 찬사는 인품에 관한 것이 아니라 공명정대한 판결에 대한 찬양이어야 할 것이기 때문입니다. 사마르칸트에 도착하던 날, 제 노새가 키슈 문으로 이르는 마지막 언덕을 하도 힘들게 올라가는지라, 노새에서 내려 걸어 올라가고 있었습니다. 그때 한 남자가 다가와서 말했습니다.

'이 도시에 오신 걸 환영하오. 이곳에 친척이나 친구가 있으시오?'

---

* 당대 최고의 학자에게 경의를 표하는 칭호.

저는 아니라고 대답하면서, 사기꾼이 아니면 성가신 사람일지도 모른다는 생각에 걸음을 멈추지 않았습니다. 하지만 그 남자는 다시 말했습니다.

'나그네여, 나를 경계하지 마시오. 나는 주인님으로부터 이곳을 찾아오는 여행객이 있거든 누구든 후대하라는 명을 받고 이 길목을 지키고 있는 사람이라오.'

옷차림으로 보아 평민이 틀림없었으나 복장은 깨끗했고 예절 또한 깍듯했습니다. 저는 그 남자를 따라갔습니다. 얼마를 걸어가자 그 남자가 저를 육중한 문으로 들어가게 했고, 아치 복도를 지나 대상(大商) 숙소의 마당에 이르게 되었습니다. 마당 한가운데에 있는 우물 주위에 사람들과 짐승들이 모여 있었고 대상들의 숙소로 사용되는 2층 건물이 빙 둘러서 있었는데, 그 건물의 방들이 모두 길손을 위한 곳이었습니다. 남자가 말했습니다.

'하룻밤이든 한 계절이든, 원하는 만큼 머물러도 되오. 당신의 잠자리와 음식은 물론 노새에게 먹일 꼴도 걱정하지 않아도 되오.'

제가 얼마를 지불하면 되느냐고 물었더니 남자가 기분이 상한 얼굴로 말했습니다.

'그대는 내 주인님의 손님이오.'

'이토록 관대하신 주인어른은 어디 계십니까? 고맙다는 말씀을 어떻게 전할 수 있겠습니까?'

'주인님은 7년 전에, 사마르칸트를 찾아오는 손님들을 후대하는 데 쓰라시며 나한테 전 재산을 맡기고 돌아가셨다오.'

'그럼 그 어르신의 성함이라도 알려주십시오. 그래야 이 은혜에 보답할 수 있지 않겠습니까?'

'오직 지고하신 그분만이 그대의 보답을 받으실 자격이 있으시니 그분께 감사하시오. 그분은 모두 알고 계실 거요.'

그리하여 저는 여러 날 동안 그 남자의 집에 기거했습니다. 나갔다가 돌아오면 늘 맛있는 음식을 배불리 먹을 수 있었고, 제 노새를 제가 돌볼 때보다 훨씬 더 잘 돌보아주었습니다."

오마르는 참석자들을 쳐다보면서 반응을 살폈다. 그러나 아무도 그의 이야기에 질문을 던지는 사람이 없었다. 오마르의 당황을 눈치챈 재판관이 설명했다.

"많은 도시의 사람들이 저마다 이슬람의 전 영토에서 자기들이 가장 손님 접대를 잘한다고 주장하고 있지만, 사마르칸트의 주민들만이 그런 말을 할 자격이 있지. 손님들과 가난한 사람들을 위해 가산을 탕진했다는 얘기는 들어봤어도, 이 도시를 방문한 나그네가 숙박비나 음식비를 냈다는 얘기는 들어본 적이 없네. 허나 자네는 결코 그걸 자랑하는 소리를 듣지 못할 것이네. 거리 곳곳에서 신선한 물이 넘치도록 솟아나는 분수전들을 보았을 터인데 구운 점토나 구리, 자기로 만든 2천 개가 넘는 이 도시의 분수전은 모두 사마르칸트 사람들이 지나가는 길손들에게 목을 축이라고 제공하는 것들이라네. 고맙다는 말을 들으려고 분수전에 자기 이름을 새겨놓은 사람이 한 사람이라도 있을 거라고 생각하는가?"

"저는 어디서도 이렇듯 인심이 후한 도시를 보지 못했습니다. 하지만 한 말씀 여쭈어도 되겠습니까?"

재판관이 말했다.

"자네가 물으려는 말이 뭔지 알 것 같군. 손님 접대에 대해서는 그렇듯 높은 덕을 지닌 사람들이 어떻게 자네 같은 방문객에게 폭력을 휘두를 수 있느냐는 것이겠지?"

"맞습니다. 그리고 자베르 같은 가련한 노인에게 폭력을 휘두르는 것도 이해할 수 없습니다."

"그 대답은 내가 해주겠네. 그 이유는 한마디로 두려움 때문이지. 여기서 일어나는 모든 폭력은 두려움 때문에 야기된 거니까. 사방에서 우리의 신앙을 공격하고 있지. 바레인의 카르마트파*, 호시탐탐 반란을 일으킬 날을 기다리고 있는 콤**의 이맘들, 72개 종파, 콘스탄티노플의 로마인들, 온갖 종파의 이교도들, 특히 바그다드 중심부와 여기 사마르칸트까지 많은 신도들을 심어놓은 이집트의 이스마일파가 괴롭히고 있으니. 그러나 메카, 메디나, 이스파한, 바그다드, 다마스쿠스, 부하라, 메르프, 카이로, 사마르칸트는 우리 이슬람의 도시들이라는 걸 절대로 잊지 말게. 비록 돌보지 않으면 다시 사막이 되고 말 오아시스 도시들이지만, 늘 모래바람을 고마워하는 우리의 도시라는 걸!"

---

* 과격 시아파인 이스마일파의 한 분파. 주류 이스마일파와 달리 파티마 왕조 칼리파의 가계를 이맘으로 인정하지 않는다.
** 이란 북서부 테헤란주의 중부 도시. 쿰이라고도 한다. 파티마 사원이 있고, 시아파 성지 중 하나다.

재판관이 왼쪽 창문을 쳐다보면서 태양의 궤적으로 시간을 가늠했다.

　그가 일어나며 말했다.

　"이제 군주를 배알하러 갈 시간이다."

　그가 손뼉을 딱딱 치면서 명했다.

　"길을 떠날 것이니 먹을 것을 가져오라!"

　길을 가면서 건포도를 찔끔찔끔 집어먹는 것이 재판관의 습관인지라 그의 친지들이나 손님들도 그를 따라하는 것이 관례였다. 하인이 커다란 구리 쟁반에 수북이 담긴 건포도를 가져오자 각자 한 움큼씩 집어서 호주머니에 넣었다.

　'칼자국'의 차례가 되었다. 그가 건포도 한 줌을 하이얌에게 내밀며 말했다.

　"포도주를 건네게 되었더라면 좋았을 것을, 건포도라 정말 유감이군."

　큰 소리로 말한 것도 아니었는데, 갑자기 사람들이 모두 입을 다물고 숨을 죽이면서 하이얌의 입술을 주시했다. 하이얌이 응수했다.

　"술을 마실 때에는 즐거운 마음으로 대작할 수 있을 만한 상대를 신중하게 고르는 법일세."

　'칼자국'의 음성이 약간 높아졌다.

　"나라면 술은 한 방울도 입에 대지 않고 천국으로 가겠네. 자네는 나와 동행하고 싶지 않은 것 같군."

"거드름 피우는 울라마*를 영원한 동반자로 삼는다? 고맙지만 사양하겠네. 신은 우리에게 서로 다른 길을 약속하셨네."

재판관이 찾는 소리에 하이얌은 대화를 중단하고 자리를 떴다.

가까이 다가간 하이얌에게 재판관이 말했다.

"시민들이 내 옆에서 말을 타고 가는 자네를 보아야 어제저녁의 인상을 지울 수 있을 거야."

재판관의 공관 주위에 몰려와 있던 군중 속에서 오마르는 배나무 그림자에 숨어서 지켜보고 있는, 아몬드를 슬쩍 훔쳤던 임산부를 보았다. 그는 천천히 말을 몰면서 눈으로 그 여인을 좇았다. 그러나 아부 타헤르가 재촉했다.

"빨리 가세. 칸이 우리보다 먼저 도착했다가는 무사하기 힘들 테니."

4

"예부터 점성가들이 사마르칸트, 메카, 다마스쿠스, 팔레르모, 이 네 도시가 반란의 별 아래서 태어났다고 한 말은 과연 거짓이 아니었도다! 이 네 도시는 무력으로 다스리지 않으면 통치자에게 복종하는 법이 없고, 검으로 위협하지 않으면 올바른 길로 가는 법이

---

* 이슬람의 신학자, 법학자를 총칭한다.

없다. 예언자께서 메카 사람들의 오만방자함을 검으로 다스렸듯이, 나 역시 사마르칸트 사람들의 오만방자함을 검으로 다스릴 것이다!"

트란스옥시아나의 주인 나스르 칸이, 화려하게 수를 놓은 거대한 구릿빛 옥좌 앞에 서서 요란한 몸짓을 하며 일장 연설을 늘어놓고 있다. 그의 우렁찬 음성에 측근들과 하객들이 두려움에 떨고 있고, 그의 눈은 장내를 둘러보면서 감히 입술을 달싹거리거나 눈빛에 뉘우치는 기색이 없거나 배신할 기미가 있는 자가 있는지 살피고 있다. 그러나 참석자들은 모두 자신의 얼굴이 군주의 눈에 띌새라 본능적으로 옆 사람 뒤로 슬그머니 물러서면서 등, 목, 어깨를 숙이고 천둥이 지나가기를 기다린다.

발톱을 세웠으나 먹이가 걸려들지 않자, 화가 난 나스르 칸은 겹겹이 걸치고 있던 화려한 의복을 두 손으로 움켜잡더니 하나하나 벗어서 바닥에 내던지고 짓밟으면서 카슈가르*의 튀르크-몽골 방언으로 욕지거리를 퍼부었다. 당시의 군주들은 자수를 놓은 로브를 서너 벌, 때로는 일곱 벌씩 겹쳐 입고 있다가 군주에게 영광을 돌리는 사람이 있으면 하나씩 벗어서 엄숙하게 그 어깨에 걸쳐주는 관습이 있었다. 그러나 이날, 나스르 칸은 옷을 벗어서 땅바닥에 내동댕이침으로써 그날 모인 사람들 중에 자신의 욕구를 충족시키는

---

* 카스라고도 하며, 현재는 중국의 신장 위구르 자치구 제2의 도시이다. 카슈가르강 상류와 파미르고원 북동쪽 기슭에 있는 오아시스 도시이며, 동서 교역의 중심지로 번영하였다.

자가 하나도 없음을 암시한 것이다.

군주가 사마르칸트를 방문할 때는 언제나 그랬던 것처럼 축제 분위기여야 마땅했지만, 이번에는 시작부터 기쁨과는 거리가 멀었다. 나스르 칸은 시압강에서 시작되는 포석이 깔린 도로를 올라온 다음, 북쪽에 위치한 부하라의 성문을 통과하며 성대한 입성식을 거행했었다. 만면에 미소를 띤 나스르 칸의 작은 눈은 움푹 꺼져서 전에 없이 째져 보였고, 광대뼈는 태양빛을 받아 황갈색으로 빛났다. 그러던 그의 표정이 돌변했다. 나스르 칸은 아부 타헤르 재판관 주위에 모여 있던 200여 명의 고관들 가까이로 말을 몰고 갔다가, 의심쩍어하는 듯이 불안한 눈빛을 한 오마르 하이얌이 섞여 있는 무리 쪽으로 다가갔다. 자신이 기대하는 이들을 발견하지 못했기 때문일까, 나스르 칸은 갑자기 고삐를 난폭하게 잡아당겨 말머리를 돌리고는 알아들을 수 없는 말을 중얼거리면서 떠났다. 흑마 위에 뻣뻣하게 앉은 나스르 칸은 그 다음부터는 미소를 짓지 않았고, 그의 행차를 환영하기 위해 새벽부터 연도를 메우고 있던 시민들의 열렬한 환호에 한마디도 대꾸하지 않았다. 개중에는 한 대중 작가가 작성한 환영사를 적은 현수막을 흔드는 이들도 있었다. 그러나 헛된 수고였다. 누구 한 사람 감히 군주 앞에 나설 엄두를 내지 못했다. 사람들은 차라리 군주의 거동 일체를 기록으로 남기느라 분주한 시종에게 넌지시 말을 거는 것으로 만족하는 수밖에 없었다.

카라한 왕조*의 갈색 깃발을 높이 든 기병 넷이 앞장서고, 아랫도리만 입었을 뿐 상반신은 알몸인 노예가 치켜든 거대한 파라솔 아래로 나스르 칸은 뽕나무가 늘어선 구불구불한 도로를 쉬지 않고 통과했고, 시장을 피해 아리크라고 불리는 용수로들을 따라 아스 피자르 구역까지 행진했다. 칸이 임시로 묵을 별궁이 바로 아스피 자르에 있었는데, 아부 타헤르의 거처와는 아주 가까운 거리에 있 었다. 이전에는 군주들이 성 안에 머물렀으나, 최근에 일어났던 전 쟁으로 상당 부분이 파괴되어 그 이후로는 튀르크군 수비대만 이따 금 유르트**를 세우고 있었다. 따라서 나스르 칸은 성채를 포기하고 아스피자르 별궁에 묵을 수밖에 없었다.

군주의 기분이 몹시 상해 있음을 확인한 오마르는 경의를 표하 러 궁전에 가기를 망설였으나, 재판관은 명성 높은 인물의 참석이 군주의 기분을 바꾸어줄 수 있으리란 희망을 품고 하이얌을 설득 했다. 궁전으로 가는 도중에 아부 타헤르는 군주의 기분이 상한 연 유를 설명했다. 무장한 반대파들이 숨어 있었다는 이유로 부하라의 대모스크를 몽땅 불태우게 했던 나스르 칸에게 불만을 품은 사마 르칸트의 고위 성직자들이 환영식을 열지 않기로 결정을 내렸기 때 문이었다.

---

* 9세기 중앙아시아에 건설된 최초의 튀르크계 이슬람 국가. 일리크한 왕조라고 도 한다. 카라한 왕조는 1042년에 동서로 분열되었는데 여기서는 서(西)카라한 왕조를 가리킨다. 나스르 칸 시대(재위 1068~1080)에는 셀주크 제국과 카라한 양국 간의 무력 충돌이 본격화되었다. 오랜 공방전 끝에 셀주크군이 사마르칸트 에 진격해 오자 카라한의 나스르 칸은 강화를 요청하지 않을 수 없었고, 말리크 샤의 재상 니잠 알물크의 주도로 양국 간의 평화 협정이 체결되었다. 11세기 말 서카라한 왕조는 셀주크 제국의 통치를 받게 되었다.
** 중앙아시아 지역 유목민들이 쓰는 이동식 천막집.

"군주와 종교 지도자들 사이에 싸움이 끊이지 않고 있는데, 때로는 노골적인 혈전이 벌어지는가 하면 음험하고 교활한 싸움도 일어나고 있지."

울라마들이 나스르 칸의 행동에 격분한 다수의 군 장수들과 결탁했다는 소문까지 돌고 있었다. 선대의 군주들은 병사들과 한자리에서 식사를 했고, 자신의 권력은 용맹한 전사들이 뒷받침되어야 유지된다는 것을 한시도 잊은 적이 없었다. 그러나 세대가 바뀌면서 튀르크계 칸들은 페르시아계 군주들의 못된 짓만 배웠는지 횡포가 심해지고 있었다. 그들은 자신을 신처럼 여기면서 점점 더 이해가 되지 않는 복잡한 의식으로 장수들을 모욕하기에 이르렀다. 따라서 많은 장수들이 종교 지도자들과 접촉하고 있었다. 종교 지도자들은 나스르 칸이 이슬람의 정신에 위배되는 행동을 하고 있다고 비난하는 장수들의 이야기에 귀를 기울였다. 나스르 칸은 군부를 위압하기 위해 울라마들에게 강경하게 대응했다. 그러나 신앙심이 깊었던 나스르 칸의 아버지는 숱 많은 머리칼을 자른 다음 터번을 두르고 즉위식을 거행하지 않았던가.

그해 1072년, 아부 타헤르는 칸과 긴밀한 관계를 유지하고 있는 보기 드문 고위 성직자로서 나스르 칸이 거주하는 부하라 궁전을 자주 방문했고, 칸이 사마르칸트에 올 때마다 정중하게 맞이했다. 일부 울라마는 아부 타헤르의 타협적인 태도를 고운 시선으로 보지 않았지만, 대다수는 자기들과 군주 사이를 중개하는 그의 역할을 높이 평가하고 있었다.

재판관은 한 번 더 조정자 역할을 맡기로 마음먹고, 나스르 칸의 기분을 바꿀 기회를 엿보고 있었다. 그는 위기의 순간이 지나가기를 기다렸다. 칸이 다시 옥좌에 앉아 폭신한 쿠션에 허리를 기대자, 안도의 숨을 쉬며 그 모습을 지켜보는 오마르의 손을 재판관이 은밀히 잡아주었다. 재판관의 신호에 따라 시종이 젊은 여자 노예에게 전쟁터의 시체들처럼 바닥에 널브러진 옷가지를 치우게 했다. 당장이라도 질식할 것 같던 분위기가 어느 정도 완화되자, 사람들이 긴장을 풀기 시작하면서 재빨리 옆 사람에게 뭐라고 속삭이는 이들도 있었다.

그때, 접견실 한가운데로 걸어간 재판관이 군주 앞에 서서 머리를 조아리고는 아무 말도 하지 않고 기다렸다. 그렇게 한참 동안 무거운 침묵이 흐르자, 나스르 칸이 마침내 지겹다는 음성으로 말했다.

"이 도시의 모든 울라마에게 전하라. 내일 새벽에 입궐하여 내 발밑에 꿇어 엎드리라고. 숙이지 않는 머리가 있다면 당장 목을 칠 것이며, 한 놈도 도망치지 못할 것이다. 내 분노를 피해서 숨을 곳은 이 땅 어디에도 없다는 것을 명심하라."

사람들은 그 말에, 일단 폭풍우는 지나갔고 해결책이 눈앞에 보이는 것을 느꼈다. 성직자들이 태도를 바꾸기만 하면 칸의 심사가 쉽게 풀어질 전망이 보였다.

이튿날 오마르가 또다시 재판관과 함께 궁전에 갔을 때에는 분위기가 사뭇 달라져 있었다. 나스르 칸은 짙은 색 카펫이 덮인 침대의자 모양의 옥좌에 앉아 있고, 그 옆에는 한 노예가 설탕에 절인 장미꽃잎이 담긴 쟁반을 내밀고 있었다. 칸이 장미꽃잎 하나를 혀에 올려놓고 입천장에 대고 녹이면서 손을 태연하게 내밀자, 또 한 명의 노예가 얼른 칸의 손가락에 향 달인 물을 끼얹었다. 그 의식이 스무 번, 서른 번 되풀이되는 사이에 각 계층의 대표단이 줄을 이었다. 그들은 사마르칸트의 주요 지역인 아스피자르, 판자켄트*, 자그리마츠, 마투리드에서 온 주물 제조업, 제지업, 양잠업, 물장수 조합 대표자들과 유대교, 조로아스터교, 네스토리우스파 그리스도교의 보호를 받는 공동체의 대표자들이었다.

대표단이 모두 바닥에 입을 맞추고 일어나서 다시 머리를 조아리고 경의를 표했다. 이윽고 군주가 고개를 들라는 신호를 하자, 무리의 대표자가 찬사의 말을 올리고는 뒷걸음질로 퇴장했다. 방을 떠날 때까지는 군주에게 등을 보이는 것이 금지되어 있었기 때문이다. 이상한 관습이었다. 그 관습은 자신을 받드는 태도에 대해 지나치게 신경을 쓴 어느 군주 때문에 생긴 것일까, 아니면 특별히 경계해야 할 방문객을 대비하기 위해 생긴 것일까?

이어서 참석자들이 호기심과 불안한 마음으로 기다리던 고위 성직자들이 등장했다. 그들의 수는 스무 명이 넘었다. 아부 타헤르는 그들을 칸의 거처로 끌어오는 데 전혀 어려움이 없었다. 그들은 칸

---

* 타지키스탄 수그드주 소도시 중 하나이며 '판지켄트'라고도 불린다. 실크로드로 번영했다.

을 향해 불만을 표시했던 순간부터 이미 자기들이 끝까지 고집하는 것은 박해를 바라는 것이나 다름없다는 것을 알고 있었다. 따라서 그렇게까지 되기를 바라는 이는 아무도 없을 게 당연했다.

그리하여 그들은 군주 앞에 출두해서 허리를 될 수 있는 대로 크게 구부리고 나이 순서에 따라 정중하게 인사를 하고는 고개를 들라는 칸의 신호를 기다렸다. 그러나 신호는 좀처럼 떨어지지 않았다. 10분이 지나고, 20분이 지났다. 그런 불편한 자세로는 젊은이라고 해도 무한정 버틸 수는 없을 것이었다. 그러나 어쩌겠는가? 허락이 떨어지지도 않았는데 허리를 세웠다가는 처벌을 면치 못할 것이었다. 하나둘 차례로 무릎을 꿇기 시작했는데, 지쳤음을 표시하지 않으려고 안간힘을 다하고 있음이 역력했다. 마지막 사람이 무릎을 꿇자, 그제야 고개를 든 군주가 아무 말 말고 물러가라는 손짓을 했다. 그런 정도의 벌은 당연히 받으리라고 예상했기 때문에 아무도 놀라지 않았다.

그리고 튀르크군 장수들과 유력 인사들, 이웃 마을의 지주 계급인 디흐칸*들이 들어왔다. 그들은 서열에 따라 군주의 발, 손, 어깨에 입을 맞추었다. 이어서 한 시인이 앞으로 나서서 군주를 찬양하는 과장된 시를 낭송했다. 그러나 나스르 칸은 노골적으로 지겹다는 표시를 했다. 그가 손짓으로 시를 중단시키면서 시종장에게 가까이 오라는 신호를 보냈다. 허리를 굽히고 군주의 명을 듣고 난

---

* 6~11세기 무렵에 농촌을 기반으로 한 정치적, 사회적 중심 세력이던 촌장, 토호 같은 지주 계급을 의미한다.

시종장이 외쳤다.

"주군께서 여기 참석해 있는 시인들에게 이르시기를, 똑같은 주제를 갖고 읊어대는 시에는 신물이 나며 사자, 독수리, 태양에 비유되는 것도 더는 듣기 싫으니 다른 비유로 지은 시를 준비하지 않은 자들은 물러가라 하시오!"

5

시종장의 말이 떨어지자 수군거리는 소리와 웃음소리가 들렸고, 차례를 기다리던 스무 명가량의 시인들 속에서 소동이 일었다. 뒷걸음질을 치면서 슬그머니 사라지는 이들도 있었다. 그런데 한 여자가 나서더니, 당당한 걸음걸이로 군주 앞으로 나아갔다. 누구냐고 묻는 오마르의 눈길에 재판관이 속삭였다.

"부하라의 시인인데 이름은 자한, 거대한 세상이라는 뜻을 지닌 이름이라 그런가 야단스럽게 연애를 하는 젊은 과부라네."

비난하는 듯한 어조였으나, 오마르는 더욱 관심을 보이면서 여자에게서 눈을 떼지 않았다. 이미 베일 아랫단을 들추어 연지를 바르지 않은 입술을 드러낸 자한은 잘 다듬은 듣기 좋은 시 한 수를 읊었는데, 이상하게도 칸의 이름은 단 한 번도 들리지 않았다. 그녀는 바다로 흘러가지 않고 사막으로 모두 스며들어 부하라와 사마르칸트에 은혜를 베푸는 소그드강*을 멋지게 예찬했다.

"훌륭한 시를 지었으니 네 입 안에 금화를 채워주리라." 나스르 칸이 의례적으로 말했다.

자한이 금화가 가득 담긴 커다란 쟁반 위로 몸을 숙이고 입안에 금화를 하나씩 집어넣자, 참석자들이 그 수를 큰 소리로 세었다. 자한이 나오려는 딸꾹질을 참느라고 얼굴이 하얗게 질리는 것을 보고 군주가 웃음을 터뜨리자 모두들 따라 웃었다. 시종장이 자한 에게 자리로 돌아가라는 손짓을 하면서 금화의 수가 마흔여섯 개 라고 외쳤다.

그러나 하이얌만은 웃지 않았다. 그는 자한에게 시선을 고정한 채, 자신이 이 여자에게 느끼는 감정이 어떤 것일까 생각했다. 순수 한 시를 자신만만하게 낭송하는 당당한 태도까지는 좋았으나, 누 런 금속을 입 안에 가득 담았다는 것은 수치스러운 대가를 허락한 것이었다. 여자는 베일을 다시 내리기에 앞서 조금 더 들추고는, 갈 망하듯이 바라보고 있던 오마르의 눈을 뚫어져라 쳐다보았다. 군 중에게는 감지되지 않는 순간이었고, 연인들에게는 영원한 순간이 었다. 하이얌은 그 순간이 두 얼굴을 가진 순간이라고 생각했다. 길이는 태양의 리듬에 맞추고 두께는 열정의 리듬에 맞춘, 두 가지 크기를 갖고 있는 순간.

재판관이 축복의 순간을 깨뜨려버렸다. 그가 하이얌의 팔을 톡 톡 쳐서 돌아보게 하는 사이에 여자는 베일을 완전히 내려버렸다.

---

* 제라프샨강의 옛 이름.

나스르 칸에게 친구를 소개하고 싶었던 아부 타헤르가 공식적인 어투로 아뢰었다.

"경애하옵는 폐하의 지붕 아래, 약초의 비밀과 별의 신비에 관해 그 누구도 따를 수 없는, 호라산의 가장 위대한 학자 오마르 하이얌이 참석해 있나이다."

재판관이 오마르가 얻고 있던 많은 명성 중에서 특별히 의학자와 천문학자를 내세워서 소개한 것은 괜한 것이 아니었다. 전자는 군주들의 건강과 생명을 지켜주고, 후자는 운세를 점쳐주어서 늘 군주들에게 총애를 받기 때문이었다.

나스르 칸이 기뻐하면서 우쭐해했다. 그러나 현학적인 대화를 하고 싶은 마음이 없는 데다 방문객의 의도를 오해한 나스르 칸은 자신이 즐기는 말을 되풀이할 때라고 판단했다.

"그의 입을 금화로 채워주리라!"

당황한 오마르는 혐오감을 억눌렀다. 그의 기분을 눈치챈 아부 타헤르는 불안했다. 오마르가 거절이라도 해서 군주의 심기를 상하게 할까 두려운 재판관이 걱정과 애원이 뒤섞인 눈빛으로 오마르를 쳐다보면서 어깨를 건드렸지만 헛일이었다. 하이얌이 결심이 선 듯이 단호하게 말했다.

"폐하, 저는 지금 단식 중이어서 아무것도 입에 넣을 수 없음을 용서해주시기 바라옵니다."

"단식의 달은 이미 3주 전에 끝난 걸로 알고 있는데!"

"저는 라마단 달*에 니샤푸르에서 사마르칸트까지 여행을 하고 있었습니다. 따라서 저는 지키지 못한 날들을 나중에 실행하기로 하고 단식을 중단하지 않을 수 없었습니다."

재판관이 아연실색했고, 참석자들이 동요했다. 심중을 헤아리기 힘든 표정을 짓던 군주가 아부 타헤르에게 물었다.

"교리에 관해서는 누구보다 정통한 사람이 그대이니, 입 안에 금화를 넣었다가 곧바로 꺼내도 흐와제 오마르가 단식을 어기는 것인지 말씀해보시오."

재판관이 담담한 어조로 말했다.

"엄격하게 말하면 어떤 것이든 입에 넣는 것은 단식을 위반하는 행위로 간주할 수 있습니다. 실수로 금화를 삼킬 수도 있는지라……."

그 논법을 인정하면서도 흡족하지 않은 나스르 칸이 오마르에게 물었다.

"거절하는 이유가 진짜 그것 말고는 없는가?"

하이얌이 잠시 망설이다가 대답했다.

"한 가지 이유 때문만은 아닙니다."

나스르 칸이 말했다.

---

* 이슬람력 9월에 해당하는 단식의 달이다. 이슬람에서는 신이 인간에게 쿠란을 내려준 신성한 달이라 하여, 라마단 달의 30일 동안 해가 떠 있는 시간에는 일체의 본능적 욕구(먹고, 마시고, 피우는 행위와 성행위)를 금지한다. 해가 진 후부터 해가 뜰 때까지는 다시 정상적인 생활이 가능하며 병자, 노약자, 여행 중인 사람, 임산부는 상황에 따라 단식을 연기해도 된다. 현재는 '라마단'이라는 말 자체가 단식을 뜻하기도 한다.

"나를 두려워할 이유가 없으니 어서 기탄없이 말하라."

그러자 오마르가 시 한 수를 읊었다.

나를 그대에게 인도한 것이 가난인가?
자신의 소박한 소망을 그대로 유지할 줄 안다면 가난이란 없거늘.
존경받는 것 말고 나 그대에게서 기대하는 것 없네,
마음이 곧고 정신이 자유로운 인간을 그대가 존중할 줄 안다면.

"신께서 자네의 앞날을 어둡게 하시면 어쩌려고, 하이얌!" 아부 타헤르가 혼잣말을 하듯이 조그맣게 중얼거렸다.

공포에 사로잡힌 재판관은 무슨 말을 해야 할지 막막했다. 바로 전날에 쩌렁쩌렁 울렸던 분노의 메아리가 아직도 귀에 생생했다. 그는 이번에는 군주의 심기를 누그러뜨릴 수 없다고 확신했다. 나스르 칸은 침묵을 지킨 채, 깊은 생각에 잠겨 있는 것처럼 꼼짝도 하지 않았다. 그의 측근들은 판결을 기다렸고, 몇몇 신료들은 태풍이 일기 전에 빠져나갈 궁리를 했다.

오마르는 혼란스러운 틈을 이용해서 자한의 눈을 찾았다. 그녀는 기둥에 기대고 서서 두 손으로 얼굴을 감싸고 있었다. 그녀도 나를 위해서 저토록 떨고 있는 것일까?

마침내 나스르 칸이 옥좌에서 일어섰다. 그리고 오마르를 향해 결연히 걸어와서는, 그를 힘껏 얼싸안은 다음 그의 손을 잡고 옥좌를 향해 이끌고 갔다.

연대기 작가들은 이 부분에 대해 이렇게 적고 있다.

"트란스옥시아나의 군주는 옥좌 바로 옆자리에 앉히는 것으로 오마르 하이얌에게 경의를 표했다."

궁전을 나오자마자 아부 타헤르가 말했다.

"이제 자네는 칸의 친구가 되었네."

재판관은 목을 바짝바짝 타게 하던 불안이 싹 가실 정도로 기분이 유쾌했으나, 하이얌은 냉정하게 대답했다.

"'바다를 사이에 둔 나라들이 서로 이웃이 될 수 없듯이, 군주는 친구가 될 수 없다'는 속담을 잊으셨습니까?"

"열려 있는 문을 경계하지 말게. 자네는 궁정에 있어야 좀 더 눈부신 활동을 할 수 있어!"

"궁정 생활은 저하고 맞지 않습니다. 언젠가 장미 정원이 딸린 천문대를 갖고, 한 손에는 술잔을 들고 아름다운 아내와 미친 듯이 하늘을 명상하는 것이 저의 유일한 꿈이고 야망입니다."

"아까 그 시인처럼 아름다운 여자와 말인가?" 아부 타헤르가 빈정거렸다.

머릿속에 그녀 생각밖에 없었던 건 사실이지만, 오마르는 잠자코 있었다. 경솔한 언동이라도 해서 재판관을 실망시키게 될까 두려웠다. 아부 타헤르도 자신이 좀 경박한 말을 했다고 느끼고 어조와 화제를 바꾸었다.

"자네에게 한 가지 특별한 배려를 하려고 하는데!"

"저는 이미 넘칠 정도로 많은 은혜를 입었습니다."

아부 타헤르가 얼른 말을 받았다.

"좋아, 그렇다고 치세. 허면 나한테도 그 보답을 해주게나."

두 사람은 어느새 재판관의 거처 정문 앞에 당도해 있었다. 재판
관은 대화를 계속하기 위해 오마르를 집 안으로 초대해서 진수성
찬이 차려진 식탁으로 데려갔다.

"내가 자네를 위해서 한 가지 계획을 세웠네. 서책에 대한 것인
데, 당분간 루바이야트는 잊어버리세. 내가 보기에 그건 천재의 일
시적인 기분 전환일 뿐이야. 자네가 진정 그 탁월한 기량을 발휘해
야 할 분야는 의학, 천문학, 수학, 물리학, 형이상학이야. 이븐 시나
가 사망한 이후로 자네보다 더 그런 학문들에 정통한 사람이 없다
고 말하면 내가 잘못 생각하고 있는 걸까?"

하이얌은 아무 말도 하지 않았다. 아부 타헤르가 계속했다.

"자네가 학문 분야에서 최후의 걸작이 될 책을 저술해서 그 책을
나한테 바치길 바라네."

"학문을 다루는 저술은 최후의 걸작이 될 수 있다고 생각하지 않
습니다. 지금까지 제가 제 글을 쓰지 않고, 읽고 배우는 것으로 만
족하고 있는 것이 바로 그 때문입니다."

"좀 더 구체적으로 설명해보게."

"고대 학자들, 그리스 학자들, 인도 학자들, 선대의 이슬람 학자
들은 모든 분야의 학문에서 많은 저술을 남겼습니다. 제가 그들이
펼쳤던 이론을 되풀이한다면 제 저술은 필요 없는 것이 될 것이고,

제가 그들의 주장을 반박한다면 제가 그랬던 것처럼 저 다음의 후배 학자들이 저의 주장을 반박할 것입니다. 이전에 했던 것은 잘못되었다고만 하는데, 어떻게 학자들의 저서가 훗날까지 남을 수 있겠습니까? 다른 학자의 이론 중에서 뒤엎은 것이 무엇인지는 기억하지만, 자기가 쌓아 올리고 있는 주장이 후배 학자들에 의해 필연적으로 뒤엎어지게 되고 웃음거리가 될 줄은 깨닫지 못합니다. 그게 바로 학문의 법칙입니다. 그러나 시에는 그런 법칙이 없습니다. 시는 앞서 있었던 시를 결코 부정하지 않으며, 후배 시인들에 의해 부정되는 일 없이 아주 고요하게 세월을 통과합니다. 제가 루바이를 짓는 것은 바로 그 때문입니다. 제가 왜 학문에 매료되는지 아십니까? 학문 속에서 최상의 시구를 찾을 수 있기 때문입니다. 수학을 통해서는 도취시키는 운율을 얻고, 천문학을 통해서는 우주의 불가사의한 속삭임을 들을 수 있기 때문입니다. 그러니 제발 저에게 진리에 대해 쓰라고는 하지 말아주십시오."

오마르가 잠시 입을 다물고 있다가 다시 말했다.

"사마르칸트의 외곽을 산책하다가 이제는 그 누구도 해독할 수 없게 된 문자가 새겨진 폐허를 보았는데, 예전에 이곳에 세워졌던 도시와 관련해 남아 있는 것이 무엇일까 하는 의문이 들었습니다. 피조물 중에서 가장 덧없는 인간에 대해서는 말하지 않겠습니다. 하지만 인간들의 문화에서는 무엇이 남아 있을까요? 어떤 왕국이 살았으며, 어떤 학문, 어떤 법, 어떤 진리가 존재했을까요? 아무것도 없었습니다. 폐허를 아무리 뒤져도, 깨진 토기에 새겨진 얼굴 하나와 벽화의 일부분밖에는 발견하지 못했습니다. 그러니 저의 보잘 것없는 시들도 천 년 뒤에는 영원히 묻힌 세상의 토기 조각이나 벽화의 일부분과 다를 바 없이 되겠지요. 남는 것이라고는 반쯤 술에 취한 어느 시인이 그 도시에 던지는 초연한 시선밖에는 없을 것입니다."

몹시 당황한 아부 타헤르가 더듬거리면서 말했다.

"자네의 말을 이해하네. 그렇다고 설마 샤피이파의 재판관에게 포도주 냄새가 풍기는 시를 바치고 싶은 건 아니겠지!"

사실 타협할 줄도, 감사할 줄도 아는 오마르는 재판관이 권한 포도주에 물을 살짝 타서 마셨다고 할 수 있겠다. 그 후 여러 달 동안 3차 방정식 연구에 몰두하면서 대수학에 관한 중요한 책을 저술했으니 말이다. 그는 대수 공식에서 미지수를 나타내기 위해 '어떤 것'이라는 뜻의 아랍어 'chay'를 사용했는데, 에스파냐 과학서에 'Xay'로 표기되는 이 단어는 점차 첫 글자 'X'로 대치되었고, 이후 'X'는 미지수를 상징하게 되었다.

사마르칸트에서 완성된 하이얌의 저서는 그의 후원자에게 바쳐졌다. "우리는, 극소수의 학자들만이 진정한 탐구에 전념할 수 있을 정도로 학자의 권위가 실추된 시대에 살고 있는 희생자들입니다……. 오늘날의 학자들이 지니고 있는 약간의 지식은 물질적 목적을 추구하는 데만 바쳐지고 있습니다……. 따라서 세상사만큼 학문에도 관심을 갖고 인류의 운명을 걱정하는 사람을 이 세상에서 찾는다는 희망을 버리고 있었는데, 신께서 위대한 재판관이신 이맘

아부 타헤르를 만날 수 있도록 은총을 베풀어주셨기에 그에 대한 보답으로 이 책을 재판관께 바칩니다."

그날 밤, 아부 타헤르의 거처를 나온 하이얌은 얼마 전부터 지내고 있는 정자로 향했다. 그런데 깜박 잊고 램프를 갖고 나오지 않았음을 알고, 어차피 늦었으니 책을 읽거나 쓸 수는 없겠다고 생각했다. 샤왈 달*의 말로 접어든 하늘에는 초승달이 떠 있어서 달빛은 길을 거의 밝혀주지 않았다. 재판관의 거처에서 멀어지면서부터 하이얌은 더듬어서 길을 걷다 돌부리에 걸려 비틀거렸고, 길가에 늘어선 나뭇가지를 붙잡고 늘어지다 수양버들 가지에 얼굴을 얻어맞기도 했다.

간신히 방에 다다랐는데, 한 목소리가 들렸다. 나무라는 듯하면서도 부드러운 음성이었다.

"벌써부터 와서 기다리고 있었건만, 이제야 오시는군요."

지금 들리는 이 목소리는 내가 그토록 생각하고 있던 그 여인의 음성이 맞는 건가? 하이얌은 문 앞에 서 있다가 천천히 문을 닫으면서 눈으로 모습을 찾았지만, 헛일이었다. 목소리만 다시 들릴 뿐, 짙은 안개 속인 듯 아무것도 보이지 않았다.

"침묵을 지키시는 걸 보니, 여자가 감히 이렇듯 남정네의 침실에 침입했다는 사실이 믿기 어려우신 거로군요. 궁전에서 우리의 시선

---

* 이슬람력으로 10월을 가리킨다.

이 마주쳤을 때 섬광이 지나갔지만, 그곳에는 칸과 재판관, 그리고 궁정의 대소 신료들이 있었고 당신은 눈길을 피했어요. 많은 남자들처럼 당신도 감정을 억제하는 쪽을 택한 거지요. 하기야 한낱 여자를 위해서, 그것도 지참금으로 신랄한 말과 행실이 미심쩍다는 평판만을 지니고 올 과부를 위해서 칸의 노여움을 살 이유도, 위험을 무릅쓸 이유도 없겠지요."

오마르는 뭐라 말을 하려 했으나 어떤 신비로운 힘에 휩싸인 듯 입이 떨어지지 않았다.

자한이 빈정거리는 듯하면서도 측은해하는 어투로 말했다.

"아무 말씀도 안 하시는군요. 그렇다면 나 혼자서 계속 말할 수밖에 없지요. 어차피 여기까지 들이닥친 사람도 나니까요. 당신이 궁전을 떠나고 나서 수소문을 하여 당신이 사는 곳을 알아냈고, 그래서 궁정 사람들에게 사마르칸트의 부자 상인에게 시집온 사촌 동생 집에서 기거하겠다고 둘러대고 빠져나왔어요. 궁정 식구들과 함께 이동할 때에는 하렘*에서 자는 것이 원칙이에요. 그곳에는 친구들이 있는데, 다들 나와 함께 있는 걸 좋아해요. 그 여자들은 내가 해주는 얘기를 듣고 싶어 하지요. 그리고 내가 칸의 여자가 되고 싶어 하지 않는다는 걸 알기 때문에 나를 연적으로 생각하지도 않아요. 나는 물론 칸을 유혹할 수도 있지만, 군주의 아내들과 절친한 데다 그런 식으로 내 운명을 던지고 싶은 마음은 추호도 없어

---

* '신성하여 범하지 못하는 금지된 곳'이라는 뜻으로, 궁전뿐만 아니라 지방 제후 귀족이나 부호들도 거처 내에 여성들의 주거지를 별도로 마련하였다.

요. 나한테는 남자보다 내 인생이 훨씬 더 중요하거든요! 내가 다른 사람의 아내였기 때문에 칸이 지금은 나를 궁전 안에서 시를 읊으며 자유롭게 살게 놔두고 있지만, 만일 나를 아내로 들일 생각을 하게 되면 그 순간부터는 하렘에 가두고 꼼짝 못하게 할 거예요."

마비 상태에서 간신히 벗어난 오마르는 사실 처음에는 자한이 하는 말을 거의 이해하지 못했다. 마침내 정신을 차린 그는 입을 열기로 결심하고 그녀에게 하는 말이라기보다는 자신에게, 아니 어느 그림자에게 얘기하듯이 말했다.

"청년기를 한참 지나서야 마침내 한 시선과 한 미소와 마주쳤소. 그래서 그 시선이 어둠 속에서 부드러운 살을 지닌 여인이 되어 나타나주기를 꿈꾸었소. 그런데 갑자기 이 꿈같은 도시에서 이 밤, 이 어둠 속으로, 이 꿈같은 정자 안으로 아름답고 게다가 시인이기까지 한 그대가 몸을 주러 오다니 정녕 꿈은 아닐는지."

자한이 웃었다.

"몸을 주러 왔다고요? 당신이 그걸 어떻게 알죠? 당신은 아직 나를 건드리지도 못했고, 나를 보지도 못하고 있고, 나는 해가 뜨기 전에 떠날 테니 아마도 끝내 나를 보지 못할 텐데."

점점 깊어 가는 어둠 속에서 비단 자락 스치는 소리가 들리고, 여인의 향기가 풍겼다. 오마르는 숨을 죽이고 긴장했다. 그는 풋내기처럼 순진하게 묻지 않고는 견딜 수 없었다.

"아직도 베일을 쓰고 있소?"

"밤에는 베일을 쓰지 않아요."

6

익명의 화가가 옆모습으로 그린 한 여자와 한 남자, 한 쌍의 남녀가 누운 채로 포옹하고 있다. 화가는 그들에게 장미꽃들이 가장자리를 두르고 있는 풀밭 잠자리를 펼쳐주고, 그들의 발치에 은빛 시냇물이 흘러가게 하려고 정자의 담을 없앴다. 화가의 그림에서 인도 미인의 봉긋한 젖가슴을 하고 있는 자한, 한 손으로 그녀의 머리칼을 쓰다듬으며 다른 손에는 술잔을 들고 있는 오마르.

그들은 날마다 궁전에서 마주쳤지만, 탄로가 날까 두려워 서로 눈길을 피했다. 하이얌은 저녁마다 정자로 서둘러 돌아가서 사랑하는 여인을 기다렸다. 그들에게 허락된 밤은 앞으로 얼마나 될까? 그것은 전적으로 군주에게 달려 있었다. 군주가 이동하면 자한은 따라가야 했다. 나스르 칸은 사전에 알리는 법이 없었다. 유목민의 아들인 칸이 어느 날 아침 군마에 뛰어올라 부하라, 키슈 또는 판자켄트를 향해 말머리를 잡으면, 궁정 식구들은 서둘러 뒤를 따라야 했다. 오마르와 자한은 언제 올지 모를 그 순간이 조마조마해서, 지금 나누는 이 입맞춤이 마지막이 되지는 않을까, 이 포옹이 마지막이 되지는 않을까 하는 마음으로 하루하루를 보냈다.

그러던 어느 무더운 여름밤, 하이얌은 자한을 기다리다 못해 정자의 테라스로 나갔다. 아주 가까운 곳에서 재판관의 경비병들이 웃는 소리가 들려서 그는 왠지 불안했다. 그러나 자한이 아무에게도 들키지 않고 무사히 들어왔기 때문에 곧 안심했다. 저녁에 만날 때마다 그들은 우선 가벼운 키스를 나누고, 서로 기대어 이런저런 이야기를 하는 것으로 그들만의 밤을 시작했다.

"지금 이 순간에 우리처럼 만나는 연인들이 이 도시 안에 얼마나 될까요?"

자한이 장난기 있는 어조로 속삭였다. 오마르가 빵떡모자를 고쳐 쓰더니 표정까지 점잖게 바꾸고 현학적으로 말했다.

"어디 한번 따져봅시다. 서로 싫증이 나 있는 부부들, 복종할 수밖에 없는 노예들, 몸을 파는 거리의 여자들, 한숨짓는 처녀들을 제외하면 남는 여자가 몇 명이나 되고, 그 여자들 중에서 자신이 선택한 남자와 오늘 밤을 보내는 연인들이 몇 명이나 되겠소? 마찬가지로, 어쩔 수 없이 몸을 허락하는 여자 곁에서 자는 남자들을 제외하면, 자기가 사랑하는 여자 곁에서 자는 남자가 몇이나 되겠소? 어쩌면 오늘 밤 사마르칸트에는 한 쌍의 연인밖에 없을지 누가 알겠소. 그러면 왜 당신과 나밖에 없느냐고 묻고 싶겠지? 왜냐하면 신께서 독을 품은 꽃들을 창조해놓듯 우리를 사랑에 빠지게 하셨기 때문이오."

그렇게 말하면서 하이얌이 웃자 자한은 눈물이 글썽했다.

"누가 듣겠소. 어서 방으로 들어가서 문을 잠급시다."

사랑을 나누고 나서, 자한이 몸을 반쯤 가리고 일어나 앉더니 남자를 부드럽게 밀어내면서 말했다.

"나스르 칸의 첫째 부인한테서 들은 비밀 얘기 하나 해줄게요. 칸이 왜 사마르칸트에 머물고 있는지 아세요?"

오마르는 하렘에 대한 험담이라고 생각하고 말을 막았다.

"내가 군주들의 비밀에 관심이 없고, 또 군주들이 비밀을 주워 담는 귀를 불로 지진다는 걸 나보다 더 잘 알잖소?"

"그래도 들어보세요. 그 비밀은 우리와 관계가 있고, 우리의 인생을 뒤엎을 수도 있으니까요. 나스르 칸은 요새들을 시찰하러 온 거예요. 칸은 더위가 가시고 여름이 끝날 무렵에 셀주크 군대가 쳐들어올 거라고 예상하고 있어요."

하이얌은 셀주크 군대에 대해 잘 알고 있었다. 그들에 대한 얘기를 수없이 들으며 자라서 그의 어릴 적 기억을 가득 채우고 있었다. 셀주크 튀르크가 이슬람 아시아의 주인이 되기 훨씬 이전에 하이얌의 고향 니샤푸르를 공격한 일이 있었는데, 그 침공은 여러 세대를 거친 뒤에도 여전히 대공포의 기억으로 남아 있었다.

오마르 하이얌이 태어나기 10년 전에 일어난 일이었다. 어느 날 아침 니샤푸르의 사람들이 잠을 깨보니 도시가 튀르크 전사들에게 완전히 포위되어 있었다. 침략군을 지휘한 우두머리는 '매'라는 뜻의 투으룰 베이와 '새매'라는 뜻의 차으르 베이*라는 두 형제였는데, 셀주크**의 아들 미카일의 아들들이었다. 유목민 부족의 알려지지 않은 이 우두머리들은 얼마 전에 이슬람교로 개종한 이들이었다. 침략군은 도시의 고관들에게 다음과 같은 전갈을 보냈다. "이

---

* 투그릴 베그, 차그리 베그라고도 하며, 이 형제가 1037년 셀주크 제국을 건국했다.

도시의 시민들은 거만하고, 도시의 신선한 물은 성 밑 운하로 흘러든다고 한다. 만일 우리에게 저항한다면 그 운하는 머지않아 하늘을 보게 될 것이고, 시민들은 땅속에 묻히리라."

침략은 빠르게 전개되었다. 그렇듯 사태가 심각한데도 니샤푸르의 고관들은 태평하게도 주민들의 목숨은 무사할 것이며 재산, 집, 과수원, 운하는 해를 입지 않을 것이라는 정복자의 약속을 믿고 서둘러 항복했다. 그러나 정복자의 약속이 무슨 가치가 있을까? 군대가 입성하자마자, 차으르는 수하의 전사들을 거리와 시장에 풀어주고 싶어 했다. 그러나 투으룰은 지금은 라마단 달이고, 단식 기간에는 이슬람의 도시를 약탈해서는 안 된다고 강조하면서 반대했다. 차으르는 그 주장은 받아들이면서도 무장을 해제하지는 않았고 '신성한 달'이라고 일컫는 라마단 달이 끝나기만을 기다렸다.

형제간에 불화의 바람이 일고는 있었지만, 니샤푸르의 시민들은 라마단 달이 끝나는 다음달 초하루가 되면 약탈, 강간, 학살이라는 대공포 시대가 시작되리라는 것을 느끼고 있었다. 항거할 수 없는 악랄하고 모욕적인 만행이 예상되었다. 모든 상점이 물건을 치웠고, 남자들은 어디론가 숨었고, 아내와 딸 들은 자신의 무기력을

** 960년경 튀르크족의 한 분파인 오구즈 튀르크의 족장인 셀주크는 자신의 일족을 이끌고 중앙아시아 남쪽으로 이동하여, 주로 페르시아 지역을 장악한 사만 왕조의 용병으로 활약하다 부하라와 사마르칸트 사이의 영토를 얻었다. 이때 셀주크 튀르크족은 이슬람교로 개종했다. 셀주크가 죽은 뒤 전통에 따라 부족은 그의 네 아들에 의해 분할되었는데, 그중 장남인 미카일이 일찍 죽으면서 그 세력은 다시 그 아들인 투으룰과 차으르 형제가 이끌게 되었다.

한탄하는 남편과 아버지 들을 보았다. 어떻게 하겠는가. 도망을 친다 한들 어느 도로를 이용할 것인가? 점령군이 도처에 깔려 있고, 전사들이 말을 타고 시장 안의 대광장과 골목과 성곽 밖의 지역을 순찰하고 있는 데다, 불에 탄 성문 주변에는 타지에서 몰려온 유목민들의 강도질이 횡행하고 있었다.

그러하니 어느 누가 단식 기간이 끝나기를 바라겠는가? 그해에는 모든 사람이 단식 기간이 끝없이 연장되어서 단식 종료제의 날이 오지 않기를 바랐다. 그래서 새달이 되어 초승달이 떴지만 아무도 기뻐하지 않았고, 아무도 양을 잡을 생각을 하지 않았다. 도시 전체가 제물로 바쳐지기 위해 뚱뚱하게 살찐 거대한 양이 되어 있는 듯했다.

축제의 전야, 각자의 소원이 이루어진다는 단식 종료제의 전야에 수천의 가족들이 모스크와 성인들의 여러 영묘로 모여들었고, 임시 피난처 안에서 통곡 속에 기도를 하며 고통스러운 밤을 지새웠다.

그 시간, 성채 안에서는 셀주크 형제간에 격렬한 토론이 벌어지고 있었다. 차으르는 수하의 부하들이 몇 달 동안 보상을 받지 못했으며, 부유한 도시에 입성하면 자유롭게 행동하도록 놔두겠다고 약조했기 때문에 반란을 일으키기 직전에 있는 부하들을 자기로서도 더는 붙잡아 둘 수 없다고 목청을 높였다.

그러자 투으룰이 반대 의사를 표명했다.

"우리는 이제 겨우 정복을 시작했고, 이스파한, 시라즈, 레이, 타브리즈와 그 너머의 도시까지 앞으로 정복할 도시들이 수없이 많다! 항복을 받고 서약도 해놓고서 우리가 니샤푸르를 약탈한다면, 앞으로 어느 도시를 가도 우리에게 문을 열어주지 않을 것이고, 어느 수비대도 순순히 굴복하지 않을 것이다."

"무기를 들 기회를 주지 않아서 부하들이 우리를 버린다면, 형님이 꿈꾸는 그 모든 도시들을 우리가 어떻게 정복할 수 있겠습니까? 이미 가장 열렬하게 충성하는 부하들조차 불평하고 위협을 하는 판입니다."

두 형제를 둘러싸고 있던 장수들과 원로들이 이구동성으로 동생 차으르의 말에 동의했다. 용기를 얻은 차으르가 일어나서 결론을 내렸다.

"토론은 충분히 했으니 나는 내 부하들에게 마음껏 누리라고 말하렵니다. 형님의 부하들에 대해서는 상관하지 않을 테니 그들은 형님이 알아서 하세요."

투으룰은 아무 대답도 하지 않고, 진퇴유곡의 궁지에 빠진 듯 꼼짝도 하지 않았다. 그가 갑자기 참석자들에게서 멀찍이 물러서더니 단도를 움켜잡았다.

그러자 이번에는 차으르가 칼을 뽑았다. 간섭을 해야 할지, 아니면 늘 하던 대로 셀주크 형제가 혈투를 벌이게 놔두어야 할지 아무도 알지 못했다. 그 순간 투으룰이 내질렀다.

"아우야, 나는 너를 강제로 복종하게 할 수 없고, 네 부하들을 붙잡아 둘 수도 없다. 하지만 네가 부하들을 도시에 푼다면, 이 칼을 내 가슴에 꽂을 것이다."

그렇게 말하면서 투으룰이 단도를 두 손으로 잡고 칼끝으로 자신의 가슴을 겨냥했다. 차으르는 잠시 망설이다가 형에게 다가가서 두 팔을 벌리고 얼싸안으며 다시는 그의 뜻을 거역하지 않겠다고 약속했다. 니샤푸르는 무사했으나 도시는 그 라마단 달의 대공포를 영원히 잊지 못할 것이었다.

7

하이얌이 셀주크 제국에 대한 자신의 견해를 펼쳤다.

"약탈을 좋아하는 미개한 종족인가 하면, 견식 있는 지배자며 비속한 짓과 고귀한 행동을 동시에 할 수 있는 이들이 바로 셀주크 튀르크족이오. 투으룰 베이는 특히 영토 확장을 좋아하는 제국광이었소. 내가 세 살 때에는 이스파한을 점령했고, 열 살 때에는 바그다드를 정복했고 칼리파로부터 공식적으로 '동방과 서방의 왕, 술탄'이란 칭호를 받으면서 칼리파의 보호자로 자처하며 명실공히 동방 이슬람 세계의 지배자로 공인되었지요. 어디 그뿐인가, 그는 일흔 살의 나이에 신자들의 왕인 칼리파의 친딸과 혼인까지 하는 대단한 인물이었으니."

하이얌은 탄복하는 투로 약간 엄숙하게 말했는데 자한이 무례하게 웃음을 터뜨렸다. 갑작스러운 폭소를 이해하지 못한 그가 기분이 상한 얼굴로 자한을 나무라는 듯이 쳐다보자, 그녀가 사과하면서 설명했다.

"혼인이라는 말을 들으니 갑자기 하렘에서 들은 얘기가 생각나서요."

하이얌도 자한이 얘기하고 싶어서 안달하고 있는 일화를 어렴풋이 기억하고 있었다.

자신의 딸 사이예다에게 청혼하는 투으룰의 의사를 전달받은 칼리파의 얼굴은 파랗게 질렸다. 술탄의 특사가 물러가기가 무섭게 칼리파가 분노를 터뜨렸다.

"그 튀르크 놈을 당장 유르트에서 내쫓으렷다! 얼마 전까지만 해도 그놈의 아비들은 내가 모르는 우상 앞에 꿇어 엎드렸고, 깃발에 돼지 콧잔등을 그리고 다니던 주제였다. 그런데 감히 고귀한 혈통인 이슬람 칼리파의 딸에게 청혼을 해?"

칼리파가 그렇게 온몸을 부르르 떨면서 진노한 것은, 그 청혼을 거절할 수 없으리라는 것을 알기 때문이었다. 두 번째 전갈을 받기까지 여러 달을 망설인 끝에 칼리파는 마침내 답을 보내야 할 시기를 맞이했다. 나이 많은 한 자문관이 전언을 전달할 임무를 받고, 테헤란 외곽에서 아직도 그 폐허를 볼 수 있는 레이를 향해 출발했다. 투으룰의 궁정이 있는 곳이 바로 레이였다.

칼리파의 특사를 맞아들인 재상이 말했다.

"술탄께서 노심초사하시며 성화같이 재촉하셨는데, 때마침 이렇게 답신을 갖고 와주시니 반갑소이다."

"답신의 내용을 아신다면 반가워하지 않으실 텐데요. 이슬람의 칼리파께서는 용서를 청하면서 그 청혼을 받아들일 수 없다고 하시오."

재상이 손가락으로 경옥 묵주 알을 돌리면서 초연하게 말했다.

"그럼 이 복도를 통과하시고, 저기 저 높은 문을 뛰어넘어서 이라크, 파르스, 호라산과 아제르바이잔의 주인이시자 아시아의 정복자이시며, 진정한 종교를 보호해주시는 권력자이자 아바스 왕조의 보호자이신 술탄*께 가서, '칼리파께서는 따님을 주지 않겠다고 하십니다' 하고 알리시지요. 이 근위병이 그곳으로 안내해드릴 것이오."

재상이 지목한 근위병이 앞으로 나서고 특사가 그를 따라가려고 일어섰을 때 재상이 넌지시 말했다.

"특사께서는 분별 있는 분이시니 빚을 청산하고, 처자식들에게 재산을 분배하고 오셨겠지요!"

갑자기 맥이 풀린 특사가 다시 주저앉았다.

"그럼 어찌하면 좋을지 조언을 좀 해주시오."

"칼리파께서 타협안으로 내놓으신 것이 정녕 아무것도 없습니까?"

"칼리파께서는, 그 청혼을 면할 방법이 전혀 없다면 혼인에 대한 대가로 금화 30만 디나르를 요구한다고 말씀하셨소이다."

---

* 10세기 중엽, 시아파 부야 왕조는 바그다드를 점령하면서 수니파 아바스 왕조를 지배했다. 그러나 11세기 중엽에 셀주크 제국을 세운 투으룰에게 부야 왕조가 멸망하면서 아바스 왕조는 바그다드에서 시아파 세력을 몰아낼 수 있었다.

"그것도 좋은 방법이 될 수 있겠지요. 하지만 술탄께서는 칼리파가 시아파에 의해 고향에서 쫓겨났던 것을 돌아오도록 해주셨고, 잃었던 재산과 영토를 되찾아주시면서 칼리파를 위해 많은 것을 해주셨는데, 그런 분이 신붓값을 요구하는 것에 동의하리라고는 생각하지 않소. 우리가 술탄 투으룰 베이의 감정을 상하게 하지 않고 좋은 결과를 얻을 수 있도록 만들어봅시다. 술탄께 가셔서, 칼리파가 청혼을 수락했다고 말씀하십시오. 그러면 제가 옆에 있다가 술탄께서 만족스러워하시는 순간에 상당한 금액의 신붓값을 바란다는 칼리파의 뜻을 넌지시 귀띔하겠소이다."

일은 모의한 대로 진행되었다. 그 말을 듣고 기분이 몹시 좋아진 술탄은, 재상을 포함해서 여러 왕자들, 장수 수십 명, 고관들, 궁정의 부인들, 근위병 수백 명과 노예들이 참석한 자리에서 장뇌, 몰약, 비단, 보석함 들과 함께 금화 10만을 바그다드에 보내겠다고 선언했다.

얼마 후, 칼리파는 술탄의 사절단을 맞아 여러 대신들과 함께 공식적인 회견을 했다. 칼리파는 술탄의 재상과 단둘이 있게 된 자리에서, 자신은 그 결혼을 승낙할 수 없으며, 만일 강제로 혼인하겠다면 자신은 바그다드를 떠나겠노라고 기탄없이 말했다.

"생각이 그러하시다면 왜 금화로 타협하겠다는 제안을 하셨습니까?"

"단 한마디로 거절할 수는 없었소. 술탄이 내 태도를 보고 내게서 딸을 데려갈 수 없음을 깨닫기를 바랐소. 그대에게 말하건대, 튀르크인이든 페르시아인이든 지금까지는 어떤 술탄도 칼리파에게 그런 요구를 한 적이 없었소. 나는 내 명예를 지켜야겠소!"

"저는 몇 달 전에 이미 대답이 부정적일 것이라고 느끼고 술탄께서 거절에 대한 마음의 준비를 하실 수 있도록 노력했습니다. 이전의 어느 누구도 감히 그런 요구를 한 적이 없으며, 그런 관례도 없기 때문에 사람들이 몹시 놀랄 거라고 설명했습니다. 그때 술탄께서 뭐라고 하셨는지는 감히 이 자리에서 전할 수가 없습니다."

"아무 염려 마시고 말씀하시오."

"황공하옵지만 그 말은 결코 입 밖에 낼 수가 없습니다."

칼리파가 재촉했다.

"명이니 아무것도 숨기지 말고 말씀하시오."

"술탄께서는 제가 폐하의 편을 든다고 나무라시며 저를 감옥에 처넣겠다시면서……."

재상은 일부러 우물우물 말했다.

"투으룰 베이가 정확히 뭐라고 했는지 말하시오."

"술탄께서는 이렇게 고함을 치셨습니다. '그 아바스 놈은 정말 웃기는 족속이구나! 그 선조들은 지구의 절반을 정복하고 가장 번영한 도시들을 세웠는데, 오늘의 후손들을 보라! 내가 저들의 제국을 빼앗았는데도 저들은 편히 지내고 있다. 내가 저들의 수도를 빼앗았는데도 저들은 경축하면서 나한테 많은 선물을 바쳤고, 칼리파는 나에게 '신께서 제게 주셨던 모든 땅을 폐하께 드리며, 신께서 제게 일임하셨던 신도들의 운명을 폐하의 손에 맡기옵니다' 하고 말했다. 그는 자신의 궁전, 신하, 하렘을 내 보호 아래 두기를 간청했다. 그런데 자기 딸에게 청혼을 하자 거역하면서 명예를 지키고 싶어 하는구나. 처녀의 엉덩이가 그가 싸워서라도 지켜야 할 유일한 영토란 말인가?'"

아연실색한 칼리파가 아무 말도 하지 못하자, 재상이 그 틈을 타서 술탄의 전갈을 마무리했다.

"술탄께서는 또 이렇게 덧붙이셨습니다. '저들에게 가서, 내가 제국을 빼앗고 바그다드를 빼앗았을 때처럼 기필코 그 딸을 빼앗을 것이라고 전하라!'"

8

자한은 이슬람 왕족의 씁쓸한 혼인 얘기를 자세하게, 그리고 쾌썸할 정도로 즐겁게 이야기하고 있고, 자한을 나무라기를 포기한 오마르는 하는 수 없이 그녀에게 동조하고 있다. 장난기가 많은 자한이 가만히 좀 있으라고 위협하면, 어떻게 하면 이야기가 끝날지 잘 아는 오마르가 그녀를 애무하면서 제발 그만두라고 애원하지만 그녀는 막무가내로 이야기를 계속한다.

그리하여 체념한 신자들의 왕, 칼리파는 애끓는 심정으로 혼인을 승낙했다. 투으룰은 답신이 오자마자 바그다드로 향했고, 혼례 준비가 얼마나 진척되었는지 알고 싶어 안달하면서 도시에 당도하기도 전에 재상에게 먼저 가서 알아보라고 재촉했다.

칼리파의 궁정에 도착한 재상은, 혼인 서약서에는 서명할 수 있으나 '혼인이 성립된 것이 중요하지, 만나는 것은 중요하지 않으니' 신랑과 신부의 합방은 논외의 일로 결정되었음을 알았다.

재상은 격분했으나 자제하면서 말했다.

"제가 아는 한, 술탄께서 신부를 만나는 것 같은 중요한 일을 부차적으로 생각하진 않으실 거라고 장담할 수 있습니다."

실제로 술탄은 자신의 욕망이 얼마나 열렬한지 보여주기 위해, 망설이지 않고 군대에 경계령을 내려 바그다드에 분할 배치하고 칼리파의 궁전을 포위했다. 칼리파는 굴복해야 했고, '만남'은 이루어졌다. 공주는 금빛 융단을 씌운 침대에 앉아 있었고, 투으룰 베이는 침실로 들어가 여인 앞에서 무릎을 꿇고 바닥에 입을 맞추었다. 이 부분에 대해 연대기 작가들은 이렇게 전한다. "이어서 술탄은 공주에게 경의를 표했으나, 공주는 얼굴에 드리운 베일을 들추지도 않았고, 아무 말도 하지 않았다. 공주는 그의 존재를 아예 무시했다." 그 후로도 술탄은 날마다 값진 선물을 들고 아내를 보러 갔으나, 공주는 단 한 번도 자신의 얼굴을 보여주지 않았다. 술탄이 아내를 '만나고' 나올 때마다 문간에서 신하들이 기다리고 있었는데, 그것은 기분이 몹시 좋아진 술탄이 모든 청을 들어줄 뿐 아니라 선물도 내리기 때문이었다.

오만방자하게 강제로 이루어진 그 혼인에서는 자식이 한 명도 태어나지 않았다. 투으룰은 여섯 달 후에 사망했다. 생식 불능이었던 투으룰은 자식을 낳지 못했다는 이유로 첫째 부인과 둘째 부인을 버렸다. 정실 부인들과 노예들을 비롯하여 많은 여자를 거느렸지만, 끝내 자식이 나오지 않자 결국 자신에게 문제가 있다는 것을 인정해야 했다. 그는 점성가, 치료사, 주술사 들에게 진찰을 받았고, 보름달이 뜰 때마다 할례를 받은 어린아이의 포피를 씹어 먹으라는 처방을 받았다. 그러나 아무리 먹어도 효험이 없었다. 그는 단념해야 했다. 하지만 불구라는 것 때문에 남자로서의 위신을 잃지 않기 위해, 술탄은 거처를 잠시 옮길 때에도 하렘의 처첩들을 모두 끌고 다님으로써 호색한이라는 평판이 나도록 꾸몄다. 투으룰의 성 능력에 대한 얘기는 측근들 사이에서 필수적인 화제여서, 장수들과 심지어 외국 손님들까지도 그의 왕성한 정력을 찬양하면서 그 비결과 묘약에 대해 물을 정도였다.

사이예다는 과부가 되었다. 금빛 침대의 한쪽 자리가 비었지만, 그녀는 자신의 운명을 한탄하고 있을 처지가 아니었다. 더 심각한 문제는, 제국이 막 건설되었는데 권좌가 비었다는 사실이었다. 투으룰의 할아버지 셀주크가 왕조를 세웠다고는 하나, 셀주크 제국의 진정한 건국자는 투으룰이었다. 그러나 건국자가 자식을 남기지 않고 사라졌으니 동방 이슬람 제국은 무정부 상태에 놓이게 되는 것이 아닌가? 형제, 조카, 사촌 들은 많이 있으나 당시는 아직 장자 상속권이나 계승권이 없었다.

그러나 곧 차으르의 아들 알프 아르슬란이 제2대 술탄으로 즉위했다. 그는 불과 몇 달 사이에 반대파를 제거하고 셀주크족을 지배했다. 알프 아르슬란을 지지하는 신하들의 눈에는 그가 자신만만하고 정의로우며 위대한 군주감으로 보였다. 그러나 그를 적대하는 반대파는, 생식 불능이던 투으룰은 넘칠 정도로 성적 매력을 지녔던 반면에 자식을 아홉이나 둔 알프 아르슬란은 성적 매력이 없는 남자라는 소문을 퍼뜨렸다. 적대자들은 술탄에게 '계집애 같은 졸장부'라는 별명을 붙였고, 추종자들은 거북하기 짝이 없는 그 말을 입에 담기를 삼갔다. 그 소문이 사실이든 헛소문에 불과한 것이든, 그 평판은 승승장구하리라고 예상되던 아르슬란의 일생을 조속한 파멸로 끝나게 하는 원인이 되고 말았다.

자한과 오마르는 아직 그 파멸에 대해 모르고 있었다. 그들이 아부 타헤르의 정원에 있는 정자에서 한담하고 있을 무렵, 서른여덟 살의 알프 아르슬란은 그 대륙에서 가장 강력한 인물로 부상해 있었다. 그의 제국은 카불에서 지중해까지 확장되었고, 그의 권세는 하늘을 찌를 정도였다. 군대는 충성을 다했으며, 그에게는 당대 최고의 수완가인 니잠 알물크라는 재상이 있었다. 더군다나 알프 아르슬란은 아나톨리아 반도의 만지케르트(현재 지명 말라즈기르트)라는 작은 마을에서 비잔티움 제국의 군대를 무찌르고 황제 로마누스 4세를 생포하는 혁혁한 승리를 거두었다. 모든 모스크에서 설교자들이 그의 무훈을 찬양했다. 술탄이 싸움터에서 하얀 수의를 걸치고 시체에 사용하는 방부제까지 몸에 뿌리며 죽음을 각오하고 선두에 서겠다고 연설하는 것으로 병사들의 사기를 높인 일화를 비롯하여, 말의 꼬리를 몸소 어떻게 묶었으며, 비잔티움군이 급파한 러시아군 척후병들을 어떻게 기습했으며, 적군의 코를 어떻게 베었으며, 생포한 비잔티움의 황제를 석방해주었다는 것에 이르기까지 알프 아르슬란의 무공을 상세하게 이야기했다.

이슬람으로서는 위대한 시기였으나 카라한의 수도 사마르칸트에는 위태로운 시기였다. 알프 아르슬란은 늘 사마르칸트를 탐냈고 호시탐탐 점령할 시기를 노리고 있었다. 더구나 알프 아르슬란은 비잔티움 제국의 군대와 맞설 정도로 강력한 군대를 거느리고 있었다. 사마르칸트는 할 수 없이 셀주크 왕조와 정략결혼을 하는 것으로 정전 협정을 맺었다. 술탄의 장남 말리크샤*는 나스르의 누이 테르켄 하툰과 혼인하고, 나스르 칸은 알프 아르슬란의 딸과 혼인했다.

그러나 그 협정이 끝까지 지켜질 것이라고 믿는 사람은 아무도 없었다. 장인인 알프 아르슬란이 비잔티움의 그리스도교도들을 무찔렀다는 소식을 들었을 때부터, 사마르칸트의 주인 나스르 칸은 자신의 도시에도 위험이 닥쳐올 것을 예감하고 있었다. 그의 생각은 적중해서 사건이 연달아 일어났다.

옛사람들은 '옥수스'라고 불렀고, 후대인들은 '아무다리야'라 부르게 되고, 당시 사람들은 '자이훈'이라 부르는 강을 셀주크 기병 20만 명이 넘어올 채비를 하고 있었다. 나룻배를 이어 묶은 배다리

---

* 말리크샤는 각각 아랍어와 페르시아어로 왕을 뜻하는 말리크와 샤가 합쳐진 칭호이다. 이는 튀르크 혈통인 그가 서아시아의 주 민족인 아랍인과 페르시아인의 통치자임을 상징하는 것으로 추측된다.

를 마지막 병사가 건너기까지는 20일이면 충분했다.

사마르칸트의 왕실은 사람들로 붐볐지만 초상집처럼 고요했다. 나스르 칸마저 눈앞에 닥친 시련 때문에 숙연해진 듯, 화를 내지도 언성을 높이지도 않았다. 대소신료들도 낙담해 있었다. 칸이 설사 알프 아르슬란의 희생양이 될지언정 당당한 모습을 보여준다면 오히려 안심이 될 것 같았다. 풀 죽은 칸의 모습에 신하들은 불안했다. 모든 것을 체념한 것 같은 군주가 패배자로 보여서 그들은 도망가느냐, 배신하느냐, 조금 더 기다려볼 것이냐, 기도할 것이냐를 두고 모두들 설왕설래했다.

나스르 칸은 하루에 두 차례씩 측근들을 거느리고 시찰을 나갔다. 성벽을 순시하던 나스르 칸은 병사들과 하층민들로부터 갈채를 받았다. 순시를 하는 동안 청년층의 시민들이 군주에게 가까이 가려고 애를 썼다. 젊은이들은 근위병의 제지를 받고는 군주에게서 멀찌감치 떨어진 곳에 서서 자신들은 병사들을 도와 싸울 준비가 되어 있으며, 도시와 칸과 왕조를 지키기 위해 죽을 각오가 되어 있다고 외쳤다. 그러나 군주는 그들의 제안에 기뻐하기는커녕 몹시 화를 내며 순찰을 중단하면서 근위병들에게 그들을 해산시키라고 명하고는 발길을 돌렸다.

궁전으로 돌아온 칸은 장수들에게 훈계를 늘어놓았다.

"우리 가슴속에 지혜로운 분으로 남아 계신 내 조부께서 발흐를 점령하고자 하셨을 때, 발흐의 주민들은 자기들의 군주가 없는데도 무기를 들고 우리의 병사들을 수없이 죽여서 우리 군대는 후퇴하지 않을 수 없었다. 그래서 조부께서는 발흐의 주인 마흐무드에게 비난하는 서신을 띄웠다. '나는 군대끼리 맞서 싸우기를 바랐고, 신께서는 그분이 원하시는 사람에게 승리를 주시거늘, 우리의 싸움에 평민들을 끼어들게 하면 어쩌란 말이오?' 그 말씀이 옳다고 인정한 마흐무드는 주민들에게서 무기를 빼앗고, 전투로 인해 발생한 모든 피해를 금으로 보상케 하는 벌을 내렸다. 천성적으로 반항적인 사마르칸트 사람들은 발흐의 사람들보다 훨씬 더 문제를 일으킬 사람들이다. 따라서 나는 내 운명을 시민들에게 맡기기보다는, 차라리 무기를 들지 않고 홀로 알프 아르슬란 앞으로 가겠다."

장수들은 모두 군주의 의견에 따라 민중의 흥분을 가라앉히겠다고 약속했고, 충성의 맹세를 새로이 다지면서 상처 입은 맹수처럼 싸우겠다고 다짐했다. 그 다짐은 말뿐이 아니었다. 사실 트란스옥시아나를 지키는 군대의 용맹함은 셀주크 군대에 뒤지지 않았다. 알프 아르슬란은 나스르 칸보다 병사의 수와 나이에서 유리할 뿐이었다. 술탄의 나이가 아니라 왕조의 나이를 말하는 것이다. 알프 아르슬란은 제2대 왕이었고, 아직은 창건자의 정복 야망이 살아 있었다. 나스르 칸은 제5대 왕이어서 영토를 확장하기보다는 갖고 있는 것들을 누리는 데 더 마음을 썼다.

이런 격앙된 분위기가 계속되자 하이얌은 도시에서 멀리 떨어진 곳에서 살고 싶었다. 물론 때때로 궁정이나 재판관의 공관에 잠시

나마 모습을 나타내지 않을 수 없었고, 시련의 순간들이 이어지는 때에 떠나겠다는 내색도 하지 않았다. 그러나 그는 대부분의 시간을 자신의 정자 안에 처박혀서 마치 전쟁은 그에게 존재하지 않는다는 듯이 자신에게 영감을 주는 초연한 예지를 통해서 학문 연구에 몰두하거나 아부 타헤르에게 받은 비서의 페이지들을 까맣게 채우는 데 열중했다.

자한만 유일하게 주위에서 일어나고 있는 사건의 현실과 그를 묶어주었다. 자한이 저녁마다 전선의 소식과 궁정의 분위기를 알려주면, 그는 마지못해 귀를 기울였다.

알프 아르슬란의 군대는 느리게 전진하고 있었다. 병사의 수가 많아 이동이 힘들었을 뿐 아니라 계속되는 늪지를 통과하느라 병자가 속출했다. 게다가 완강하게 버티는 저항군들에게 기습 공격을 받기도 했다. 저항군들 가운데 특히 술탄을 곤경에 빠뜨린 인물이 있었는데, 그는 강에서 멀리 떨어지지 않은 요새의 사령관이었다. 셀주크 군대는 요새를 포위하고 전진할 수 있었으나, 적의 기습 공격이 잦아서 후방도 안심할 수가 없었다. 여차하면 후퇴마저 위험한 모험이 되어 곤경에 처할 수 있었다. 따라서 알프 아르슬란은 열흘 전에 진군 중단 명령을 내렸고, 적의 기습은 점점 늘어나고 있었다.

사마르칸트 궁정에서는 전선의 동태를 지켜보고 있었다. 사흘 간격으로 수비대에서 날려 보낸 비둘기가 도착했다. 전갈의 내용은 도움을 청하는 것도, 원군을 보내 달라거나 식량이 떨어졌다는 것도 아니었다. 오로지 적군의 인적 손실과 포위군들 사이에 퍼진 전염병에 관한 것뿐이었다. 호라즘* 출신의 요새 사령관 유수프는 대번에 트란스옥시아나의 영웅이 되었다.

그러나 소수의 수비대는 성벽을 기어 올라온 적군 병사들에게 요새를 점령당하는 날을 맞고야 말았다. 유수프 사령관은 끝까지 싸우다 부상을 입고 생포되었다. 도대체 어떻게 생긴 자이기에 자신을 그토록 괴롭혔는지 알고 싶었던 술탄이 유수프를 대령하라고 명했다. 바싹 마른 몸에 먼지를 잔뜩 뒤집어쓴 키 작은 털보가, 두 거한이 양쪽에서 억세게 팔을 잡고 있는데도 머리를 꼿꼿이 들고 서 있었다. 알프 아르슬란은 방석을 깔아놓은 목제 단상 위에 가부좌를 틀고 앉아 있었다. 두 남자는 한참을 서로 노려보았다. 이윽고 승자가 명했다.

"땅에 말뚝 네 개를 박고 이자를 묶어서 능지처참하라!"

유수프가 경멸의 눈길로 알프 아르슬란을 아래위로 훑어보면서 외쳤다.

"사나이답게 싸운 대장부를 겨우 그 정도로밖에 대접하지 못하는가?"

알프 아르슬란은 대꾸하지 않고 얼굴을 돌렸다. 포로가 무례하게 내질렀다.

"이 계집 같은 졸장부야! 물었으면 대답을 해야 할 것 아닌가?"

---

* 화레즘이라고도 하며, 아무다리야강 하류의 비옥한 저지대를 가리키는 지명이다.

술탄이 전갈에 물리기라도 한 듯이 소스라치게 놀랐다. 그가 옆에 놓인 활을 움켜잡아 화살을 시위에 메기고 당기기에 앞서, 부하들에게 포로에게서 물러서라고 명했다. 밧줄에 묶인 남자를 향해 쏜 화살이 부하들에게 날아갈 수도 있었기 때문이다. 어쨌거나 여태껏 표적을 놓친 적은 한 번도 없었으니 그로서는 아무 걱정이 없었다.

극도로 흥분해서일까, 성급해서일까, 너무 가까운 거리에서 화살을 당기게 되어 당황한 탓일까, 화살은 유수프에게 맞지도 않고 떨어졌고 술탄이 미처 두 번째 화살을 쏠 사이도 없이 포로가 그에게 달려들었다. 가부좌를 틀고 앉은 자세여서 자신을 방어할 수 없던 알프 아르슬란은 빠져나오려고 몸부림을 치다 방석에 두 발이 걸리는 바람에 균형을 잃고 고꾸라졌다. 어느새 술탄을 타고 앉은 유수프는 의복 안에 깊이 숨겨 두었던 단도를 꺼내서는 재빨리 술탄의 옆구리를 찔렀다. 그러고는 자신도 몽둥이에 얻어맞았다. 병사들이 달려들어 꼼짝도 않는 유수프의 몸을 갈가리 찢었다. 그러나 죽음으로 굳어버린 그의 입술은 냉소적인 미소를 머금고 있었다. 그는 복수를 했고, 술탄도 오래 살지 못했다.

알프 아르슬란은 사경을 헤매다 결국 나흘 후에 사망했다. 그는 뼈저린 회환 속에서 더디게 다가오는 죽음을 맞이했다. 술탄이 임종하면서 남긴 말을 연대기 작가들은 이렇게 전하고 있다. "일전에 어느 곳에서 부대를 열병하고 있을 때 병사들의 발밑에서 땅이 흔들리고 있음을 느꼈다. 그래서 나는 이렇게 생각했다. '세상의 주인이 난데 어느 누가 나와 힘을 겨룰 수 있단 말인가?' 나의 오만함과 허영심 때문에 신께서 나를 인간 중에서 가장 비참한 패배자, 포로, 처형장으로 가는 죄인으로 만들어버리는구나. 이로써 그분이 나보다 훨씬 강하시다는 것이 증명되었다. 그분께서 나를 때리시고, 나를 권좌에서 끌어내리시고, 내 생명을 앗아 가시는구나."

오마르 하이얌이 아래의 4행시를 비서에 쓴 것은 이 비극이 일어난 다음날인 듯하다.

세상에는 때때로 한 사람이 우뚝 일어나
자신의 재산을 과시하며 외치네, 나는 바로 이런 사람이다!
그의 영화는 정신 나간 꿈의 공간을 살고 있고,
이미 죽음이 고개를 들고 있는데도 외치네, 나는 바로 이런 사람이다!

9

축제 분위기가 한창인 사마르칸트에 감히 슬피 우는 여인이 있었으니, 그 여인은 승리한 칸의 아내이자 칼에 맞아 죽은 술탄의 딸이었다. 물론 그녀의 남편은 애도의 뜻을 전했고, 하렘의 모든 여자들에게 상복을 입으라는 명을 내렸으며, 그녀 앞에서 지나치게 기뺨을 드러내는 환관의 볼기를 치게 했다. 그러나 정작 자신은 디반으로 돌아오기가 무섭게 서슴지 않고 신하들에게 "신께서 사마르칸트 사람들의 기도를 들어주셨도다!" 하고 말했다.

이 대목은 당시 사마르칸트 사람들이 셀주크의 튀르크인 술탄을 조금도 좋아하지 않았음을 짐작케 한다. 사실 사마르칸트의 시민들이 열심히 기도를 했던 것은, 군주가 바뀌면서 대량 학살, 고통, 피할 수 없는 약탈과 파괴가 일어날까 두렵기 때문이었다. 군주는 과도한 세금과 억압적 조치로 민중을 굴복시킬 것이 틀림없었다. 그러나 나스르 칸이 주인이라면 그런 걱정은 하지 않아도 되었다. 그가 비록 군주들 중에서 가장 좋은 사람은 아닐지라도, 분명히 가장 나쁜 사람도 아니었다. 사람들은 자신들의 군주를 받아들였고, 그의 무절제한 행위에 제동을 가하는 것은 신의 뜻에 맡겼다.

따라서 사마르칸트에서는 전쟁을 모면하게 된 것을 경축하기 위해 축제가 벌어졌다. 함성이 일고 있는 거대한 레기스탄 광장은 도취의 분위기였다. 벽마다 행상인들의 진열대가 기대 세워졌다. 가로등 구실을 하는 큰 등불 밑에서는 한 가수가 류트 연주자의 즉흥곡에 맞추어 노래를 불렀다. 호기심으로 몰려든 수많은 군중이 이야기꾼, 손금쟁이, 뱀 부리는 사람들을 에워쌌다가 흩어졌다. 광장한가운데에 임시로 세워놓은 흔들거리는 연단 위에서는 '비길 데 없는 사마르칸트', '난공불락의 사마르칸트'를 주제로 삼아 민중 시인들의 전통적인 경연 대회가 벌어지고 있었다. 청중의 판단은 즉흥적이었다. 어떤 시인이 폭발적인 인기를 얻는 듯하다가도 이내

다른 시인에게 기울곤 했다. 곳곳에서 장작불이 타올랐다. 12월의 밤이라 혹독하게 추웠다. 궁전에서는 술항아리들이 비고, 깨지고, 나스르 칸도 술에 취하고 승리의 기쁨에 취해 자랑스럽게 떠들어댔다.

그 이튿날, 나스르 칸은 대모스크에서 죽은 이의 명복을 비는 기도를 올려야 했고, 장인의 사망을 애도하는 조문객들을 받았다. 어제 승리를 축하하러 왔던 이들이 이번에는 조의를 표하기 위해 슬픔에 잠긴 얼굴로 몰려왔다. 아부 타헤르 재판관은 상황에 맞는 시 몇 구절을 먼저 낭송하고 나서 오마르에게도 낭송하게 했다. 재판관이 오마르의 귀에 속삭였다.

"놀랄 것 없네. 현실은 두 얼굴을 지니고 있고, 인간들도 마찬가지니까."

그날 저녁, 나스르 칸은 아부 타헤르를 불러서, 고인이 된 술탄에게 조의를 표하는 사마르칸트의 조문 사절단을 이끌고 떠나라는 명을 내렸다. 그리하여 오마르를 포함한 120명의 사절단이 길을 떠났다.

조문객을 받는 장소는 자이훈강 북방에 위치한 셀주크 군대의 옛 숙영지였다. 사방에 텐트와 유르트 수천 개가 세워져 있는 모습은 도시를 방불케 했다. 왕조에 대한 충성을 새로이 다지러 온, 머리를 길게 땋은 유목민 전사들을 경계 어린 눈으로 바라보면서 트란스옥시아나의 사절단이 다가갔다. 열일곱 살의 말리크샤는 어린

아이의 얼굴을 한 거인이었다. 헐렁한 카라쿨 양털 망토 속에 파묻힌 말리크샤는 단상의 옥좌에서 아버지 알프 아르슬란이 쓰러지는 것을 목격했다.

말리크샤 옆으로 몇 걸음 떨어진 곳에, 말리크샤는 최고의 경의를 표하는 의미로 '아버지'라는 뜻의 아타라고 부르고, 다른 이들은 '왕국의 질서'란 뜻의 칭호로 니잠 알물크*라고 부르는 셀주크 제국의 실력자인 쉰다섯 살의 대재상이 있었다. 그 이상 가는 칭호가 없을 만큼 대단히 높은 경의를 표한 것이었다. 귀빈이 다가올 때마다 열일곱 살의 술탄이 재상에게 눈으로 물으면, 재상은 환대해야 할지 아니면 냉대해야 할지, 침착해야 할지 아니면 경계해야 할지, 진중하게 대해야 할지 아니면 건성으로 대해야 할지를, 다른 사람은 감지할 수 없는 신호로 알려주었다.

사마르칸트의 사절단 전원이 말리크샤의 발치에 무릎을 꿇자, 거만하게 고개를 끄덕이며 물러가라는 술탄의 신호가 떨어졌다. 이어서 일행은 니잠에게 향했다. 재상을 호위하던 부하들이 동요했지만, 니잠 알물크는 태연한 얼굴로 사절단을 맞았다. 온 세상에 소문난 궁정의 실력자라고는 상상하기 어려울 정도였다. 그러나 니잠 알물크는 신중한 행동으로 사람들을 자신이 바라는 쪽으로 이끄는

* 니잠 알물크라는 이름은 셀주크 왕조에서 국가 행정 체계를 구축한 그의 공로를 인정하여 붙인 칭호이며 '왕국의 질서'라는 뜻이다. 본명은 아부 알리 하산 이븐 알리(1018~1092)이며, 셀주크 왕조 제2대와 제3대 술탄을 섬기고 왕조의 전성기를 구축한 명재상인 동시에 페르시아인 학자이다.

데 놀라운 능력을 지니고 있었다. 그의 태도는 본받을 만했다. 환영 인사와 작별 인사 같은 상투적인 언사 이외에는 다른 말을 전혀 하지 않고도 그와 한 시간을 보내는 방문객이 있을 정도였다. 이런 경우에는 그를 방문한 목적이 대화를 나누기 위해서가 아니라 그에 대한 충성을 다지고, 의혹을 일소하고, 잊히는 사람이 되지 않기 위한 것이었다.

사마르칸트의 사절단 중에서 대표 열두 명이, 제국을 쥐락펴락하는 실력자와 악수할 수 있는 특권을 얻었다. 아부 타헤르는 오마르를 자신의 바로 뒤에 따르게 하고 재상에게 정중하게 조의를 표했다. 니잠 알물크도 고개를 끄덕이며 잠시 카디의 손을 잡아주는 것으로 경의를 표했다. 오마르의 차례가 되자 재상이 그의 귀에 대고 조그만 소리로 말했다.

"대화는 내년 이맘때 이스파한에서 나누도록 하세."

하이얌은 귀를 의심하면서 어지러운 느낌이 들었다. 그 인물에게 위축된 데다 엄숙한 의식에 감명을 받았고, 웅성거림에 취하고, 곡하는 이들의 울음소리 때문에 귀가 멍해진 하이얌은 자신의 감각을 믿을 수가 없었다. 그는 재상의 말을 확인하고 싶었으나 재상은 이미 다른 조문객들을 맞아 인사를 하며 묵묵히 고개를 끄덕이고 있었다.

돌아가는 길에도 하이얌은 줄곧 그 일을 생각했다. 재상이 넌지시 던진 그 말이 정녕 자신에게만 한 말일까, 혹시 다른 사람으로 착각한 것은 아닐까, 그리고 왜 그토록 시간과 공간을 멀리 택해서 만나자는 약속을 했을까?

하이얌은 재판관에게 얘기해보기로 했다. 아부 타헤르는 그의 바로 앞에 있었으니 재상이 하는 말을 들었을 수도 있고, 뭔가를 짐작할 수도 있었기 때문이다.

아부 타헤르는 오마르의 얘기가 끝날 때까지 잠자코 듣고 있다가 장난기 어린 표정으로 자신도 알고 있었다고 말했다.

"재상이 자네에게 뭐라고 소곤거린다는 건 알아챘지. 무슨 말인지는 들리지 않았지만, 그가 자네를 다른 사람으로 착각했던 건 아니라고 단언할 수 있어. 그를 둘러싸고 있던 호위무사들을 봤잖은가? 그들은 사절단의 면면에 대해 신원 조사를 해서 재상을 만나는 사람들의 이름과 신분을 소상하게 보고하는 임무를 맡은 사람들이야. 그들은 나한테 자네의 이름을 물었고, 자네가 정말 그 유명한 천문학자인 니샤푸르의 하이얌이냐고 재차 확인했으니까 자네의 신원에 대해 착각이란 있을 수 없어. 더구나 니잠 알물크 같은 총명한 인물이 착각을 일으킨다는 건 절대로 있을 수 없지."

땅은 평평했지만 자갈길이었다. 오른쪽 멀리 높은 산등성이와 파미르고원의 산줄기가 보였다. 하이얌과 아부 타헤르는 나란히 말을 몰았고, 두 사람의 말이 연신 가볍게 부딪쳤다.

"저한테서 원하는 게 뭘까요?"

"그걸 알려면 1년을 기다려야겠지. 충고하는데 이제부터는 괜한 추측으로 고민하지 말게. 그러다가는 곧 지치고 말 테니. 그리고 특히 이 얘긴 아무에게도 하지 말고."

"제가 그렇게 입이 가벼운 사람으로 보이십니까?"

비난 섞인 어조였다. 재판관은 당황하지 않고 태연하게 말했다.

"더 구체적으로 말하면, 그 여자에게 얘기하지 말라는 걸세!"

오마르는 자한의 방문이 비밀로 남지 못하리란 생각을 했어야 했다. 아부 타헤르가 말을 이었다.

"두 사람이 처음 만날 때부터 부하들을 통해 그 사실을 보고받았네. 하지만 나는 그 방문이 정당한 이유가 있는 것으로 꾸며서, 그녀를 못 본 척할 것이며 아침마다 자네를 깨우러 가지 말라는 지시를 내렸어. 그 정자는 자네의 집이니까 누가 드나들든 내가 상관할 바는 아니겠지. 하지만 나는 자네가 깨닫기를 바라면서 기다리고 있었네. 이제 말이 나왔으니, 그 여자에 대해서만은 짚고 넘어가야겠네."

하이얌은 당황했다. '그 여자'라고 지칭하는 것을 좋게 받아들일 수 없었고, 자신의 사랑에 대해 논의하고 싶은 마음도 없었다. 오마르는 잠자코 있었지만 표정은 딱딱하게 굳어 있었다.

"내 말에 기분이 상했으리라는 건 아네. 하지만 최근에 쌓은 우리의 우정이 이런 말을 할 수 있을 만큼 두터운 것이 아니라면, 자네보다는 더 많이 산 연장자로서, 또 사회적으로 더 높은 지위에 있는 사람으로서 이 말은 자네에게 꼭 해줘야겠네. 궁전에서 그 여자를 처음 보았을 때 자네는 그 여자를 갈망하는 눈으로 쳐다보았어. 젊고 아름다운 데다 그녀의 시도 마음에 들었을 테고, 그녀의 용감한 행동은 피를 끓게 했겠지. 그렇지만 금화 앞에서 보인 두 사람의 태도는 완전히 달랐어. 그 여자는 자네가 혐오하는 것을 입 안에 가득 넣었지. 그 여자는 궁정 시인으로 행동했고, 자네는 현자로 행동했어. 그 여자에게 그 점에 대해 이야기해보았나?"

오마르는 여전히 침묵을 지키고 있었지만, 아부 타헤르는 대답을 뻔히 알고 있다는 듯이 계속했다.

"물론 연애 초기에는 이제 막 조심조심 쌓아 올린 사랑이라는 구축물이 파괴되면 어쩌나 하는 두려움 때문에 미묘한 문제에 대해서는 서로 얘기를 꺼내려 하지 않지. 하지만 내가 보기에 그 여자와 자네는 근본적으로 생각이 다른 사람들일세. 두 사람은 삶을 바라보는 시각이 너무 달라."

"하지만 상대는 여자고, 또 과부입니다. 자한은 누구에게 의존하지 않고 살아가려고 애쓰고 있고, 저는 그런 용기에 탄복하고 있을 뿐입니다. 그리고 자신이 지은 시에 대한 대가로 금화를 가진 것인데 제가 어떻게 그걸 나무랄 수 있겠습니까?"

마침내 오마르를 대화에 끌어들인 것이 만족스러운 재판관이 말했다.

"물론 그렇지. 하지만 그 여자가 궁정의 삶 이외에 다른 삶은 생각할 수 없는 사람이라는 건 인정하겠지?"

"아마 그렇겠지요."

"자네는 궁정의 삶이 혐오스럽고 비위에 거슬려서 필요 이상으로는 잠시도 거기서 머물겠다는 생각을 해본 적이 없다는 것도 인정하겠지?"

거북한 침묵이 흘렀다. 아부 타헤르가 마침내 단호한 어조로 결론을 내렸다.

"진정한 친구의 말은 새겨들어야 한다고 일전에도 말한 적이 있네. 이제부터는 자네가 그 말을 먼저 꺼낸다면 몰라도 내 다시는 이런 얘기를 하지 않을 걸세."

10

자갈길을 덜커덕거리며 달리는 말 등 위에서 시달린 데다 두 사람 사이에 흐르는 불편한 분위기와 추위 때문에 그들은 몹시 지친 상태로 사마르칸트에 도착했다. 하이얌은 저녁을 급히 먹고 곧바로 자신의 정자로 돌아갔다. 그는 여행하는 동안 지은 4행시 세 수를 큰 소리로 열 번, 스무 번을 낭송하면서 표현을 바꾸고 어법을 수정한 다음 비서에 기록했다.

평소보다 이른 시각에 돌연히 나타난 자한이 반쯤 열린 문으로 살그머니 들어와서 소리 없이 양털 숄을 벗었다. 그녀는 하이얌이 글쓰기에 여념이 없는 것을 보고 발끝으로 살금살금 걸어와서 갑자기 두 팔로 그의 목을 끌어안아 가슴에 품고, 그의 눈 위로 자신의 향기로운 머리칼들이 흘러내리게 했다.

예기치 않았던 연인의 애정 표현에 하이얌은 마냥 행복했을까? 이번에는 그가 놀란 마음을 가라앉히고 사랑하는 여인의 허리를 끌어안고 포옹하면서, 떨어져 있다가 재회한 기쁨을 표시해야 할 차례가 아니었을까? 실은 갑작스러운 자한의 등장에 하이얌은 몹시 당황했다. 필사본이 아직 눈앞에 펼쳐져 있어서 서둘러 감추고 싶었다. 그는 반사적으로 몸을 뺐다. 비록 그가 자신의 행동을 바로 후회했기에 그의 동요는 한순간으로 끝났지만, 자한은 그의 냉랭한 태도를 느끼면서 즉시 그 이유를 알아차렸다. 그녀는 마치 눈앞에 펼쳐져 있는 책이 연적이라도 되는 듯이 경계하는 눈으로 쳐다보았다.

"용서하세요. 당신을 빨리 보고 싶은 마음에, 내가 나타나는 것이 당신을 난처하게 할 거란 생각은 하지 못했어요."

무거운 침묵이 거북했던 하이얌이 마침내 입을 열었다.

"이 책 때문에 그러오? 당신에게 보여줄 생각이 없었던 건 사실이오. 난 늘 숨겨 왔으니까. 허나 그것은, 이 책을 내게 선물한 분이 비밀리에 간직하라는 당부를 하셨기 때문이오."

하이얌이 책을 자한에게 내밀었다. 그녀는 잠시 책을 뒤적이면서 몇몇 페이지에 띄엄띄엄 까맣게 채워진 글씨에 거의 무관심한 척 가장하다가 뾰로통한 얼굴로 돌려주었다.

"왜 나한테 보여주는 거죠? 난 보여 달라고 하지 않았고, 더구나 읽을 줄도 몰라요. 그저 남이 읽어주면 듣기나 할까."

하이얌은 놀라지 않았다. 그 시대에는 재능 있는 시인들 중에도 문맹이 많았고, 여자들은 거의가 글을 읽을 줄 몰랐다.

"그 책 안에 대단한 비밀이라도 들어 있나 보죠? 연금술 공식이라도 쓰여 있나요?"

"내가 가끔씩 짓는 시를 여기다 적고 있소."

"금지된 시들인가요? 이교적이거나 반체제적인 시라도 되는 거예요?"

자한이 의심쩍은 표정으로 그를 쳐다보았지만, 하이얌은 웃으면서 해명했다.

"어떻게 그런 생각을 할 수가 있소? 내가 음모자라는 거요? 이 책에 쓰여 있는 것은 그런 게 아니라 포도주에 관한, 인생의 아름다움과 인생의 무상에 관한 루바이들뿐이오."

"당신이 루바이를 짓는단 말이에요?"

자한이 믿을 수 없다는 듯이 외치면서 거의 경멸에 가까운 눈으로 쳐다보았다. 루바이는 하층 계급의 시인들에게나 어울리는 하찮고 저속한 문학 장르에 속해 있었다. 오마르 하이얌 같은 대학자가 저급한 시인들이 심심풀이로 쓰는 비속한 루바이를 짓는다니, 믿을 수 없는 일이었다. 더구나 심각한 얼굴로 비서에 열중해 있던 그를 생각하면, 규범적인 시를 짓는 데 몰두하는 그녀로서는 놀랍기도 하고 불안하기도 했다. 하이얌은 모욕을 느꼈다. 자한이 착잡한 얼굴로 물었다.

"그 시들을 읽어줄 수 있어요?"

하이얌은 더 나가지 말고 이쯤에서 멈추고 싶었다.

"다른 사람이 읽어도 된다고 판단되는 날, 그때는 당신한테 모두 읽어주리다."

자한은 더 캐묻기를 단념했지만 약간 빈정거리는 듯한 말을 던졌다.

"그 책을 시로 가득 채우게 되더라도 나스르 칸에게는 바치지 마세요. 그는 루바이를 짓는 사람들을 하찮게 여기기 때문에 당신을 다시는 궁정으로 초대하지 않을 거고, 자리도 주지 않을 거예요."

"나는 이 책을 누구에게도 바칠 생각이 없소. 이것으로 어떤 혜택을 기대하지도 않고, 궁정 시인이 되고 싶은 마음도 없소."

자한은 그의 마음에 상처를 주었고, 하이얌은 그녀의 마음에 상처를 주었다. 그들은 침묵 속에서 각자 상대방에게 너무 지나치지는 않았는지, 각자의 상한 감정을 회복하기에 너무 늦지는 않았는지 생각했다. 그 순간 하이얌이 원망한 사람은 자한이 아니라 아부 타헤르였다. 그는 재판관이 자한에 대해 나쁘게 말하도록 내버려 두었던 것을 후회하면서, 그의 말 때문에 그녀에 대한 자신의 시각이 돌이킬 수 없는 상황까지 온 것은 아닐까 생각했다. 두 사람은 지금까지 그들을 갈라놓을 수 있는 것에 대해서는 절대로 언급하지 않은 채 공통된 욕망을 나누며 순진함과 태평함 속에서 살았다. '재판관은 내 눈이 진리를 향해 뜨이기를 바랐던 것일까, 아니면 오로지 나한테서 행복을 앗아 가려는 속셈이었을까?'

"당신은 변했어요, 오마르. 뭐라고 꼭 집어서 말할 수는 없지만, 나를 쳐다보는 시선이나 말투가 예전 같지 않아요. 마치 내가 무슨 나쁜 짓이라도 저지른 것처럼 나를 의심하고, 마치 어떤 이유가 있어서 나를 원망하고 있는 것 같아요. 당신을 이해할 수가 없어요.

갑자기 너무나 서글퍼지는군요."

하이얌이 자한을 끌어안으려고 했지만, 그녀가 재빨리 물러섰다.

"그런 식으로는 나를 위로할 수 없어요! 우리의 육체가 대화를 연장시킬 수 있을지는 모르지만, 육체는 말을 대신할 수도, 거짓이라 반박해줄 수도 없어요. 무슨 일인지 말해줄 수 있어요?"

"자한! 지금은 아무 말도 하지 말고 내일까지 미루도록 합시다."

"내일 나는 여기 없을 거예요. 칸이 새벽에 사마르칸트를 떠나요."

"어디로 가오?"

"키슈, 부하라, 테르메스, 나도 어디로 가는지 몰라요. 궁정 식구들이 모두 칸을 따라갈 거고, 나도 가야 해요."

"당신은 사마르칸트에 있는 사촌 동생 집에 머무를 수 없소?"

"사과의 말치고는 정말 어이가 없는 얘기로군요. 나는 궁정 시인이에요. 그 자리를 얻기 위해서 남자 시인 열 명과 대등한 조건에서 싸워야 했어요. 아부 타헤르의 정원 정자에서 노닥거리기 위해 그 자리를 버릴 수는 없어요."

그러자 오마르가 깊이 생각하지 않고 말했다.

"노닥거리자는 게 아니오. 내 인생을 함께 나누고 싶지 않소?"

"당신의 인생을 함께 나눠요? 함께 나눌 수 있는 건 아무것도 없어요!"

자한은 전혀 역정을 내지 않고 말했다. 그건 자신의 신조를 표현한 것일 뿐, 애정 없는 냉담한 말은 아니었다. 그러나 그녀는 아연실색하는 오마르의 얼굴을 보고는 흐느끼며 사과했다.

"오늘 밤 내가 슬피 울 거란 걸 알아요. 하지만 쓰라린 눈물은 아니에요. 우리는 오랫동안 헤어져 있을지도 모르고, 어쩌면 영원히 만나지 못할지도 몰라요. 하지만 그 말투와 그런 시선은 안 돼요. 그런 낯선 눈에 대한 기억이 있는 한, 가장 아름다운 사랑으로 간직되지는 않을 거예요. 마지막이 될지도 모르니까 나를 똑바로 쳐다봐요, 오마르! 기억하세요, 나는 당신의 연인이고, 당신은 나를 사랑했고, 나는 당신을 사랑했어요. 그건 당신도 인정하죠?"

하이얌이 한 팔로 그녀의 허리를 부드럽게 감싸 안으면서 탄식하듯 말했다.

"서로 해명할 시간이 있다면 이 어리석은 싸움이 말끔히 씻어지리란 걸 알지만, 시간에 쫓기니 정신이 혼란할 뿐이오."

이번에는 하이얌의 얼굴에서 눈물이 흘러내렸다. 그는 눈물을 감추고 싶었지만, 자한이 그를 꼭 끌어안고 얼굴을 맞대며 말했다.

"당신의 글은 감출 수 있지만, 눈물은 감출 수 없어요. 난 당신의 눈물을 보고, 만지고, 내 눈물에 섞고 싶어요. 내 얼굴에 그 눈물을 받아 그 짠맛을 혀에 오랫동안 간직하고 싶어요."

그들은 마치 싸우는 사람들처럼 서로 으르렁대며 달려들었다. 두 남녀의 손이 바쁘게 움직이면서 옷가지들이 사방으로 흩어졌다. 뜨거운 눈물 때문에 불이 붙은 듯, 두 몸뚱이의 사랑은 그 어느 밤의 사랑과도 비교할 수 없이 열렬했다. 불은 순식간에 번져 두 사람을 덮치고 휘감아 그들을 열광에 빠뜨리고 뜨겁게 달아오르게

하면서 맞닿은 살과 살이 하나로 뒤얽혔다. 책상 위에서 소리 없이
흘러내리는 모래시계와 더불어 불이 가라앉고, 약해지다가 마침내
꺼졌다. 그들은 미소를 머금은 채 오랫동안 숨을 헐떡거렸다. 오마
르는 그녀에게, 아니 그들이 용감히 맞섰던 운명을 향해 중얼거렸
다.

"우리의 말다툼은 이제 이것으로 끝난 거요."

자한이 그를 꼭 끌어안으면서 눈을 감았다.

"새벽까지 나를 잠들게 두지 마세요!"

그 이튿날, 비서에는 두 줄의 시구가 새로이 적혔다. 허무와 시름
이 가득 밴 글이었다.

사랑하는 여인의 곁에서도, 하이얌, 너는 홀로인 듯이 고독했구나!

그녀가 떠났으니, 이제 너는 그녀 안으로 숨을 수 있으리.

11

소금 사막* 어귀의 실크로드에 낮은 가옥들이 올망졸망 늘어선
오아시스 도시 카샨. 음험한 '독수리산'이라는 뜻의 카르가스 쿠흐
를 따라 종주하기 전에 대상들이 발길을 멈추고 숨을 돌리는 곳이

-----
* 이란 고원 중앙부에 있는 카비르 사막을 가리킨다. '카비르'는 소금이란 뜻이
다.

바로 카샨이었다. 독수리산은 이스파한으로 가는 이들의 금품을 터는 산적들이 은신하는 소굴이었기 때문이다.

찰흙과 진흙으로 세워진 카샨. 어디를 둘러봐도 호화로운 대문이나 거창한 외관을 가진 집은 이곳에 없다. 그러나 사마르칸트에서 바그다드에 이르기까지의 많은 도시들, 그곳의 수많은 모스크와 궁전, 마드라사* 들을 초록색과 황금색으로 화려하게 장식하는 유약 바른 벽돌은 모두 여기 카샨에서 만들어진다. 중국이라는 이름을 따서 도자기를 영어로 '차이나(china)'라고 하는 것과 거의 같은 식으로, 동방 이슬람 국가들에서도 질그릇을 이 도시 카샨의 이름을 따서 간단히 '카시(kashi)', 또는 '카샤니(kashani)'라고 했다.

대상 숙소는 도시 외곽 대추야자나무 그늘 아래 있었다. 장방형의 성벽, 감시탑, 짐승과 상품 들을 부려놓는 바깥뜰, 작은 객실로 둘러싸인 안뜰. 오마르는 방을 얻으려고 했으나 숙소의 주인은 이스파한의 거상들이 자식과 하인 들을 잔뜩 거느리고 들이닥치는 바람에 빈방이 없다며 미안해했다. 그의 말이 사실인지를 확인하기 위해 숙박부를 조회할 필요는 없었다. 왁자지껄하게 떠드는 소리도 들리고 말과 낙타가 우글우글했다. 겨울이긴 했지만 하이얌은 노숙할 생각을 하다가, 카샨의 전갈이 도자기 못지않게 유명한 것이 기억나서 물었다.

"거적이라도 깔고 밤을 날 만한 곳이 정말 없겠소?"

---

* 이슬람 신학교. '배우다(darasa)'를 의미하는 아랍어에서 파생되었다.

숙소의 주인은 관자놀이를 긁적였다. 날이 어두웠으니 무슬림에게 잠잘 곳을 마련해주는 것은 당연한 의무였기 때문에 주인이 난감해하면서 말했다.

"구석방이 하나 있긴 한데, 학도가 한 사람 묵고 있으니 가서 양해를 구해봅시다."

그들은 구석방으로 향했다. 방문은 닫혀 있었다. 주인이 방문을 두드리지도 않고 문을 반쯤 열자, 방 안의 촛불이 흔들리면서 펼쳐져 있던 책이 황급히 덮였다.

"석 달 전에 사마르칸트를 떠나 여기까지 먼 길을 오셨다는데, 이분께 내드릴 방이 없어서 말이오. 그래서 이 방을 함께 쓰면 어떨까 하고 모시고 왔소만."

젊은이가 언짢은 얼굴을 했다면 주인이 이렇게 구차한 설명을 하지는 않았을 것이다. 젊은이는 기꺼이 받아들이는 태도를 취한 것은 아니었지만, 그런대로 정중했다.

하이얌이 방으로 들어가서 신중하게 신분을 밝혔다.

"니샤푸르의 오마르라고 하오."

한순간 젊은이의 눈에서 관심의 빛이 번뜩였다. 이번에는 그가 자신을 소개했다.

"나는 알리 사바흐의 아들 하산이고, 고향은 콤이며, 레이에서 공부한 학생이고, 이스파한으로 가는 중이오."

그 자세한 소개는 하이얌을 불편하게 만들었다. 그것이 자신에게도 직업과 여행의 목적을 자세하게 말하라는 뜻인 줄은 알아차렸지만, 하이얌은 모르는 척 시치미를 뗐다. 그는 침묵을 지킨 채 여유 만만하게 벽에 등을 기대고 앉아서, 호리호리한 체격에 초췌하고 각진 얼굴을 한 갈색 머리의 청년을 뚫어지게 바라보았다. 텁수룩하게 자란 수염, 단단하게 졸라맨 검정 터번, 안구가 돌출된 젊은이의 눈이 약간 당황하는 듯했다.

이윽고 청년이 회심의 미소를 지으며 오마르에게 공격적인 말을 던졌다.

"카샨에서 오마르라는 이름을 입에 올리는 건 위험을 무릅쓰는 경솔한 짓이오."

하이얌은 깜짝 놀라는 척했지만, 그 말뜻을 잘 알고 있었다. 그의 이름 오마르는 예언자 무함마드의 뒤를 이었던 제2대 칼리파의 이름과 같았다. 그런데 이 칼리파 오마르는, 무함마드의 정통 후계자는 알리뿐*이라고 주장하는 시아파의 미움을 샀다. 당시 페르시아의 민중은 대다수가 수니파였지만, 시아파가 장악한 몇몇 오아시스 도시들, 그중에서도 특히 콤과 카샨에서는 이상한 풍습이 지켜지고 있었다. 그들은 해마다 칼리파 오마르의 사망을 기리는 우스꽝스러운 축제를 열었다. 축제를 위해 여자들은 분을 바르고, 사탕과자를 만들고, 피스타치오를 볶고, 아이들은 옥상에 올라가서 지

---

* 7세기경 예언자 무함마드가 갑작스럽게 사망한 후 누구를 후계자(칼리파)로 삼을 것인지를 두고 수니파와 시아파가 갈등했다. 시아파는 무함마드의 사촌 동생이자 사위인 알리 이븐 아비 탈리브를 지도자로 내세웠지만 실패한다. 알리는 이후 4대 칼리파가 되었고 시아파는 알리를 최초의 이맘이라고 부르게 된다.

나가는 사람들에게 물을 쏟아부으며 신나게 구호를 외쳤다. "신께서 오마르에게 저주를 내리시기를!" 사람들은 동글동글한 똥을 꿰어서 만든 묵주를 손에 걸고 있는 칼리파의 초상을 본뜬 인형을 만들어 들고 거리를 행진했다. "오마르라는 이름을 갖는 순간부터 너의 자리는 지옥에 있고, 너는 간악한 무리의 두목이고, 파렴치한 찬탈자로다!" 콤과 카샨의 구두장이들은 자기들이 만든 구두 밑창에 '오마르'라고 쓰는 관습이 있었고, 노새 몰이꾼들은 짐승에게 그 이름을 붙이고 채찍질을 할 때마다 '오마르'라고 외치며 조롱했으며, 사냥꾼들은 화살이 단 한 개밖에 남지 않았을 때 활시위를 당기며 이렇게 외쳤다. "이 화살이 오마르의 심장에 명중하기를!"

하산은 노골적인 표현을 피해 모호한 말로 바로 그 풍습을 환기하고 있었지만, 오마르는 짐짓 피곤한 얼굴로 그를 쳐다보며 단호하게 말했다.

"설사 그렇더라도 내 이름 때문에 갈 길을 바꾸지는 않을 것이고, 갈 길 때문에 내 이름을 바꾸지도 않을 거요."

냉랭한 침묵이 길게 이어지다가 두 사람은 서로 외면했다. 옷을 벗고 드러누운 오마르는 잠을 청했다. 그러나 하산은 그를 가만두지 않았다.

"이곳의 풍습을 환기하는 내 말에 기분 상한 모양인데, 나는 단지 이곳에서 이름을 댈 때는 신중하라는 말을 하고 싶었을 뿐이오. 내 의도를 오해하지는 마시오. 어릴 적에는 콤에서 벌어지는 축제에 가담한 적도 있었지만, 청년이 되어 그런 축제를 다른 시각으로 보게 되면서부터는 그처럼 과도한 행위는 학식 있는 사람에게 걸맞지 않다는 걸 깨달았소. 예언자의 가르침에도 어긋나고 말이오. 그리고 그대가 사마르칸트에서든 다른 곳에서든 카샨의 시아파 장인들이 구운 벽돌 옷을 입은 화려하기 이를 데 없는 모스크 앞에서 감탄을 하는 것도, 설교자가 알리를 추종하는 이들을 저주받은 이단자들이라고 독설과 비난을 퍼붓는 것도 예언자의 가르침에는 어긋나는 것이오."

오마르가 비스듬히 기대어 앉았다.

"갑자기 분별 있는 사람의 말투로 바뀌니 어째 정신이 없군."

"난 분별 있는 행동을 할 줄도 알고, 미친 사람처럼 행동할 줄도 알지요. 난 친절할 수도 있고, 고약할 수도 있소. 하지만 방을 함께 쓰자고 들어왔으면서 자신을 소개할 생각조차 하지 않은 사람에게 어떻게 친절한 태도를 보이겠소?"

"내 이름을 밝힌 것만으로도 불친절한 말로 나를 공격했는데, 내 신원을 죄다 밝혔다면 뭐라고 했겠소?"

"다 얘기했다면 아마 아무 말도 하지 않았을 거요. 칼리파 오마르를 미워할 수는 있어도, 기하학자 오마르, 대수학자 오마르, 천문학자 오마르, 철학자 오마르를 향해서는 존경과 찬양을 보낼 뿐이니."

하이얌이 벌떡 일어섰다. 하산이 회심의 미소를 지으며 말했다.

"이름만 듣고서는 그 사람의 됨됨이를 판별할 수 없다고 생각하오? 그 사람의 눈빛, 걸음걸이, 몸가짐, 말투를 보고 얼마든지 알아볼 수 있지요. 그대가 들어오는 순간부터 난 그대가 고위층 인물들과 가까이 지내면서도 동시에 그들을 경멸하는 지식인이며, 권세를 등에 업지 않고 성공한 인물임을 알아보았소. 그대가 니샤푸르의 오마르라고 이름을 대는 순간부터 나는 그 유명한 오마르임을 알아보았소."

"나를 탄복시키려는 것이 목적이었다면 그대가 성공했음을 인정하겠소. 대체 그대는 누구요?"

"신원을 상세하게 밝혔건만, 내 이름에서는 느껴지는 것이 아무 것도 없었나 보군. 다시 말하겠소. 나는 콤 출신의 하산 사바흐라 하고, 열일곱 살에 종교, 철학, 역사, 천문학에 관한 모든 서적을 독파했다는 것 말고는 내세울 것이 없는 사람이오."

"그 많은 학술서들을 다 읽는다는 건 결코 있을 수 없는 일!"

"그럼 시험을 해보시지."

오마르는 장난삼아 플라톤, 에우클레이데스*, 포르피리오스**, 프톨레마이오스***에 관해, 디오스코리데스****, 갈레노스*****, 알라지******와 이븐 시나 같은 의학자에 관해, 그리고 쿠란법 해석에 관해 질문을 던

---

* 고대 그리스의 수학자. 영어식 이름 유클리드로 널리 알려져 있다.
** 고대 그리스의 신플라톤학파 철학자.
*** 고대 그리스의 천문학자. 천동설을 완성했다.
**** 1세기경 로마의 그리스계 식물학자이자 군의관.
***** 고대 그리스의 히포크라테스에 비견되는 로마의 의학자. 특히 해부학과 생리학을 발전시켰다.
****** 9세기 아바스 왕조 시대의 의학자이자 철학자, 연금술사.

지기 시작했다. 젊은이의 답변은 정확하고 빈틈이 없었으며, 나무 랄 데가 없었다.

어느덧 동이 트고 있었지만, 두 사람은 잠을 자지 않았다. 그들 은 시간이 가는 것조차 느끼지 못하고 있었다. 하산은 희열감을 느 꼈고, 그에게 매료된 오마르는 마침내 다음과 같이 고백했다.

"그렇게 많은 학문을 터득한 사람은 내 일찍이 본 적이 없네. 그 렇듯 대단한 학식을 갖추었는데 이제 무엇을 할 생각인가?"

하산은 마치 영혼의 비밀스러운 부분을 도둑질당한 것처럼 경계 하듯이 오마르를 쳐다보았으나 곧 평온한 얼굴로 침착하게 말했 다.

"니잠 알물크를 찾아갈 생각이네. 나를 위한 자리가 있겠지."

하산에게 매료된 오마르는 자신도 대재상에게 가는 길이라고 말 하고 싶었다. 그러나 마지막 순간에 생각을 바꾸었다. 아직 갈 길이 먼데 자칫 경계를 늦추었다가 낭패를 당할지 모른다는 생각이 들 었기 때문이다.

이틀 후, 상인들의 카라반 대열에 합류한 그들은 나란히 걸으면 서 서로 자신이 찬양하는 학자들의 훌륭한 구절들을 페르시아어와 아랍어로 인용하며 학식을 겨루었다. 때로는 언쟁도 있었으나 곧 끝났다. 하산이 확실성에 대해 말하다 목소리를 높여 '이론의 여지 가 없이 명백한 진리'라는 주장을 펴면서 오마르에게 인정하라고 촉구하면, 오마르는 반신반의하면서 여유 있게 여러 가지 다른 의 견을 제시하거나 간혹 기꺼이 자신의 무지를 고백했다. 오마르의 입에서는 끊임없이 다음과 같은 말이 나왔다.

"그거야 어쩌겠나. 진리는 베일에 가려져 있는데 자네와 나는 그 베일의 같은 쪽에 있고, 베일이 벗겨지는 날에는 우리는 이 세상에 없을 텐데."

일주일간의 여정 끝에 그들은 이스파한에 당도했다.

12

오늘날 페르시아어로 "에스파한, 네스페 자한!"이라는 말, "이스파한, 세계의 절반!"이란 뜻의 이 표현은 하이얌 시대 이후에 생겨났지만, 1074년 당시에도 이미 이스파한을 찬양하는 말들이 돌고 있었다. "방연석*과 벌파리, 사프란의 특산지 이스파한", "공기 맑기로 유명하고 곡창 지대이니 식량 걱정을 하지 않아도 되는 살기 좋은 땅." 이스파한은 해발고도 1,585미터의 고지에 자리 잡고 있는데도 대상 숙소가 60여 개, 은행과 환전소가 200여 개, 그리고 상설 시장도 많았다. 공장에서는 비단과 면직물을 생산했고, 카펫, 직물, 식기 상자 들이 먼 나라로 수출되었다. 그리고 수천 종의 장미꽃이 피었다. 이 도시의 부유함 또한 널리 알려져 있었다. 이스파한은 페르시아 땅에서 가장 인구가 많고, 권력, 돈 또는 지식을 찾으

---

* 금속처럼 윤이 나는 광석. 납의 중요한 원료다.

려는 모든 이들을 끌어모으는 유혹의 도시였다.

나는 이스파한을 '이 도시'라고 말하고 있지만, 정확히 말하면 11세기에 이스파한이란 도시는 없었다. 이스파한에 내려오는 일화가 하나 있다. 레이에서 온 한 젊은 여행자가 이스파한의 명물들을 빨리 보고픈 마음에 카라반 대열에서 떨어져 나와 홀로 전속력으로 말을 몰았다고 한다. 몇 시간 후, '생명을 주는 강'이라는 뜻의 자얀데루드강가에 이른 젊은이는 강을 따라가다 흙으로 쌓은 성벽 앞에 당도했다. 성의 크기는 상당한 규모였으나, 자신의 고향 레이보다는 훨씬 작았다. 성문 앞에 도착한 젊은이가 보초들에게 물으니 그중 한 명이 대답했다.

"여긴 제이라는 도시요."

그리하여 젊은이는 성 안에 발도 들여놓지 않고 즉시 돌아서서 서쪽으로 향했다. 그의 말은 지쳐 있었지만, 그는 매섭게 채찍질을 했다. 이윽고 그는 헐떡거리면서 또 다른 성문 앞에 이르렀다. 앞서의 성보다는 웅장하고 규모도 레이의 성과 거의 비슷했다. 그가 지나가는 노인에게 물었다.

"여긴 유대인 도시 야후디예라네."

"그럼 이 마을에는 유대인들이 많습니까?"

"몇 사람 있긴 하지만, 주민 대부분은 젊은이나 나처럼 무슬림들일세. 여길 야후디예라고 부르는 건, 바빌로니아의 폭군 나부코도노소르가 유대인들을 예루살렘에서 추방해서 이곳으로 이주시켰기 때문이라고들 하지. 이슬람 시대 이전에 어느 페르시아 왕의 유대인 부인이 자신이 속한 공동체의 유대인들을 이곳으로 이주하게 했기 때문이라고 주장하는 이들도 있고. 진실은 신만 알고 계시겠지!"

또다시 실망한 젊은 여행자는 당장이라도 주저앉을 듯한 말을 돌려세우고 돌아가려 했다. 그때 노인이 그를 불러 세웠다.

"젊은이, 그런 말을 타고 어디로 가려는 건가?"

"이스파한으로 가는 중입니다."

노인이 웃음을 터뜨렸다.

"이스파한은 존재하지 않는다는 얘기를 듣지 못했는가?"

"어떻게 그럴 수가 있습니까? 이스파한은 페르시아에서 가장 아름다운 도시고, 가장 큰 도시가 아닙니까? 옛날에는 파르티아의 왕 아르타바누스의 자랑스러운 수도였고, 역사책에서도 찬양하는 도시가 아닙니까?"

"그 책들에 무슨 말이 쓰여 있든 내 알 바 아니지. 외지인들이 가끔씩 이스파한이라는 도시에 대해 묻는 일이 있긴 했네만, 난 여기서 태어나 칠십 평생을 살았어도 그런 도시는 본 적이 없네."

노인의 말은 거짓이 아니었다. 오랫동안 이스파한이란 이름은 도시를 가리키는 것이 아니라, 한 시간 거리에 떨어져 있는 별개의 두 도시 제이와 야후디예가 서 있는 오아시스를 가리켰다. 이 두 도시가 주변의 작은 마을들과 더불어 하나의 도시로 합해지기까지는 16세기까지 기다려야 할 것이다. 하이얌의 시대에는 아직 이스파한이란 도시가 존재하지 않았지만, 그 오아시스 전체를 보호할 운명을 지난 3파르사크*, 즉 19킬로미터에 이르는 긴 성벽은 이미 축조되어 있었다.

오마르와 하산은 저녁 늦게 이스파한에 도착했다. 그들은 제이의 티라흐 문에서 가까운 대상 숙소에 거처를 정했다. 그들은 한마디도 나누지 못한 채 드러눕자마자 코를 골기 시작했다.

이튿날, 하이얌은 대재상을 만나기 위해 숙소를 나섰다. 광장에는 환전상들, 여행자들, 그리고 안달루시아, 그리스, 중국 등 여러 나라의 상인들이 화폐 감정가들 주위에 몰려 있었다. 표준 저울을 갖춘 감정가들이 케르만, 니샤푸르, 세비야의 금화 디나르를 손톱으로 긁고, 델리의 은화 탕카 냄새를 맡아보고, 부하라의 은화 디르함을 손바닥에 올려 무게를 재고, 최근에 화폐 개혁으로 가치가 떨어진 콘스탄티노플의 금화 노미스마 앞에서는 못마땅한 듯 입을 실룩거렸다.

멀지 않은 곳에 니잠 알물크의 관저이자 집무실인 디반의 정문이 보였다. 그곳에서는 나우바** 악사들이 지키고 서서 하루에 세 번씩 대재상에게 경의를 표하는 나팔을 불었다. 최고 실력자의 거처였지만, 누구나 들어갈 수 있었다. 심지어는 비천한 신분의 과부들도 디

---

* 중동의 거리 단위로. 페르시아 파르사크는 약 6.24킬로미터이며, 아랍 파르사크는 약 4.83킬로미터로 더 짧다.
** 이슬람 음악가 지르얍(789~857)의 작품으로 전해지는 나우바 음악은 기악과 육성으로 이뤄져 있다. 다양한 시적 형태를 가수가 노래하는 음악이며 여러 악기로 구성된 변주곡이다. 안달루시아와 북아프리카 음악에 영향을 주었다.

반의 거대한 접견실로 들어가서 제국의 실력자에게 억울함을 호소할 수 있었다. 다만 니잠의 주위를 둥그렇게 에워싼 호위무사들과 시종들에게 신원과 용건을 밝히는 절차가 있을 뿐이었다.

오마르는 문간에 멈춰 섰다. 그는 방 안을 둘러보며 맨 벽과 두꺼운 카펫 세 개를 유심히 살폈다. 오마르는 재상을 둘러싸고 있는 여러 부류의 사람들에게 어색한 동작으로 인사를 했다. 재상은 한 튀르크인 장수와 대화를 나누고 있었다. 곁눈으로 새로 온 이를 알아본 니잠이 다정하게 미소를 지어 보이며 앉으라는 손짓을 했다. 5분 후에 니잠이 오마르에게 다가와서 양 볼과 이마에 입을 맞추었다.

"때맞추어 올 줄 알고 기다리고 있었네. 자네에게 할 말이 많으이."

니잠은 그렇게 말하고는 오마르의 손을 잡아 그를 외따로 떨어진 작은 방으로 데려갔다. 두 사람은 커다란 가죽 방석 위에 나란히 앉았다.

"내가 하는 말에 혹 놀랄지 모르지만, 모쪼록 내 초대에 응한 것을 후회하는 일이 없기를 바라네."

"니잠 알물크의 문을 넘어선 것을 후회할 사람은 없습니다."

"그렇다면 다행이지." 재상이 차가운 미소를 흘리며 말했다. "나는 지금까지 어떤 이들은 격찬하고 또 어떤 이들은 비난하면서 날마다 생과 사를 나누어주었는데, 그 심판은 신의 뜻에 따른 것이었으니 모든 것은 신의 능력이었네. 신께서는 아랍인 칼리파에게 최고의 권위를 부여하셨고, 칼리파는 튀르크인 술탄에게 그 권위를 양도했고, 술탄은 페르시아인 재상의 손에 국정을 맡겼지. 다른 이들에게는 이 권위를 존중하라고 요구하지만 자네 호와제 오마르에게는 내 꿈을 존중해 달라고 청하려네. 내게 굴러 들어온 이 거대한 땅에 나는 가장 강하고, 가장 융성하고, 가장 안정되고, 세상에서 가장 치안이 잘된 국가를 건설하겠다는 꿈을 갖고 있어. 나는 모든 변방과 도시들이 신을 두려워하고 신하들의 불만에 귀를 기울이는 정의로운 인물이 통치하는 제국을 꿈꾸고 있네. 나는 늑대와 양이 아주 평화롭게 같은 시냇물을 마실 수 있는 국가를 꿈꾸고 있어. 하지만 나는 꿈꾸는 것으로 만족하지 않고 반드시 세울 것이야. 내일 이스파한의 구석구석으로 산책을 나가보면, 땅을 파고 건물을 세우는 많은 노동자들과 바쁘게 일하는 장인들을 보게 될 걸세. 도처에 병원, 모스크, 대상 숙소, 성채, 궁전이 세워지고 있지. 머지않아 주요 도시마다 내 이름을 딴 학교 '니자미야 마드라사'가 들어설 거고, 바그다드에는 이미 내가 손수 설계한 신학교가 세워졌네. 수업 일정도 내가 짰고, 최고의 교육자들도 내가 선출했고, 모든 학생에게 장학금을 지원하고 있지. 건설 중에 있는 이 제국은 머지않아 세워지고, 개화하고, 번영해서 신께서 우리에게 허락하신 영화의 시대를 맞이할 걸세."

밝은 갈색 머리의 하인이 들어왔다. 그가 허리를 숙이고 세공한 은쟁반에 받쳐들고 온 얼린 장미 시럽 두 잔을 내밀었다. 오마르가 찬김이 피어오르는 시럽 잔을 들었다. 그는 먼저 시럽에 입술을 축인 다음 천천히 오랫동안 음미하며 마셨다. 니잠이 시럽을 단숨에 들이켜고 나서 계속했다.

"자네가 이렇게 와서 자리를 빛내주니 광영일세!"

하이얌은 그 찬사에 답변을 하고 싶었다. 그러나 니잠이 손짓으로 막았다.

"내가 자네에게 아침을 하고 있다고는 생각지 말게. 이미 제국의 실력자가 되어 있는 내가 창조주를 찬양하는 것 말고 무슨 영화를 더 바라겠나! 허나 흐와제 오마르, 제국이 방대해지고 부유해지다 보니 그만큼 민중이 늘어나서 그들을 다스려줄 인력이 턱없이 부족한 현실이네. 광장, 거리, 어디를 봐도 늘 사람들로 붐비고 있지. 열병하는 나의 군사, 기도 시간의 모스크, 시장, 심지어는 내 집무실에 북적이는 사람들을 보면서, 이 사람들에게 내가 과연 지혜, 지식, 충성, 청렴을 요구할 수 있을까 자문하곤 하네. 하지만 그런 희망을 걸 만한 사람들이 없어서 걱정이 이만저만이 아닐세. 흐와제 오마르, 난 절망적일 정도로 고독을 느끼고 있네. 내 디반은 비어 있고, 내 궁전도 비어 있어. 이 도시, 이 제국도 비어 있고. 그래서 나는 늘 뒤에서 나를 도와줄 사람이 필요하다고 느껴 왔지. 자네 같은 인재들을 사마르칸트에서 오게 하는 것으로 만족하지 않고, 그런 인재들을 데려오기 위해 내가 직접 사마르칸트에 갈 각오를 하고 있네."

오마르는 '설마 그럴 리가!' 하고 생각했다. 그러나 재상은 거기서 멈추지 않았다.

"며칠이 걸리더라도 자네에게 내 꿈과 걱정에 대해 얘기해줄 수도 있겠으나, 우선 자네의 생각을 듣고 싶네. 자네가 내 꿈을 어떻게 생각하는지, 내 곁에 있어줄 수 있는지 어서 알고 싶군."

"말씀하신 계획들은 저를 열광시켰습니다. 또한 저를 그토록 신뢰해주시니 영광입니다."

"내게 협력하는 조건으로 내가 무엇을 해주면 좋겠는가? 내가 숨김없이 말했던 것처럼 기탄없이 말해보게. 자네가 바라는 것은 무엇이든 들어주겠네. 공연히 시간 낭비하지 말고 어서 요구해보게."

니잠이 웃었다. 당황한 하이얌이 하얗게 질린 얼굴로 억지 미소를 지으며 답변했다.

"아무리 누추한 곳이라도 안전한 곳에서 저의 보잘것없는 연구를 계속할 수만 있다면, 그 이외에는 아무것도 바라지 않습니다. 마시고 먹고 입고 잠잘 곳을 갖는 것 이상의 욕심은 없습니다."

"자네의 소망이 거처를 갖는 것이라면, 내가 이스파한에서 가장 아름다운 곳을 주겠네. 이 궁전을 짓는 동안 나도 거기서 기거했었지. 그 집에는 정원과 과수원이 딸려 있고, 하인과 하녀들도 있네. 그리고 연금으로 튀르크 금화 1만 디나르를 지급하겠네. 내가 살아 있는 한 연금은 매해 연초에 지급될 것이네. 그거면 충분하겠나?"

"저한테는 필요 이상의 돈입니다. 저는 그렇게 큰돈을 쓸 데가 없습니다."

하이얌은 진지했지만, 니잠은 기분이 상했다.

"책을 살 수도 있을 것이고, 자네의 술항아리를 채울 수도 있을 것이고, 자네의 여자들을 보석으로 치장해줄 수도 있을 것이고, 필요한 사람들에게 적선할 수도 있을 것이고, 메카로 향하는 카라반에 자금 지원을 해줄 수도 있을 것이고, 자네의 이름을 붙인 모스크를 지을 수도 있겠지!"

물질에 대한 철저한 무관심과 지나친 겸손이 재상의 기분을 몹시 상하게 했음을 알아차린 오마르는 용기를 내어 말했다.

"저는 늘 석재 육분의*와 천문 관측의 그 밖의 다양한 기구들을 갖춘 천문대를 세우고 싶었습니다. 저는 태양력을 정확하게 측정하고 싶었습니다."

"그 소원은 들어주겠네. 다음 주부터 자금 지원을 해줄 터이니 장소는 자네가 선택하게. 자네의 천문대는 몇 달 이내에 세워질 것이야. 다른 부탁은 없나?"

"없습니다. 그 이상은 아무것도 바라지 않습니다. 베풀어주시는 은혜에 가슴이 터질 듯합니다."

"그럼 이번에는 내가 자네에게 한 가지 청을 해도 되겠나?"

"이 큰 은혜에 미력한 제가 보답할 길이 있다면 영광이겠습니다."

이제 니잠은 부탁하는 사람의 태도가 아니었다.

"자네가 입이 무겁고, 귀가 얇은 사람이 아니라는 건 내 익히 알

---

* 수평선과 천체 사이의 거리를 측정하는 기구.

고 있네. 자네가 지혜롭고, 정의롭고, 공정하고, 진실과 거짓을 분별할 줄 알며, 신의가 두터운 사람이라는 것도 알고 있네. 해서 나는 자네에게 아주 중요한 자리를 맡기려고 해."

오마르도 최악의 상황을 예상하기는 했지만, 정말 예상한 대로 최악의 상황이었다.

"자네를 사히브 하바르로 임명하겠네."

"사히브 하바르라고 하셨습니까? 그럼 저를 첩자 대장으로 임명하시겠다는 말씀이십니까?"

"제국의 정보국 수장으로 임명하겠다는 말이네. 지금 당장 대답하라는 건 아닐세. 그리고 선량한 사람들을 정탐하고 신도들의 거처에 잠입하라는 것이 아니라, 국가의 질서를 감시해 달라는 것이야. 나라에서 일어나는 일은 부정한 것이든 옳은 것이든 무엇이든 군주가 알아야 하고, 옳지 않은 일이 일어나고 있다면 진압해야 마땅하잖은가. 헌데 정보원들이 없다면 재물에 눈이 어두워 하층민들을 착취하느라 직무를 태만히 하는 재판관이나 지방의 권력자가 있는지를 어떻게 알아낼 수 있고, 피해자들이 어떻게 감히 억울함을 호소할 수 있겠나?"

"하지만 정보원들이 재판관, 권력자, 수장에게 매수당해 그들의 공모자가 될 수도 있습니다."

"그러니까 자네가 해주어야 할 일이 바로 그 임무를 맡길 만한 청렴한 사람들을 찾는 것이지."

"청렴한 사람들이 존재한다면, 그들을 직접 권력자나 재판관으로 임명하는 것이 더 간단하지 않겠습니까?"

하이얌은 악의 없이 의견을 말한 것이었으나 니잠의 귀에는 빈정 거리는 소리로 들렸다. 니잠이 자리에서 벌떡 일어나서 말했다.

"나는 토론하고 싶은 마음이 없네. 내가 주려는 것과 자네에게 기대하는 것을 다 얘기했으니, 가서 내 제안을 곰곰이 생각해보게. 신중하게 생각하고, 승낙인지 거절인지는 내일 다시 와서 대답해주 게."

13

하이얌은 재상의 제안을 심사숙고하고, 신중히 검토하고, 생각 하고 또 생각했지만 도저히 결정을 내릴 수 없었다. 디반에서 나와 시장 골목으로 들어선 하이얌은 구불구불하게 난 좁은 길을 걸어 사람들과 짐승들을 지나쳐서, 회반죽으로 치장한 반구형 천장 아 래 향료 가게들이 늘어선 길로 접어들었다. 갈수록 골목길이 점점 어두워지면서 사람들이 느릿느릿 움직이며 뭐라고 고함을 지르는 듯했고, 상인들과 단골손님들은 가면을 쓴 배우가 되어 최면에 걸 린 듯 춤을 추는 것 같았다. 그는 좌우로 더듬더듬 걸으며 넘어져 서 정신을 잃을까 봐 겁이 났다. 그러다 갑자기 밀림 안에서 양지바 른 빈터를 만나듯 햇빛에 잠긴 작은 광장으로 나오게 되었다. 강렬 한 햇빛에 정신이 번쩍 든 그는 허리를 똑바로 펴고 숨을 크게 쉬었다. 무슨 일이 있었지? 아, 그래, 지옥에 묶인 천국에 대한 제안을 받았지. 승낙을 하면 어떻게 되고, 거절을 하면 어떻게 될까? 어떤 얼굴로 대재상 앞에 다시 나타나고, 어떤 얼굴로 이 도시를 떠나게 될까?

오른쪽에 있는 주막의 문이 반쯤 열려 있었다. 하이얌은 문을 밀고 들어가, 모래투성이 계단을 내려가서 천장이 낮고 어두컴컴한 실내에 다다랐다. 축축한 흙바닥에 놓인 빛바랜 탁자 몇 개, 앉으면 부서질 것 같은 엉성한 의자 몇 개. 그는 콤의 독한 포도주를 주문했다. 이 빠진 술항아리가 탁자 위에 올랐다. 그는 눈을 감고 오랫동안 냄새를 맡았다.

내 청춘의 축복받은 세월이 지나가는구나,
몸속에 술을 쏟아부어 잊자꾸나.
술이 쓰냐고? 그래서 내 마음에 드는 것을,
이 쓴맛이 바로 내 인생의 맛일진대.

그러나 불현듯 어떤 생각이 떠올랐다. 그가 이 초라한 지하 주막까지 오게 된 것은 바로 이 생각을 하기 위해서였던가? 네 잔째의 세 모금을 들이켜는 순간, 생각이 탁자 위에서 그를 기다리고 있었다. 그는 술값을 지불하고, 후하게 팁까지 내놓았다. 밤이 깊어 광장은 이미 텅 비었고, 시장의 골목마다 육중한 문으로 막혀 있었다. 대상 숙소로 가려면 길을 돌아서 가야 했다.

오마르가 뒤꿈치를 들고 가만가만 방으로 들어가니, 하산은 찌푸린 얼굴로 잠들어 있었다. 오마르는 오랫동안 그를 물끄러미 쳐다보았다. 수많은 의문이 떠올랐지만, 그는 대답을 찾지 않고 모두 떨쳐버렸다. 그의 결정은 이미 돌이킬 수 없는 것이 되어 있었다.

이 시대를 두고 자주 회자되는 전설 중에, 1000년대 초반을 각자 나름대로 풍미했던 세 친구, 페르시아의 3인에 대해 내려오는 이야기가 있다. 세상을 관조했던 오마르 하이얌, 세상을 지배했던 니잠 알물크, 세상을 공포로 떨게 했던 하산 사바흐. 사람들은 이 세 인물이 함께 니샤푸르에서 수학했다고 말한다. 그러나 니잠은 오마르보다 서른 살이나 위였고, 하산은 레이에서 공부를 한 데다 그의 고향 콤에서도 공부를 했는지는 모르지만 니샤푸르에서는 분명히 하지 않았으니, 그건 사실이라고 할 수 없다.

사마르칸트의 필사본에는 진실이 있을까? 정사에 기록되지 않은 사실을 담은 야사는 이 세 인물이, 앞날을 내다보기에는 아직 미숙했던 하이얌의 주선으로 이스파한에 있는 대재상의 디반에서 처음 만났다고 단언하고 있다.

니잠은 궁전의 작은 방에 홀로 앉아 서류를 읽고 있었다. 문간을 넘어서는 오마르의 얼굴을 보는 순간 그는 대답이 거절임을 알아차렸다.

"자네의 얼굴을 보니 내 제안이 내키지 않았나 보군."

하이얌은 마음이 편치 않았지만 단호한 어조로 대답했다.

"대재상께서 꾸고 계신 원대한 꿈이 꼭 실현되기를 바라지만, 저에게 제안하신 직책은 제 능력 밖의 일입니다. 비밀을 지키는 이들과 비밀을 폭로하는 이들이 있다면, 저는 비밀을 지키는 쪽 사람입니다. 만일 한 정보원이 제게 와서 어떤 비밀을 고한다면, 그런 일은 그하고도 상관없고 나하고도 상관없는 일이니 누구에게도 발설하지 말라 명하고 내 집 출입을 금지할 것입니다. 사람이나 사물에 대한 제 호기심은 방향이 다릅니다."

"나는 자네의 결정을 존중하며, 학문에만 몰두하는 사람들이 제국에 불필요하다고 생각지는 않네. 물론 자네에게 약속했던 연금, 집, 천문대는 그대로 이행될 것이네. 나는 자진해서 주었던 것을 도로 빼앗는 그런 사람이 아니야. 자네가 내 곁에서 협력해주기를 바랐지만, 연대기 작가들이 후대를 위해 이렇게 적어주리라는 기대로 위안을 삼겠네. '니잠 알물크 시대에 살았던 오마르 하이얌은 대재상으로부터 나라의 혼란을 방지하기 위한 명예로운 직책을 제의받았으나, 총애를 잃을까 염려할 필요가 전혀 없는 재상에게 그 제의를 거절할 수 있었다.'"

"이렇듯 관대하게 예우를 해주시는데 제가 언제고 보답할 날이 있을지 모르겠습니다."

오마르는 잠시 망설이다가 말을 이었다.

"어쩌면 얼마 전에 제가 만났던 한 인물을 소개해드리는 것으로 저의 거절을 잊게 해드릴 수 있을지 모르겠습니다. 대단히 총명하고 학식도 두텁고 지략이 뛰어난 사람입니다. 제가 보기에 그 청년은 사히브 하바르의 직무를 맡기기에 적합한 사람이며, 제안을 기꺼이 수락하리라 확신합니다. 그 청년은 대재상의 사람이 되겠다는 희망으로 레이에서 이스파한으로 왔다고 저한테 털어놓은 바 있습니다."

"야심가로군." 니잠이 입속으로 중얼거렸다. "이것이 내 운명인가? 신의가 두터운 인물을 찾으니 그는 야심이 부족해 권력을 경계하고, 내가 제안하는 자리에 대번에 달려드는 사람은 그 열의가 오히려 불안하고……."

니잠이 내키지 않는 마음으로 물었다.

"그래 그 사람의 이름이 무엇인가?"

"알리 사바흐의 아들 하산이라고 합니다. 하지만 그가 콤 태생이라는 걸 미리 말씀드리겠습니다."

"시아파란 말인가? 그건 개의치 않네. 내 비록 모든 이교도와 분파주의자 들을 적대하기는 하나, 나의 훌륭한 협력자들 중에 몇몇은 알리 신봉자이고, 내 호위무사들은 아르메니아인이며 내 재무관들은 유대인이지. 그래도 나는 그들을 신뢰하고 보호해주고 있네. 내가 경계하는 유일한 사람들은 이스마일파일세. 설마 자네의 친구가 그 종파는 아니겠지?"

"그건 저도 모릅니다. 하산이 여기까지 저와 동행했으니 허락해주신다면 불러오겠습니다. 그에게 직접 알아보십시오."

오마르가 잠시 사라졌다가, 떠는 기색이라고는 전혀 없어 보이는 친구를 데리고 돌아왔다. 그러나 하이얌은 하산의 수염 밑에 가려진 턱이 파르르 떨고 있음을 간파했다.

"바짝 졸라맨 터번 뒤에 그렇게 많은 학식을 지니고 있으리라고는 짐작조차 할 수 없는 하산 사바흐를 소개합니다."

니잠이 미소를 지었다.

"학자들과 한자리에 있게 되다니! 학자들을 자주 만나는 권력자가 권력자 중의 으뜸이라고 하지 않던가?"

그 말에 하산이 응수했다.

"권력자를 자주 만나는 학자는 학자 중의 최하라고 합니다."

거침없는 그 답변에 터져 나온 웃음소리는 크고 짧았다. 사실, 니잠은 대면하는 순간부터 이미 떨떠름한 표정을 지으며 하산에게서 기대하는 바를 자세히 설명한 다음 빨리 자리를 뜨고 싶어 하는 눈치였다. 그런데 희한하게도 첫마디부터 그들은 의기투합했다. 그래서 오마르는 슬그머니 빠져나갈 수 있었다.

그리하여 하산 사바흐는 곧 대재상에게 없어서는 안 될 협력자가 되었다. 하산은 가짜 상인들, 가짜 데르비시*들, 가짜 순례자들로 구성된 정보원들로 첩보망을 조직해서 셀주크 제국을 누비고 다니도록 하는 데 성공했다. 궁전이든 가정집이든 시장의 지하실이든, 그들의 귀를 피할 곳은 아무 데도 없었다. 음모, 소문, 비방 등

---

* 극도의 금욕 생활을 서약하는 이슬람 신비주의 수피 교단의 수도승.

모든 것이 낱낱이 보고되는 바람에 어떤 계획이든 쥐도 새도 모르게 사전에 좌절되었다.

처음에 니잠은 가공할 무기를 손에 넣게 된 것을 대단히 흡족해했다. 그토록 과묵하던 그가 술탄 말리크샤에게 그 성과를 자랑할 정도였다. 말리크샤의 아버지 알프 아르슬란은 그런 식의 정치에 반대하라고 당부하지 않았던가? 아버지는 어린 후계자에게 이렇게 주의를 주었다. "네가 도처에 정보원들을 심어놓는다면, 너의 진정한 친구들은 자신들이 의심을 받으리라고 생각하지 않기 때문에 정보원들을 경계하지 않을 것이다. 반면에 반역자들은 방어 자세를 취할 것이고, 정보원들을 매수하려고 할 것이다. 차츰차츰 너는 네 친구들에 대해서는 불리한 보고를 받고 네 적들에 대해서는 유리한 보고를 받게 될 것이다. 그런데 입으로 내뱉는 말이란 좋은 것이든 나쁜 것이든 화살과 같아서, 화살을 많이 쏘다 보면 그중 한 발은 명중하는 법이다. 그리하여 친구들을 향해서는 네 마음이 닫히고, 네 곁에 자리를 차지하는 이들이 반역자로 채워진다면 네 권력이 어찌되겠느냐?"

그러던 중, 궁전의 하렘 안에 숨어든 한 독살자의 가면을 벗긴 일을 계기로 해서 술탄은 첩자 대장의 가치에 대한 의심을 버리게 되었다. 바로 그 다음날부터 말리크샤는 첩자 대장을 자신의 심복으로 삼았다. 그러나 니잠은 하산과 말리크샤 사이에 구축되고 있는 우정을 불안하게 여겼다. 젊은 나이의 군주와 하산은 곧 가까워졌고, 술탄이 전통적으로 측근들에게 향연을 베풀어주는 쉴렌의 날인 금요일, 두 사람은 의기투합하여 늙은 재상의 지출에 대해 빈정 거리게 되었다.

향연은 격식에 따라 대단히 격조 있게 시작되었다. 니잠은 말리 크샤의 오른쪽에 앉아 있었다. 문관들과 학자들이 술탄과 대재상 을 에워쌌고, 인도의 검과 예멘의 검을 비교하는 이야기에서부터 아리스토텔레스 독서에 이르기까지 다양한 화제로 대화가 한창 무 르익고 있었다. 술탄은 마상 시합 얘기를 할 때는 잠시 신이 났으 나 곧 주의가 산만해져서 시선이 한 곳에 고정되어 있지 않았다. 재 상이 떠날 시간이 되었음을 알아차리고 일어나자, 초대된 고관들이 그를 따랐다. 그러자 즉시 악사들과 무용수들이 그 자리를 대신 차 지하고, 술항아리들이 줄지어 들어오고, 술탄의 기분에 따라 부드 럽기도 하고 광적으로 치닫기도 하는 술잔치가 아침까지 계속되었 다. 레벡과 류트의 화음에 맞추어 가수들이 당시에 가장 인기 있는 주제인 니잠 알물크에 관한 노랫말을 즉석에서 만들어 불렀다. 막 강한 실력자인 재상 없이는 아무것도 할 수 없던 술탄은 헛웃음으 로 분을 풀었다. 술탄은 내심 언젠가 재상을 치게 될 날이 오기를 고대하면서, 겉으로는 어린아이처럼 열렬하게 손뼉을 치는 모습을 보일 필요가 있었다.

하산은 술탄의 마음속에 재상에 대한 원한을 싹트게 했다. 그는 니잠이 지혜와 학식을 자랑하는 까닭이 무엇이냐면서 교묘하게 자 신의 학식을 과시했다. 재상이 과연 왕권과 제국을 지킬 능력이 있 느냐면서, 자신이 짧은 기간에 대등하게 이룩한 능력을 은근히 과시했다. 또 재상의 충성심에 의문을 제기하면서, 충성은 거짓말과 마찬가지로 결코 진실이 아닐진대 충절을 흉내 내는 것이 뭐가 어렵겠느냐고 했다.

특히 하산은 말리크샤에게 자신의 탐욕을 심어주었다. 그는 끊임없이 재상의 지출에 대해 얘기하면서 그의 새 옷과 측근들의 새 옷을 주지시켰다. 니잠은 권력과 사치를 탐했지만, 하산은 오로지 권력을 탐했다. 실제로 그는 엄격한 금욕 생활을 하고 있었다.

하산은 말리크샤의 가슴속에서 이 막후의 실력자를 찍소리 못하게 만들고 싶다는 마음이 무르익었다고 느끼자, 한 가지 사건을 꾸몄다. 그 사건은 어느 토요일, 왕실에서 벌어졌다. 술탄은 심한 두통 때문에 정오에 일어났다. 몹시 기분이 좋지 않은 상태에서 금화 6만 디나르가 재상의 아르메니아 출신 호위무사들에게 지급되었음을 알게 된 술탄은 격분했다. 그 정보가 하산과 그의 첩보망을 통해 전달된 것임은 의심의 여지가 없었다. 니잠은 불복종 행위를 미연에 방지하자면 병사들을 배불리 먹여야 하며, 역모를 막기 위해서는 열 배 이상의 돈을 지출해야 할 것이라고 차분하게 설명했다. 그러나 말리크샤는 금화 하나를 힘껏 내던지면서, 역모 행위가 실제로 일어난다 하더라도 국고를 낭비해서는 안 된다고 반박했다. 이어서 훌륭한 조정은 어려운 순간을 위해 국고를 지킬 줄 알아야 하는 것이 아니냐고 덧붙였다.

니잠의 열두 아들 중 한 아들이 그 장면을 지켜보고 있다가 앞으로 나섰다.

"이슬람의 초창기에, 정복 정책에 국가의 금화를 모두 낭비했다는 비난을 받은 칼리파 오마르는 비방하는 이들에게 물었습니다. '그 금화는 신께서 호의를 베풀어 우리에게 주신 것이 아니더냐? 신께서 더 많은 금화를 주실 수 없다고 생각한다면 한 푼도 쓰지 말라. 나는 창조주의 끝없는 관대함을 믿는지라, 무슬림들의 안녕을 위해서라면 단 한 개의 금화도 내 금고 안에 간직하지는 않을 것이다.'"

그러나 말리크샤는 그 말에는 전혀 관심을 보이지 않고, 하산이 귀띔했던 내용을 재상에게 명했다.

"내 금고 안에 들어와 있는 모든 재산 목록과 지출 명세서를 제출하십시오. 언제 받을 수 있겠습니까?"

니잠이 낙담한 얼굴로 말했다.

"명세서를 올릴 수는 있으나 시간이 필요합니다."

"얼마나 걸리겠습니까, 호와제?"

말리크샤는 평소대로 아타, 즉 아버지라고 부르지 않고 호와제라고 했다. 호와제는 물론 몹시 경의를 표한다는 뜻의 칭호였다. 그러나 이 상황에서 그 호칭을 사용한 데에는 부정적인 의미가 담겨 있었고, 대재상이 총애를 잃을지 모른다고 예고하는 냉담한 뜻이 실려 있었다.

니잠이 어찌할 바를 몰라 하며 설명했다.

"각 지방마다 특사를 파견하여 계산을 해보아야 합니다. 신의 은총으로 제국이 방대하다 보니 그 보고서를 완성하려면 적어도 2년은 걸릴 것 같습니다."

그때, 하산이 엄숙한 표정을 지으며 술탄 앞으로 나섰다.

"폐하께서 디반의 서류들을 모두 저에게 넘기라는 명을 내리신다면, 40일 후에 완벽한 보고서를 올리겠다고 약속드리겠습니다."

재상이 반박하려고 했지만, 말리크샤는 이미 자리에서 일어나 성큼성큼 걸어가면서 한마디를 던졌다.

"하산은 디반에 머물도록 하라. 비서실은 그의 명령에 복종할 것이다. 하산의 허락 없이는 누구도 디반에 들이지 말라. 40일 후에 내가 직접 결정하겠노라."

14

그리하여 전 제국이 공포에 휩싸이고 행정이 마비되면서 군대가 봉기하고 민란이 일어나리란 소문이 파다했다. 니잠이 이스파한의 몇몇 지역에 군사를 배치했다는 풍문도 있었다. 시장에서는 물건이 자취를 감추었다. 생필품을 파는 상점과 특히 보석상은 이른 오후부터 문을 닫았다. 디반 주변에는 극도의 긴장감이 감돌았다. 재상은 하산에게 자신의 집무실을 내줘야 했지만 그의 거처는, 이제 하산의 구역이 된 장소에서 작은 정원을 사이에 둔 아주 가까운 곳에 있었다. 이 정원은 니잠의 호위무사들이 삼엄하게 정찰을 돌고 있어서 병영을 방불케 했다.

가장 당황한 사람은 오마르였다. 그는 타협안을 찾아 두 경쟁자를 화해시키고 싶었다. 니잠은 그를 계속 만나주기는 했지만 '독이 든 선물'을 했다는 비난을 빠뜨리지 않았다. 하산은 서류에 파묻혀서 술탄에게 제출할 보고서를 준비하는 데 몰두해 있었다. 밤에도 한 무리의 추종자들에게 둘러싸여 디반의 카펫 위에서 잠을 잘 정도였다.

운명의 날이 되기 사흘 전, 하이얌은 마지막으로 중재를 시도했다. 그는 디반으로 가서 하산에게 면담을 청했으나, 사히브 하바르는 재무관들과 회의 중이니 한 시간 후에 다시 오라는 대답을 받았다. 오마르는 물러가지 않을 수 없었다. 그가 현관을 막 나서는데 빨간 옷을 입은 궁정의 환관이 그에게 말했다.

"흐와제 오마르를 기다리는 분이 계시니 저를 따르시지요."

환관을 따라 터널과 계단의 미로를 통과한 뒤, 하이얌은 있는지조차 몰랐던 한 정원에 이르렀다. 공작들이 꼬리를 활짝 펴고 한가로이 아름다운 자태를 뽐내고, 살구나무들이 꽃망울을 터뜨리고, 분수전이 노래 부르는 아름다운 곳이었다. 이윽고 분수전 뒤쪽, 나전을 박아 넣은 낮은 문 앞에 이르렀다. 환관이 문을 열어서 오마르를 들여보냈다.

화려한 비단으로 벽을 씌운 커다란 방이었고, 그 안쪽에 일종의 벽감 같은 공간에 태피스트리가 내려져 있었다. 태피스트리가 흔들리고 있는 것으로 보아, 안에 사람이 있는 것 같았다. 하이얌이 들어가자마자 문이 힘없는 소리를 내며 닫혔다. 영문을 모른 채 기다리던 하이얌의 귀에 여인의 목소리가 들렸다. 누구의 음성인지는 알 길이 없지만, 튀르크 사투리라는 것만은 알 수 있었다. 낮은 소리로 하는 말이지만, 말씨가 빨라서 급류에 쓸려 내려가는 것 같았고, 무슨 말을 하는지도 통 알아들을 수가 없었다. 그는 말을 중단시키고 페르시아어나 아랍어로 하든지 아니면 좀 천천히 얘기해 달라고 부탁하고 싶었으나, 태피스트리 너머에 있는 여자에게 말을 건다는 게 쉬운 일은 아니었다. 그는 하는 수 없이 여자가 말을 끝내기를 기다렸다. 갑자기 또 다른 목소리가 교대했다.

"술탄의 아내이신 테르켄 하툰 술타나께서, 여기까지 와주어서 고맙다고 하십니다."

이번에는 페르시아어였고, 하이얌은 대번에 누구의 목소리인지 알았다. 그는 소리를 지르려고 했으나 그의 외침은 갑자기 반가움과 원망이 섞인 중얼거림으로 변했다.

"자한!"

자한은 태피스트리의 끝자락을 젖히고 베일을 걷어 올리며 미소를 지었으나 가까이 오지 말라는 손짓을 하며 말했다.

"술타나께서는 디반에서 벌어지고 있는 싸움을 몹시 걱정하고 계세요. 혈전이라도 일어날까 봐 불안해하세요. 술탄께서도 충격을 받고 신경이 예민해지셔서, 하렘의 여자들이 모두 불안에 떨고 있어요. 견디기 어려운 상황이에요. 술타나께서는 당신이 그 두 정적을 화해시키려고 노력하는 걸 알고 성공하기를 기대하셨는데, 불가능해졌다는 걸 알고 계세요."

하이얌이 괴로운 얼굴로 고개를 끄덕였다. 자한이 계속했다.

"테르켄 하툰 술타나께서는 이 일을 해결하려면 일단 두 정적을 떼어놓고, 두 사람을 진정시킬 수 있는 덕망 높은 인물에게 재상직을 맡기는 것이 바람직하다고 생각하고 계세요. 마마의 말씀에 따르면, 자신의 남편이자 우리의 주군이신 술탄의 주변에는 음모가들밖에 없으니 야심이 없고, 분별이 있고, 훌륭한 조언을 해줄 지혜로운 사람이 필요하다고 하세요. 술탄께서 당신을 높이 평가하고 계신 것을 아시기 때문에 마마께서도 술탄께 궁전의 평화를 위해서는 당신을 재상으로 임명해야 한다고 진언하실 생각이세요. 하지만 그전에 당신의 의사를 확인하시려고 보자고 하신 거예요."

오마르는 자신에게 뭘 바라는 건지 한참 만에야 알아차리고 외쳤다.

"맙소사, 자한, 당신은 나를 파멸시키고 싶은 거요? 당신은 내가 제국의 군대를 지휘하고, 수장을 참수형에 처하고, 노예들의 반란을 저지하는 것을 보고 싶소? 내 별들과 조용히 살게 나를 좀 가만 놔두시오!"

"내 말을 들어봐요, 오마르. 당신이 국정에 관여하고 싶어 하지 않는다는 걸 잘 알아요. 하지만 당신의 역할은 당신의 뜻에 어긋나지 않게 단순할 거예요. 결정만 당신이 내리고, 실행은 다른 사람들에게 시키는 거예요!"

"다시 말해서 당신이 실질적인 재상이 되고, 당신의 여주인이 실질적인 술탄이 되겠다 그 말이오? 그게 당신이 바라는 바요?"

"그게 왜 화를 낼 일이지요? 당신은 명예를 얻을 거고, 아무 걱정 없이 당신이 가장 바라던 것을 성취할 수도 있어요."

그때, 분위기가 심상치 않음을 느낀 테르켄 하툰이 끼어들었다. 자한이 통역했다.

"마마께서, 정국이 불안한 것은 당신 같은 사람들이 정치를 외면하기 때문이라고 하세요. 마마께서는 당신이 훌륭한 재상이 되는 데 필요한 모든 자질을 갖추고 있다고 평가하고 계세요."

오마르가 말했다.

"국가를 통치하는 데 필요한 자질은 권좌에 오르는 데 필요한 자질과는 다르다고 말씀드리시오. 국가를 잘 통치하기 위해서는 자신을 잊고, 다른 사람들, 특히 가장 불행한 사람들에게만 관심을 기울여야 하며, 권좌에 오르기 위해서는 가장 탐욕스러운 사람이 되어야 하고, 자기 자신만을 생각해야 하며, 가까운 친구들을 짓밟을 수 있어야 하오. 그런데 나라는 사람은 아무도 짓밟을 수가 없는 사람이오!"

그리하여 두 여자의 계획은 더 진척되지 못했다. 오마르는 그들의 요구를 정중하게 거절했다. 이로써 모든 것이 수포로 돌아갔고, 니잠과 하산의 대결도 피할 수 없게 되고 말았다.

그날, 정쟁의 마당이 된 접견실은 태풍 전야처럼 조용했고, 열다섯 명의 대신들은 침묵 속에 사태를 지켜볼 수밖에 없었다. 평소에는 그렇게도 쾌활하던 말리크샤도 시종장과 낮은 소리로 이야기를 하면서 연신 콧수염을 만지작거렸다. 술탄이 이따금 두 정적에게 눈길을 보냈다. 구겨진 검정 옷에 검정 터번, 평소보다 더 길게 늘어진 턱수염에 초췌한 얼굴을 한 하산은 똑바로 서서 니잠의 눈과 마주치기를 기다리고 있는 것처럼 눈빛을 번득였지만, 그 눈은 피로로 빨갛게 충혈되어 있었다. 그의 뒤에는 한 비서관이 코르도바 가죽띠로 단단하게 묶은 서류 뭉치를 들고 있었다.

나이에 대한 예우로 니잠 알물크는 앉아 있긴 했지만 편안치 않은 얼굴이었다. 회색 옷, 하얀 수염, 주름진 이마, 그러나 눈빛만은 젊은이 못지않게 총기가 흐르고 있었다. 그와 동행한 두 아들이 주변에 증오와 위협이 섞인 표정을 보내고 있었다.

술탄의 바로 옆에 있는 오마르는 의기소침하다기보다는 침울했다. 자신에게는 발언할 기회가 없을지도 모르지만, 어쨌든 그는 머릿속으로 화해의 말을 궁리하고 있었다.

말리크샤가 물었다.

"국고의 상황에 대한 상세한 보고서를 약속한 날이 바로 오늘인데, 준비가 되었느냐?"

하산이 허리를 굽히며 말했다.

"약조했던 대로 보고서를 준비해 왔습니다."

하산이 자신의 비서관을 돌아보자, 비서관이 재빨리 가죽띠를 풀어 서류 뭉치를 내밀었다. 하산이 읽기 시작했다. 처음에는 관례대로 자신에게 그런 임무를 내려준 데 대한 감사의 말을 현학적인 표현을 써 가며 웅변조로 연설했지만, 참석자들은 다음 내용을 기다리고 있었다. 드디어 시작되었다.

"소신은 각 지방과 이름난 도시에서 폐하의 국고에 바쳤던 세금 전액을 정확하게 계산할 수 있었습니다. 또한 적군에게서 노획한 전리품의 실제 가치를 산출했으며, 국고가 어떤 식으로 지출되었는지도 소상하게 파악했습니다."

하산은 지나치게 거드름을 피우며 헛기침을 하고 나서, 방금 읽은 서류를 비서관에게 넘겨주고는 다음 서류를 들여다보았다. 입이 열렸다가 닫혔다. 침묵이 이어졌다. 그가 또 한 장을 넘겨 훑어보고는 화가 난 몸짓으로 서류를 뒤적였다. 여전히 그의 입이 열리지 않았다.

조급해진 술탄이 재촉했다.

"무슨 일이냐? 모두들 기다리고 있지 않느냐?"

"폐하, 읽으려고 하는 서류가 없어졌습니다. 분명히 서류를 순서대로 정리했는데, 떨어뜨렸는지 보이지가 않습니다. 곧 찾아내겠습니다."

하산은 당혹한 얼굴로 또다시 서류를 뒤적거렸다. 그 틈을 이용해 니잠이 관대하게 말했다.

"서류를 잃어버리는 일은 누구에게나 일어날 수 있는 일이니 우리의 젊은이를 나무라지 말아야 합니다. 이렇게 기다리는 대신에 그 다음으로 넘어가기를 제안합니다."

"옳으신 말씀입니다, 아타. 하산은 다음으로 넘어가라."

술탄이 재상을 다시 '아버지'라고 부른 것을 모두들 알아차렸을까? 총애를 되찾고 있다는 신호일까? 애처로울 만큼 당황해하는 하산과는 대조적으로 여유 만만해진 재상이 말했다.

"폐하를 무작정 기다리시게 할 수는 없는 일이니, 우리의 형제 하산은 없어진 서류에 대해서는 잊어버리고 주요 도시들이나 지방 들과 관련된 세금 액수를 발표할 것을 제안합니다."

술탄이 곧바로 승낙하자, 니잠이 계속했다.

"여기 참석해 있는 오마르 하이얌의 고향 니샤푸르부터 먼저 들 어봅시다. 그 도시와 그 도시에 속한 마을이 국고에 보냈던 금액이 얼마인지 알 수 있겠는가?"

"그거야 문제없습니다." 되살아난 하산이 자신만만하게 대답했다.

그가 능숙한 솜씨로 서류 뭉치의 일부를 한 번에 갈랐다. 니샤푸 르에 관계되는 것은 모두 34쪽에 기록해놓았음을 기억하고 있었기 때문이다. 그러나 허사였다.

"그것도 사라졌습니다. 누군가 빼돌렸거나…… 아니면 누군가 가 제 서류들의 순서를 뒤죽박죽으로 섞어놓았거나……."

그러자 니잠이 일어나서 말리크샤에게 다가가 귓엣말을 했다.

"유능한 신하들 중에서, 상황이 어려울 때 불가능한 것과 가능한 것을 분별할 줄 아는 이들을 신뢰하지 않으신다면, 폐하께서는 미 치광이나 협잡꾼, 혹은 몽매한 자의 혀에 말려들어 이렇게 모욕당 하고 우롱당할 것입니다."

말리크샤는 자신이 기막힌 음모에 말려든 것이라고는 꿈에도 생각지 않았다. 연대기 작가들은 이 부분에 대해, 하산의 비서관을 매수하는 데 성공한 니잠 알물크가 몇몇 서류는 없애버리고, 다른 서류들은 순서를 뒤바꿔놓으라고 지시해서 정적의 일을 수포로 돌아가게 했다고 전한다. 하산은 음모라고 주장했지만, 그 소리는 흥분한 대신들의 고함 소리에 묻히고 말았다. 자신이 우롱당했다는 사실과, 재상의 감독에서 벗어나고자 했던 자신의 시도가 실패했음을 확인하게 되어 더욱 실망한 술탄은 모든 잘못을 하산에게 덮어씌웠다. 술탄은 근위병들에게 하산을 체포하라고 명하고 그 자리에서 사형을 언도했다.

처음으로 오마르가 발언했다.

"폐하, 관용을 베푸소서! 하산 사바흐가 비록 실수를 저질렀고, 지나친 열의와 열정을 결점으로 지니고 있기는 하오나, 어느 일개인에게 중대한 잘못을 저지른 것은 아니니 선처해주시기를 간청하옵니다."

"그럼 눈을 멀게 하라! 방연석을 가져와서 쇠를 달구라!"

하산은 입도 벙긋하지 못했다. 오마르가 다시 나섰다. 자신이 끌어들였던 사람을 죽게 내버려 둘 수도, 시각을 잃게 내버려 둘 수도 없었다.

오마르가 간청했다.

"폐하, 독서와 글 쓰는 일로 그나마 자신의 실총을 달랠 수밖에 없을 젊은이에게 그토록 가혹한 벌을 내리지 마소서."

그러자 말리크샤가 말했다.

"내가 또 한 번 내 결정을 거두는 것은, 가장 지혜롭고 가장 순수한 그대 흐와제 오마르 때문이오. 하산 사바흐에게 추방령을 내리니 멀리 떠나서 죽을 때까지 다시는 제국의 땅에는 발을 들여놓지 말라!"

그러나 콤의 사내는 전대미문의 복수를 하기 위해 돌아올 것이다.

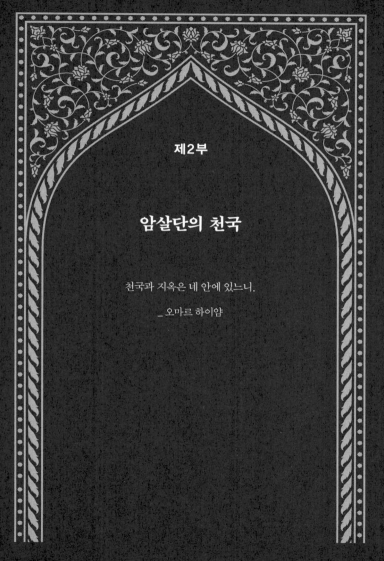

제2부

암살단의 천국

천국과 지옥은 네 안에 있느니.

_오마르 하이얌

15

7년이 흘렀다. 그 7년은 하이얌의 일생에서 가장 행복한 시기이
자 제국으로서는 가장 영화로운 세월이었고, 마지막 평화의 세월이
었다.

포도나무 그늘 아래 진수성찬으로 차려진 식탁, 목이 긴 유리병
속에 담긴 시라즈산 최고급 백포도주, 은은하게 풍기는 사향, 6월
저녁 오마르의 테라스에서는 늘 이렇게 향연이 벌어졌다. 그는 우
선 포도주로 시작해서 과일, 이어서 매자나무 가지와 마르멜루 열
매를 쌀에 곁들여 만든 요리를 먹었다.

황산에서 불어오는 바람이 과수원의 꽃내음을 실어 온다. 류트
를 안고 현을 뜯는 자한의 손놀림에 따라 아름다운 선율이 바람을
타고 서서히 울려 퍼진다. 오마르는 술잔을 들고 음미하며 마시고,
자한은 그를 물끄러미 바라본다. 그녀가 제일 굵고 빨갛게 반들거
리는 대추를 집어 건넨다. '키스해줘요'를 의미하는 과일의 언어다.
오마르가 자한에게 몸을 숙이고, 그들의 입술이 붙었다 떨어지기를
반복하다 한데 합쳐진다. 포옹하고 있을 때 하녀가 나타나자, 둘은
서두르지 않고 떨어지면서 각자 술잔을 든다. 자한이 미소를 지으

며 속삭인다.

"나한테 일곱 개의 삶이 있다면 좋겠어요. 그중 하나의 삶에서는 저녁이면 이렇게 이 테라스, 이 침상에 누워 한가로이 포도주를 마시며 이 그릇에 손가락을 넣고서 단조로운 행복 속에 숨어 있고 싶어요."

오마르가 응수한다.

"삶이 하나든 셋이든 일곱이든, 나는 날마다 이 테라스에 이렇게 누워 당신의 머리칼을 만지면서 보내겠소."

그들은 함께 있어도 늘 이렇게 생각이 달랐다. 9년 동안 연인으로 지내다 4년 전에 혼인했으나 그들은 같은 지붕 아래서 서로 다른 꿈을 꾸며 살았다. 자한은 시간을 단숨에 마셨고, 오마르는 음미하며 마셨다. 세상을 지배하려는 야심에 불타는 그녀는 술탄의 총애를 받는 술타나의 신임을 얻고 있었다. 자한은 낮에는 궁정의 하렘에 머물면서 시시때때로 바뀌는 궁정의 분위기와 여인들이 흘리는 갖가지 소문에 흥분하고 불안해하는 긴장된 시간을 보내다가, 저녁에는 사랑하는 남자의 품에서 행복에 빠졌다. 그러나 오마르의 인생은 달랐다. 그에게는 학문이 가장 큰 기쁨이고 전부였다. 그는 아침 늦게 일어나 공복에 '아침 술'을 마시는 것으로 하루를 시작했다. 그러고는 책상 앞에 앉아서 쓰고, 계산하고, 선과 도형을 그리고, 또 쓰고, 비서에 시를 적었다.

밤에는 집에서 가까운 작은 언덕에 세운 천문대로 갔다. 그가 손수 기름칠해서 반들반들하게 닦으며 애지중지하는 관측기구들이 있는 곳으로 가려면 정원 하나만 가로지르면 되었다. 때로는 떠돌이 천문학자가 동행하는 일도 있었다. 이스파한에 체류하기 시작한 처음 3년 동안 오마르는 천문대 건축에 전념했다. 직접 천문대를 설계했고, 건축 공정은 물론 자재들까지 일일이 감독했으며, 특히 새 달력을 작성해서 1079년 3월 21일, 즉 이슬람력 458년* 파바르딘(첫 번째 달)** 첫째 날에 천문대의 낙성식을 성대하게 거행했다. 하이얌의 계산법 덕분에, 태양이 쌍어궁의 중앙을 지나는 것으로 알고 있던 새해가, 춘분점이 있는 백양궁으로 들어가면서 정월 초하루를 기리는 신성한 노루즈 축제일이 춘분인 3월 21일로 늦춰지게 되었다. 이 혁신으로 말미암아 페르시아의 달들과 별자리들이 일치하면서 에스판드(마지막 달)***가 쌍어궁의 달이 되고, 파바르딘(정월)이 백양궁의 달이 되었으니 그때부터는 춘분을 1월 1일로 하여 봄에 설을 맞는 이슬람 고유의 태양력이 시행되었다. 따라서 1079년은 페르시아인들에게는 잊을 수 없는 해가 되었다. 1081년 6월에 이스파한과 전 셀주크 제국의 민중은 새로운 역법에 따른 세 번째 해를 맞이했다. 공식적으로는 술탄의 이름을 따서 '말리크력'

---

* 예언자 무함마드와 그의 추종자들이 박해에 못 이겨 메카에서 메디나로 이주한 622년을 이슬람력 원년으로 정하고 있다. 1년은 354일 또는 355일로 태양력보다 10일 이상 짧아서 연초와 각 월도 점점 어긋나게 된다. 따라서 이슬람력으로는 달로 계절을 알 수 없다.
** 페르시아어로 첫 번째 달, 즉 정월을 가리키며, 그레고리력 3월~4월에 해당한다.
*** 마지막 달인 12월을 가리키며, 그레고리력 2월~3월에 해당한다.

이라 불렀으나 민중 사이에서는 '오마르 하이얌력'이라 불렸고, 몇 몇 문서에도 그렇게 기록되어 있다. 살아 있으면서 그만 한 영예를 누린 사람이 누가 있을까? 당시 서른세 살인 하이얌이 얼마나 유명하고 존경받는 인물이었는지를 잘 알려주는 대목이다. 그가 폭력과 권세를 얼마나 혐오하는지를 모르는 사람들에게 하이얌은 두려운 대상이기도 했다.

그럼에도 불구하고 그가 자한과 결합한 까닭은 무엇일까? 그들에게는 한 가지 공통점이 있었다. 그들은 둘 다 자식을 원치 않았다. 자한은 무슨 일이 있어도 자식이라는 무거운 짐을 지지 않기로 결심했다. 하이얌은 자신이 숭배하는 시리아의 시인 아불 알라의 금언을 입버릇처럼 말했다. "나를 낳아준 분의 실수로 인해 고통을 겪으며 살았으니, 내 실수로 인해 고통받는 사람을 만들지 않으리라."

그렇다고 하이얌을 인간 혐오자로 착각해서는 안 될 것이다. "번 뇌가 그대를 낙담케 하여 영원한 밤이 이 세상을 무너뜨리기를 바라게 되더라도, 비 온 뒤에 눈부시게 빛나는 초목을 생각하고, 잠에서 깨어나는 천진한 아기의 얼굴을 생각하라." 이렇게 쓴 사람이 하이얌이 아니던가? 그가 자손을 거부한 것은 삶이 너무 무겁게 느껴졌기 때문이다. "세상에 오지 않은 이는 행복하여라!" 하고 그는 늘 부르짖었다.

두 사람이 자식을 낳지 않는 이유는 근본적으로 달랐다. 자한은 지나치게 야심이 많아 자식이 자신의 앞길을 가로막는 걸림돌이 될까 봐 두려워했고, 하이얌은 번뇌와 속박을 벗어나고 싶어 했기 때문에 무거운 삶을 자식에게 대물림하고 싶지 않았던 것이다. 그러나 그들이 남자와 여자로 있을 때에는 페르시아의 모든 남자와 여자가 하는 그대로 결합했고, 어느 쪽이 생식 불능인지 궁금해하거나 묻는 일조차 없었으며, 두 사람 사이에는 어떤 묵계 같은 것이 있었다.

그러나 그 묵계에는 각각 한계가 있었다. 자한은 오마르에게서 욕심 없는 사람의 귀한 견해를 얻기는 했지만, 자신의 처신에 대해서는 거의 알리지 않았다. 자신의 행동에 찬성하지 않을 남자라는 것을 잘 아는데 무엇 때문에 괜한 불화를 일으키겠는가? 그렇다고 해서 하이얌이 궁정을 완전히 멀리하는 것은 아니었다. 궁정에 가는 일은 가급적 피하고, 특히 궁정의 의사들이나 점성가들과 자신이 비교되는 상황을 무시하고는 있었지만, 그에게는 피할 수 없는 몇 가지 의무가 있었다. 금요일 향연에 참석해서 병든 수장을 진찰한다거나 특히 말리크샤에게 각 날짜마다 해야 할 일과 하지 말아야 할 일을 소상하게 지적하는 월간 별자리 운세인 타크빔을 제시해야 했다. "5일, 위험이 예상되니 궁전 밖 출입 삼가. 7일, 피를 볼 일이 있으니 어떤 종류의 물약도 금지. 10일, 터번을 거꾸로 감아 두를 것. 13일, 어떤 여인도 가까이하지 말 것……." 술탄은 이러한 주의 사항을 결코 어기지 않고 따랐다. 니잠 역시 월말에 오마르가 보내주는 월간 운세 타크빔을 꼼꼼히 읽고 그대로 따랐다. 차츰차츰 시종장, 이스파한의 재판관, 재무대신, 군 장수들, 거상들도 그 특혜를 누리게 되었고, 그들은 매달 마지막 열흘간의 중요한 일을 오마르에게 보고하기에 이르렀다. 이리하여 운세 풀이를 즐기는 이들이 점점 늘어나게 되었다. 어떤 결정을 내려야 할 때에 부자들은 오마르를 찾아갔고, 돈이 없는 대부분의 사람들은 이름이 덜 알려진 점성가를 찾거나, 눈을 감고 우연히 펼친 쿠란의 어느 구절을 손가락으로 짚고 읽게 하는 것으로 걱정거리에 대한 답을 찾아주는 성직자를 찾았다. 급히 결정을 내려야 하는 상황에 처한 가난한 여자들은 신의 계시로 여겨지는 말을 듣기 위해 광장으로 달려가기도 했다.

그날 저녁, 자한이 말했다.

"오늘 테르켄 하툰 마마가 티르(4월)* 달을 위한 자신의 운세 풀이가 준비되었는지 물으시더군요."

오마르가 먼 곳을 쳐다보며 말했다.

"오늘 밤에 준비할 거요. 하늘이 맑아서 별들이 총총하니 천문대로 가봐야겠소."

그가 서두르는 기색 없이 나갈 채비를 하고 있을 때 하녀가 와서 알렸다.

"한 데르비시가 와서 오늘 밤을 묵어 가게 해 달라고 청하십니다."

오마르가 대답했다.

---

* 그레고리력 6월~7월에 해당한다.

"들어오시게 해라. 계단 아래 작은 방을 내어드리고, 우리와 함께 식사를 하자고 전하여라."

자한이 얼굴에 베일을 내리며 길손을 맞이할 채비를 하는 사이, 하녀가 혼자 돌아와서 말했다.

"방에서 기도를 드리시겠다면서 이걸 갖다 드리라고 하십니다."

오마르가 쪽지를 읽다가 하얗게 질린 얼굴로 벌떡 일어났다. 자한이 걱정스러운 얼굴로 물었다.

"누군데 그러세요?"

"곧 돌아오리다."

오마르가 쪽지를 갈기갈기 찢으며 성큼성큼 걸어서 작은 방으로 들어갔다. 기대와 의혹이 교차하는 순간이었다. 그는 일단 포옹을 하면서 불만스러운 어조로 물었다.

"이스파한에는 무슨 일로 왔나? 니잠 알물크의 정보원들에게 곧 발각될 텐데."

"자네를 개종시키려고 왔네."

오마르가 그를 뚫어지게 쳐다보며 혹시 정신이 나간 게 아닐까 생각했지만, 하산은 카샨의 대상 숙소에서 만났을 때처럼 회심의 미소를 지었다.

"안심하게, 자네는 내가 개종시키려는 마지막 사람이니까. 그리고 은신처가 필요해서 자네를 찾아온 걸세. 술탄의 조력자이자 대재상의 친구인 오마르 하이얌이야말로 가장 든든한 보호자가 아니겠나?"

"그들은 나에 대한 우정보다는 자네에 대한 증오가 훨씬 크네. 내 지붕 밑에서는 환영을 받겠지만, 자네가 있는 것이 발각된다면 나와의 관계 때문에 무사하리라는 기대는 하지 말게."

"내일이면 멀리 떠나 있을 것이니 너무 염려하지 말게."

오마르가 의심스러운 눈으로 물었다.

"복수하러 돌아온 건가?"

그러자 하산은 모욕적인 말을 들은 듯이 반응했다.

"난 사사로운 복수를 하려는 게 아니라 튀르크족의 권력을 파멸시키려는 걸세."

오마르는 친구를 유심히 살폈다. 머리에 둘러맨 터번은 늘 착용하던 검은색이 아니라 흰색 터번인데 모래투성이였고, 양털 옷은 꾀죄죄하고 허름했다.

"굉장히 자신만만한 태도로군! 그 보잘것없는 봇짐과 지저분한 터번 하며 초라한 행색은 이 집 저 집으로 숨어 다니며 쫓기는 신세로밖에 안 보이는데, 다마스쿠스에서 헤라트까지 동방 전체를 아우르는 거대한 제국에 맞서겠다고 큰소리를 치고 있으니 정말 대단한 허세일세!"

"자네는 현재에 대해 말하지만, 나는 미래에 대해 말하는 걸세. 셀주크 제국은 머지않아 치밀하게 조직되고 가공할 위력을 지닌 새로운 포교단의 공격을 받게 될 것이야. 그 집단으로 인해 술탄과 재상이 공포에 떠는 날이 올 테니 두고 보게. 자네와 내가 태어났을 때만 해도 이스파한은 바그다드의 칼리파에게 충성하는 시아파 페르시아 왕조*의 땅이었어. 오늘날 비록 페르시아인들이 튀르크족의 지배를 받고, 자네의 친구 니잠 알물크가 그 침략자들의 가장 야비한 신하가 되어 있기는 하네만, 주인이 빼앗겼던 땅을 되찾는 거야 당연한 일 아니겠나?"

"세상은 변했네, 하산. 튀르크인들이 권력을 잡았고, 페르시아인들은 항복했어. 니잠처럼 승리자들과 타협하는 이들이 있는가 하면, 나처럼 책 속으로 피신하는 이들도 있지."

"맞서 싸우는 이들도 있지. 현재는 수가 적지만, 훗날 그들의 수는 무수히 많아질 거고, 무적의 군대를 거느리고 등장할 걸세. 나는 새로운 포교단의 사도로서 쉬지 않고 온 나라를 두루 돌아다니며 민중을 설득하고, 신의 가호로 썩은 정권을 쳐부술 거야. 내가 이런 계획을 자네에게 알려주는 것은 전에 내 목숨을 구해주었던 데 대한 보답일세. 세상은 머지않아 여러 사건을 목도하게 될 거고, 몇몇 사람들은 그 사건들의 의미를 깨닫게 되겠지. 이제 머지않아 사건이 일어난다는 것, 그리고 세상을 뒤흔들 사람이 누구라는 것도 알려주었으니, 자네는 그 혼란이 어떻게 끝나는지 똑똑히 지켜보기나 하게."

"자네의 확신과 열의를 의심하고 싶지는 않지만, 나는 말리크샤의 궁정에서 튀르크인 술탄의 총애를 받기 위해 니잠 알물크와 경쟁하던 자네를 똑똑히 기억하고 있네."

---

* 1055년에 셀주크 제국에 의해 멸망한 부야 왕조를 가리킨다.

"그건 날 잘못 본 거지. 난 자네가 생각하는 것처럼 그렇게 비열한 사람은 아니니까."

"자네가 비열하다는 게 아니라, 단지 몇 가지 언행의 불일치를 지적하는 것뿐이네."

"그건 자네가 내 과거에 대해 모르기 때문이야. 외양으로 판단하는 자네를 원망할 수는 없겠지만, 나의 진짜 내력을 들으면 나를 달리 보게 될 거야. 정통 시아파 가문에서 태어난 나는 줄곧 이스마일파는 이교라고 배웠고, 이스마일파의 한 선교사를 만날 때까지는 그렇게 믿고 있었지. 그러나 그 선교사와 오랫동안 대화를 나누고 난 이후로는 내 믿음이 흔들리고 말았어. 그에게 설득당할까 봐 두려워서 더는 선교사를 만나지 않기로 작정했는데, 내가 그만 덜컥 병에 걸린 거야. 이것으로 내 삶이 끝이구나 하는 생각이 들 정도로 중병이었어. 그래서 그 병은 신의 계시라고 생각하고, 내가 살아난다면 이스마일파의 신앙으로 개종하겠다고 맹세했지. 그런데 바로 그 다음날로 건강을 회복했어. 우리 집안에서는 나의 갑작스러운 회복을 기적이라고 생각했지.

물론 나는 맹세한 대로 개종했고, 2년 후에는 니잠 알물크의 디반으로 침투해서 곤경에 처한 이스마일파 형제들을 구하라는 임무를 받았지. 그래서 레이를 떠나 이스파한으로 향하던 중에 카샨의 대상 숙소에 머무르게 되었던 거고. 그 작은 방에서 어떻게 하면 재상에게 접근할 수 있을까 궁리하고 있을 때 문이 열리고 한 사내가 들어왔지. 그 사람이 바로 하이얌, 내 사명을 도와주라고 하늘이 내게 급파한 사람은 다름 아닌 고명한 하이얌이었어."

오마르가 대경실색했다.

"그런 줄도 모르고, 니잠이 자네가 혹시 이스마일파가 아니냐고 물었을 때 그렇게 생각하지 않는다고 대답했으니!"

"당시에는 자네도 몰랐으니까 거짓은 아니지……."

하산이 잠시 말을 중단했다가 덧붙였다.

"먹을 것은 주지 않을 건가?"

오마르가 문을 열고 하녀를 불러 음식을 가져오라고 지시했다. 그러고는 물었다.

"그래서 7년 동안이나 그렇게 수피* 차림으로 떠돌아다니고 있는 건가?"

"많이 돌아다녔지. 이스파한을 떠나면서는 내 죽음을 바라는 니잠이 보낸 정보원들의 추적을 받았고, 콤에서는 나를 숨겨준 친구들의 도움으로 그자들을 따돌리고 무사히 레이로 돌아갈 수 있었지. 레이에서 만난 한 이스마일파 교도로부터, 이집트로 가서 그 사람이 다녔던 선교 학교에 들어가라는 지시를 받았어. 그래서 아제르바이잔을 우회하여 다시 다마스쿠스로 갔지. 육로를 통해 카이로로 갈 생각이었으니까. 하지만 예루살렘 부근에서 튀르크와 북아

---

* '수피'는 가난을 상징하는 양털 옷을 입고 금욕적으로 사는 사람들을 가리킨다. 이들은 고행을 중시하고 청빈한 생활을 이상으로 삼는다. 이슬람 신학자들이 인간의 내면적 변화를 촉구하면서 신에게 가까이 가는 방법을 연구하여 만든 것이 이슬람 신비주의 사상 수피즘이다.

프리카 마그레브 간의 전쟁이 터져서, 하는 수 없이 길을 틀어 베이루트, 사이다, 티레, 아크레를 경유하는 연안 도로를 택했고, 거기서 배를 타게 되었지. 알렉산드리아의 항구에 도착해보니, 선교사들의 최고 지도자 아부 다우드가 보낸 환영단이 날 기다리고 있더군."

그때, 하녀가 들어와서 카펫 위에 사발 몇 개를 내려놓았다. 하산은 얼른 기도하는 척하다가 하녀가 나가자 말을 이었다.

"카이로에서 2년을 보냈네. 선교 학교에는 수십 명이 있었지만, 파티마 왕조의 영토 밖으로 나가서 활동할 수 있는 임무는 단 몇 명에게만 주어졌지."

하산은 더 자세한 이야기는 하지 않았다. 그러나 몇몇 문헌을 통해서 이스마일파의 선교 수업이 두 곳에서 진행되었음을 알 수 있다. 종교 학교인 알아즈하르 마드라사에서는 울라마들이 신앙의 원칙을 강의하고, 칼리파의 궁전 내부에서는 포교하는 방법을 가르쳤다. 파티마 궁정의 고관이자 선교사들의 최고 지도자인 아부 다우드가 직접 생도들에게 논리를 전개하는 화법, 그리고 이성과 가슴에 호소하는 설교법을 가르쳤다. 전도하면서 사용해야 하는 암호를 외우게 하는 사람도 아부 다우드였다. 이 두 가지 과정을 끝내고 나면 학생들은 한 사람 한 사람 최고 지도자 앞에 무릎을 꿇고 앉아서 이맘의 서명이 새겨진 임명장을 받았다. 그다음으로는 기간이 짧기는 하지만 여자들을 대상으로 한 수업 과정이 시작되었다.

"나는 이집트에서 나한테 필요한 모든 교육을 받았지."

"일전에는 열일곱 살에 이미 모든 학문을 섭렵했다고 하지 않았던가?" 하이얌이 빈정거렸다.

"열일곱 살 때까지는 지식을 축적했고, 생각하는 법을 배웠지. 그러나 카이로에서는 개종시키는 법을 배웠네."

"개종시킬 사람들에게 자네는 뭐라고 얘기하나?"

"난 그들에게 이렇게 말하지. 신앙이란 그걸 가르치는 지도자가 없다면 아무 소용이 없다고. 우리 선교사들은 '알라 이외에 다른 신은 없다'고 선언하면서, '무함마드야말로 신의 사도'라고 덧붙이지. 왜 그런 줄 아나? 우리에게 이러저러한 진리를 가르쳐준 분의 이름, 즉 출처를 언급하지 않는다면 유일신이 있다고 단언하는 게 아무런 의미가 없기 때문이지. 하지만 신의 사도이자 예언자이신 그분은 오래전에 죽었는데 그분이 정말로 존재했었는지, 그리고 우리가 배운 대로 정말 그분이 그렇게 말씀하셨는지 우리가 어떻게 알 수 있겠나? 자네처럼 플라톤과 아리스토텔레스를 읽었던 나, 나한테는 명증이 필요해."

"무슨 명증? 그런 것들에 무슨 명증이 있단 말인가?"

"자네들 수니파에게는 명증이란 게 없지. 수니파는 무함마드가 후계자를 지명하지 않고 사망했기 때문에 무슬림들이 힘 있고 간교한 자들의 지배를 받게 되었다고 생각하니까. 그건 당치 않은 생각이네. 우리는 '신의 사도'께서 당신의 사위이자 거의 형제나 다름없는 사촌인 이맘 알리를 후계자로 임명했다고 생각하지. 그 뒤 다시 알리가 후계자를 지정한 이후로는 합법적인 이맘 계보가 이어졌고, 그 이맘들을 통해서 무함마드의 예언과 유일신의 존재에 대한 증거가 전해지고 있는 것이지."

"자네가 지금껏 한 얘기를 가지고는 자네가 다른 시아파들과 다른 점이 뭔지 모르겠군."

"내 신앙과 내 부모님의 신앙 사이에는 큰 차이가 있지. 부모님은 숨은 이맘이 돌아와서 지상에 정의를 세우고 정통파 신도들에게 보상을 내릴 때까지는 적들의 권력을 참아야 한다고 가르치셨네. 하지만 나는, 이제부터는 행동을 개시해서 이 변방에서 우리 이맘의 출현을 맞을 만반의 준비를 해야 한다고 확신해. 나는 이 시대의 이맘을 맞이할 준비를 하기 위해 지상을 평정하러 온, 이맘의 대리인일세. 예언자께서 나에 대해 하셨던 말씀을 모르고 있나?"

"알리 사바흐의 아들이며 콤 출신인 자네에 대해 무슨 말씀을 하셨다는 건가?"

"그분은 이렇게 말씀하셨네. '콤에서 한 사람이 나와 사람들에게 바른 길로 가라 외치면 사람들이 그의 주변으로 모여들 것이로되, 폭풍도 그들의 철벽 군단을 흩트리지 못할 것이다. 그들은 전쟁을 두려워하지 않으며, 용맹하게 싸울 것이며, 신을 의지하고 그 뜻에 따르리라.'"

"공인된 전승집은 모두 읽었네만 그런 구절은 금시초문일세."

"자네는 자네가 원하는 전승집만 읽었으니까 그런 거고, 시아파에게는 다른 전승집이 있지."

"그 내용이 자네에 관한 거란 말인가?"

"머지않아 알게 될 것이네."

16

툭 불거져 나온 눈을 가진 하산 사바흐는 다시 선교를 위한 방랑 생활로 들어갔다. 지칠 줄 모르는 이 선교사는 발흐, 메르프, 카슈가르, 사마르칸트 등 동방 이슬람의 땅을 두루 돌아다녔다. 그는 발길이 닿는 곳마다 전도하고, 설교하고, 개종시키고, 행동대원을 모았다. 하산은 이맘의 출현을 기다리며 인내하는 데 지친 시아파, 셀주크 제국의 통치로 인해 박해받는 페르시아인과 아랍인 수니파, 동요하는 젊은이들, 계율을 준수하는 신앙인 등, 자신을 둥그렇게 둘러싸고 설교를 듣던 사람들 속에 대표자를 지정해놓지 않고서는 어떤 도시도, 어떤 마을도 그냥 떠나지 않았다. 하산을 따르는 행동대원의 수는 날로 늘어났다. 사람들은 그들을 비밀 공작원이라는 뜻의 '바티니'라고 부르면서 이단자 혹은 무신론자로 취급했다. 먼저 법학자 울라마들이 맹렬히 비난하고 나섰다. "그들과 친교를 맺는 자에게 화 있으라, 그들과 식탁을 함께하는 자에게 화 있으라, 그들과 혼인하는 자에게 화 있으라, 그들의 피를 흘리게 하는 것은 정원에 물을 주는 것만큼이나 합법적이다."

이렇게 이스마일파를 비난하는 목소리가 점점 커지면서 마침내 잔학 행위가 일어나기 시작했다. 한 모스크에서 생긴 일이 사건의 발단이었다. 기도 시간에 다른 무슬림들에게서 떨어져 모여 있는 사람들을 발견한 설교자가 그들을 경찰에 고발했고, 이로 인해 이단자 열여덟 명이 체포되었다. 며칠 후, 그 고발자가 단도에 찔려 숨진 채 발견되었다. 니잠 알물크는 본보기로 이스마일파의 한 목공을 살인죄로 잡아들여 고문한 다음 십자가에 못 박아 죽이고, 그 시체를 시장 골목으로 끌고 다니게 했다.

한 연대기 작가는 "그 설교자는 이스마일파가 암살한 첫 희생자였고, 그 목공은 그들의 첫 순교자였다"고 평하면서, 이스마일파는 니샤푸르의 남쪽, 카인이라는 도시 부근에서 최초의 대승리를 거두었다고 덧붙였다. 600명이 넘는 상인과 순례자를 거느린 카라반 행렬이 중요한 광물인 휘안석을 낙타에 가득 싣고 케르만에서 오고 있었다. 카인에서 반나절 거리쯤 되는 곳에 이르자, 복면에 무장을 한 장정들이 길을 막았다. 카라반의 우두머리는 강도라고 생각하고 늘 해 왔던 대로 협상을 하려고 했다. 그러나 통하지 않았다. 요새화된 한 마을로 끌려간 그들은 여러 날 동안 붙잡혀 있으면서 개종하라는 설교를 들었다. 개종한 이들도 있고 풀려난 이들도 있었으나 대부분은 학살당했다.

그러나 이 카라반 납치 사건은 대파란을 예고하는 엄청나고도 불길한 상황으로 전개된다. 학살과 보복 학살이 잇달아 일어나면서 어떤 도시, 어떤 지방, 어떤 도로도 예외가 없게 되니, 그때부터 '셀주크 왕조의 태평성대'는 쇠락의 길로 들어서게 된다.

사마르칸트가 위기에 처하게 되는, 잊을 수 없는 사건이 터진 것이 바로 그때였다. 한 연대기 작가는 "그 사건은 재판관 아부 타헤르가 발단이 되었다"고 단언한다. 그러나 그렇게 간단하게 생각할 수 있는 사태는 아니었다.

하이얌의 옛 후견인은 욕설과 저주의 말을 흘리면서 보따리를 쌌고, 11월의 어느 날 오후에 식솔을 거느리고 예고 없이 이스파한에 나타났다. 아부 타헤르는 티라흐 문을 넘자마자 하이얌을 찾아갔고, 하이얌은 은혜를 갚게 된 것을 기뻐하며 자신의 집에 기거하게 했다.

재판관이 울먹이면서 사마르칸트를 떠나오게 된 경위와 심정을 간략하게 토로하고 나서 말했다.

"어서 빨리 니잠 알물크를 만나야겠네."

여유 만만하던 예전의 카디가 아니었다. 재판관이 그렇게 조급해하는 모습을 일찍이 본 적이 없는 하이얌이 그를 안심시키며 말했다.

"이 밤에 재상을 만나야 할 만큼 위급한 일입니까?"

"난 사마르칸트에서 간신히 도망쳐 온 걸세."

하염없이 흐르는 눈물로 목이 멘 재판관은 더는 말을 잇지 못했다. 하이얌이 마지막으로 보았을 때보다 너무 많이 늙어버린 재판관에게서 예전의 모습은 온데간데없었다. 피부는 윤기를 잃은 데다 수염은 하얗게 세었고, 유일하게 색을 잃지 않은 짙은 눈썹만 간간이 움찔거릴 뿐이었다. 오마르는 그를 위로하려고 애썼다. 감정을 추스른 재판관이 터번을 고쳐 매면서 말했다.

"'칼자국'이란 별명을 갖고 있던 법학도가 기억나나?"

"하마터면 그자 때문에 죽을 뻔했는데 어찌 잊을 수 있겠습니까?"

"그럼 그자가 이단의 냄새가 조금이라도 나는 사람을 얼마나 난폭하게 대했는지도 기억하겠군. 정통파를 옹호하기 위해 그렇게도 열정적이던 그자가 3년 전에 이스마일파에 합류했고, 이제는 그들을 위해 열정을 쏟고 있어. 수백, 수천의 시민들이 그를 따르고 있지. 그자는 민중의 우두머리가 되어 시장 상인들에게 이스마일파의 신앙을 강요하고 있어. 나는 여러 차례 나스르 칸을 만나러 갔었네. 자네도 알다시피 나스르 칸은 변덕이 심해서 불같이 화를 내다가도 또 금방 풀어지는 사람 아닌가. 내가 누차 진언을 했는데도 칸은 전혀 위기 의식을 느끼지 못했네. 그러던 중에 나스르 칸의 조카 아흐마드가 권좌에 올랐는데, 아흐마드는 아직 수염도 나지 않은 소년인 데다 결단력도 없는 철부지라서 내가 기댈 만한 사람은 아니었어. 물론 아흐마드에게도 여러 차례 이단자들이 역모를 꾀하고 있으니 사태가 위험하다고 강조했지. 허나 그 역시 내 말을 귀담아들으려 하지 않고 귀찮게 여기기만 했네. 아흐마드 칸이 조처를 취할 생각조차 하지 않아서, 나는 민병대 지휘관들과 나를 지지하는 몇몇 관료들을 불러들여서 이스마일파의 집회를 감시하라고 명했네. 심복 셋에게 교대로 '칼자국'을 미행하게 해서, 칸에게 그들의 활동에 대한 자세한 보고서를 제출할 목적이었지. 그러던 차에 부하들로부터 이단자들의 수장이 사마르칸트에 도착했다는 정보를 받게 되었네."

"하산 사바흐가 왔단 말입니까?"

"그래, 그자가 직접 나타난 거야. 내 부하들은 이스마일파가 집회를 열고 있는 가트파르 구역의 아브다크 거리 양쪽 끝에서 잠복하고 있었네. 수피 차림으로 변장한 사바흐가 집회소에서 나오는 순간에 내 부하들이 달려들어 포대로 뒤집어씌워서 나한테 끌고 왔지. 나는 즉시 그를 궁전으로 데려가서 군주에게 하산 사바흐를 생포해 왔다고 알렸네. 그제야 아흐마드 칸이 호기심을 보이면서 직접 만나보겠다고 하더군. 그런데 사바흐가 들어오자, 홀로 만날 것이니 모두 물러가라고 명하는 거야. 그 이단자는 위험한 자이니 무슨 짓을 저지를지 모른다고 경고했지만, 아무 소용이 없었어. 아흐마드 칸은 그자를 설득해서 바른 길로 돌아오게 하고 싶다고 말하더군. 대화 시간이 길어지면서 측근들이 이따금 문을 살짝살짝 열어보았지만, 두 사람은 계속 대화를 주고받고 있었어. 그러다가 새벽에 나란히 무릎을 꿇고 앉아 똑같은 기도문을 읊조리고 있는 두 사람을 보고는 모두들 아연실색했네. 소식을 들은 자문관들이 서둘러 칸에게 달려갔지."

아부 타헤르는 보리 시럽을 한 모금 마신 다음 계속했다.

"사마르칸트의 주인이자 트란스옥시아나의 군주이며 카라한 왕조의 후계자인 아흐마드가 이단을 신봉하게 되는 현장을 들킨 셈이었지. 물론 칸은 자신이 이스마일파가 되었다는 선언을 하지 않은 채 계속해서 정통파에 애착하는 척했지만, 이전과 같지는 않았네. 칸의 자문관들이 이스마일파로 교체되었고, 민병대 대장들과 사바흐를 생포했던 공신들이 한 사람 한 사람 제거되었지. 내 호위무사들도 '칼자국'의 부하들로 교체되었고. 그 지경에 이르렀는데 내가 어떻게 거기 있을 수 있겠나? 그곳을 떠나는 것 말고는 선택의 여지가 없었어. 하여 이슬람을 지배하고 있는 니잠 알물크와 말리크샤에게 상황을 알리기 위해 순례자들의 카라반 행렬에 끼여 몰래 도망쳐 온 걸세."

하이얌은 그날 저녁으로 아부 타헤르를 재상에게 안내했다. 니잠 알물크는 재판관을 들어오게 하고, 단둘이 만나겠다면서 하이얌을 물러가게 했다. 방문객의 이야기에 귀를 기울이는 니잠의 얼굴에 불안이 가득했다. 이윽고 재판관이 입을 다물자, 재상이 한마디 던졌다.

"사마르칸트의 불행과 우리 모두의 불행이 누구의 책임인 줄 아시오? 아까 그대를 이곳으로 안내해준 바로 그 사람이오!"

"오마르 하이얌이란 말씀인가요?"

"그럼 누구겠소? 호와제 오마르가 하산 사바흐를 옹호하지만 않았다면 나는 그자를 죽일 수 있었소. 오마르가 우리에게는 하산을 죽이지 못하게 했으나, 과연 하산에게도 우리를 죽이지 못하게 할 수 있겠소?"

재판관은 아무 말도 하지 못했고, 니잠은 미소를 흘렸다. 잠시 거북한 침묵이 흘렀다. 이윽고 니잠이 물었다.

"우리가 어떻게 해주면 좋겠소?"

나름대로 결정을 내리고 있던 아부 타헤르가 비장한 표정으로 천천히 엄숙한 선언을 했다.

"사마르칸트에 셀주크 왕조의 깃발이 휘날릴 때가 되었습니다."

재상의 안색이 밝아졌다가 이내 어두워졌다.

"지극히 귀중한 말씀이오. 여러 해 전부터 나도 술탄에게 제국을 트란스옥시아나 쪽으로 확장해야 하며, 사마르칸트와 부하라처럼 명성이 자자하고 번영한 도시들을 우리의 권한 밖에 두어서는 안 된다고 누누이 강조했지요. 하지만 말리크샤는 내 말을 들으려고 하지 않아요."

"하지만 지금 칸의 군대는 사기가 떨어질 대로 떨어져 있고, 사령관들에게 녹봉이 지급되지 않아 요새들은 폐허로 전락한 상태입니다."

"그건 우리도 알고 있소."

"말리크샤가 혹시 강을 건넜다가 자기 아버지 알프 아르슬란처럼 될까 봐 두려워서 그러는 겁니까?"

"그렇지는 않아요."

재판관은 더 묻지 않고 설명을 기다렸다. 니잠이 말했다.

"술탄이 두려워하는 것은 강도 아니고, 적군도 아니오. 그가 두려워하는 건 바로 자기 아내입니다!"

"테르켄 하툰 말입니까?"

"그녀는, 말리크샤가 강을 건너는 날에는 다시는 자기 침실로 들어오지 못하게 할 것이며, 하렘을 지옥으로 만들겠다고 위협하고 있소. 사마르칸트가 그녀의 고향이라는 걸 잊어서는 안 되지요. 나스르 칸은 그녀의 오라비고 아흐마드 칸은 조카입니다. 그리고 트란스옥시아나는 그녀의 가문이 지배하는 영토잖소. 헌데 그녀의 조상들이 세운 왕국이 몰락한다면 자신이 궁전의 여자들 사이에서 차지하고 있는 위치를 잃게 될 것이고, 언젠가는 말리크샤의 뒤를 잇게 될 자신의 아들이 위태롭게 되리란 걸 잘 알고 있는 거지요."

"하지만 왕자는 이제 겨우 두 살입니다!"

"아들이 어릴수록 그 어머니는 후계자 자리를 지키기 위해 안간힘을 쓰는 법이지요!"

"그렇다면 술탄은 절대로 사마르칸트 공략을 승낙하지 않겠군요."

"그러니까 내 말은 그 생각을 바꾸게 만들어야 한다는 것이오. 하지만 테르켄 하툰이라는 무기보다 훨씬 설득력 있는 무기를 찾는 일이 쉽지가 않기 때문에 걱정이지요."

재판관의 얼굴이 상기되었다. 그러나 여기까지 와서 이대로 단념할 수 없는 그가 정중하게 말했다.

"제가 방금 드렸던 말씀을 술탄 앞에서 다시 고하시고, 하산 사바흐가 꾸미고 있는 음모를 알리는 것으로는 안 되겠습니까?"

"그걸로는 안 됩니다." 니잠이 잘라 말했다.

재상은 묘안을 짜내느라고 깊은 생각에 잠겼다. 그는 머릿속으로 치밀한 구상을 하고 있었다. 재판관은 잠자코 그가 결정을 내리기를 기다렸다.

마침내 재상이 확신에 찬 음성으로 말했다.

"이제야 묘안이 떠올랐소. 내일 아침에 술타나의 하렘으로 가셔서, 환관의 우두머리를 만나겠다고 청하시오. 그리고 테르켄 하툰께 가족에 관한 소식을 전하기 위해 사마르칸트에서 카디가 왔다고 여쭈어 달라고 말씀하시오. 고향의 카디이자 왕조의 오랜 충신이 왔다는데 맞아들이지 않을 리가 없겠지요."

아부 타헤르는 잠자코 고개를 끄덕이고만 있었다. 니잠이 계속했다.

"태피스트리가 내려져 있는 방으로 들어가시게 되거든, 이단자들로 인해 사마르칸트가 처해 있는 불행을 말씀하시되, 아흐마드 칸의 개종에 대해서는 절대로 언급하지 마시오. 그 얘기는 빼고, 대신에 하산 사바흐가 왕실을 개종시키려 하고 있어 칸의 생명이 위협받고 있으니 신의 은총을 기대할 수밖에 없게 되었다고 넌지시 말씀하시오. 그리고 나를 만났으나 내가 그대의 말을 대수롭지 않게 여기면서 술탄에게 알리는 것을 말렸다고 하시오."

이튿날, 그 계략은 아무런 장애물도 만나지 않고 계획대로 진행되었다. 테르켄 하툰이 사마르칸트의 칸을 구해야 한다고 술탄을 설득하는 동안, 니잠 알물크는 겉으로만 반대하는 표정을 지었을 뿐 출정을 위한 만반의 준비를 하고 있었다. 앞잡이들을 이용한 이 전쟁을 통해서 니잠이 노리는 것은 트란스옥시아나를 합병하거나 사마르칸트를 구하는 것이 아니라, 이스마일파의 국가 전복 활동으로 인해 실추된 자신의 위신을 회복하려는 것이었다. 그는 완전하고 빛나는 승리를 거두고 싶었다. 여러 해 전부터 재상은 정보원들로부터, 하산의 소재가 밝혀졌으니 그를 체포하는 일은 시간 문제이나, 반란 행위가 포착되지 않는 데다 반란군이 감쪽같이 사라지는 바람에 매번 허탕을 친다는 보고를 받고 있었다. 따라서 니잠은 하산과 군대 대 군대로 전면전을 치르게 될 기회를 기다려 왔다. 그러나 그 무대가 사마르칸트가 되리라고는 꿈에도 생각지 못했다.

1089년 봄, 코끼리들과 공성 병기를 앞세운 20만의 군사가 출정했다. 병사들에게는 전쟁 준비가 어떤 배경에서 이루어졌는지는 중요하지 않았다. 일단 출정한 군대는 승리를 거두는 것이 목적인 만큼, 맡은 바 임무를 충실히 이행하면 그만이었다. 셀주크 군대는 먼저 순순히 항복하는 부하라를 점령했고, 이어서 사마르칸트를 향해 진군했다. 도시의 성문 앞에 이르자, 말리크샤는 아흐마드 칸에게 이단자들의 속박에서 구해주기 위해 왔노라는 감동적인 전갈을 보냈다. 이에 대해 칸은 다음과 같은 냉정한 답신을 보냈다. "나는 존엄한 형제에게 아무런 도움도 청하지 않았다." 당황한 말리크샤가 니잠에게 영문을 묻자, 그는 "칸은 행동이 자유롭지 못하니 개의치 마십시오." 하고 답했다. 어쨌거나 이미 출정했으니 군대를 되돌릴 수는 없는 일이었다. 각자 자기 몫의 전리품을 챙기고 싶어 하는 장수들 중에서 어느 한 사람 빈손으로 돌아가려는 이가 없었다.

처음부터 성 문지기의 배신에 힘입어 공격군은 쉽게 성문을 통과할 수 있었다. 그들이 수도원의 정문 부근 서쪽 진영을 빼앗으면서 수비군은 남쪽 시장 방향으로 후퇴하여 키슈 문을 에워쌌다. 민중도 신앙에 따라 두 편으로 갈렸다. 술탄의 군대를 지지하기로 결정한 이들은 셀주크군에 음식을 가져다주며 사기를 올려주었고, 그밖의 시민들은 아흐마드 칸을 지지했다. 치열한 공방전이 2주 동안 벌어졌지만, 어느 쪽의 승리로 끝이 날지는 불 보듯 뻔했다. 성탑에 은신해 있던 칸은 이스마일파의 우두머리들과 함께 붙잡혔고, 하산만 밤을 틈타 지하 운하를 통해 도망치는 데 성공했다.

분명히 니잠의 승리였지만, 술탄과 술타나를 이용했다는 것이 탄로 났기 때문에 재상과 술탄의 관계는 돌이킬 수 없이 악화되었다. 술탄 말리크샤는, 트란스옥시아나에서 가장 번영한 도시를 그렇듯 쉽게 정복했음에도 재상에게 농락당한 것에 자존심이 몹시 상했고, 승리를 축하하기 위해 전통적으로 군대에 베풀어야 하는 향연마저 허락하지 않았다. 니잠은 되레 말리크샤를 향해 "인색하기 짝이 없는 술탄!"이라며 깎아내렸다.

한편, 하산 사바흐는 이 참패에서 귀중한 교훈을 얻었다. 그는 일단 군주들을 개종시키겠다는 목적을 접고, 인류 역사상 존재했던 그 어느 것과도 비교할 수 없는 가공할 전쟁 무기인 '아사신파(派)' 즉 '암살단'을 조직하기에 이른다.

17

알라무트. 해발 약 2,100미터 바위산 꼭대기의 요새. 민둥산과 잊힌 호수, 깎아지른 절벽과 협곡. 아무리 많은 군사를 이끌고 온 군대라 해도 단 한 명도 접근할 수 없을 것 같다. 아무리 강력한 투석기로 쏘아 올려도 요새의 성벽까지는 미치지 못할 것 같다.

산과 산 사이를 가로지르는, '미친 강'이란 별명이 붙은 샤루드강은 엘부르즈산의 눈이 녹는 봄에는 강물이 불고 주변의 나무와 바위 들을 뿌리째 뽑아버릴 정도로 물살이 거세다. 멋모르고 접근했다간 누구도 살아남지 못할 것 같고, 어떤 군대도 감히 그 기슭에 진을 칠 엄두를 내지 못할 것 같다.

저녁마다 강과 호수에서 피어오르는 짙은 안개가 절벽을 따라 오르다 구름처럼 걸려 있는 모습은 보기만 해도 현기증이 난다. 그 안에 사는 주민들에게 알라무트 성은 '구름바다 안의 섬'이고, 밑에서 올려다보는 이들에게는 '도깨비의 소굴'이다.

'알라무트'는 현지 방언으로 '독수리의 교훈'이란 뜻을 지니고 있다. 이 산악 지대를 지배하기 위해 요새를 세우고 싶었던 한 왕자가 길들인 독수리 한 마리를 이곳에 놓아주었다고 한다. 하늘을 선회하던 독수리가 꼭대기의 바위에 날아가 앉는 것을 보고 이곳이야말로 최고의 장소임을 깨달았다는 데서 유래한다.

하산 사바흐는 '독수리의 교훈'을 모범으로 삼았다. 그는 페르시아 방방곡곡을 돌아다니면서 추종자들을 모아 교육시키고 조직할 수 있는 장소를 물색하고 있었다. 사마르칸트에서 대패한 후 하산은 셀주크군과 맞서 대도시를 점령하는 일은 현재로서는 시기상조이며, 모든 상황이 제국에 유리하게 전개될 수밖에 없다는 것을 절실하게 깨달았다. 그래서 그는 방법을 바꿔 외딴 산악 지대, 난공불락의 은신처를 찾아서 그곳을 활동의 근거지로 삼기로 결정했다.

트란스옥시아나에서 압수한 깃발들이 이스파한의 거리에 나부낄 무렵, 하산 사바흐는 알라무트 부근에 있었다. 그는 멀리서 바위산을 보는 순간, 이곳이야말로 방랑 생활을 끝내고 자신의 왕국을 세울 곳임을 직감했다. 당시 요새화된 마을이었던 알라무트는 병사들이 가족과 장인, 농민 들과 함께 살고 있었고, 니잠 알물크가 임명한 총독이자 정직한 성주인 마흐디 알라위트가 관개용수와 호두, 포도, 석류 농사에만 전념하는 평화로운 곳이었다. 제국은 혼란스러웠지만 이 마을은 조용했다.

하산은 먼저 그 지역 출신인 동지들을 수비대에 침투시켜 선교활동을 벌이게 했다. 몇 달 후에 그들은 수장인 하산에게 계획대로 되었으니 와도 좋다는 전갈을 보냈다. 그리하여 이 마을에 늘 그랬듯 수피 데르비시 차림으로 변장한 하산이 등장했다. 그는 한가로이 산책하는 척하면서 마을을 순시했다.

총독이 수도승을 환대하면서 무엇을 해주면 좋을지 물었다.

"이 요새가 필요하오." 하산이 말했다.

총독은 미소를 지으면서 유머가 많은 데르비시라고 생각했다. 그러나 손님이 정색을 하면서 덧붙였다.

"나는 이곳을 점유하러 왔고, 수비대 병사들은 모두 내 사람이 되었소."

이 대화의 결론은 있을 수도, 믿을 수도 없는 것이었다. 그 시대의 연대기들, 특히 이스마일파에 관한 기록들을 조사했던 동방 학자들은, 알라무트의 거주민들이 속임수에 넘어간 희생자들이 아니었다는 믿을 수 없는 대목을 확인하고 또 확인해야 했다.

대화 장면으로 돌아가자.

때는 11세기 말, 정확히는 1090년 9월 6일이었다. '암살단'의 천재적인 창설자 하산 사바흐가 향후 166년에 걸쳐 역사상 가장 가공할 분파의 본거지가 될 요새를 점령하는 순간이었다. 하산은 총독 앞에 가부좌를 틀고 앉아서 잔잔한 음성으로 거듭 말했다.

"나는 알라무트를 점유하러 왔소."

"이 요새는 술탄에게 값을 지불하고 얻은 내 땅이오."

"얼마를 주셨소?"

"금화 3천 디나르!"

하산 사바흐는 종이에 다음과 같이 썼다. "우리는 신께서 보내신 최고의 보호자이니, 알라무트 요새의 값으로 마흐디 알라위트에게 금화 3천 디나르를 어김없이 지불할 것이다."

승복 차림의 사내가 그 많은 돈을 지불할 수 있으리라고는 생각되지 않던 총독은, 공연히 땅만 빼앗기는 것이 아닐까 걱정이 태산이었다. 그러나 알라무트를 내주고 떠난 마흐디 알라위트는 담간이라는 도시에 도착하는 즉시 약속된 금화를 받을 수 있었다.

18

알라무트가 점령되었다는 소식이 이스파한에 전해졌지만, 큰 동요는 일어나지 않았다. 도시는 니잠과 궁전 간의 격한 갈등에 훨씬 더 관심이 쏠려 있었기 때문이다. 테르켄 하툰은 음모를 꾸미며 가문의 영지를 침략한 재상을 용서하지 않았다. 그녀는 말리크샤에게 과도한 권력을 쥔 재상을 지체 없이 몰아내야 한다고 주장했다. 또 아버지가 사망할 당시에 말리크샤의 나이가 열일곱이었으니 후견인이 필요했던 것은 당연했을지 모르지만, 나이가 서른다섯이나 되었는데도 아직까지 아타의 손에 국정을 맡긴다는 것은 있을 수 없으며, 제국의 진정한 주인이 누구인지 알릴 때가 되었다고 말했다. 그녀는 사마르칸트 사건은 니잠이 자신의 뜻을 실현하기 위해 술탄을 속인 것이고, 술탄을 미성년자로 취급하고 있음을 만천하에 공표한 것으로밖에 볼 수 없다면서 술탄의 자존심을 건드렸다.

술타나의 끈질긴 설득에도 불구하고 말리크샤가 아직 주저하고 있을 때, 사소한 사건이 발생했다. 얼마 전에 니잠은 자신의 손자를 메르프의 총독으로 임명했다. 그런데 할아버지의 권력을 믿고 기고만장한 젊은 총독이 서슴지 않고 나이 많은 튀르크인 군사령관을 대중 앞에서 모욕했다. 그 일로 사령관이 말리크샤에게 눈물로 호소하기에 이르렀고, 격분한 술탄은 당장 니잠에게 다음과 같은 서찰을 보냈다. "흐와제 니잠께서 나를 보필하는 몸이라면 나에게 복종해야 할 것이며, 흐와제의 측근들이 내 신하들을 업신여기는 일은 삼가게 해야 할 것입니다. 그러나 흐와제께서 자신을 나와 동등한 자격의 협력자로 생각하고 계시다면, 나로서는 불가피한 결정을 내릴 수밖에 없습니다."

말리크샤의 서찰을 가지고 온 특사 일행에게 니잠은 이렇게 답변했다.

"내가 술탄의 협력자라는 것과, 내가 없었다면 지금의 이 강대한 제국을 결코 세울 수 없었으리란 것을 여태 모르고 계셨느냐고 전하시오! 술탄의 선친이 사망했을 때 국사를 맡았던 사람이 나였고, 술탄의 자리를 요구하는 왕자들과 역적의 무리를 모두 물리쳤던 사람이 나였다는 것을 잊었느냐고 전하시오! 이 제국의 모든 백성들로부터 복종과 존경을 받고 있는 것이 내 덕이라는 걸 잊었느냐고 전하시오! 그리고 술탄의 운명은 내 손에 달려 있다고 가서 전하시오!"

특사들은 대경실색했다. 그토록 현명하던 니잠 알물크가 어떻게 술탄의 총애를 잃는 것은 물론 죽음을 당할 수도 있는 그런 엄청난 발언을 한단 말인가? 오만이 지나쳐서 미쳐버린 것일까?

이날 재상이 그런 결정적인 발언을 하게 된 까닭을 소상히 알고 있는 유일한 사람은 바로 하이얌이었다. 몇 주 전부터 니잠은 하이얌에게 끔찍한 통증 때문에 밤에는 뜬눈으로 새우고, 낮에는 정무에 집중할 수 없다고 호소하고 있었다. 니잠의 맥박을 짚고 여러 가지 질문을 하면서 오랜 시간 동안 진찰한 오마르는 결합 조직 종양이라는 진단을 내리고, 살날이 얼마 남지 않았음을 알았다.

괴로운 밤을 보낸 하이얌은 이튿날 재상에게 그의 병을 사실대로 알렸다.

"내가 앞으로 얼마나 살겠나?"

"몇 달밖에 남지 않았습니다."

"통증은 계속 심해지겠는가?"

"통증을 멎게 하는 아편을 처방해드릴 수는 있으나, 그걸 드시면 계속되는 현기증 때문에 아무것도 하실 수 없을 겁니다."

"글을 쓸 수도 없을까?"

"대화도 오랫동안 하실 수 없을 겁니다."

"그렇다면 통증을 택하겠네."

대답과 대답 사이가 긴 침묵으로 이어지고 있었다. 재상이 통증을 참으면서 말했다.

"하이얌, 자네는 저승이 두려운가?"

"왜 두려워하겠습니까? 저승은 무와 관용의 세계입니다."

"그럼 내가 지은 죄는?"

"재상께서 지은 잘못이 아무리 크다 해도 신께서 너그럽게 용서해주실 겁니다."

니잠이 안심하는 표정을 지었다.

"하지만 나는 좋은 일도 했네. 모스크와 학교를 여러 군데 세웠고, 이단을 물리쳤네."

하이얌이 그의 말을 반박하지 않았기 때문에 재상이 계속했다.

"백 년 후, 천 년 후에 사람들이 나를 기억할까?"

"그걸 어찌 알겠습니까?"

니잠이 의심쩍은 표정으로 하이얌을 뚫어져라 쳐다보다가 말을 이었다.

"'인생은 장작불과 같아서, 활활 타오르던 불꽃이 죽으며 남긴 재가 바람에 날려 자취도 없이 사라지듯, 인간도 영원히 잊히는 것' 이라고 했던 사람이 자네가 아니었나? 니잠 알물크의 운명이 그럴 거라고 생각하나?"

재상이 숨을 가쁘게 몰아쉬었다. 오마르는 여전히 아무 말도 하지 않았다.

"자네의 친구 하산 사바흐는 내가 튀르크인들을 위해 일하는 비열한 신하일 뿐이라고 주장하면서 전국을 돌아다니고 있네. 훗날 사람들이 사바흐가 말하는 대로 나를 아리아인의 수치라고 말할 거라 생각하는가? 훗날 사람들은 내가 30년 동안 셀주크의 술탄들과 정정당당하게 겨루면서 내 뜻을 관철한 유일한 사람이었다는 걸 잊어버릴 거라고 생각하는가? 그들의 군대가 승리했는데, 내가 달리 어떻게 할 수 있었겠나? 자네는 아무 말도 안 하는군."

재상이 허망한 표정을 지었다.

"내 나이 이제 일흔넷. 74년의 세월이 주마등처럼 스쳐 가는군. 물밀듯이 밀려오는 이 환멸감을 걷잡을 길 없건만, 이제 와서 후회한들 무슨 소용이 있을까!"

그의 두 눈이 반쯤 감기고, 입술에 경련이 일었다.

"하이얌, 자네가 원망스럽네. 하산 사바흐가 오늘날 범죄를 저지를 수 있는 것은 바로 자네 탓일세."

오마르는 이렇게 응수하고 싶었다. '당신과 하산 두 사람에게는 공통점이 있지요. 제국을 건설하는 것이든 이맘의 출현을 준비하는 것이든, 자신의 목적을 달성하기 위해서라면 살생을 마다하지 않는 사람들이지요. 하지만 아무리 훌륭한 이유라도 사람을 죽여서 성취하는 일이라면, 나는 단호히 거절합니다. 내 눈에는 추악해 보이고, 자신의 품위를 떨어뜨리는 일로 보일 뿐입니다. 살생으로 연결되는 것이라면 어떤 이유라도 정당화될 수 없는 겁니다.' 그는 그렇게 외치고 싶었지만, 재상이 평온하게 최후를 맞이할 수 있도록 감정을 억제하고 입을 다물기로 마음먹었다.

그날 밤 니잠은 통증에 시달리면서 마침내 체념했고, 살날이 얼마 남지 않았다는 사실을 받아들였다. 그리고 그 다음날부터 그는 정무를 돌보지 않고 '통치론'이라는 뜻의 《시야사트 나메》를 집필하는 데에만 전념하기로 결심했다. 이 저서가 바로 4세기 후 마키아벨리의 《군주론》에 비견될 수 있는 동방 이슬람의 훌륭한 정치론이다. 이 두 저서에 중대한 차이점이 있다면, 《군주론》은 권력에 실망하고 정치에 환멸을 느끼며 쓴 작품인 반면에, 《시야사트 나메》는 직접 제국의 창건에 뛰어든 한 인물의 귀중한 경험담이라는 점이다.

하산 사바흐가 오랫동안 꿈꾸어 오던 난공불락의 은신처를 정복하던 순간, 제국의 실력자는 역사에 남길 이름 이외에 다른 것에는 관심을 두지 않고 있었다. 니잠 알물크는 술탄의 환심을 사기 위한 말보다는 진실을 택하면서 끝까지 술탄에게 맞섰다. 그는 마치 죽는 순간까지도 파란을 일으키며 역사에 남을 눈부신 죽음을 바라는 것 같았다.

재상은 끝내 자신의 목적을 달성했다.

니잠을 만나고 온 특사들이 전하는 말을 들은 말리크샤는 믿지 못했다.

"재상이 분명히 자신이 나와 동등한 자격의 협력자라고 했단 말이오?"

술탄은 어찌할 바를 몰라 하는 특사들에게서 다시 한 번 재상의 답변을 확인한 후에 격분했다. 그는 재상의 몸에 말뚝을 박아 죽일 것이라는 둥, 산 채로 갈기갈기 찢어 죽일 것이라는 둥, 성채에 매달아 십자가에 못 박아 죽일 것이라는 둥 고함을 지르며 이를 부득부득 갈았다. 그러고는 테르켄 하툰에게 달려가서, 마침내 니잠 알물크를 해임하기로 결심했고 그의 죽음을 바란다고 알렸다. 다만 재상을 지지하는 많은 사람들의 반발을 불러일으키지 않으려면 어떤 방식으로 실행하느냐가 문제였다. 그러나 테르켄과 자한은, 니잠의 죽음을 바라는 하산에게 맡기면 수월하게 해결할 수 있는데 무엇 때문에 말리크샤가 의심받을 짓을 하느냐는 생각을 하고 있었다.

얼마 후, 술탄의 신임이 돈독한 사령관이 이끄는 군단이 알라무트에 파견되었다. 표면적으로는 이스마일파의 요새를 포위 공격한다는 명목이었지만, 실은 의심을 사지 않고 하산 사바흐와 협상하려는 위장술이었다. 협상은 구체적으로 전개되었다. 술탄이 니잠을 이스파한과 알라무트의 중간 지점에 위치한 도시 니하반드로 유인할 것이니, 그 다음은 '암살단'에 맡긴다는 내용이었다.

그 시대의 문헌들에는 당시 하산 사바흐가 부하들을 모아놓고 다음과 같이 말했다고 기록되어 있다. "'너희 중에 누가 이 나라를 악독한 니잠 알물크에게서 해방시키겠느냐?' 하고 하산이 묻자, 아라니라는 이름의 사내가 앞으로 나와 자신이 하겠다는 표시로 가슴에 손을 얹었다. 이에 알라무트의 수장이 사내에게 임무를 맡기면서 이렇게 덧붙였다. '악마를 살해하는 것은 천복을 누리기 위한 첫걸음이니라.'"

그 사이 니잠은 자신의 거처에 틀어박혀 하루하루를 보내고 있었다. 니잠 알물크가 술탄의 총애를 잃자 재상의 디반을 뻔질나게 드나들던 사람들은 발걸음을 하지 않았고, 하이얌과 니자미야 호위무사들만이 그의 거처를 찾았다. 니잠은 글 쓰는 데에만 전념했다. 그는 열심히 글을 썼고, 가끔 오마르에게 그 글을 읽게 했다.

오마르는 재상의 글을 읽으면서 때로는 재미있다는 미소를 지었고, 때로는 얼굴을 찌푸렸다. 많은 위인들이 그랬던 것처럼 인생의 황혼기에 들어선 니잠 역시 오랜 한을 풀기 위한 복수의 화살을 쏘지 않을 수 없었다. 니잠이 저술하고 있던 책의 43장, 즉 테르켄 하툰에 관한 부분을 예로 들면, 그는 '태피스트리 뒤에서 사는 여인들'이란 소제목을 달고 이렇게 쓰고 있다. "옛날에 어느 왕의 아내가 왕을 지배하던 때가 있었는데, 그 시대에는 불화와 혼란만 일어났다. 나는 더는 말하지 않으련다. 어느 시대에나 그와 유사한 일들이 있어 왔기 때문이다." 그러고는 이렇게 덧붙였다. "어떤 계획을 성공시키려면 여자들이 말하는 것과는 반대로 해야 한다."

다음에 이어지는 장들은 이스마일파에 관한 내용인데, 이렇게 끝마치고 있다. "내가 이 분파에 대해 말하는 이유는 경계심을 갖도록 하기 위해서다. 이스마일파 교도들이, 술탄이 사랑하는 이들과 국가의 고관들을 제거하는 날, 그들의 북이 방방곡곡에 울려 퍼지고 그들의 음모가 드러나는 날에는 내 말이 기억날 것이다. 대혼란이 일어나면, 군주는 내가 했던 말이 모두 진실이었음을 알게 될 것이다. 신께서 우리의 군주와 제국을 불길한 운명으로부터 보호해주시기를!"

술탄에게서 바그다드로 함께 여행을 떠나자는 전갈이 왔을 때, 재상은 무슨 일인가가 자신을 기다리고 있음을 직감했다. 그는 작별을 고하기 위해 하이얌을 불렀다.

"그런 몸으로 그 먼 길을 떠나시는 건 무리입니다." 하이얌이 말했다.

"목숨에 대해서는 아무런 미련이 없네. 그리고 이 여행길에서는 나를 죽이지 못할 테니 염려 말게."

오마르는 아무 말도 할 수 없었다. 니잠은 오마르를 끌어안고 나서 물러가게 한 다음, 자신을 죽이려 하고 있는 술탄을 만나러 갔다. 속으로는 서로 적의를 품고 있으면서도 겉으로는 더할 수 없이 정중한 태도를 보이는 술탄과 재상의 연기는 가히 볼 만했다.

'처형장'을 향해 가던 도중에 말리크샤가 '아버지'에게 물었다.

"앞으로 얼마나 더 사실 거라고 생각하십니까?"

니잠은 조금도 주저하지 않고 자신 있게 답변했다.

"아직은 멀었지요. 아직은 아주 많이 남았습니다."

술탄이 어이없어하면서 말했다.

"대단한 오만이시군요. 수명은 신의 뜻에 달린 것이거늘, 어떻게 그토록 자신만만하게 단언하실 수 있습니까?"

"제가 그리 답변했던 것은 간밤에 꾸었던 꿈 때문입니다. 우리의 예언자께서 나타나셨기에 제가 언제 죽겠느냐고 여쭈었더니, 용기를 주는 대답을 주셨지요."

말리크샤가 조바심을 치며 물었다.

"뭐라고 하셨는데요?"

"예언자께서는 이렇게 말씀하셨습니다. '너는 이슬람의 기둥이고, 나라를 위해 좋은 일을 많이 하였고, 신자들에게는 더없이 소중한 존재이니 내 특별히 너에게 죽을 날을 정할 특권을 주겠노라.' 그래서 저는 이렇게 말했지요. '신이시여, 저를 지켜주소서. 인간이 어찌 죽을 날짜를 정할 수 있겠습니까? 더 많이 살고 싶지 않은 사람은 아무도 없을 것입니다. 그리고 설사 제가 날짜를 아주 멀리 잡는다 하더라도 언젠가는 그날이 닥쳐올 것이니 날짜가 가까워질수록 강박감에 시달려야 할 것이며, 그날이 한 달 후가 되었든 백년 후가 되었든 막상 최후의 날이 오면 공포에 떨게 될 것입니다. 저는 날짜를 정하고 싶지 않습니다. 예언자시여, 다만 한 가지 소망이 있으니 들어주소서. 제가 저의 주인인 술탄 말리크샤보다는 오래 살지 않게 해주소서. 저는 그에게서 아버지 소리를 들으며 그의 성장을 지켜본 사람이니, 제발 그의 죽음을 지켜보는 고통과 치욕만은 겪게 하지 마소서.' 예언자께서는 걱정 말라고 하시면서 이렇게 말씀하셨지요. '너는 술탄이 죽기 40일 전에 죽을 것이다.'"

말리크샤가 하얗게 질린 얼굴로 부들부들 떨었다. 본심을 드러내는 술탄을 보고 니잠이 미소를 지으며 말했다.

"제가 자신만만하게 얘기한 것은, 오만 때문이 아니라 예언자의 말씀이 제게 아직 죽을 날이 멀었다는 확신을 주었기 때문입니다."

그 순간 술탄은 속으로 재상을 죽이는 일을 단념했을까? 그가 충격을 받았을 것은 분명했다. 그 꿈이 설사 꾸며낸 것이었다 하더라도 재상은 그 얘기로 술탄에게 일침을 놓았던 것이다. 출발하기 전날, 재상 앞에 모인 니자미야 호위무사들은 쿠란 위에 손을 올려놓고 만일 재상이 살해된다면 누구도 살려 두지 않겠다고 맹세했었다.

19

셀주크 제국이 역사상 세계 최강국으로 위세를 떨치던 전성기에 실권을 쥐고 있던 사람은 사실 술탄도 재상도 아닌, 맨손의 여인이었다. 그 여인은 태피스트리 뒤에 앉아서 군대를 아시아의 방방곡곡으로 이동시켰고, 소국의 왕과 재상, 총독과 재판관 들을 임명했으며, 칼리파에게 보내는 서신을 받아쓰게 했고, 알라무트의 수장에게 밀사를 파견했다. 군대에 명령을 내리는 일을 놓고 불평하는 사령관들에게 그녀는 이렇게 답변했다. "우리 나라에서 전쟁을 하는 사람은 남자들이지만, 그들에게 싸우라고 말하는 사람은 여자들이지요."

술탄의 하렘에서는 그녀를 '중국 여자'라는 별명으로 불렀다. 카슈가르 출신 한 가문의 후손인 그녀는 사마르칸트에서 태어났다. 오라비 나스르 칸과 마찬가지로 핏기가 없는 그녀의 얼굴에는 셈족 아랍인의 특질도, 아리아족 페르시아인의 특질도 없었다.

그녀는 말리크샤의 여자들 중에서 가장 나이가 많았다. 혼례를 올릴 당시 말리크샤의 나이는 겨우 아홉 살이었고, 그녀는 열한 살이었다. 그녀는 오랜 세월 동안 말리크샤가 성인이 되기를 참고 기다렸다. 그녀는 남편이 사춘기를 맞아 턱에 솜털 같은 수염이 돋아나면서 남자로 성숙해 가는 과정을 지켜보며, 이성을 향한 그의 욕정을 풀어준 첫 여자였다. 그녀는 늘 남편의 말을 귀 기울여 들어주었고, 언제든 몸을 허락하는 것으로 그의 총애와 사랑을 독차지하면서 자신의 남자로 길들였다.

말리크샤는 사자 사냥이나 기마 시합을 나갔다 피를 묻히고 돌아오는 저녁이든, 사령관들과의 피곤한 회합이나 니잠과의 골치 아픈 회의를 마친 저녁이든, 해가 지기가 무섭게 테르켄에게 달려가 아내의 품에서 평온을 찾았다. 말리크샤는 비단옷을 헤치고 그녀의 가슴에 얼굴을 비비면서 자신이 이룩한 쾌거 또는 무력함을 울먹이며 얘기했다. '중국 여자'는 흥분한 사내를 품에 안으며 그를 영웅으로 환대했고, 꼭 끌어안고서 가능한 한 오랫동안 놓아주지 않았다. 뜨겁게 달아오른 그가 욕정을 불사르며 숨을 헐떡일 즈음이면, 어떻게 하면 그가 희열을 느끼는지 잘 알고 있는 그녀는 그를 꼼짝도 할 수 없을 정도로 현혹했다.

이어서 그녀의 가느다란 손가락이 그의 눈썹, 눈꺼풀, 입술, 귓불, 땀에 젖은 목을 차례로 부드럽게 어루만지기 시작하면, 기세가 한풀 꺾인 맹수는 실컷 포식한 고양이처럼 가르랑거리면서 나른한 미소를 지었다. 그때부터 테르켄의 말들이 그의 영혼 깊은 곳으로 하나하나 침투하기 시작했다. 그녀는 남편과 자신에 대해, 그리고 그들의 자식들에 대해 얘기하면서 교훈이 될 만한 우화나 옛날이야기 혹은 몇몇 시를 읊조렸고, 그녀의 품에 안긴 말리크샤는 한순간도 지겨워하는 일 없이 밤마다 테르켄의 곁에 있겠다고 약속했다. 성격이 거칠고, 성미가 급하고, 야수적이면서도 어린애처럼 단순한 그는 숨이 끊어지는 순간까지 그녀를 사랑하겠다고 약속했다. 말리크샤가 결코 자신의 청을 거절하지 않으리라는 것을 아는 그녀는, 그에게 정복할 도시는 물론 여자까지도 지정해주었다. 전 제국 내에서 그녀의 정적이라고는 오직 니잠밖에 없었다. 그리고 드디어 그녀가 1092년에 재상을 때려눕힐 기회를 잡았다.

표면적으로는 남부러울 것이 없는 여자로 보였다. 그러나 그녀가 과연 자신의 삶을 만족스러워했을까? 테르켄은 홀로 있을 때나 가장 신뢰하는 절친한 친구 자한과 단둘이 있을 때에는 어머니의 눈물과 술타나의 눈물을 흘리면서 자신의 신세를 한탄했다. 말리크샤의 후계자로 지정된 그녀의 큰아들은 모든 공식 행사에 참석했고, 아버지 술탄이 가는 곳은 어디든 따라다녔다. 아버지는 제국을 순회할 때마다 아들을 데리고 다니면서 "어떤 술탄도 아들에게 이렇게 큰 제국을 물려주지 못할 것이다!" 하며 자신의 권력을 자랑했다. 그 시절에는 물론 테르켄은 자신의 인생을 만족스러워했고, 만면에 미소를 지으며 늘 즐거워했다.

그런데 그 후계자가 어느 날 갑자기 죽었다. 갑작스러운 고열로 급사하고 말았다. 의사들이 피를 뽑고 찜질을 하며 최선을 다했지만, 왕자는 이틀 만에 숨을 거두었다. 누군가가 악의를 품고 음식에 독약을 넣었을지 모른다는 소문이 있었다. 비탄에 빠져 있던 테르켄은 그러나 곧 마음을 다잡았다. 장례가 마무리되자, 그녀는 둘째 아들을 술탄의 후계자로 지명하게 했다. 테르켄에게 빠져 있는 말리크샤는 아홉 살 된 아들에게 '왕 중의 왕, 국가의 기둥, 칼리파의 보호자'라는 거창한 칭호를 주면서 후계자로 지명하고 의식을 성대하게 거행했다.

그러나 저주를 받은 건지 아니면 이번에도 악의를 품은 누군가의 소행인지, 새 후계자 역시 얼마 지나지 않아 죽었다. 이번에도 형과 똑같이 갑작스러운 고열로 급사하고 말았다.

'중국 여자'에게는 아직 막내아들이 남아 있었다. 그녀는 술탄에게 그 아이를 후계자로 지명하라고 요구했다. 그러나 이번에는 간단하지가 않았다. 아이가 이제 겨우 1년 6개월밖에 안 된 데다, 말리크샤에게는 그 아기보다 나이가 위인 아들이 셋이나 있었다. 둘은 여자 노예와의 사이에서 난 아이들이지만, 바르키야루크라는 이름의 아들은 사촌 누이와의 사이에서 난 아이였다. 무슨 명분을 내세워 그 아이를 제외한단 말인가? 더구나 그 아이는 셀주크 혈통이었으니 누구보다도 후계자가 될 자격이 있었다.

셀주크 궁정의 질서 회복에 힘쓰면서 왕조의 후계자에 관한 규정을 만들기 위해 고심하던 니잠에게는 절호의 기회였다. 그는 바르키야루크가 후계자로 지정되어야 마땅하다고 주장했다. 그러나 니잠의 노력은 수포로 돌아갔다. 감히 테르켄의 뜻을 거역할 수도 없고, 그렇다고 그녀의 아들을 후계자로 지명할 수도 없었던 말리크샤는 아무도 지명할 수가 없었다. 그는 결국 자신의 아버지가 했던 대로, 그리고 모든 선대왕들이 했던 대로 후계자를 지명하지 않고 죽기로 결정했다.

일이 그렇게 되었으니 테르켄이 만족할 리가 없었다. 그녀는 아들이 후계자가 되기 전에는 어떤 것에도 만족할 여자가 아니었다. 그래서 자신의 야심에 걸림돌이 되는 니잠이 술탄의 총애를 잃기를 간절히 바랐고, 재상을 제거하기 위해 직접 나서서 음모를 꾸미다 마침내는 '암살단'과 협상을 하기에 이르렀던 것이다. 그리고 만전을 기하기 위해서 그녀는 바그다드로 떠나는 여정에 술탄을 따라

나서 동행했다. 재상이 처형되는 걸 두 눈으로 지켜보고 싶었던 것이다.

라마단의 열흘째 되던 날, 단식을 마치고 일몰 후 먹는 첫 식사 이프타르는 니잠에게 최후의 만찬이 되었다. 신성한 달의 단식을 지키느라 며칠 동안 음식과 술 등 일체의 먹는 것을 절제하고 있던 고관, 대소 신료, 군사령관 들은 사실 대단히 굶주려 있었다. 거대한 유르트 안에 식탁이 차려졌다. 노예 몇 명이 횃불을 밝혔다. 낙타고기와 양고기, 자고새의 넓적다리 살코기 요리가 수북이 담긴 커다란 은쟁반을 향해 굶주린 손 60개가 바삐 움직였다. 그들은 고기를 찢어 나누면서 게걸스럽게 먹기 시작했다. 맛있는 부위가 보이면 경의를 표하고 싶은 사람에게 건네주기도 하면서 모두들 맛있게 먹었다.

니잠은 음식에 거의 손을 대지 않았다. 그날 저녁에는 평소보다 통증이 심한 데다 가슴이 화끈거렸고, 보이지 않는 거인의 손이 쥐고 흔드는 듯이 장이 뒤틀렸다. 그는 허리를 꼿꼿이 세우려고 안간힘을 썼다. 재상의 옆자리에 있던 말리크샤는 옆에서 건네주는 음식을 우적우적 씹어 먹으면서 이따금 재상을 곁눈질했다. 여느 때와 달리 니잠이 몹시 괴로워하고 있음을 느낀 말리크샤가 느닷없이 검은 무화과들이 담긴 쟁반으로 손을 내밀어 제일 통통한 것을 집어서 니잠에게 건네자, 니잠이 정중하게 받아 치아 끝으로 깨물었다. 신으로부터, 술탄으로부터, 그리고 '암살단'으로부터 삼중으로 사형 선고를 받고 있다는 사실을 안다면 무화과가 무슨 맛이 있을지.

마침내 이프타르 향연이 끝났다. 밤이 깊어 있었다. 벌떡 일어난 말리크샤는 재상의 괴로워하는 얼굴에 대해 얘기해주려고 서둘러 '중국 여자'에게 가버렸다. 니잠은 팔꿈치에 힘을 주며 간신히 몸을 일으켜 걸음을 뗐다. 니잠의 하렘이 있는 유르트는 그리 멀지 않았고, 거기까지만 가면 늙은 사촌 누이가 통증을 진정시켜줄 탕약을 준비해놓았을 터였다. 백 걸음만 걸어가면 되었다. 술탄의 야영지 주변은 떠들썩했다. 병사들, 하인들, 보부상들이 한데 어울려 떠들어대고 있었고, 간간이 어느 여인의 숨죽인 웃음소리도 들렸다. 니잠은 다리를 질질 끌면서 한없이 멀게 느껴지는 길을 홀로 걸었다. 평소 같으면 추종자들이 그를 에워쌌겠지만, 권위가 실추된 재상 옆에 누가 있으려 하겠는가? 아첨꾼들마저 실총한 노인에게서 아무것도 얻을 게 없다고 판단하고 등을 돌린 마당이었다.

그런데 누덕누덕 기운 방수 비옷 차림의 한 사내가 용감하게 니잠에게 다가왔다. 사내가 경의를 표하자, 니잠이 돈주머니를 뒤적여 금화 세 닢을 꺼냈다. 자신에게 가까이 와준 정체불명의 사내에게 고마움을 표시하려는 뜻에서였다.

그 순간, 칼날이 번쩍이는가 싶더니 눈 깜짝할 사이에 니잠의 의복을 뚫고 들어간 단검이 갈비뼈 사이를 찔렀다. 니잠은 비명조차 지르지 못했다. 너무 놀란 나머지 가쁜 숨을 몰아쉴 뿐이었다. 니잠은 천천히 쓰러지면서 사내의 소매 속으로 사라지는 단검을 보았고, 사내가 입을 실룩거리면서 내뱉는 소리를 들었다. "알라무트에서 보내는 선물이다!"

그 순간, 니잠의 입에서 비명이 터져 나왔다. 암살자가 달아났고, 호위무사들이 뒤를 쫓았다. 붙잡힌 암살자는 즉시 목이 베이고 땅바닥에 끌려서 불 속으로 던져졌다.

그 뒤로 수년, 수십 년의 세월이 흐르는 동안 알라무트에서 파견된 수많은 암살자들은 똑같은 죽음을 맞았고, 그중 누구도 도망쳤다는 얘기는 없었다. 암살자들은 한결같이 초연하게 죽음을 맞았다. 하산은 그들에게 이렇게 가르쳤다. "우리는 살인자가 아니라 집행인이므로, 우리의 적을 죽이는 것으로 만족하지 말고 대중 앞에서 떳떳이 행동하는 모범을 보여야 한다. 우리가 한 사람을 죽이면, 그 죽음은 10만 명을 공포에 떨게 할 것이다. 그러나 이단자를 처단하고 공포에 떨게 하는 것만큼, 죽을 줄 아는 것 역시 필요하다. 왜냐하면 우리가 적을 죽이면서 신분을 밝히고 용기 있게 죽음을 맞이한다면, 군중으로부터 찬사를 받을 것이기 때문이다. 그리하면 그 장면을 지켜본 군중 속에서 우리와 합류할 사람들이 나타날 것이다. 따라서 죽는 것은 죽이는 것보다 훨씬 더 중요하다. 죽이는 것은 우리를 지키기 위해서고, 죽는 것은 개종시키고 정복하기 위해서다. 정복이 목적이고, 방어는 수단일 뿐이다."

그 후로 암살단은 모스크에서 예배를 보는 금요일을 택해 엄숙한 기도 시간에 군중이 지켜보는 앞에서 임무를 실행했다. 암살 대상은 대체로 재상, 군주, 고위 성직자 같은 거물급 인사들이었고, 실행 시간은 희생양이 될 사람이 호위대에 둘러싸여 위압적인 태도로 등장하고, 주눅이 든 군중이 선망의 눈길을 보내며 허리를 굽히는 순간이었다. 전혀 예상치 못한 차림으로 변장하고 있던, 예를 들어 호위병으로 변장한 알라무트의 자객이 불쑥 나타나서, 모든 사람의 시선이 집중되어 있을 때에 단검을 빼어 들고 순식간에 희생양을 찔렀다. 희생양이 쓰러져도 자객은 도망칠 생각을 하지 않았다. 그들은 하나같이 하산에게서 배운 문구를 우렁차게 외치고는 냉소적인 미소를 지으며 초연한 태도로, 흥분한 호위대와 경악한 군중이 달려들어 자신을 죽이기를 기다렸다. 그리하여 누군가가 희생되었다는 전갈이 오면 살해당한 인물의 후임이 될 사람은 알라무트에 대해 타협하는 태도를 취했고, 그 광경을 목격했던 사람들 중에서 10명, 20명, 40명씩 개종하는 이들이 점차 늘어났다.

도저히 믿을 수 없는 암살자들의 태도 때문에 하산의 부하들이 마약을 복용한다는 소문이 돌았다. 죽음 앞에서 미소를 짓는 그들의 태도를 달리 어떻게 설명할 수 있단 말인가? 그들이 초인간적인 용기를 지니고 있는 것은 '해시시'*를 복용한 효과 때문이라는 소문이 퍼졌다. 마르코 폴로는 이스마일파를 반대하는 무슬림들이 그들을 경멸하기 위해 '해시시 복용자'라는 뜻의 '해시시운'이라고 불렀

---

* 환각제로 쓰이는 대마초를 일컫는다. 대마는 원산지나 재배 방법에 따라 성분의 함량이 달라진다. 인도산 대마는 '반가' 또는 '간자'라 하고, 아랍과 튀르키예에서는 '해시시'라 하며, 멕시코산은 '마리화나'라 한다.

다고 서양에 전했다. 그리고 몇몇 동방학자들이 '아사신'이라는 단어는 '해시시운'이라는 말에서 유래했다고 봄으로써, '아사신'은 유럽의 여러 언어에서 암살자와 동의어가 되었다. 그러나 '아사신파'의 신화는 그보다 훨씬 끔찍한 다른 이유에서 비롯되었다는 설도 있다.

알라무트에 관해 기록한 실록에 따르면, 하산이 자신의 추종자들을 교리의 기본 이론인 '아사스'에 충실한 사람들이라는 뜻으로 '아사시운'이라 불렀는데, 외국에서 온 여행자들이 그 말을 마약 성분을 가진 '해시시'로 잘못 이해한 것이라고 되어 있다.

사바흐가 약초에 남다른 열정을 갖고 있었고 식물에서 치료제, 진통제, 흥분제 등의 성분을 찾아내는 전문가였던 것은 사실이다. 하산 사바흐가 수많은 종류의 약초를 재배했고, 추종자들이 병에 걸리면 직접 치료해주고 원기를 회복시켜주는 약을 처방하는 능력이 있던 것도 사실이다. 그리고 그가 추종자들의 뇌를 자극해서 임무를 잘 수행할 수 있도록 만들었다는 특효약 중에서는 호두와 고수를 갈아 꿀에 섞은 비약이 알려져 있다. '암살단'이 그들의 종교를 전파하기 위해 철저한 정신 교육을 받고 효율적인 교단 조직을 통해 정치적 살인을 감행한 것은 분명하지만, 마약을 복용했다는 설은 사실무근일 수도 있다.

하산은 '아사신파'라는 비밀 집단을 창설한 수장이자 최고 설교자이고, 최고 지도자였다. 다이라고 불리는 선교사 세 명이 하산을 보좌하고 있는데 그중 한 사람은 동부 페르시아, 호라산, 코히스탄과 트란스옥시아나를, 다른 한 사람은 서부 페르시아와 이라크를, 또 다른 한 사람은 시리아를 담당했다. 다이 바로 밑에는 라피크라고 불리는 이들이 있고, 이들이 바로 행동을 담당하는 간부들이었다. 철저한 교육을 받은 라피크들은 요새 안의 신봉자들을 통솔하고, 도처에서 활동하는 행동대원들을 지휘하면서 임무를 하달했다. 이들이 소질을 발휘하여 능력을 인정받으면 언젠가 선교사로 올라서는 것이었다.

그들의 계급에서 가장 낮은 이들은 라세크인데, 문자 그대로 행동대에 연결되어 있는 사람들이었다. 그들은 하부 조직의 신앙인들일 뿐, 교육을 받지도 않았고 격렬한 행동을 위한 특별한 소질도 없는 이들이었다. 그 속에는 알라무트 부근의 양치기, 여자와 노인들이 포함되어 있었다.

그리고 무지브라고 불리는 수련자들이 있었다. 이 사람들은 첫 교육을 받은 후 능력에 따라 세 방향, 즉 행동대 간부의 대열, 하부 조직의 신앙인 대열, 그리고 그 시대 무슬림들의 눈에 하산 사바흐의 진정한 힘을 상징하는 피다이 계급, 이른바 '몸을 바치는 사람들'의 대열로 나뉘어 배치되었다. 피다이들은 최고 지도자가 신앙심, 능력, 인내력을 두루 갖춘 신봉자들 중에서 뽑았다. 하산은 선교사가 될 자질이 있는 사람은 결코 피다이 계급에 배치하지 않았다.

하산은 피다이 계급의 훈련에 가장 신경을 쓰면서 실전에 필요한 모든 기술을 세심하게 가르쳤다. 단검을 감추고 있다가 남몰래 꺼내는 방법, 암살 대상의 가슴에 정확하게 꽂는 방법, 철 갑옷을 입었을 경우에는 목에 꽂는 방법을 가르쳤고, 훈련된 비둘기에 익숙해지게 하고 알라무트와의 신속한 통신 도구인 알파벳 암호를 암기하게 했다. 그때그때 상황에 따라 방언과 각 지방의 억양을 가르치는가 하면, 타지인들 속에 침투해서 몇 주, 몇 달 동안 실행의 순간을 기다리면서 의심을 사지 않고 생활하는 법을 가르쳤다. 또한 사냥꾼처럼 암살 대상의 거동, 의상, 습관, 출타 시간을 정확하게 관찰하는 훈련을 시켰고, 호위대로부터 엄중하게 보호되는 인물일 때에는 그 측근과 관계를 맺고 가까이 접근하는 방법을 찾는 훈련을 시켰다. 한 요인을 암살하기 위해서 두 피다이가 수도승으로 행세하면서 두 달 동안이나 그리스도교 수도원에서 살았다는 이야기까지 전해지고 있다. 이렇듯 철저한 훈련을 받았다면 그들의 능력이 얼마나 뛰어났을지 충분히 짐작할 수 있는 바, 그들이 구태여 '해시시'를 복용했을 가능성은 희박해 보인다. 특히 중요한 것은 이들이, 신봉자는 죽음을 맞이하는 데 필요한 자격을 얻어야 하는데, 흥분한 군중에게 목숨을 빼앗기는 순간이야말로 순교자가 되는 순간이니 그로써 천국으로 들어간다고 굳게 믿었다는 사실이다.

어쨌든 하산 사바흐가 인류 역사상 가장 가공할 만한 암살단을 창설하는 데 성공했다는 것만은 부인할 수 없을 것이다. 그러나 그 피비린내가 나던 해에 그에 맞서는 또 하나의 집단이 만들어졌으니, 그것은 피살된 니잠 알물크 재상에게 충성을 바치던 호위무사들로 이뤄진 니자미야 군단이었다. 그러나 극적인 효과까지 노렸던

'암살단'과는 달리, 니자미야 군단은 사람들의 눈에 띄지 않는 방법으로 나라를 공포의 도가니로 만들 것이다.

20

군중이 '암살단'의 잔당을 맹렬히 추격하는 사이에, 아직 채 식지 않은 니잠의 유해 앞에 모인 장수 다섯이 눈물을 흘리면서 일제히 오른손을 들고 합동으로 맹세를 했다. "주군, 편안히 잠드소서. 저희가 한 놈도 남기지 않고 응징할 것입니다!"

누구부터 시작할 것인가? '살생부'의 명단은 길었지만, 니잠을 따르던 장수 다섯 사이에서는 의논하고 말 것도 없이 일순위로 떠오르는 이름이 있었다. 그들이 다시 손을 들고 맹세한 다음 땅바닥에 무릎을 꿇었다. 그러고는 병환으로 야위었지만 축 늘어져 무거워진 시신을 들어 올리고 자신들의 구역까지 행진했다. 이미 모여서 흐느끼고 있던 여인들이 시신을 보고 더욱 소리 내어 울자, 한 장수가 신경질적으로 말했다. "복수할 때까지는 울지 마시오!" 질겁한 여인들이 울음을 그치고 장수를 쳐다보았지만, 그는 이미 멀어져 가고 있었다. 여인들이 다시 통곡했다.

통곡 소리가 울려 퍼질 때, 술탄은 테르켄 곁에 있었다. 무슨 일인지 알아보러 갔던 환관이 돌아와서 떨리는 음성으로 아뢰었다. "폐하, 니잠 알물크 재상이 괴한에게 살해되었습니다!" 술탄이 술타나와 시선을 교환하고 나서 일어났다. 그는 기다란 망토 카라쿨을 걸치고 아내의 거울 앞에서 얼굴을 매만진 다음, 비탄에 잠긴 얼굴을 하고 고인에게 달려갔다.

둘러서 있던 여인들이 그가 아타의 시신 앞으로 갈 수 있도록 길을 비켜주었다. 술탄은 허리를 굽히고 조의를 표하는 기도를 하고 나서, 은밀한 기쁨을 나누기 위해 테르켄의 처소로 돌아갔다.

그런데 말리크샤의 행동이 이상하게도 사람들이 예상했던 것과는 전혀 달랐다. 후견인이 사라졌으니 드디어 제국을 마음대로 휘두를 수 있는 기회를 잡았건만, 술탄에게서는 별다른 반응이 없었다. 그의 야망에 제동을 걸던 사람에게서 마침내 벗어나게 된 것이 너무나 만족스러워서였는지, 술탄은 노닥거리기만 할 뿐 국사를 돌보지 않았다. 그는 국정에 관계된 공식 일정을 모두 취소했고, 낮에는 말을 타고 폴로 경기를 하거나 사냥을 나갔으며, 밤에는 주연을 열어 술에 취했다.

더욱 심각한 것은 바그다드에 도착하자마자 술탄이 칼리파에게 보낸 전갈의 내용이었다. "이 도시를 나의 겨울 거주지로 삼을 것이니 신자들의 왕, 칼리파는 빠른 시일 내에 다른 거처를 찾아 바그다드를 떠나주시오." 칼리파 알 무크타디르는 선대 칼리파들이 대대로 살아온 바그다드를 떠나려면 여러 가지 정리할 것이 많으니 한 달간의 여유를 달라고 요청했다. 3세기 반 동안 예언자의 후계자로서 이슬람의 군주로 자처했던 칼리파는 사실 셀주크 제국 시대에는 제국의 술탄에게 정치적·군사적 세속 권력을 넘겨줌으로써 실질적인 통치권을 빼앗기고 간신히 종교적 권위만 유지하고 있는 상태였다.

테르켄은 세계의 절반을 지배하는 술탄이자 서른일곱 살이나 된 군주로서는 어울리지 않는 남편의 경박한 태도가 불안했지만, 천성이 그러하니 어쩔 수 없다고 생각하고 이 기회에 자신의 세력을 확립하기로 결심했다. 그때부터 술타나가 국사를 맡게 되었다. 니잠을 따르던 사령관과 고관 들이 테르켄의 사람들로 교체되면서 술타나에게 충성을 맹세했고, 놀이에 빠져 있지 않으면 술에 취해 있는 술탄도 아내의 제안이라면 무조건 승인했으니, 그야말로 테르켄 하툰의 세상이었다.

1092년 11월 18일, 말리크샤는 바그다드의 북방, 숲이 우거진 늪지대에서 야생 당나귀 사냥을 하고 있었다. 열두 개의 화살 중에서 단 한 개만 빗나가고 모두 명중하자, 수행원들이 그 누구도 대적할 수가 없을 거라며 격찬했다. 오랜 시간 동안 헤매고 다니느라 지친 술탄이 배가 고프다고 불평을 하자, 노예들이 분주하게 움직이기 시작했다. 술탄이 잡은 야생 당나귀들의 가죽을 벗기고, 내장을 비우고, 살덩이를 꼬챙이에 꿰어 빈터에 불을 피우고 구웠다. 제일 기름진 넓적다리는 군주의 몫이었다. 술탄이 고깃덩이를 잡고 왕성한 식욕으로 뜯어먹으면서 기분 좋게 술을 들이켰다. 그러고는 군주가 제일 좋아하는 것이라 궁정 요리사가 커다란 항아리에 넣어 어디를 가든 가지고 다니는, 식초에 절인 열매를 씹어 먹었다.

그때 갑자기 배가 찢어질 듯한 복통을 느낀 말리크샤가 괴성을 지르자, 수행원들이 경악했다. 술탄이 신경질적으로 술잔을 내던지면서 입 안의 것을 뱉어냈다. 허리를 구부리고 토하면서 괴로워하던 술탄이 혼수상태에 빠지더니 그대로 실신했다. 그를 에워싼 수십 명의 신료와 근위병, 하인 들이 하얗게 질려서 의심 어린 눈으로 서로 쏘아보았다. 술에 독이 들어갔던 걸까, 식초에 들어갔던 걸까, 아니면 고깃덩이에 들어갔을 수도 있었다. 어디에 독이 들어 있었는지는 아무도 알지 못했지만, 저마다 머릿속으로 니잠이 사망한 뒤로 35일이 흘렀다는 똑같은 생각을 하고 있었다. 니잠은 말했었다. 자신은 "술탄이 죽기 40일 전에 죽을 것"이라고. 바야흐로 그의 보복이 시작된 것이었다.

비극적인 사건이 일어나고 있을 때, 테르켄 하툰은 유르트 안에 있었다. 의식을 잃었지만 아직 살아 있는 술탄이 실려 오자, 그녀는 서둘러서 자한과 충신 두세 명, 그리고 말리크샤의 손을 잡고 있던 어의만 남기고 모두 물러가게 했다.

"다시 일어날 수 있겠소?" '중국 여자'가 어의에게 물었다.

"맥박이 약하고 숨이 흔들리는 촛불처럼 금방이라도 끊어질 듯하니, 이제 기도를 드리며 신의 처분을 기다리는 것 말고는 도리가 없겠습니다."

"신의 뜻이라면 어쩔 수 없겠지요. 이제부터 내가 하는 말을 잘 들으시오."

과부가 될 여인의 어조가 아니라, 제국의 주인으로서 명하는 근엄한 어조였다.

"술탄의 용태에 관한 얘기가 유르트 밖으로 새어 나가서는 절대로 아니 됩니다. 그 누구도 알아서는 안 된다는 걸 명심들 하세요. 술탄이 서서히 회복되는 중이고, 절대 안정이 필요하니 아무도 술탄을 만날 수 없다고 해야 합니다."

테르켄 하툰은 피도 눈물도 없는 여자였다. 말리크샤의 심장이 아직 멈추지 않았건만, 그녀는 소수의 충신에게 이제 겨우 네 살배기인 자신의 막내아들 마흐무드 술탄에게 충성을 다할 것을 맹세하게 했다. 그러고는 칼리파에게 전갈을 보냈다. 그녀는 칼리파에게 남편의 죽음을 알리면서, 자신의 아들이 후계자가 되는 것을 지지해주면 그 대가로 '신자들의 왕'은 앞으로 바그다드를 떠나게 되는 일이 결코 없을 것이며, 제국 내의 모든 모스크에서 그의 이름을 칭송하게 할 것이라고 약속했다.

술타나가 이스파한으로 돌아왔을 때에는 말리크샤가 며칠 전에 이미 사망한 뒤였지만, '중국 여자'는 그 사실을 숨겼다. 시신은 여섯 필의 말이 끄는 대형 포장마차 안에 누워 있었다. 그러나 방부 처리를 하지 않은 시체가 부패하면서 풍기는 냄새 때문에, 언제까지고 비밀로 할 수는 없는 일이었다. 테르켄은 시체를 없애기로 결정했다. 그리하여 '위대한 샤한샤*', 동양과 서양의 왕이자 이슬람과

---

* 왕 중의 왕을 뜻하는, 페르시아 제국의 황제 칭호.

무슬림들의 기둥이고, 세계와 종교의 자랑이며 정복의 아버지이고, 예언자의 후계자 칼리파의 든든한 보호자로 숭배받던 술탄' 말리크샤는 한밤중에 부랴부랴 누구도 찾아내지 못할 길가에 아무렇게나 매장되었다. 연대기 작가들은 이렇게 적고 있다. "그토록 강력하던 군주가 죽었으나, 그의 죽음을 애도하는 기도나 울음소리를 들었다는 이는 아무도 없었다."

술탄의 사망은 마침내 세상에 알려졌지만, 테르켄은 근위대가 수도 이스파한에서 멀리 떨어져 있는 상황에서 그 소식이 적에게 알려지는 걸 막기 위해서 불가피하게 내린 결정이었다고 아주 간단하게 해명했다. 그러나 술타나의 조치가 아들을 권좌에 앉히고 자신이 정권을 장악하는 데 필요한 시간을 벌기 위한 것이었음을 모를 사람은 아무도 없었다.

당시의 연대기 작가들도 그때부터는 근위대를 '테르켄 하툰의 군대'라고 지칭하고 있다. 이스파한을 가리킬 때는 '하툰의 수도'라고 했으며, 아기 술탄도 이름 대신 그저 '중국 여자의 아들'이라고만 기록하고 있다.

그러나 술타나의 반대편에는 니자미야 군단의 무사들이 있었다. 그들의 '살생부' 명단에는 테르켄 하툰이 말리크샤의 바로 다음인 두 번째로 올라가 있었다. 니자미야 군단은 말리크샤의 큰아들, 당시 열한 살이던 바르키야루크를 지지하면서, 그를 부추겨 테르켄 하툰에게 도전장을 내도록 했다. 첫 싸움은 그들에게 유리하게 돌아갔고, 이스파한은 포위될 위기에 처했다. 그러나 테르켄은 순순히 항복할 여자가 아니었다. 그녀는 반격을 위한 계책을 꾸몄다.

테르켄은 여러 지방의 총독들에게 다음과 같은 편지를 썼다. "나는 미성년자 아들이 딸린 과부이며, 내 아들의 이름으로 제국을 다스릴 수 있도록 아이를 이끌어줄 아버지가 필요합니다. 그 역할을 훌륭히 이행할 수 있는 사람이 그대 말고 누가 있겠습니까? 가능한 한 속히 군대를 이끌고 와서 이스파한을 공격하는 적들을 물리쳐 준다면, 나는 그대의 아내가 될 것이고 그대가 모든 권력을 쥐게 될 것입니다." 아제르바이잔과 시리아에서 사령관들이 달려와서 싸움을 걸어주기만 한다면, 설사 수도에 대한 공격을 분쇄하지는 못한다 하더라도 숨을 돌릴 시간은 벌 수 있다는 것이 그녀의 계산이었다.

테르켄은 하산 사바흐와도 다시 접촉했다. "나는 니잠 알물크의 머리를 주겠다고 했고, 약속대로 이행했습니다. 오늘은 제국의 수도 이스파한을 주겠다고 약속합니다. 이 도시에 그대의 추종자들이 많은 것으로 알고 있는데, 그들이 무엇 때문에 숨어서 살고 있습니까? 그들에게 모습을 드러내라고 하십시오. 그들은 재물과 군대를 얻을 것이며, 대낮에도 선교 활동을 할 수 있을 것입니다." 실제로 오랜 세월 동안 박해를 받아 온 수백 명의 이스마일파 교도들이 모습을 드러내기 시작했고, 개종하는 이들도 늘어났다. 그들은 몇몇 구역에서 술타나를 위한 의용군을 조직하기도 했다.

그러나 테르켄의 마지막 계략은 가장 기발하면서도 대담한 것이었다. 어느 날 술타나 수하의 사령관들이 적의 진영에 나타나서 바르키야루크 왕자에게 고했다. 그들은 술타나를 버리기로 결정하고 반란을 일으킬 만반의 준비를 끝냈으니, 수도를 습격하는 데 동참해준다면 테르켄과 그의 아들을 제거하고 바르키야루크를 술탄으로 추대할 것이라 선언했다. 때는 1094년, 이제 겨우 열세 살이 된 어린 왕자를 사로잡고도 남을 제안이었다. 수하의 사령관들이 1년 넘게 포위하고 있으면서도 아직 성공을 거두지 못하고 있던 차에 몸소 이스파한을 점령하게 되었으니 어찌 마음에 들지 않겠는가! 다음날 밤, 왕자가 측근들 몰래 숙영지에서 슬그머니 나와 테르켄의 사령관들과 함께 카합의 성문 앞에 이르니, 그를 환영하듯 문이 활짝 열렸다. 그리하여 왕자는 결연한 발걸음으로 들어섰고, 자신을 호위하며 유쾌하게 웃는 사령관들을 보면서 쾌거를 이루었음을 믿어 의심치 않았다. 그러나 사령관들이 지나칠 정도로 크게 소리를 내며 웃는지라 왕자는 조용히 하라고 명했다. 그들은 즉시 웃음을 그치면서 정중하게 명을 받는 듯하더니, 재차 웃음보를 터뜨렸다.

아뿔싸! 왕자가 그들의 기쁨이 수상하다고 느낀 순간에는 이미 때가 늦어 있었다. 그들이 달려들어 왕자의 손발을 묶은 다음 입과 눈을 가리고 하렘의 문 앞까지 끌고 갔다. 잠에서 깬 환관이 그들이 도착했음을 알리기 위해 테르켄에게 달려갔다. 자기 아들의 정적인 바르키야루크 왕자의 목을 매달지, 눈을 멀게 할지는 그녀가 결정할 일이었다. 환관이 어두컴컴한 복도 안으로 들어섰을 때, 갑자기 술타나의 방에서 고함에 이어 울부짖는 소리가 들렸다. 금지된 구역을 감히 들어갈 수 없었던 장수들이 불안한 얼굴로 어쩔 줄을 몰라 하고 있을 때, 늙은 시녀가 뛰어나와 테르켄 하툰이 침대에 죽은 채 누워 있으며, 옆에는 살해 도구로 사용한 것이 분명한 두툼한 방석이 놓여 있다고 알렸다. 그리고 건장한 체구의 환관이 도망치는 것을 보았는데, 니잠 알물크의 추천으로 몇 해 전에 하렘에 들어왔던 사람이 분명하다고 덧붙였다.

21

테르켄 쪽 사람들은 진퇴양난에 빠졌다. 그들의 술타나는 죽고 수도는 포위되었으나, 반대 세력이 술탄의 후계자로 추대하려는 왕자가 포로로 잡혀와 있는 형국이었다. 테르켄의 아들, 아기 술탄의 보호자가 된 자한은 바르키야루크 왕자를 어떻게 처리해야 할지 막막했다. 그때까지는 늘 자신만만하던 그녀였으나 술타나의 죽음은 큰 충격이었다. 의논할 사람은 오마르밖에 없었다.

오마르가 도착해보니, 자한은 고개를 숙인 채 테르켄의 집무실에 앉아 있었다. 그녀는 머리칼이 어깨 위로 흘러내렸는데도 아랑곳하지 않은 채 깊은 생각에 잠겨 있었다. 자한 옆에는 비단옷에 휘감긴 어린 술탄이 조그만 머리에 터번까지 두르고 방석 위에 꼼짝도 않고 앉아 있었다. 발그스레한 얼굴에 부스럼이 난 아이는 두 눈을 반쯤 감은 채 지겨워하는 표정을 짓고 있었다.

오마르가 자한에게 다가갔다. 그가 다정하게 손을 내밀어 천천히 그녀의 얼굴을 쓰다듬으면서 속삭였다.

"술타나의 소식은 들었소. 나를 부른 것은 아주 잘한 일이오."

오마르가 그녀의 머리칼을 어루만지자 그녀가 밀어내면서 말했다.

"내가 당신을 부른 것은 위로를 받기 위해서가 아니에요. 중요한 문제에 관해 의견을 묻기 위해서예요."

오마르는 뒤로 한 걸음 물러서서 팔짱을 끼고 들었다.

"바르키야루크가 계략에 걸려들어 이 궁전 안에 포로로 잡혀와 있는데, 그의 목숨을 놓고 의견이 분분해요. 어떤 이들은 그를 죽여야 한다고 주장하고 있는데, 특히 함정을 팠던 사람들은 왕자에게 자기들의 행동에 대해 해명하는 일이 없기를 바라고 있어요. 왕자와 타협해야 한다고 주장하는 이들도 있어요. 왕자가 당했던 수모를 잊게 하려면 그를 왕실로 불러들여 예우를 해야 한다는 거예요. 또 반란자들과 협상하기 위해서 그를 인질로 붙잡아 두어야 한다고 주장하는 이들도 있고요. 우리가 어떤 길을 택하는 게 좋을까요?"

"그걸 물어보려고 나를 책에서 떼어놓았단 말이오?"

발끈한 자한이 자리에서 일어섰다.

"이 일이 당신에게는 그렇게도 중요하지 않은가요? 내 목숨이 걸려 있어요. 수천 명의 운명, 이 도시와 제국의 운명이 이 결정에 달려 있다고요. 그런데도 당신은 조금도 방해받고 싶지 않다는 건가요?"

"그렇소. 난 조금도 방해받고 싶지 않소!"

그가 문을 향해 걸어가다가 자한에게 되돌아와서 말했다.

"사람들은 늘 큰 죄를 저지르고 나서야 나한테 의견을 묻소. 이제 와서 내가 당신의 친구들에게 무슨 말을 할 수 있겠소? 설사 내가 그 소년을 놓아주라고 조언한다 하더라도, 바르키야루크가 훗날 그 사람들에게 복수하지 않을 거라고 어떻게 보장할 수 있겠소? 내가 그를 인질로 붙잡아 두라고 하거나 죽이라고 조언한다면, 나는 그들과 공범자가 되는 것이오. 나를 이 싸움에 끌어들이지 마시오. 그리고 자한 당신도 끼어들지 마시오."

오마르가 연민의 눈빛으로 자한을 뚫어져라 쳐다보며 계속했다.

"셀주크 제국 술탄의 후손들끼리 서로 후계자가 되려고 아옹다옹하고, 한 재상이 또 다른 재상을 몰아내려고 하는 이 탐욕의 무리 속에서 당신은 아름다운 시절을 소모하겠다는 거요? 자한, 목을 베든지, 죽이든지, 죽든지, 그들에게 맡기시오. 그런다고 태양이 덜 빛나고 포도주가 덜 달겠소?"

"목소리를 낮추세요, 오마르. 아이가 무서워하잖아요. 옆방에도 듣는 귀가 많아요."

그러나 오마르는 계속 언성을 높였다.

"나를 부른 것이 내 의견을 듣기 위해서라고 했소? 그럼 이제부터 솔직하게 말하리다. 이 방을 떠나시오. 이 궁전을 버리시오. 뒤도 돌아보지 말고, 인사도 하지 말고, 짐도 꾸리지 말고, 내 손을 잡고 우리 집으로 돌아갑시다. 집으로 가서 당신은 시를 짓고, 나는 별을 올려다보면서 평화롭게 삽시다. 밤마다 당신이 벌거벗은 몸으로 내 곁에 와 앉으면, 사향 포도주가 우리를 위한 세상은 존재하기를 멈추었다고 노래 불러줄 것이니, 세상을 보지도 말고, 세상의 소리를 듣지도 말고, 신발 바닥에 진흙도 피도 묻지 않는 곳으로 갑시다."

자한의 눈에 눈물이 글썽했다.

"순진무구하던 시절로 돌아갈 수만 있다면 나도 당장 그러고 싶어요. 하지만 너무 늦었어요. 난 너무 멀리 와 있어요. 내일 니잠 알 물크의 충복들이 이스파한을 점령한다면 나는 살아남지 못할 거예요. 그들의 '살생부' 명단에 내가 들어 있다는 걸 알고 있어요."

"나는 니잠과 절친한 사이였으니까 당신을 보호해줄 수 있소. 그들이 내 아내를 잡으러 내 집으로 오지는 않을 거요."

"눈을 떠요, 오마르, 당신은 그들을 몰라요. 그들은 복수할 생각밖에는 없어요. 어제는 하산 사바흐의 목숨을 구해주었다고 당신을 비난했어요. 내일은 자한을 숨겨주었다고 비난하면서 당신도 나와 함께 죽일 거예요."

"그렇다면 더더욱 함께 있어야 할 것 아니오. 당신과 함께 죽는 것이 내 운명이라면 우리 집에서 죽음을 맞이합시다."

그녀가 다시 일어섰다.

"난 그럴 수 없어요. 나는 이 궁전, 이제부터는 내 것이 된 이 도시에서 내게 충성을 바치는 사람들에게 둘러싸여 끝까지 싸울 거예요. 죽더라도 왕비가 죽는 것처럼 죽을 거예요."

"왕비들이 어떻게 죽는지 모른단 말이오? 독살당하거나, 목이 졸려 죽어요! 임신을 했더라도 처참한 죽음을 면할 수 없단 말이오!"

두 사람은 한참 동안 서로 묵묵히 쳐다보았다. 자한이 다가가 오마르의 입술에 뜨거운 키스를 하고 나서 잠시 그의 품에 안겼다. 그러나 그런 작별을 견딜 수 없는 오마르가 그녀에게서 떨어져서 마지막으로 간청했다.

"아직 우리의 사랑에 조금이라도 가치를 두고 있다면 나와 함께 갑시다, 자한. 테라스에 차린 식탁에 앉아 술을 마시고, 황산에서 미풍이 불어오면 술에 취한 채로 잠자리에 듭시다. 이스파한의 주인이 바뀌기 전에는 절대로 우리를 깨우지 말라고 하녀들에게 말하리다."

22

그날 저녁, 이스파한의 바람에는 살구나무의 초록 향기가 실려 있었으나 거리에는 죽음의 냄새가 흘렀다. 하이얌은 천문대를 도피처 삼아 찾곤 했다. 평소대로 천문대에 들어가서 시선을 하늘로 향하고, 세상의 근심이 사라졌는지를 알기 위해 아스트롤라베(천문관측의) 눈금 원반을 손가락으로 만져봤다. 이번에는 아니었다. 별들이 고요했다. 음악 소리도, 중얼거림도, 은밀한 속삭임도 없었다. 하이얌은 별들이 침묵하고 있는 데에는 그럴 만한 이유가 있다고 생각하고 더는 별들을 괴롭히지 않았다. 그는 집으로 돌아가기로 하고, 천천히 걸어가면서 이따금 손에 든 억새로 덤불을 후려쳤다.

깜깜한 방에 드러누운 그는 절망적으로 상상 속의 자한을 끌어 안았다. 그의 두 눈이 눈물과 술로 충혈되어 있었다. 왼쪽 바닥에 놓인 술병과 은잔, 그는 생각에 잠긴 듯, 환멸을 느낀 듯, 때때로 한 입 가득 술을 머금은 채로 있었다. 그의 입술은 자신과 자한, 니잠, 특히 신과 대화를 했다. 붕괴되고 있는 이 세계를 어느 누가 막을 수 있을까?

새벽녘이 되어서야 녹초가 된 오마르는 머리가 멍해지면서 마침내 잠에 빠졌다. 얼마나 잤을까? 쿵쿵 하는 둔탁한 발소리에 잠이 깬 그는 휘장 틈으로 새어 드는 햇빛 때문에 눈을 뜨지 않을 수 없었다. 그 순간, 문간에 서 있는 사내를 보았다. 시끄러운 발소리로 잠을 방해한 장본인이었다. 키가 큰 콧수염의 사내가 장검의 손잡이를 손으로 토닥였다. 머리에는 초록색 터번이 단단하게 감겨 있고, 니자미야 군단의 무사 복장인 짧은 벨벳 망토를 걸친 모습이었다. 하이얌이 하품을 하면서 물었다.

"누군가? 누군데 내 잠을 방해하는 건가?"

"선생님, 저를 모르시겠습니까? 저의 주군이셨던 니잠 알물크와 함께 있던 저를 보신 기억이 없으십니까? 저는 그분의 호위무사였고, 그분의 그림자였습니다. 저는 아르메니아 출신이고 이름은 바르탄이라고 합니다."

오마르는 사내가 누군지 기억났지만, 그렇다고 안심할 일은 아니었다. 밧줄에 온몸이 감기는 느낌이 들면서 목구멍이 따끔거렸다. 오마르는 겁이 났지만 태연하게 말했다.

"그분의 호위무사이자 그림자라고 했나? 그렇다면 암살자로부터 주군을 보호하는 일이 자네 책임이 아닌가?"

"주군께서는 저한테 멀리 떨어져 있으라고 명하셨습니다. 주군께서 그런 죽음을 원했으리라고는 꿈에도 생각지 못했습니다. 제가 곁에 있었다면 살인범을 죽일 수도 있었겠지요. 그러나 또 다른 자객이 나타났을 겁니다. 저 같은 소인이 어찌 주군과 그 운명 사이에 개입할 수 있겠습니까?"

"그런데 나를 찾아온 용건은 무언가?"

"지난밤에 우리 니자미야 군단이 이스파한으로 잠입했는데 수비대가 우리 군단에 동조했습니다. 따라서 술탄 바르키야루크는 풀려났고, 이스파한은 이제 그의 것이 되었습니다."

하이얌이 벌떡 일어났다.

"그럼 자한은?"

거의 비명에 가까운 물음이었다. 바르탄은 아무 말도 하지 않았다. 건장한 체구에 어울리지 않게 사내가 불안한 얼굴을 했다. 오마르는 그의 눈빛에서 끔찍한 고백을 읽었다. 바르탄이 나지막하게 말했다.

"저는 정말이지 선생님의 부인을 구하고 싶었고, 고명하신 선생님 댁으로 무사히 모셔 오고 싶었습니다. 하지만 제가 도착했을 때는 이미 궁전 사람들이 병사들에게 모두 살해된 뒤였습니다."

오마르가 바르탄을 향해 걸어가서 있는 힘을 다해 멱살을 잡고 흔들었지만, 사내는 꿈쩍도 하지 않았다.

"그러니까 그걸 알리려고 왔다?"

바르탄의 손은 계속 장검의 손잡이를 잡고 있었지만, 칼을 뽑지는 않았다. 그가 담담한 어조로 말했다.

"제가 온 것은 다른 일 때문입니다. 니자미야 군단의 장수들은 선생님을 죽이기로 결정을 내렸습니다. 그들은 사자에게 상처를 입혔을 때에는 확실하게 끝내는 것이 현명하다고 했습니다. 저는 선생님을 살해하라는 임무를 받았습니다."

하이얌이 갑자기 훨씬 침착해졌다. 최후의 순간을 초연하게 맞겠다는 태도였다. 현자들이란 무릇 죽음의 순간을 의연하게 맞이할 수 있는 경지에 도달하기 위해 노력하지 않던가! 그는 자신의 목숨을 위해 항변하지 않았다. 그는 순간순간 밀려오는 공포를 느끼면서도 자한을 생각하면서 그녀도 자기와 같은 느낌이었으리라고 믿었다.

"나는 아내를 죽인 자들을 결코 용서하지 않을 것이고, 살아 있는 한 내내 그들의 적이 되어 언제고 그들이 말뚝에 박혀 죽는 날이 오기만을 고대할 것이니, 나를 없애기로 한 것은 옳은 판단일세."

"그건 제 의견이 아닙니다, 선생님. 결정권을 가진 장수들은 모두 다섯이었는데 저의 동지들은 모두 선생님의 죽음을 원했고, 저만 유일하게 반대했습니다."

"그렇다면 자네가 잘못 생각한 거지. 내가 보기에는 자네의 동지들이 훨씬 지혜롭군."

"저는 니잠 알물크 주군과 선생님께서 아버지와 아들처럼 마주 앉아 한담을 나누는 모습을 자주 보았습니다. 선생님의 부인이 끈질기게 그분을 몰아내려고 하셨지만, 주군께서는 선생님을 끝까지 사랑하셨습니다. 주군께서 살아 계셨다면 선생님을 죽이란 명령을 내리지 않으셨을 거고, 부인 역시 선생님을 생각해서 용서하셨을 겁니다."

하이얌은 바르탄의 존재를 방금 발견한 듯이 그의 얼굴을 빤히 쳐다보았다.

"자네는 내 죽음을 반대한 사람인데, 그들이 나를 죽이러 보낼 사람으로 왜 자네를 뽑았는가?"

"다른 사람이 가면 선생님을 죽일 것이기 때문에 제가 자청했습니다. 제가 지금 이렇게 선생님과 대화를 나누고 있는 것만으로도 선생님을 살해할 생각이 없는 사람이라고 생각하지 않으십니까?"

"그럼 자네의 동지들에게는 뭐라고 설명할 텐가?"

"아무런 설명도 하지 않을 겁니다. 저는 선생님을 따라 떠날 겁니다."

"그런 말을 그렇게 침착하게 하는 걸 보면 오랫동안 생각하고 내린 결정 같군."

"바로 보셨습니다. 갑자기 내린 결정이 아닙니다. 저는 니잠 알물크 주군께서 가장 신뢰한 충신이었고, 저는 그분을 믿고 따랐습니다. 신께서 허락하셨다면 저는 그분을 보호하다 죽었을 것입니다. 하지만 오래전부터, 저의 주군이 세상을 떠나게 된다면 그의 아들도 그의 후계자도 섬기지 않을 것이며, 영원히 군직을 버리겠다고 결심하고 있었습니다. 주군께서 돌아가신 상황을 생각하면 저는 거사에 동참하지 않을 수 없었고, 마지막이라고 생각하고 말리크샤를 제거하는 데 동의했습니다. 자신의 후견인이자 아버지나 다름없는 사람이었고, 더군다나 천하를 얻게 해주었던 사람을 배신했으니 말리크샤는 죽어 마땅하다고 생각하기 때문에 후회하지 않습니다. 제 손으로 처치하고 싶은 마음은 굴뚝같았지만 직접 나서는 일만은 하지 않았습니다. 다시는 사람을 죽이지 않겠다고 결심했기 때문이지요. 제 동지들이 선생님을 제거하겠다고 했을 때, 저는 떠날 때가 된 것을 깨달았습니다. 그래서 은자나 방랑 시인으로 살아야 할 때가 되었다고 생각했습니다. 선생님, 짐을 꾸리십시오. 어서 이 도시를 떠나야 합니다."

"어디로 떠나자는 말인가?"

"그건 선생님께서 정하십시오. 어디가 됐든 저는 제자로서 선생님의 뒤를 따를 것이고, 이 검으로 선생님을 보호할 것입니다. 그리고 혼란이 가라앉고 조용해지면 다시 돌아오면 됩니다."

바르탄이 말에 채비를 하는 사이에 오마르는 황급히 비서 필사본과 필기도구, 호리병과 돈주머니를 챙겼다. 그들은 이스파한의 오아시스를 가로질러 서쪽으로 방향을 잡고, 그들을 수상하게 여길 만한 병사들이 없는 마르비네라는 작은 마을로 갔다. 바르탄의 말 한마디면 어느 곳에서나 문이 열리고 보초들이 정중하게 길을 열어주었다. 그런 대접을 받는 것이 이상하게 생각되기는 했지만 오마르는 묻지 않았다. 그 순간에는 그를 믿는 것 말고는 다른 선택의 여지가 없었기 때문이다.

한편 그들이 떠난 지 한 시간도 채 안 되어, 흥분한 군중이 하이얌의 집을 약탈하고 불을 질렀다. 해 질 무렵에는 천문대가 쑥대밭이 되었다. 같은 시간, 자한의 싸늘한 시신은 궁전의 정원을 둘러싼 담 밑 어딘가에 매장되었다. 그녀가 묻힌 장소임을 알려주는 표시는 전혀 없었다.

다음의 글은 사마르칸트의 필사본에서 발췌한 우화다.

세 친구가 페르시아 고원을 산책하고 있었다. 그때 불쑥 나타난 표범 한 마리가 세 사람을 한참 동안 사납게 노려보다가 달려오기 시작했다.

그러자 세 사람 중에 가장 나이가 많고 가장 돈이 많고 세력이 막강한 사람이 외쳤다. "나는 이 땅의 주인이다. 따라서 짐승이 내 땅을 유린하는 걸 절대로 허락하지 않겠다." 그는 데리고 있던 사냥개 두 마리를 놓아주며 표범을 물어뜯으라고 명했다. 그러나 날쌘 표범은 개들을 간단히 해치우고, 개 주인에게 달려들어 갈기갈기 찢어버렸다.

니잠 알물크의 운명이 그러했다.

두 번째 사람은 이렇게 혼잣말을 했다. "나는 모든 사람이 자랑스럽게 여기고 존경하는 학자인데 무엇 때문에 개와 표범한테 내 운명을 맡긴단 말인가?" 그는 싸움의 결말을 기다리지도 않고 등을 돌려 떠나버렸다. 그때부터 그는 야수의 끈질긴 추격을 받으면서 동굴에서 동굴로, 오두막에서 오두막으로 옮겨 다녔다.

오마르 하이얌의 운명이 그러했다.

세 번째 사람은 종교인이었다. 표범에게 다가선 그는 두 손을 쳐들고 위압적인 눈초리로 쏘아보면서 우렁차게 말했다. "이 땅에 온 것을 환영하노라. 내 친구들은 나보다 훨씬 부자였는데, 너는 그들의 가죽을 벗기고 거만을 떠는 그들의 콧대를 꺾어버렸구나." 듣고 있던 짐승이 그의 말에 감동을 받고 굴복했다. 그는 짐승을 길들이는 데 성공했다. 그 이후로는 어떤 표범도 감히 그에게 접근하지 못했고, 인간들도 거리를 두었다.

필사본은 이렇게 결론짓고 있다. 혼란의 시간이 계속될 때에는 누구도 그 흐름을 멈추게 할 수 없고 누구도 피할 수 없으나, 그래도 그것을 이용하는 사람이 몇몇 있었다. 그 대표적인 인물이 바로 하산 사바흐였다. 그는 혼란에 빠진 세상을 제 편으로 끌어들일 줄 알았다. 그는 세상을 공포 분위기로 만들어놓고, 한편으로는 자신의 은신처 알라무트를 평온한 공간으로 만들었다.

하산 사바흐는 요새를 점령하자마자 외부 세계와 완전히 차단하는 공사에 착수했다. 우선 적의 침투를 불가능하게 만들 필요가 있었다. 건축에 조예가 깊었던 그는 두 언덕 사이에 난 좁은 통로를 벽을 쌓아 막아버림으로써, 그렇지 않아도 이미 특출난 장점을 지니고 있던 지형을 더욱 완벽한 곳으로 만들었다.

그러나 하산은 그 축조 공사로 만족하지 않았다. 공략은 불가능하더라도 포위군이 요새를 완전 봉쇄하고 굶겨 죽이는 전술을 쓴다면 꼼짝없이 당할 수밖에 없었다. 알라무트는 특히 식수 자원이 부족하다는 것이 가장 큰 취약점이었다. 그래서 최고 지도자 하산은 대응책을 강구했다. 인근 강물에서 물을 끌어올리는 대신에, 요새 안에 빗물과 눈 녹은 물을 가둘 수 있는 저수조를 만들고 운하를 팠다. 오늘날에도 그 유적을 방문하면 하산이 기거했던 거대한 방 안에 만들어놓은, 결코 넘쳐흐르는 일도 없고 아무리 퍼내도 계속 채워지는 '기적의 저수조'에 경탄을 금치 못한다.

최고 지도자는 만일을 대비해 우물들을 개조하여 기름, 식초, 꿀을 저장했고 귀리, 양고기 비계, 말린 과일 등 완전 포위된 상태에서도 1년 동안은 먹고 남을 만한 엄청난 양의 식량을 비축했다. 아무리 강한 군대가 와서 포위한다 해도, 특히 혹독한 겨울을 지내야 한다면 과연 포위군이 견뎌낼 수 있을까.

하산은 그렇게 빈틈없는 준비로 완벽한 방어력을 갖추었고, 충성을 맹세하는 자객들로 구성된 완벽한 공격력까지 갖추었다. 최선의 방어는 곧 철통같은 경계라는 건 누구나 아는 일이었던 만큼 당시의 고위층 인사치고 호위대를 거느리지 않는 사람은 없었다. 그러나 죽을 각오로 덤비는 사람을 어느 누가 당할 수 있으랴. 더군다나 공격자가 죽기를 두려워하기는커녕 오히려 순교를 천국으로 가는 지름길이라고 믿고 있다면? 그리고 그들이 '제군들은 이 세상을 위해 태어난 것이 아니라 다른 세상을 위해 태어난 것이다. 물고기한테 바다에 처넣겠다고 위협하는데 어떤 물고기가 두려워하겠는가?' 하고 가르쳤던 설교자의 교훈을 잊지 않고 있다면? 더욱이 자객이 암살할 대상의 측근 속으로 침투하는 데 성공했다면? 그렇다면 그들을 막을 방법은 전혀 없는 것이다. 어느 날, 하산은 한 지방 총독에게 이렇게 쓴 서신을 보냈다. "내 권세가 술탄의 권세보다는 못할지 모르나, 나는 술탄이 당신을 해치는 것 이상으로 당신을 훨씬 더 꼼짝 못 하게 만들 수 있다는 것을 명심하시오."

그렇게 상상을 초월하는 전쟁 도구를 만들어낸 하산 사바흐는 요새에 정착한 이후로 결코 그곳을 떠나지 않았다. 그의 전기 작가들은, 그가 30년 동안 매일 하루에 두 번 자신의 거처를 나왔는데 두 번 다 지붕으로 올라가기 위해서였다고 전하고 있다. 그는 아침과 저녁에 지붕 위로 올라가서, 그의 엉덩이에 닳고 닳아 해졌지만 다른 것으로 교체하지도 않고 수선을 바라지도 않는 돗자리에 가부좌를 틀고 앉아 있었다고 한다. 그는 날마다 추종자들을 가르치고 글을 쓰고 자객들을 파견했으며, 하루에 다섯 번씩 너덜너덜해진 그 돗자리에 앉아 그때그때 방문하는 사람들과 함께 기도를 올렸다고 한다.

알라무트 유적지를 한 번도 가보지 못한 사람들에게는 그곳의 지형을 구체적으로 설명할 필요가 있을지도 모른다. 만일 알라무트가 지형상 난공불락의 요새가 될 수 있는 이점만 있고 바위산 꼭대기에 한 도시를 방불케 하는 거대한 면적의 고원이 없었다면, 알라무트가 역사상 그렇게 이름을 떨치는 요새로 기억되지는 않았을 것이다. '암살단'이 활동하던 시대에는 동쪽으로 난 좁은 터널을 통해 요새로 들어갔다. 터널을 지나면 복잡하게 뚫려 있는 미로와 작은 흙집들이 모여 있는 아래쪽의 성채를 만났고, 이어서 공동체의 전 주민을 집합시킬 수 있는 유일한 장소인 대광장 메이단을 거쳐야 위쪽 성채에 도달할 수 있었다. 위쪽 성채는 동쪽은 넓고 서쪽은 길고 좁아서, 흡사 눕혀놓은 병 모양을 하고 있었다. 병의 주둥이 형상을 한 부분이 입구였다. 하산의 거처는 그 끝자락에 있었다. 그의 집에 하나밖에 없는 창문은 절벽 쪽으로 나 있었으니 그야말로 요새 안의 요새였다.

'암살단'의 최고 지도자 하산 사바흐는, 자신의 명령에 따라 살해된 요인들을 통해, 그리고 자신과 자신의 종파와 자신의 성을 둘러싸고 생긴 전설들을 통해 오랫동안 동방과 서방을 공포의 도가니로 몰아넣었다. 무슬림의 도시에서는 예외 없이 요인들이 살해되었다. 때마침 쳐들어왔던 십자군 병사들도 맹장 두셋을 잃고 통탄했다. 알라무트에서는 공포가 최고의 무기였다.

전투를 최고의 미덕으로 삼는 시대보다 최악의 시대가 있을까? 최고의 권위를 지닌 설교자는 추종자들의 정신 무장을 위해 엄격한 법규를 제정했다. 그는 악기란 악기는 모두 없앴다. 아주 작은 피리라도 발견되면 모든 사람이 보는 앞에서 박살을 내고 불 속에 던져 넣었으며, 잘못을 저지른 자는 태형을 내리고 철창에 가두었다가 공동체에서 추방했다. 술을 마시는 것은 훨씬 무거운 벌을 받았다. 어느 날 저녁 하산의 친아들이 만취한 상태에서 아버지에게 발각되었는데, 어머니의 애원에도 불구하고 즉석에서 사형 선고를 받았고, 이튿날 새벽에 참수형에 처해졌다. 본보기로 삼은 것이었다. 그 이후로는 아무도 감히 술을 한 모금도 삼키지 못했다.

알라무트의 재판은 모두 즉결 처분으로 이루어졌다. 어느 날 요새 안에서 살인 사건이 일어났는데, 한 목격자가 하산의 둘째아들을 고소했다. 하산은 진위를 규명하지도 않고 하나밖에 남지 않은 아들의 목을 베게 했다. 며칠 후에 진범이 밝혀졌고, 그 역시 참수형을 당했다.

하산 사바흐의 전기 작가들은 그의 엄격함과 공정함을 설명하기 위해서 하산이 아들 둘을 죽인 일을 예로 들고 있다. 그리고 알라무트 공동체는 본보기로 내린 그런 처벌 덕분에 미덕과 도덕의 산실이 되었다고 기록하고 있다. 그러나 마지막 아들이 처형된 다음 날, 하산의 하나밖에 없는 아내와 딸들이 그의 권위에 대항했다. 하산은 그들을 알라무트에서 쫓아내라고 명했고, 자신의 후계자들에게 여자 때문에 옳은 판단을 그르치는 일이 없도록 하려면 자신과 똑같이 처신해야 한다고 강조했다.

사람들을 멀리하고, 가족마저 쫓아내고, 돌과 공포의 벽 안에 칩거하는 해괴한 행동, 하산 사바흐는 상식 밖의 기상천외한 꿈을 꾸고 있는 것 같았다.

　그러나 하산 사바흐는 곧 숨이 막히기 시작했다. 아무리 강한 왕
들도 궁궐 안의 질식할 것 같은 분위기에서 잠시라도 벗어나기 위
해 광대와 익살꾼을 곁에 두는 법이거늘. 툭 불거져 나온 눈을 가진
하산은 병적일 정도로 요새 안, 자신의 거처에 홀로 칩거하면서 자
기 자신 속에 갇혀 있었다. 복종하는 부하들, 묵묵히 순종하는 시
종들, 맹목적으로 충성하는 추종자들 말고는 어느 누구에게도 말
을 하지 않았다.

　그가 알고 있는 사람들 중에서 이야기를 나누고 싶은 사람이 단
한 사람 있기는 했다. 친구로서는 아닐지 몰라도, 적어도 인간 대
인간으로 얘기할 수 있는 사람은 하이얌밖에 없었다. 그래서 하산
은 그에게 편지를 썼다. 거만으로 두껍게 치장한 허울 뒤에 깊은 절
망을 숨기고 있는 편지였다.

　"왜 알라무트로 오지 않고 도망자로 살고 있나? 한때는 나도 자
네처럼 박해받는 신세였는데, 이제는 처지가 서로 바뀌었군. 이곳
으로 오면 자네는 보호와 존경을 받을 것이고, 누구도 자네의 머리
털 하나 건드리지 못하게 할 걸세. 아주 큰 도서관을 만들어놓았으
니 진귀한 책들을 볼 수도 있을 것이고, 읽고 쓰면서 한가로이 지낼
수 있네. 이곳으로 오면 평화를 얻을 걸세."

23

이스파한을 떠난 뒤로 하이얌은 실제로 도망자 생활을 하고 있었고, 가는 곳마다 배척당했다. 바그다드에 도착했을 때 칼리파는 하이얌이 대중 앞에서 연설하거나 그를 찬미하러 오는 이들을 받아들이는 것을 금지했다. 메카를 방문했을 때에는 많은 이들이 "아첨꾼의 순례!"라고 외치면서 그를 비방했다. 돌아가는 길에 바스라에 들렀을 때에는 그 도시 재판관의 아들이 될 수 있는 대로 체류 기간을 단축해 달라고 정중하게 요청했다.

그야말로 언제 어떻게 될지 모를 운명이었다. 그의 천재적 재능이나 학식을 인정하지 않는 사람은 아무도 없어서 가는 곳마다 학자들이 그에게 모여들었다. 그들은 하이얌에게 천문학, 대수학, 의학 그리고 심지어는 종교에 관한 질문까지 했고, 그가 하는 답변을 주의 깊게 경청했다. 그러나 그가 도착한 지 며칠 혹은 몇 주가 지나면 어김없이 한 무리의 음모꾼이 나타나서 그를 중상 모략하는 이야기들을 퍼뜨렸다. 그들은 하이얌을 이단자 혹은 불신자라고 비난했고, 하산 사바흐와의 우정을 상기시키는가 하면, 사마르칸트에서 이미 연금술사로 고발된 적이 있다면서 강연을 방해하는 자들을 보냈고, 감히 그를 유숙시키는 사람이 있다면 응징하겠다고 위협했다. 하이얌은 늘 그랬듯 잠자코 한발 물러섰다. 분위기가 심상치 않다고 느껴지면, 즉시 그는 대중 앞에 나타나지 않으려고 몸이 불편한 척하다가 지체 없이 떠났다. 그러나 갈수록 위험하고 아슬아슬한 방랑길이었다.

숭배를 받으면서도 저주를 받는 하이얌은 바르탄의 보호를 받으면서 끈질기게 후견인이나 문예학술 옹호자를 찾아다녔다. 니잠이 그에게 배정했던 후한 연금이 그의 사망 이후로는 지급되지 않았기 때문에, 소국의 군주들과 총독들을 방문해서 월간 운세를 짜주어야 했다. 그러나 그는 궁핍한 생활을 하면서도 머리를 숙이지 않고 돈을 받아낼 줄 알았다.

오마르가 5천 디나르라는 엄청난 액수의 금화를 요구하자 깜짝 놀란 한 재상이 그에게 이렇게 물었다고 한다.

"내 녹봉도 그만큼은 안 된다는 걸 알고 하시는 말씀이오?"

"그거야 당연하지요." 하이얌이 응수했다.

"어째서 당연하다는 거요?"

"나 같은 학자는 기껏해야 한 세기에 몇 명 나오지만, 그대 같은 재상은 한 해에도 5백 명이 넘게 나오기 때문이지요."

대단히 호탕한 기질이었던 그 재상은 기가 막힐 정도로 적절한 답변에 감탄하면서 하이얌의 요구를 들어주었다고 연대기 작가들은 기록하고 있다.

오마르는 사마르칸트의 필사본에 이 부분에 대해 이렇게 적고 있다. "나보다 더 행복한 술탄은 없고, 나보다 더 처량한 거지는 없다."

그로부터 여러 해가 흐른 1114년, 오마르는 호라산 지역의 주요 도시 중 하나인 메르프에 있었다. 메르프는 여전히 비단과 열 개나 되는 도서관으로 유명한 도시였지만, 몇 년 전부터는 모든 정치적 권한을 박탈당한 상태였다. 이곳의 통치자*는 명예가 땅에 떨어진 궁정의 옛 영화를 회복하기 위해서 당대의 인재들을 찾고 있었다. 어떻게 하면 위대한 학자 하이얌의 마음을 사로잡을 수 있는지를 아는 군주가 이스파한의 천문대에 비해 조금도 손색이 없는 천문대를 세워주겠다고 제안했다. 예순여섯 살이 되어서도 여전히 천문대만을 꿈꾸고 있던 오마르는 군주의 제안을 흔쾌히 수락하고, 천문대 건축에 전념했다. 얼마 뒤 밥 센드얀 구역의 한 언덕 위, 황수선화와 뽕나무 정원 한복판에 천문대가 세워졌다.

2년 동안 오마르는 행복하게 지냈고, 열심히 일했다. 닷새 동안의 기후 변화를 정확히 예고하는 천문학 분야에서의 혁신적인 업적이 바로 이 시기에 이루어졌다고 전해진다. 그는 수학 분야에서도 전위적인 이론을 발전시켰는데, 19세기 유럽 수학자들은 오마르 하이얌이 유클리드 이후 기하학의 천재적인 선구자였음을 인정했다. 또한 오마르가 이 시기에 루바이를 많이 지었다고 하는데, 메르프에서 생산되는 뛰어난 품질의 포도주가 한몫했을 거란 얘기도 전해진다.

이 모든 일을 하기 위해 그에 따른 보상 행위를 해야 했음은 물

---

* 호라즘 샤, 무함마드 1세를 말하며 재위 기간(1097~1127) 내내 셀주크 제국에 복속되어 있었다. '호라즘 샤'의 지위는 셀주크 제국의 술탄이 파견하는 총독에 해당한다.

론이다. 오마르에게는 궁전의 주요 의식에 참석하고 군주가 사냥 혹은 전쟁터에서 돌아올 때, 축제나 할례 의식이 있을 때에 군주에게 엄숙하게 경의를 표하고 정무를 보는 디반에 출석하여 각 정황에 맞는 시구나 인용문을 들어 조언할 의무가 있었다. 오마르는 잦은 궁정 출입으로 녹초가 되었다. 그는 살아 있는 곰의 가죽을 걸치고 있는 듯한 느낌은 말할 것도 없고, 학문에 쏟으면 훨씬 유익할 귀중한 시간을 궁전에서 허비하고 있다는 느낌을 줄곧 받는 데다 불쾌한 만남도 피할 수 없었다.

2월의 어느 추운 날, 오마르가 젊은 시절에 쓴 4행시와 관련해서 잊을 수 없는 논쟁이 벌어졌다. 그날 디반에는 터번을 두른 문관들이 대거 참석해 있었고, 자신의 궁정이 자랑스러운 군주는 몹시 흡족한 얼굴을 하고 있었다.

오마르가 도착했을 때에는 '세상이 더 좋게 창조될 수도 있었을까?' 하는 물음을 놓고 종교인들 간에 열띤 논쟁이 벌어지고 있었다. 이 말에 동의하는 사람들은 불경한 언행임을 자인하면서도 신이 자신의 작품에 충분한 정성을 들이지 않았음을 넌지시 비추었다. 그 의견에 반대하는 사람들도 불경한 언행임을 자인하면서 신이 더 좋게 창조할 수는 없었을 거라고 말했다.

요란한 몸짓과 함께 벌어지는 공방전이었다. 하이얌은 그들의 몸짓을 묵묵히 관찰하는 것으로 만족했다. 그때 한 연사가 하이얌의 이름을 거명하더니 그의 학식을 찬양하면서 의견을 물었다. 오마르가 목청을 가다듬고 말을 시작하려는 순간, 메르프에 하이얌이 있다는 것도, 그리고 하이얌이 궁정에서 이런 존경을 받는다는 것도 못마땅하게 여기던 그 도시의 최고 재판관이 자리에서 벌떡 일어나 손가락질을 하면서 말했다.

"무신론자가 감히 우리의 신앙 문제에 대해 의견을 표명해도 되는 건지 모르겠소이다."

오마르가 미소를 짓기는 했으나 마땅치 않은 얼굴로 말했다.

"무슨 권리로 나를 무신론자라고 하시는 겁니까? 그런 발언은 적어도 내 얘기를 듣고 난 후에 해야 되는 게 아니오?"

"들어볼 필요도 없소이다. '악 때문에 내가 지었던 죄를 당신이 벌한다면, 당신과 내가 다를 게 뭔가?' 이 시를 지은 사람이 바로 당신이 아니오? 이런 말을 서슴없이 하는 사람이 무신론자가 아니고 뭐요?"

오마르가 어깨를 으쓱 올리며 말했다.

"신의 존재를 믿지 않았다면 그분께 말을 건네지도 않았을 겁니다!"

"그럼 그 천박한 시의 어투는 뭡니까?" 재판관이 야유했다.

"술탄이나 카디들에게는 말을 돌려서 해야 하나, 창조주께는 그럴 필요가 없지요. 신은 위대하시고, 그분은 우리의 일거일동을 지켜보고 계십니다. 그분이 나를 생각하는 사람으로 만드셨기에 나는 생각을 하고 내 생각의 결실을 그분께 숨김없이 털어놓는 것이오."

좌중에서 찬성하는 소리가 높아지자, 카디는 협박성 언사를 중얼중얼 내뱉으며 물러났다. 즐거워서 싱글벙글하던 군주는 분위기가 돌변하자 불안에 사로잡혔다. 군주의 얼굴이 어두워지는 것을 보고 신료들이 눈치를 보면서 하나둘 서둘러 궁정을 떠났다.

오마르는 바르탄과 함께 집으로 돌아오는 길에, 모함이나 일삼는 경박한 대신들과 궁정 생활에 불만을 표시하면서 될 수 있는 대로 빨리 메르프를 떠나겠다고 말했다. 그의 제자 바르탄은 그 말에 조금도 놀라지 않았다. 떠나라는 위협을 벌써 일곱 번째로 받는 것이니 만큼, 스승은 내일이면 훌훌 털고 갈 곳을 찾아 떠날 것이었기 때문이다.

그날 저녁, 방으로 들어간 오마르는 그의 비서에 4행시 한 수를 적었는데, 분한 마음이 담긴 그 시는 이렇게 끝나고 있다.

　머리에 두른 터번일랑 포도주와 바꾸고
　미련 없이 양털 모자나 쓰시지!

오마르는 필사본을 침대와 벽 사이, 평소에 숨겨 두는 비밀 장소에 집어넣었다. 표현 하나가 적절하지 않은 것 같아서 새벽에 일어난 그는 루바이를 다시 읽어보려고 손으로 더듬어 책을 잡았다. 책장을 펼치던 오마르는 잠든 사이에 누군가가 책갈피에 끼워 넣은 편지를 발견했다.

오마르는 즉시 글씨를 알아보았다. 더구나 서명을 대신해서 쓴 '카샨의 대상 숙소에서 만났던 친구', 40년 전 두 사람의 첫 만남을 상기시키는 그 글을 어떻게 몰라볼 수 있겠는가. 그는 편지를 읽으면서 터져 나오는 웃음을 참을 수 없었다. 옆방에서 자다 깜짝 놀라서 깬 바르탄은 간밤에 그렇게 분노했던 스승이 무슨 일로 그렇게 즐거워하는지 궁금했다.

"방금, 우리가 죽을 때까지 먹여주고 재워주고 보호해주겠다는 굉장한 초대를 받았네."

"어느 곳의 군주가 그처럼 인정 많은 초대를 했습니까?"

"알라무트에서 편지를 보내왔네."

바르탄은 소스라치게 놀라면서 귀를 의심했다.

"그 편지가 어떻게 여기까지 올 수 있었을까요? 잠자리에 들기 전에 분명히 문단속을 철저하게 했는데요."

"알려고 애쓰지 말게. 술탄과 칼리파도 싸우기를 포기했던 사람이니까. 하산이 자네에게 편지나 자객을 보내기로 결정했다면, 자네가 문을 열어놓았든 꼭꼭 잠갔든 자넨 받을 수밖에 없어."

제자는 편지를 코앞으로 가져가 소리 나게 냄새를 맡고 나서 읽고 또 읽었다.

"이 악마의 말이 맞을지도 모르지요. 알라무트보다 선생님의 안전이 보장될 만한 곳은 없을 겁니다. 어쨌든 하산은 선생님의 가장 오랜 친구니까요."

"아니지, 나의 가장 오랜 친구는 메르프의 포도주지!"

오마르가 어린애처럼 즐거워하면서 편지를 갈기갈기 찢어 공중으로 흩날린 다음, 맴돌며 떨어지는 조각들을 보면서 말했다.

"이 사람과 나의 공통점이 있다면, 열정적으로 사랑하는 것이 있다는 걸세. 나는 인생을 숭배하고, 그는 죽음을 숭배하지. 나는 그에게 이렇게 말하고 싶네. '사랑할 줄을 모르는데 태양이 뜨고 지는 것이 자네에게 무슨 소용이 있겠는가?' 하산은 자신의 추종자들에게 사랑, 음악, 시, 포도주, 태양을 몰라야 한다고 가르치고 있네. 그는 피조물 중에서 아름다운 것은 모두 경멸하면서 감히 창조주의 이름을 입에 담으며, 감히 천국을 약속하는 사람이란 말일세! 설사 그의 요새가 천국의 문이라고 해도, 나는 그런 천국은 거절하겠네. 그 가짜 교도들의 소굴에는 절대 발을 들여놓지 않을 걸세!"

바르탄이 자리에 앉더니 목덜미를 심하게 긁으면서 몹시 실망한 어조로 말했다.

"그렇게 말씀하시니, 그동안 숨겨 왔던 비밀을 고백해야겠습니다. 우리가 이스파한에서 도피할 때, 병사들이 왜 그렇게 순순히 우리를 떠나게 두었는지 의문을 품지 않으셨습니까?"

"그 일은 지금도 의아해하고 있는 부분일세. 여러 해 동안 자네를 유심히 살폈으나, 부모를 대하듯 나를 지극정성으로 섬기는 자네의 헌신적인 태도에 감복하여 과거를 들추고 싶지는 않았네."

"그날, 니자미야 군단의 동지들은 제가 선생님을 죽이지 않고 함께 떠나리란 것을 알고 있었습니다. 제가 계획하고 있던 전략을 그들도 알고 있었기 때문이지요."

말을 계속하기에 앞서 그는 스승과 자신의 잔에 적포도주를 가득 따랐다.

"니잠 알물크 주군께서 직접 작성하신 '살생부' 명단 중에서 우리가 해치우지 못했던 사람이 하산 사바흐라는 것은 선생님도 모르지 않으실 줄 압니다. 주군을 살해한 주모자는 바로 하산이 아닙니까? 제 계획은 아주 간단했습니다. 선생님과 함께 떠나면 언젠가는 선생님이 알라무트를 피신처로 찾으리라고 생각했습니다. 저는 끝까지 제 정체를 밝히지 않고 선생님을 따라다닐 수도 있었고, 그 악마로부터 무슬림들과 온 세상을 구할 기회를 얻을 수도 있었을 겁니다. 하지만 어둠의 요새에는 발을 들여놓지 않겠다고 단언하시기 때문에 이렇게 제 마음을 털어놓는 것입니다."

"그런 계획을 품고 있으면서도 지금까지 내 곁을 떠나지 않고 있었다니, 그 인내력이 대단하이."

"처음에 선생님께서 열다섯 도시에서 쫓겨나실 때만 해도 저는 선생님이 결국에는 알라무트로 향하게 되리라 믿고 기다렸습니다. 그리고 몇 년이 흐르는 동안 저는 선생님께 애착을 느끼게 되었고, 그 사이에 저의 동지들이 뿔뿔이 흩어지면서 제 결심이 약해졌습니다. 그러니 이번에 또 한 번 오마르 하이얌께서 하산 사바흐의 목숨을 살려주게 된 것이지요."

"그렇게 통탄하지 말게. 이번에 구해주는 것은 자네의 목숨일 테니까."

"자신의 은신처에 꼭꼭 숨어 나오지 않는 이상 그자가 안전한 건 사실이지요."

바르탄의 얼굴이 일그러지자, 하이얌이 재미있어하면서 말했다.

"이렇게 나한테 계획을 알려주었으니 내가 알라무트로 자넬 데리고 가야 하려나?"

제자가 자리에서 벌떡 일어서며 외쳤다.

"정말이십니까?"

"잘못을 깨우쳐주려고 한 말이니 자리에 앉게! 하산이 많은 죄를 저지르고는 있지만, 만일 지금 이 순간 그가 무르가브강에 빠져 허우적대고 있다면, 나는 그를 구하기 위해 손을 내밀 걸세."

"저라면 그자의 머리를 물속에 처박아버릴 겁니다. 하지만 선생님의 처신이 제게 용기를 줍니다. 제가 선생님을 따르기로 결심했던 건 바로 선생님이 그러한 말씀과 그러한 행동을 하실 분이었기 때문입니다. 지금도 저의 선택을 후회하지 않습니다."

하이얌이 제자를 오랫동안 끌어안았다.

"자네에 대한 모든 의혹이 사라지게 되어 행복하네. 이제 나도 늙었으니 신임할 수 있는 사람이 곁에 있다면 든든하겠지. 이 필사본 때문에라도. 이건 내가 가진 가장 소중한 걸세. 세상과 맞서기 위해서 하산은 알라무트를 세운 반면에, 나는 이 작은 종이성을 세웠지. 하지만 이 책이 알라무트보다 오래 살아남을 거라고 단언해. 이건 나의 도박이고, 나의 자존심이야. 그런데 이 필사본이 내가 죽고 나서 천박한 사람들이나 악의에 찬 사람들의 손에 들어갈 걸 생각하면 정말 끔찍하이."

그가 마치 의식을 거행하듯이 엄숙하게 비서를 바르탄에게 내밀었다.

"앞으로 이 책을 지킬 사람이니 읽는 것을 허락하네."

감동한 제자가 말했다.

"저 이전에 이런 특권을 누렸던 사람은 누구입니까?"

"두 사람 있었지. 사마르칸트에서 자한이 보았고, 이스파한에 도착해서 같은 방을 쓸 때 하산이 읽었지."

"그 정도로 그자를 신뢰하셨습니까?"

"솔직히 말하면 아니지. 하지만 당시 내가 수시로 글을 쓰다 보니 필사본이 그의 눈에 띄게 되었네. 따라서 나 몰래 얼마든지 읽을 수 있는 사람이기 때문에 내가 자진해서 그에게 책을 보여주기로 했던 걸세. 그리고 난 그를 비밀을 지킬 사람으로 생각했네."

"비밀을 지킬 사람이란 건 분명하지요. 하지만 그걸로 선생님을 이용하기 위해서 그랬을 겁니다."

그날 이후로 비서는 바르탄의 방에서 밤을 보냈다. 옛 호위무사는 조그만 소리에도 일어나 검을 빼어 들고 귀를 세웠고, 집 안을 샅샅이 조사하고, 밖으로 나가 정원을 돌아보았다. 방으로 돌아온 바르탄은 다시 잠이 오지 않을 때마다 램프를 켜고 4행시 하나를 읽고 외워서 깊은 뜻을 파악하기 위해 머릿속으로 새기고 또 새겼다. 그리고 스승이 어떤 상황에서 그 글을 썼을지 짐작하려고 노력했다.

바르탄은 혼란의 밤들을 보내면서 떠오른 생각을 구체화하여 스승에게 이야기했고, 오마르는 제자의 계획을 즉각 수락했다. 그 계획이란, 4행시와 4행시 사이의 여백에 필사본의 역사라는 관점에서 니샤푸르에서의 어린 시절, 사마르칸트에서의 청년 시절, 이스파한에서의 명성, 아부 타헤르, 자한, 하산, 니잠과 그 밖의 사람들과의 만남 등을 기록해 하이얌의 전기를 완성한다는 계획이었다. 이리하여 연대기의 처음 부분은 하이얌의 감수를 받아, 때로는 그 자신의 구술에 따라 쓰였다. 바르탄은 그 일에 전념했고, 스승이 구술하는 내용을 열 번, 열다섯 번 확인하고 나서 가늘고 각진 글씨로 받아 썼다. 그런데 어느 날 갑자기 그 일이 중단되었다.

오마르는 그날 아침 일찍 잠을 깼다. 바르탄을 불렀으나 대답이 없었다. 글을 쓰다가 또 밤을 샜구나 생각하면서 하이얌은 제자가 자도록 내버려 두고, 우선 아침술 한 잔을 가득 따라 단숨에 마신 다음, 또 한 잔을 따라 술잔을 들고 정원으로 산책을 나갔다. 그는 정원을 돌아다니며 꽃잎에 맺힌 이슬을 입으로 호호 불거나, 포도주를 마실 때마다 수분이 많은 오디를 따서 혀 위에 올려 입천장에 대고 으스러뜨린 다음 그 즙과 함께 술을 목으로 넘겼다.

그렇게 정원에서 산책을 즐기고 나서 돌아가기로 했을 때에는 이미 한 시간이 흐른 뒤였다. 바르탄이 일어나 있을 시간이었다. 이번에는 바르탄을 부르지 않고 곧장 제자의 방으로 들어갔다. 그런데 입에 검은 피를 머금은 채 숨이 막힌 듯 눈을 뜨고 죽은 바르탄이 방바닥에 널브러져 있었다.

제자의 책상 위 램프와 필기도구 사이에는 범행에 사용된 것으로 보이는 단검에 돌돌 말린 쪽지가 꽂혀 있었다.

"자네의 필사본은 자네보다 먼저 알라무트로 떠났네."

24

오마르 하이얌은 다른 친구들이 사망했을 때와 똑같은 슬픔과 비탄에 잠겨 제자와의 사별을 애통해했다. "우리는 같은 포도주를 마셨건만, 그들은 나보다 두세 발짝 앞서 취했구나." 그러나 그가 가장 오랫동안 가슴 아파한 것은 필사본의 분실이었을 것이다. 물론 다시 쓸 수도 있었을 것이고, 낱낱이 기억해낼 수도 있었을 것이다. 그러나 그는 다시 쓸 생각을 하지 않았다. 어쨌든 그런 흔적은 없다. 하이얌은 자신의 필사본을 잃으면서 어떤 교훈을 얻었던 것 같다. 그 이후로 다시는 자신의 미래에 대해서도, 필사본의 미래에 대해서도 미련을 두지 않았다.

그는 곧바로 메르프를 떠났다. 알라무트를 향해서가 아니라—그는 단 한 번도 그곳으로 갈 생각을 하지 않았다!—자신의 고향으로 떠났다. 그는 혼잣말로 중얼거렸다. "방랑 생활을 끝낼 때가 되었구나. 내 인생의 첫 기항지가 니샤푸르였으니, 거기서 내 인생의 마지막 닻을 내리는 것이 당연한 일 아니겠는가?" 그때부터 하이얌은 초로기의 여생을 고향에서 여동생과 자상한 매부, 조카들, 특히 죽는 순간까지 정성을 다해줄 질녀와 몇몇 친척들, 그리고 책들을 벗 삼으며 살았다. 그는 더는 글을 쓰지 않았으나, 지칠 줄 모르고 대가들의 저서를 읽었다.

평소대로 자신의 방에 앉아 무릎 위에 이븐 시나의 《치유의 서》 중 '하나와 다수'라는 제목의 장을 펼쳐놓고 있던 어느 날, 오마르는 어렴풋이 통증이 일어나는 것을 느꼈다. 그는 읽고 있던 페이지를 표시하려고 손에 들고 있던 금장 이쑤시개를 갈피에 끼워 넣고 책장을 덮은 다음, 유언을 하기 위해 식구들을 불러들였다. 이어서 그는 기도를 하면서 다음과 같이 끝을 맺었다. "신이시여, 당신의 말씀을 깨달으려고 제가 부단히 노력했다는 것을 당신은 아십니다. 그러나 그 노력이 부족했다면 용서하소서!"

그리고 다시는 눈을 뜨지 않았다. 1131년 12월 4일이었고, 오마르 하이얌의 나이 여든넷이었다. 그는 1048년 6월 18일 동틀 무렵에 태어났다. 그 먼 옛날에 태어난 인물의 출생일이 이렇게 정확하게 알려지는 것은 아주 예외적인 일이다. 천문학자로서 별자리 연구에 남다른 열정을 보였던 하이얌은 어머니에게 물어서 자신이 쌍둥이자리에 태어났음을 알았고 태양, 수성, 목성의 위치로 태어난 시를 알아냈다. 이어서 하이얌은 자신의 천궁도를 그려서 연대기 작가 베이하키에게 건네주었다. 그의 출생일이 정확하게 알려진 것은 바로 이러한 하이얌의 세심한 배려 덕분이다.

그와 동시대 작가인 니자미 아루지*는 이렇게 적고 있다. "오마

---

* 궁정 시인이자 페르시아 최고의 산문 작가인 아흐마드 니자미의 별칭. 천문학자와 의사로도 활동했는데, 오마르 하이얌의 가르침을 받은 것으로 기록되어 있다.

르 하이얌이 죽기 20년 전, 나는 발흐에서 그를 만났다. 그는 한 명사의 집에 갔다가 노예 시장의 골목길을 내려오고 있었고, 하이얌을 알아본 나는 그의 입에서 나오는 말을 수집하기 위해 그림자처럼 그의 뒤를 쫓았다. 나는 그렇게 해서 다음의 말을 듣게 되었다. '내 무덤은 봄이면 북풍에 꽃잎들이 휘날리는 곳에 있으리라.' 그 순간에는 그 말이 터무니없이 느껴졌지만, 저명한 학자인 그가 무분별하게 아무 말이나 할 사람이라고는 생각지 않았다."

니자미 아루지는 또 이렇게 덧붙였다. "하이얌이 사망하고 4년 후에 나는 니샤푸르를 지나게 되었다. 그를 학문의 대가로 숭배하고 있던 나는 그의 마지막 안식처를 찾아갔다. 한 안내자가 나를 묘지로 데려갔다. 입구를 지나 왼쪽으로 돌아가니 정원의 담벼락을 등지고 있는 무덤이 보였다. 무덤 위로 가지를 드리운 배나무와 복숭아나무가 꽃잎을 흩뿌리고 있어서, 무덤은 꽃잎 카펫에 덮여 있었다."

> 물방울이 떨어져 바닷속으로 사라지듯
> 먼지 알갱이가 흙속으로 사라지듯
> 우리네 인생 또한 세상에 머무는 시간 짧거늘
> 하찮은 곤충처럼 왔다 가는 인생이 무슨 의미 있을까.

오마르 하이얌의 생각은 맞지 않았다. 그가 말한 대로 잠시 머물기는커녕 그의 존재는 그때부터가 시작이었다. 적어도 그의 4행시

들은. 시인이 불멸을 원했다면 자신의 시에 대해서였지, 어찌 감히
자신의 불멸을 바랐겠는가?

알라무트에서 하산 사바흐에게 가까이 갈 수 있는 엄청난 특권
을 지녔던 이들이, 벽에 구멍을 뚫고 두꺼운 철창으로 막아놓은 벽
감 안에 들어 있는 책을 보지 못했을 리 없었다. 그들은 그것이 어
떤 책인지 몰랐으나 최고 설교자에게 감히 묻지는 못했다. 그들은
다만, 진귀한 책들을 소장해 두는 대형 도서관이 있는데도 구태여
그 책을 따로 보관하는 데에는 분명히 그럴 만한 이유가 있을 거라
고 추측할 뿐이었다.

하산이 여든 살이 되어 사망했지만, 그에 의해 후계자로 지명된
장교는 감히 알라무트의 지도자가 기거하던 거처를 사용하지 못했
고 그 수수께끼 같은 철창도 감히 열지 못했다. 알라무트에 거주하
는 사람들은 창건자가 사라진 후에도 오랫동안 그가 은거했던 거
처의 벽을 바라보는 것만으로도 공포에 떨었고, 그의 그림자라도
만날까 두려워서 아무도 살지 않는 그 구역으로 가까이 가는 일을
피했다. 여전히 하산이 정해놓은 규율을 따르고 있는 알라무트의
공동체 구성원들은 엄격한 금욕 생활을 준수하고 있었다. 어떤 일
탈도, 어떤 쾌락도 허용되지 않았고 외부 세계를 향해서는 더욱 잔
인한 암살 행위가 횡행하였는데, 그것은 곧 지도자의 죽음으로 추
종자들의 결의가 조금도 약화되지 않았음을 보여주려는 것이었을
터였다.

그렇다면 과연 그들은 진심으로 그 엄격한 생활 규범을 받아들이고 있었을까? 맹목적인 추종자들의 수는 점점 줄어들고 있었다. 비판의 소리가 여기저기서 터져 나왔다. 그러나 초창기부터 공동체에 합류했던 원로 중 몇몇은 아직 자신들의 출신지에서 받았던 학대를 잊지 못하고 있어서 조금이라도 해이한 생각을 했다가는 무슨 해를 입을지 몰라 두려워했다. 하지만 1세대들의 수는 날마다 줄어들었고, 이제 요새는 그들의 자식과 손자들로 세대교체가 되어 있었다. 물론 이들은 요람에서부터 하산의 훈령을 마치 '천상의 말씀'이라도 되는 양 배우고 존중하도록 강요하는 엄격한 교육을 철저하게 받았다. 그러나 대다수 젊은이들은 점차 그 규율을 따르지 않고 잃었던 권리를 되찾겠다는 의지를 가슴속에서 다지고 있었다.

모든 기쁨이 허락되지 않는 이런 수도원이나 다름없는 소굴에서 젊음을 허비해야 하는 이유가 무엇이냐고 용감하게 따져 묻는 이들도 있었다. 그로 인해 무거운 처벌이 내려지자, 그 이후로는 누구도 규율에 반대하는 언사를 표현하지 않았다. 그러나 공공연한 장소에서만 그랬을 뿐, 집 안에서 비밀 모임들이 열리기 시작했다. 처벌을 받았던 청년들은, 비밀 임무를 받고 떠났다가 영원히 돌아오지 않은 아들과 형제, 남편이 있는 여자들로부터 전폭적인 지지를 받았다.

귀 막고 숨죽이고 감정을 억누르고는 있지만 많은 이들이 열망하는 변화의 바람을 대변하고 나선 젊은이가 있었다. 이 젊은이 이외에는 누구도 그런 용기를 내지 못할 테니 그야말로 적격자였다.

왜냐하면 그는 하산이 후계자로 지명했던 인물의 손자였고, 아버지가 사망하면 그 공동체의 네 번째 최고 지도자가 될 젊은이였기 때문이다.

그는 공동체 내의 분위기를 평가하는 데 선임자들보다는 유리한 처지에 있었다. 창건자가 사망한 후에 태어났기 때문에 하산의 압제 아래 산 적이 없었던 것이다. 그는 호기심을 품고 하산의 거처를 관찰했다. 물론 그 역시 두려운 마음이 들었지만, 다른 사람들처럼 위압을 느끼는 그런 병적인 두려움은 아니었다.

그는 열일곱 살이 되었을 때에 금단의 방으로 들어갔고, 방 안을 한 바퀴 돌아보고 기적의 저수조에 다가서서 얼음 같은 물속에 손을 담갔다가, 필사본이 보관되어 있는 벽감 앞에서 걸음을 멈추었다. 그는 철창을 열려고 하다 생각을 바꾸고, 한 걸음 뒤로 물러서서 뒷걸음질로 방을 나갔다. 첫 방문인 만큼 그는 더 나아가지 않고 그 정도에서 멈췄다.

후계자가 깊은 생각에 잠겨서 알라무트의 골목길을 성큼성큼 걸어가면, 그가 가는 길에 사람들이 모여들기는 했지만 감히 가까이 가지 못한 채 멀찌감치 떨어진 곳에서 경의를 표했다. 그는 스스로 자신의 이름을 창건자처럼 하산이라고 했지만, 주변에서는 이미 그를 다른 이름으로 부르고 있었다. "우리가 오랫동안 기다려 왔던 바로 그분 구세주시다!" 사람들이 우려하는 것은 단 한 가지, 공동체의 엄격한 규율을 비난하는 그의 말을 들었던 '암살단'의 옛 대원들이 그가 권좌에 오르지 못하도록 방해 공작을 꾸미지는 않을까

하는 것이었다. 실제로 그의 아버지는 아들을 창건자의 가르침을 저버리는 이단자라고 나무라면서 경거망동을 삼가라고 명했었다. 그러고는 아들 쪽의 사람들 중에서 250명을 사형에 처했고, 또 다른 250명에게는 처형된 동지들의 시체를 등에 지고 걸어서 산을 떠나라는 추방령을 내렸다고 한다. 그러나 최고 지도자는 아버지로서의 정 때문에 차마 하산 사바흐처럼 친자를 살해하는 행위까지는 하지 못했다.

1162년에 아버지가 사망하자, 반역자로 몰렸던 아들이 아무런 탈 없이 순조롭게 그의 뒤를 계승했다. 실로 오랜만에 알라무트의 잿빛 거리에 기쁨이 넘쳐흘렀다.

그러나 교도들은 그가 정말 기다리던 '구세주'일까 하고 의문을 품었다. 그가 정말 우리의 고통을 종결지어줄까? 새 지도자는 아무 말도 하지 않았다. 그는 늘 생각에 잠긴 얼굴로 알라무트의 골목길들을 걸어 다니거나 케르만 출신의 도서관장이 지켜보는 가운데 오랜 시간 도서관에 머물렀다.

어느 날, 하산 사바흐의 옛 거처를 향해 단호한 걸음으로 걸어가는 그가 보였다. 거칠게 문을 열고 들어간 그는 벽감 앞으로 걸어갔다. 그가 두 손으로 있는 힘을 다해 철창을 잡아당기는 바람에 벽에서 모래와 돌멩이들이 우두둑 떨어졌다. 그는 하이얌의 필사본을 꺼내 먼지를 툭툭 털어낸 다음 겨드랑이에 끼고 나왔다.

그러고는 자기 방 안에 틀어박혀서 필사본을 읽고 또 읽고 명상에 잠겼다. 일주일째 필사본에 파묻혀 있던 그가 알라무트의 사람들을 모두 소집하라는 명령을 내리자, 공동체의 주민 전체가 한꺼번에 모일 수 있는 유일한 장소인 메이단 광장에 남자와 여자, 아이들이 모두 집합했다.

때는 1164년 8월 8일, 따가운 햇살이 사람들의 머리와 얼굴 위로 쏟아지고 있었지만, 누구 한 사람 햇빛을 피할 생각을 하지 않았다. 서쪽으로 세워놓은 목제 연단의 네 귀퉁이에서 빨간색, 초록색, 노란색, 백색의 4색 대형 깃발이 나부끼고 있었다. 사람들의 시선이 연단에 쏠렸다.

그때 돌연히 눈부시게 하얀 옷을 입은 새 지도자가 등장했다. 그의 뒤에는 젊고 날씬한 아내가 붉어진 얼굴로 시선을 땅에 고정한 채 걸어오고 있었다. 그 등장이 새 지도자에 대한 일말의 의문을 날려버린 걸까, 군중 속이 술렁거리면서 확신에 찬 소리가 들리기 시작했다. "그분이다, 구세주가 오셨다!"

당당한 걸음걸이로 연단의 계단을 올라간 지도자가 여유 있는 몸짓으로 청중을 조용히 시킨 다음, 알라무트에서는 전혀 들어보지 못했던 놀라운 발언을 했다.

"이 세상에 살고 있는 모든 정령들, 인간들, 그리고 천사들은 들으라! 이 시대의 이맘께서, 그대들이 과거에 저질렀고 앞으로 저지를 모든 죄를 사하여주시는 은총을 내리셨도다.

그분께서, 이제 부활의 종이 울렸으니 율법은 폐지되었음을 알리시는도다. 신께서 그대들에게 율법을 지키게 했던 것은 천국으로 갈 자격을 주기 위해서였고, 그대들은 그 자격을 얻었다. 오늘부터 그대들은 천국에 있는 것이니, 이제 그대들은 율법의 굴레에서 해방되었노라.

이제부터 금지되었던 것은 모두 허락되며, 의무적이었던 것은 모두 금지되노라!

하루에 다섯 번씩 하는 기도도 금지된다. 우리는 이제 창조주와 영원히 함께하는 천국에 있으므로, 더는 정해진 시간에 그분께 말씀을 건넬 필요가 없다. 앞으로 기도를 다섯 번 하겠다고 고집하는 자들은 부활을 믿지 않음을 표시하는 것이다. 따라서 다섯 번 기도하는 것은 신앙이 없는 행위로 간주된다.

반대로, 쿠란에 천국의 음료라고 되어 있는 포도주는 이제부터 허락되니, 포도주를 마시지 않는 것 또한 신앙이 부족함을 표시하는 것이다."

당대의 한 페르시아인 역사가는 이 부분을 이렇게 적고 있다.

"'구세주'의 발표가 끝나자, 군중 속에서 하프와 플루트 연주가 시작되었고, 연단의 계단에 올라서서 보란 듯이 술을 마시는 이들도 있었다."

그것은 쿠란 율법의 이름으로 하산 사바흐가 저질렀던 잔학 행위에 대한 반발이었다. 이후 '구세주'의 뒤를 이어 권좌에 오른 지도자들이 예전의 질서를 회복하기 위해 노력했지만 알라무트는 이제 최고 지도자 하산 사바흐가 바랐던 순교자들의 집합소라는 악명을 듣지 않게 되고, 평온한 생활을 하게 된다. 그 이후로는 오랜 세월 동안 이슬람의 도시들을 공포에 빠뜨렸던 일련의 암살 행위도 중단된다. 극단적인 종파였던 이스마일파는 그리하여 모범이 될 만한 관용의 공동체로 탈바꿈하게 된다.

실제로 '구세주'는 알라무트와 그 부근의 사람들에게 새로운 계시를 선포한 후에 아시아와 이집트에 있는 다른 이스마일파 공동체에 특사들을 파견했다. '구세주'의 공식 선언문을 갖고 각지에 도착한 특사들은 이제부터는 '구세주'의 날을 기념하라고 알리며 세 가지 달력에 따라 날짜를 정해주었다. 예언자의 헤지라력 곧 이슬람 기원력, 그리스의 알렉산드로스 대왕의 달력, 그리고 동방과 서방을 통틀어 가장 탁월한, 니샤푸르의 오마르 하이얌의 달력.

한편 알라무트의 '구세주'는 사마르칸트의 필사본을 가장 위대한 지혜의 책으로 숭배하라고 명했다. 이에 예술가들이 비서의 장정을 책임졌다. 그림을 그리고 채색을 하고, 보석을 박아 넣어 세공한 금장 상자가 만들어졌다. 그 책을 베껴 쓰는 행위는 일절 금지되었으며, 책은 금장 상자 안에 넣어져 사서가 근무하는 작은 내실 안의 삼나무 책상 위에 놓였다. 이때부터는 몇몇 특권자만이 그곳에서 사서의 엄중한 감시를 받으며 그 책을 조회할 수 있었다.

그때까지는 하이얌이 청년 시절에 겁 없이 썼던 4행시들만 알려져 있는 정도였지만, 이제부터는 그 이후에 지어진 감동적인 시들이 많이 알려지고 인용되었다. 그리고 그 무렵부터 아주 특이한 현상도 생겨나게 되었다. 시인들은 자신이 지은 4행시가 문제가 될 때마다 그 시는 자신이 지은 것이 아니라 오마르의 시라고 했다. 그렇게 해서, 원본이 없으면 위작 여부를 가려내기가 거의 불가능한 수백 수의 가짜 시들이 하이얌의 루바이야트에 섞이게 되었다.

알라무트의 사서들이 대를 이어 가면서 바르탄이 필사본에 쓰다 중단했던 하이얌의 연대기를 이어 갔던 것은 '구세주'의 요구에 따른 것이었을까? 어쨌든 바로 이 유일한 연대기를 통해서 우리는 하이얌이 사후에 '암살단'에 끼친 영향력을 알 수 있다. 간략하지만 귀중했던 그 작업은, 100년 가까이 계속되다 또다시 갑자기 중단되었다. 이번에는 몽골 침략 때문이었다.

칭기즈 칸의 제1차 침략이 동방을 황폐하게 만든 역사상 가장 강력한 침략이었음은 이론의 여지가 없다. 이름난 많은 도시들이 완전히 파괴되었고 베이징, 부하라, 사마르칸트 같은 도시의 주민들은 짐승처럼 몰살당했다. 젊은 여자들은 승전군 장수들에게 겁탈당했으며, 수공업 장인들은 노예로 전락했고, 일찌감치 칭기즈 칸에게 충성을 맹세했던 대재판관과 그 측근 등 소수만 살아남고 모두 학살되었다.

이러한 대살육전에도 불구하고 사마르칸트가 폐허를 딛고 훗날 티무르 제국*의 수도로 다시 태어난 것을 보면, 사마르칸트는 어떤 은총을 받은 도시임에 틀림없다. 반면에 다른 도시들은 다시는 일

---

* 1370년 티무르가 몽골 제국과 이슬람 제국을 동시에 재건하고자 세운 제국. 사마르칸트를 이슬람 세계의 중심지로 만들기 위해 궁정에 학자와 문인, 예술가들을 불러 모아 문화 부흥을 위해 힘썼다.

어서지 못했다. 특히 오랜 세월 동안 세계에서 가장 지적 활동이 집중되었던 호라산 지역의 세 주요 도시, 메르프, 발흐, 니샤푸르는 완전히 몰락했다. 이 세 도시 말고도 동방 의학의 요람이었으나 이름조차 잊힌 레이를 추가해야 한다. 이 레이가 테헤란 부근의 요새 도시로 다시 태어나기까지는 수세기를 기다려야 하기 때문이다.

제2차 몽골 침략은 알라무트를 잿더미로 만들었다. 1차 침략 때보다는 피비린내가 약간 덜 났지만, 점령 지역은 훨씬 넓었다. 몽골군이 몇 달 간격으로 바그다드, 다마스쿠스, 폴란드의 크라쿠프와 중국의 쓰촨성을 유린했다는 사실이 알려졌는데, 그 시대의 사람들이 어떻게 타협하지 않을 수 있었겠는가!

166년 동안이나 수많은 침략군들과 정면으로 대결했지만 꿋꿋이 버텨 왔던 '암살단'의 요새마저 순순히 항복할 정도였다. 칭기즈칸의 손자 훌라구 왕자는 그 경탄할 만한 군사적 건축물에 탄복했다. 그리고 하산 사바흐 시대 때부터 저장되어 있던 비축 식량이 고스란히 보존된 상태로 발견되었다는 전설 같은 이야기도 전해진다.

몽골군 총사령관 훌라구는 장수들과 함께 요새 곳곳을 시찰한 후에 병사들에게 돌멩이 하나 남기지 말고 완전히 파괴하라고 명했다. 도서관도 예외가 아니었다. 그러나 불을 지르기에 앞서 훌라구는 주와이니라는 이름의 역사학자에게 도서관에 들어가는 것을 허락했다. 당시 서른 살이던 이 역사학자는 훌라구의 명을 받고 《세계의 정복사》를 집필하던 중이었는데, 이 작품은 오늘날 우리에게 몽골 침략에 관해 알려주는 가장 귀중한 자료로 남아 있다. 총사령관의 허락을 받아 그는 필사본 수만 권이 꽂혀 있기도 하고 쌓여 있기도 하고 때로는 두루마리 상태로 말려 있기도 한 신비로운 장소로 들어갈 수 있었다. 밖에서는 몽골 장수 한 명과 병사 한 명이 손수레를 준비하고 그를 기다리고 있었다. 손수레에 실리는 것은 구제될 것이고, 나머지는 모두 화염 속에서 사라질 운명이었다. 그 많은 책들의 내용을 일일이 읽어볼 수도 없는 일이었고, 목록을 만드는 것도 사실상 불가능했다.

열렬한 수니파 신도였던 주와이니는, 첫 번째 의무는 신의 말씀을 담은 경전을 구해내는 것이라고 생각했다. 따라서 서둘러서 한 장소에 무더기로 쌓여 있는 쿠란들을 챙겼다. 쿠란은 20부가 있었다. 그 책들을 세 번에 나누어 손수레에 옮겨 싣고 보니, 그것만으로도 손수레가 이미 거의 다 차 있었다. 그는 이제 어떤 책을 고를까 생각하면서 다른 데보다 책들이 훨씬 정리가 잘 되어 있는 한쪽 벽을 향해 걸어갔고, 거기서 하산 사바흐가 자발적 은거 생활 30년 동안 집필한 수많은 저서들을 발견했다. 그는 자신의 작품에 중요한 자료를 제공해줄 수 있는 전기 한 권만을 골랐다. 그는 또한 '구세주'에 관한 이야기를 자세하게 언급해놓은, 최근에 정리된 것으로 보이는 알라무트의 연대기도 발견했다. 그 일화들은 이스마일파 공동체 밖에서는 전혀 알려지지 않은 것들이기 때문에, 그는 그 책을 황급히 챙겼다.

이 역사가가 사마르칸트의 필사본의 존재를 알고 있었는지에 대해서는 알 길이 없다. 그러나 만약 그가 알고 있었다면, 그 책에 관한 얘기를 들었다면, 어떻게 해서든 그 책을 찾아내서 구해내지 않았을까? 확인할 수는 없지만, 그가 신비학에 관한 저서들을 모아놓은 칸에서 걸음을 멈추고 시간을 잊은 채 독서에 몰두하고 있었다는 이야기만 전해지고 있다. 몽골군 장수가 그에게 시간이 되었음을 알리러 들어갔다. 빨간 술이 달린 갑옷으로 무장하고, 끝이 퍼진 머리칼처럼 목덜미를 향해 넓어지는 투구를 쓴 장수는 횃불을 들고 있었다. 그는 시간이 없음을 알리기 위해서, 먼지가 뿌옇게 앉은 한 무더기의 두루마리 필사본에 횃불을 가져갔다. 역사가는 아무 말 없이 손에 잡히는 대로 자신이 가져갈 수 있을 만큼 한 아름 끌어안았고, 《천체와 숫자의 영원한 비밀》이란 제목의 필사본이 바닥으로 떨어졌지만, 그것을 주우려고 하지도 않았다.

이렇게 해서 '암살단'의 도서관은 7일 낮밤 동안 타올랐고, 복사본이 남아 있지 않은 헤아릴 수 없이 많은 책들이 소실되었다. 진귀한 비밀을 담은 책들이 일순간에 사라져버린 것이다.

사람들은 오랫동안 사마르칸트의 필사본 역시 알라무트의 불더미 속에서 타버렸다고 생각했다.

제3부

천 년의 끝

일어나라,

이제 곧 영원한 잠에 들 터이니!

_ 오마르 하이얌

25

나는 지금까지 나에 대해서는 거의 언급하지 않고, 사마르칸트의 필사본이 하이얌에 대해서, 그가 알고 지낸 사람들에 대해서, 그가 겪은 몇 가지 사건들에 대해서 알려주는 모든 것을 충실하게 설명하는 데 주력했다. 이제부터는 몽골 침략 시대에 분실된 그 작품이 어떻게 이 시대에 다시 나타났고, 내가 어떤 경로를 거쳐 그 책을 입수할 수 있었으며, 어떤 곡절 끝에 그 작품의 존재를 알게 되었는지 이야기하고자 한다.

나는 이미 내 이름을 벤저민 O. 르사즈라고 밝힌 바 있다. 루이 14세 시대에 망명한 위그노* 조상의 후손인 나는 프랑스식 이름을 갖고 있지만, 대서양 연안의 체서피크만에 위치한 메릴랜드주의 아나폴리스에서 태어난 미국 시민이다. 그러나 프랑스와 나의 관계가 그 아득히 먼 조상에 한정된 것은 아니다. 아버지는 다시 프랑스와

---

* 종교 개혁기부터 프랑스 혁명에 이르는 시기, 프랑스의 칼뱅과 신도를 말한다. 1598년 앙리 4세의 낭트 칙령으로 종교의 자유를 인정받고 구교와 신교의 평화가 찾아오는 듯했으나 갈등은 오래 지속되었으며, 루이 14세 시대 정부의 탄압으로 위그노 신교도들은 프랑스를 떠나 대대적으로 망명길에 올랐다.

관계를 맺으려고 노력했고, 늘 자신의 혈통에 집념을 보였다. 아버지는 공책에 '망명자들의 뗏목을 건조하기 위해서라면 내 가계도가 엉망이 되는 것쯤이야!'라고 적어놓고, 프랑스어 공부를 시작했다. 그러고 나서 아버지는 비장한 심정으로 대서양 건너 시곗바늘이 거꾸로 도는 곳으로 향했다.

아버지가 순례의 길에 오른 것은 올바른 결정일 수도 있고, 잘못된 결정일 수도 있었다. 아버지는 1870년 7월 9일 '스코샤호'를 타고 뉴욕을 떠나 18일에는 프랑스 노르망디 지방의 셰르부르 항구에 도착했고, 19일 저녁—이날 정오에 전쟁이 선포되었다—에는 파리에 있었다. 후퇴, 패주, 침공, 기근, 파리 코뮌*, 학살 등, 그해에 아버지는 일찍이 경험한 적이 없던, 일생에서 가장 짜릿한 추억으로 남게 될 긴장의 날들을 맞았다. 아버지는 자신이 포위당한 도시에 있다는 사실과, 파리의 장벽이 무너지면서 바리케이드들이 세워지는 장면, 기뻐 날뛰는 파리 시민들을 목격하고는 자신도 모르게 흥분했다면서 종종 그때의 느낌을 얘기했다. 아버지와 어머니는 아나폴리스에서 칠면조 파티를 열 때마다, 오스만 거리 영국인의 정육점 루스에서 파운드당 40프랑을 주고 산 코끼리 고기로 신년 파티를 열던 파리에서의 추억을 흥분한 어조로 상기하곤 했다.

두 분은 막 약혼한 때였고 1년 후에 결혼하기로 예정되어 있어

---

* 1870년 7월에 발발한 프로이센 대 프랑스의 전쟁이 프랑스의 패배로 끝난 직후인 1871년 3월 18일에서 5월 28일 사이에 파리 시민과 노동자들의 봉기에 의해서 수립된 혁명적 자치 정부.

서, 두 사람의 행복 여부는 전쟁에 달려 있었다. 아버지는 그때를
이렇게 회상했다.

"파리에 도착하자마자 나는 아침마다 이탈리아 거리의 리슈 카
페에 가곤 했단다. 〈르 탕〉 〈르 골루아〉 〈르 피가로〉 〈라 프레스〉 같
은 신문들을 들고 카페에 앉아서 한 줄 한 줄 꼼꼼히 읽다가 '게트
르(각반)'나 '모블로(국민 유격대원)'같이 이해되지 않는 단어들이 나
오면 수첩에 적었다가 호텔로 돌아가서 박식한 컨시어지에게 묻곤
했지.

사흘째 되는 날, 콧수염이 희끗희끗한 남자가 내 옆 테이블에 와
서 앉았어. 그 사람도 신문을 한 꾸러미 갖고 있었는데, 신문은 읽
지 않고 나를 쳐다보면서 말을 걸고 싶어 하는 눈치였지. 한 손으
로 지팡이의 구부러진 손잡이를 잡고, 다른 손으로는 피아노를 치
듯 젖은 대리석 테이블을 신경질적으로 두드리더니, 더는 참지 못
하겠던지 쉰 목소리로 말을 걸더구나. 알고 보니, 건장한 청년인 내
가 조국을 위해 전선에 나가지 않은 것이 이상해서 그럴 만한 이유
가 있는지 확인하고 싶었던 거였어. 어조는 공손했지만, 남몰래 무
언가를 수첩에 적고 있는 나를 수상쩍게 여기는 눈빛이었지. 난 논
쟁거리를 만들 필요가 없다고 생각하고 부드러운 어조로 내 처지
를 설명했다. 그랬더니 정중하게 사과하면서 나를 자기 테이블로
초대해서는 라파예트*, 벤저민 프랭클린, 정치철학자 알렉시 드 토
크빌, 도시 계획자 피에르 샤를 랑팡** 등을 내세우면서 내가 방금
신문에서 읽은 내용을 자세하게 설명하더구나. 그러고는 '이 전쟁

은 우리 군대에는 베를린까지 산책하는 정도의 간단한 싸움에 불과한 것임을 알아야 하오.' 하는 거야."

아버지는 반박하고 싶었다. 남북 전쟁에 참가해서 애틀랜타 포위전 때 부상을 입기까지 했던 아버지가, 프랑스군과 프로이센군의 비교 전력에 대해 아무것도 모를 리가 없었다. "그래서 내가 이렇게 말했지. '산책에 불과한 전쟁이란 없다고 생각합니다. 다만 한 가지 말씀드린다면, 화약에 취해서인지 모든 나라가 전쟁이 일어날 때마다 얼마나 많은 피해가 있었는지를 곧 잊어버리는데, 그건 건망증이 심해서라는 것이 제 생각입니다. 그리고 더는 전쟁에 대해 이러니저러니 논쟁하고 싶은 마음이 없습니다.' 내가 그렇게 딱 잘라 말하니까 더는 내 의견을 묻지 않더구나. 그가 이따금 습관적으로 '안 그렇소?' 하고 물으면 나는 그저 고개를 끄덕이기만 했지.

그는 친절한 사람이었어. 그 이후로 우리는 아침마다 만나게 되었지. 나는 말을 별로 하지 않았는데, 그는 날마다 어김없이 미국인을 만날 수 있어서 즐겁다고 했지. 우리가 처음 만나고 나흘째 되던 날, 그 나이 지긋한 신사가 자기 집에서 점심을 먹자면서 나를 끌고 갔지. 내가 당연히 승낙할 거라고 생각했는지, 내가 미처 대답을 하기도 전에 마차꾼을 부르더구나. 솔직히, 그때의 일을 한 번도

* 프랑스의 정치가, 혁명가, 군인. 미국 독립 전쟁에 독립군으로 참여했고, 프랑스 혁명 초기에 세워진 국민 의회에 미국의 독립 선언과 비슷한 '인권 선언문'을 제출했으며, 바스티유 함락 후 입헌 왕정을 실현하려 했다.
** 프랑스계 미국인 군사 기술자이자 도시 계획자. 워싱턴 D.C.의 기본 계획을 설계했다.

후회해본 적이 없다. 그 신사의 이름은 샤를 위베르 드 뤼세였고, 푸아소니에르 거리에 있는 저택에 살고 있었어. 홀아비였고, 군대에 간 두 아들과 딸 하나가 있었는데, 그 딸이 훗날 네 어머니가 되었지."

어머니는 당시 열여덟 살이었고, 아버지는 어머니보다 10년 연상이었다. 기본적으로 조국애에 대해 의견이 같았던 두 사람은 오랫동안 묵묵히 서로를 지켜보았다. 프랑스가 (1870년) 8월 7일 부터 세 번을 연달아 패배하면서 패전이 확실해지고 국토가 위협받게 되자, 외할아버지는 더는 헛된 소리를 하지 않았다. 딸과 예비 사위는 그의 우울한 마음을 달래주려고 노력했고, 그로 인해 두 남녀 사이에서는 말을 하지 않아도 뜻이 통하는 어떤 묵계가 이루어졌다. 그 때부터는 눈빛만 보고도 서로 마음을 읽을 수 있을 정도가 되었다.

"널찍한 응접실에 처음으로 네 어머니와 내가 둘만 있게 되었을 때, 죽음 같은 침묵이 흐르고 있었지. 갑자기 웃음이 나오더구나. 그렇게 많은 날들을 함께 밥을 먹었으면서도 우리가 한 번도 직접 말을 나눈 적이 없었다는 걸 깨달았거든. 나로서는 순수하고 소탈한 웃음이었지만, 계속 웃는 건 실례가 될 수도 있었지. 그래서 무슨 말로 시작할까 고심하다가, 네 어머니가 책을 한 권 껴안고 있길래 무슨 책을 읽고 있느냐고 물었지."

오마르 하이얌이 내 인생으로 들어온 것은 바로 그 순간이었다. 그가 나를 새로 태어나게 했다고 해도 과언이 아니다. 당시 어머니는 페르시아 주재 프랑스 대사관의 통역관이던 J. B. 니콜라가 페르시아어를 번역하여 1867년에 왕실 인쇄소에서 출판한 《하이얌의 4행시》를 막 손에 넣은 직후였다. 그리고 아버지의 가방 속에는 1868년에 출판된, 에드워드 피츠제럴드가 번역한 《오마르 하이얌의 루바이야트》가 들어 있었다.

"네 어머니가 나보다 훨씬 더 기뻐하더구나. 그때 네 어머니와 나는 확신했어. 우리는 운명적으로 만난 것이라고, 두 사람이 같은 책을 읽고 있다는 것은 결코 흔히 일어날 수 있는 우연의 일치가 아니라고. 오마르는 그 순간 우리에게 운명의 암호처럼 나타난 건데, 그걸 무시한다는 건 거의 신성 모독이라고 생각했지. 물론 우리의 가슴속에서 용솟음치고 있던 감정에 대해서는 아무 말도 하지 않았어. 시에 관한 얘기만 했으니까. 나폴레옹 3세가 몸소 그 작품을 출판하라고 명했었다는 사실을 그때 네 어머니한테서 듣고 처음 알았다."

당시 유럽은 오마르 하이얌을 막 발견한 때였다. 그보다 훨씬 이전에 몇몇 전문가들이 오마르에 대해 언급하면서 1851년 파리에서 그의 대수학에 관한 책이 출판되었고 여러 전문지에 그에 대한 기사가 실리기는 했지만, 서방의 대중은 아직 그를 모르고 있는 상태였다. 그럼 동방에서는 하이얌이 어느 정도로 알려져 있었을까? 오마르 하이얌이라는 이름, 두세 개의 전설, 이해하기 쉽지 않은 4행시, 천문학자로서의 막연한 명성이 고작이었다.

1859년에 영국의 무명 시인이었던 피츠제럴드가 오마르의 4행시 75편의 영역본을 출판했지만, 독자들의 관심을 거의 끌지 못했다. 피츠제럴드는 초판으로 찍은 250부 중에서 몇 권을 친구들에게 보냈고, 나머지는 버나드 쿼리치 서점에서 잠자고 있었다. 피츠제럴드는 자신의 페르시아어 스승에게, 《불쌍한 노인 오마르》란 제목으로 낸 이 시집이 전혀 관심을 끌지 못하고 있다는 편지를 써 보냈다. 2년이 지나도록 책을 찾는 사람이 없자, 서점 주인은 재고를 처분하기로 결정하고 5실링으로 나왔던 시집의 가격을 60분의 1로 내린 권당 1페니에 내놓았다. 그 파격적인 가격에도 불구하고 책은 거의 팔리지 않았다. 그러던 중, 우연히 이 시집이 두 문학 비평가의 눈에 띄게 되었다. 그들은 시집을 읽으면서 경탄했다. 두 사람이 가까운 문인들에게 보여주기 위해 이튿날 다시 가서 여섯 부를 사겠다고 하자, 관심이 생기고 있음을 느낀 서점 주인은 가격을 권당 2펜스로 올렸다.

최근에 나는 영국에 갔다가 쿼리치 서점을 찾았지만, 그 이후로 일약 부자가 된 서점은 런던의 번화가 피커딜리로 이전해 있었다. 내가 그 서점에서 주인이 간직하고 있던, 초판본 중의 마지막 한 권을 400파운드나 주고 샀다는 것을 참고로 밝혀 둔다.

그러나 런던에서는 반응이 즉각적이지 않았다. 파리에서 니콜라가 자신의 번역본을 출판하고, 문예 평론가 테오필 고티에가 신문 〈모니퇴르 위니베르셀〉에 '하이얌의 4행시를 읽어보았는가?'라는 제목으로 "근대의 최고 지성인들과 필적할 만한 정신의 절대적 자유"라고 소개하고, 종교학자 에르네스트 르낭이 '이슬람 교조주의의 속박 속에서 어떻게 페르시아의 자유분방한 기질이 살아남을 수 있었는지를 이해하기 위한 연구 자료로 하이얌 이상 가는 인물이 없다'고 호평하면서 마침내 앵글로색슨 민족의 세계에서 피츠제럴드라는 인물과 그의 영역본 《불쌍한 노인 오마르》가 무명에서 벗어나게 되었다. 그 일깨움은 당시 굉장한 파란을 일으켰다. 그 다음 날부터 동방의 모든 이미지가 하이얌이라는 이름을 중심으로 집중되고, 영국에서 번역들이 잇달으면서 출판물이 쏟아졌으며, 미국의 여러 도시에서는 오마르 서클들이 결성되기도 했다.

다시 본래의 이야기로 돌아가자. 1870년에 하이얌의 인기는 초기 단계에 불과했고 오마르 관련 아마추어 서클이 날마다 늘어나고는 있었지만, 아직은 지식층의 범위를 벗어나지 못하고 있었다. 오마르 하이얌의 시집을 읽고 있다는 공통점 때문에 가까워진 아버지와 어머니는 오마르의 4행시들을 낭송하면서 각 구절의 진정한 의미에 대해 토론하기 시작했다. 하이얌의 깃털 펜 아래에서 창조된 '포도주'와 '주막'이 니콜라가 단언하는 대로 신비적 의미가 함축된 순수한 상징일까? 아니면 피츠제럴드와 르낭이 주장하는 대로 쾌락과 방탕한 삶을 표현한 것일까? 이 논쟁은 두 사람의 입술에 새로운 맛을 알게 했다. 아버지가 오마르를 떠올리면서 연인의 향기로운 머리칼을 어루만지자, 어머니는 얼굴을 붉혔다. 두 사람이 첫 키스를 나누게 된 것은, 바로 사랑을 노래한 오마르의 4행시두 편을 낭송하면서였다. 그들이 결혼을 얘기한 것도 바로 그날이었고, 첫아들을 낳으면 오마르라고 부르기로 언약한 것도 그날이었다.

1890년대에는 수백 명의 미국 어린이들이 오마르라는 이름으로 불렸다. 그러나 1873년 3월 1일, 내가 태어났을 때만 해도 그것은 이례적인 일이었다. 그런 이국적인 이름이 나를 곤란하게 만들 수 있다는 생각에, 부모님은 내가 원할 때에는 이목을 끌지 않는 'O.'로 대치할 수 있도록 오마르를 내 이름의 두 번째 자리에 놓았다. 학교 동무들이 나름대로 추측해 올리버냐고, 오스왈드냐고, 오스번이냐고, 오빌이냐고 물으면 나는 묵묵히 들을 뿐, 아니라고 부인하지 않았다.

이렇게 해서 내가 지니게 된 '오마르'란 이름은 머나먼 옛날의 오마르 하이얌에 대한 호기심을 불러일으켰다. 나는 열다섯 살 때 처음으로 그와 관련된 모든 것을 읽기 시작했다. 페르시아어와 페르시아 문학을 공부해서 그 나라를 오랫동안 방문할 계획도 세웠다. 그러나 그런 나의 열정은 곧 식어버렸다. 모든 평론이 피츠제럴드의 번역시를 영국 시의 걸작으로 평하고는 있었지만, 사실 그 시들은 하이얌이 지은 원시들과는 대단히 거리가 멀었다. 몇몇 작가들은 하이얌의 루바이가 1,000편에 달한다고 주장했고, 여러 전문가들은 니콜라가 번역한 400편 이상의 시 가운데서 100편 정도만 진짜 하이얌의 시로 볼 수 있다고 주장했다. 그런가 하면, 이름난 동방학자들은 확실하게 오마르의 시로 볼 수 있는 것은 단 한 편도 없다고 단언했다.

따라서 원본이 존재해야만 그 진위를 가려낼 수 있는 상황이었다. 그러나 오마르 하이얌이 쓴 필사본을 찾을 수 있으리라는 희망은 어디에도 없었다.

나는 결국 그 작품과 마찬가지로 그 인물에 대한 관심을 접고, 내 이름 가운데에 있는 'O.'를 부모가 젊은 기운에 범한 지워지지 않는 흔적으로 여기게 되었다. 우연한 만남이 나를 첫사랑으로 이끌고, 과감히 하이얌의 발자취를 따라 내 인생의 방향을 잡기 전까지는…….

26

내가 구대륙으로 향하는 배에 오른 것은 1895년 늦여름이었다. 일흔여섯 번째 생신을 맞는 외할아버지는 나와 어머니에게 눈물겨운 편지를 보내셨다. 죽기 전에 마지막으로 나를 보고 싶다는 노인의 편지에, 나는 즉시 학업을 중단하고 배에 올랐다. 나는 머릿속으로 외할아버지께 해드려야 할 일들을 계획하면서, 그분의 머리맡에 무릎을 꿇고 앉아 차가워진 손을 잡아드리며 힘없이 중얼거리는 마지막 말들에 귀를 기울이는 내 모습을 상상했다.

그러나 그 모든 계획은 전혀 소용없는 일이었다. 외할아버지는 몸소 셰르부르 항구에서 나를 기다리고 있었다. 지팡이가 필요 없을 정도로 꼿꼿한 자세로 칼리니 부두를 경쾌하게 걸어가면서, 지나가는 귀부인들에게 실크해트까지 벗어 가며 정중하게 인사를 했다. 해군 장성들이 이용하는 레스토랑으로 들어가자, 외할아버지는 나를 끌어안으며 연극배우처럼 말했다. "넌 이제부터 내 친구가 되는 거다. 내 안에서 방금 한 젊은이가 태어났는데, 그 젊은이한테 친구가 필요해서 말이야."

외할아버지의 말을 가볍게 받아들인 것은 내 잘못이었다. 우리는 정신이 없을 정도로 여러 곳을 다녔다. 우리는 브레방이나 푸아이요, 페르 라튀일 레스토랑에서 저녁을 먹기가 무섭게 외제니 뷔페가 출연해 노래하는 시갈 카바레, 아리스티드 브뤼앙이 노래하는 미를리통 카바레, 이베트 길베르가 〈처녀들〉〈태아〉〈합승마차〉를 노래하는 스칼라 카바레 들을 전전했다. 우리는 꼭 형제 같았다. 하얀 콧수염과 갈색 콧수염, 똑 닮은 외모, 똑같은 모자, 여자들은 외할아버지를 먼저 쳐다보았다. 나는 샴페인 마개가 펑 하고 튀어 오를 때마다 외할아버지의 거동과 걸음걸이를 살폈지만, 한 번도 흐트러지는 모습을 볼 수 없었다. 벌떡 일어나서 나와 똑같이 빨리 걷는 외할아버지에게 지팡이는 거의 장식품에 지나지 않았다. 나는 외할아버지가 아흔세 살까지는 끄떡없이 사실 거란 말을 하게 되어 기뻤다. 아흔셋이라면 새 젊음을 되찾은 외할아버지에게는 앞으로 17년이나 남아 있었다.

어느 날 저녁, 외할아버지는 나를 마들렌 광장에 있는 뒤랑 레스토랑으로 데려갔다. 식당의 한쪽 구석, 테이블 여러 개를 맞붙여놓은 곳에 남녀 배우, 신문기자, 정치인 들이 한데 어울려 있었고, 외할아버지는 나에게 한 사람씩 이름을 알려주었다. 유명인들이 둘러앉은 한복판에 의자가 하나 비어 있었고, 얼마 지나지 않아서 한 남자가 도착했다. 나는 그 자리가 바로 그 사람을 위해 비어 있었음을 알게 됐다. 그 남자는 즉시 사람들에게 둘러싸였고, 그에게 아부라도 하듯 감탄사와 웃음소리가 터져 나왔다. 외할아버지가 일어나서 나에게 따라오라는 손짓을 했다.

"가자, 내 사촌 앙리를 소개해줄 테니."

그렇게 말하면서 외할아버지가 나를 그 남자 앞으로 데려갔다. 두 사람이 포옹을 하고 나서 외할아버지의 사촌이 나를 돌아보았다.

"이 아이는 내 미국인 손잔데, 동생을 몹시 만나고 싶어 했지."

생각지도 못했던 외할아버지의 말에 나는 당혹감을 감출 수 없었다. 그 남자가 반신반의하는 표정으로 나를 유심히 쳐다보고 나서 말했다.

"일요일 아침에 저한테 보내주세요. 자전거 산책을 마치고 와서 만나지요."

나는 자리로 돌아오고 나서야 그 사람이 누군지를 알았다. 외할아버지는 두 사람을 꼭 만나게 해주고 싶었다면서, 그에 대해 이런저런 것들을 알려주며 가문의 자랑이라고 말했다.

외할아버지의 사촌은 대서양 너머 내가 사는 미국에서는 거의 알려지지 않은 인물이었으나 프랑스에서는 국민적 예술가라는 명성을 얻고 있던 연극배우 사라 베르나르보다 훨씬 유명했다. 본명은 빅토르 앙리, 로슈포르 뤼세의 후작, 일명 앙리 로슈포르로 불리는 파리 코뮌 가담자이자 전 의원이고 전 장관이며 징역을 살았던 인물이었다. 신문을 통해 파리 코뮌을 선전한 죄로 베르사유 정부군에 의해 뉴칼레도니아로 종신 유배되었다가 1874년에 탈주하는 데 성공한 그의 파란만장한 일생은 동시대인들에게 깊은 영향을 주었다. 에두아르 마네가 그린 〈로슈포르의 탈출〉을 한 예로 들 수 있다. 1889년에 불랑제 장군과 함께 공화국을 전복하려는 음모를 꾸몄다는 이유로 또다시 추방당한 그는 런던에서 강경파라는 뜻의 신문 〈엥트랑지장〉을 창간해 발행했다. 1895년 2월에 특별 사면을 받고 돌아온 그는 20만 파리 시민들로부터 열렬한 환영을 받았다. 사회주의 건설을 주장하는 블랑키 지지파와 불랑제 장군 지지파, 좌익 혁명파와 우익 혁명파, 이상주의자와 선동 정치가 등, 그는 서로 반대 주장을 펴는 수많은 정파의 대변인이 되었다. 나는 이런 사실들을 모두 알고 있었지만, 외할아버지가 특별히 나를 그에게 소개한 이유에 대해서는 아직 모르고 있었다.

약속된 날에 나는 페르골레스 거리에 있는 그의 저택으로 갔다. 나는 그때까지만 해도 외할아버지가 자랑스러워하는 그 사촌과의 만남이 동방을 일주하게 되는 첫걸음이 되리라고는 꿈에도 생각지 못했다.

그가 말했다.

"그러니까 젊은이가 그 다정한 제느비에브의 아들이란 말인가? 직접 오마르라고 이름을 지어주었던?"

"네, 벤저민 오마르입니다."

"내가 너를 안아주었던 걸 기억하니?"

그 대목에서 그가 갑자기 말을 놓았다. 그는 거침이 없는 직설적인 사람이었다.

"탈출하신 뒤에 배를 타고 샌프란시스코에 도착하셔서 동부행 기차를 타셨다고 어머니가 말씀해주셨습니다. 우리는 뉴욕에서 역으로 마중을 나갔고, 그때 저는 두 살이었습니다."

"그래, 맞아. 나도 생생하게 기억하고 있다. 우리는 너와 하이얌, 그리고 페르시아에 대해 이야기했고, 나는 네가 동방의 위대한 학자의 운명을 타고났다는 말까지 했었지."

나는 난처한 얼굴을 하면서, 처음에는 그럴 뜻이 있었지만 아버지가 하던 조선업을 물려받기 위해 재정학으로 방향을 바꾸었으며, 그가 기대했던 것과는 완전히 다른 길을 걷고 있다고 고백했다. 로슈포르는 내 선택에 대단히 실망한 얼굴을 하면서, 세 가지 이야기를 두서없이 섞어 가며 복잡한 설명으로 들어갔다. 몽테스키외의 《어느 페르시아인의 편지》에 나오는 유명한 문구 "어떻게 페르시아인이 될 수 있을까?"에 대해 얘기하다가, 느닷없이 루이 14세의 대사로 자처하면서 페르시아의 샤를 방문했던 도박꾼 마리 프티의 대담한 모험담을 늘어놓는가 싶더니, 이스파한에서 시계공으로 생을 마감했던 장 자크 루소의 사촌에 대한 이야기로 넘어갔다. 나는 반은 건성으로 들으면서 비정상적일 정도로 큰 그의 두상, 뻣뻣한 곱슬머리, 툭 튀어나온 이마를 관찰했다. 그는 열을 내면서 말하고 있었지만, 그렇다고 명성이 높은 사람에게서 예상할 수 있는 거창한 몸짓은 전혀 없었다.

로슈포르가 분명하게 말했다.

"페르시아에 열광하면서도, 나는 정작 그 나라에 가본 적이 없어. 여행 다닐 팔자는 아니었으니까. 추방이나 강제 수용을 당하지만 않았다면 내가 프랑스를 떠나는 일은 없었을 거야. 하지만 시대가 변했으니 이제부터 우리 인생은 지구의 다른 끝에서 일어나는 사건들의 영향을 받게 되어 있어. 내 나이가 예순이 아니고 스무 살의 젊은이라면 나는 주저 없이 동방으로 떠났을 거야. 그리고 특히 내 이름이 오마르라면!"

나는 하이얌에 대한 관심을 버리게 된 이유를 설명하지 않을 수 없었다. 나는 진위를 확인해줄 수 있는 루바이야트 원본이 없기 때문에 일어나고 있는 의혹에 대해 얘기했다. 그런데 내 말을 들으면서 점점 더 반짝이는 그의 눈빛은 정말 이해할 수가 없었다. 내 말속에는 그런 동요를 일으킬 만한 것이 전혀 없었다. 기분이 묘해지고 당혹스럽기도 해서, 나는 도중에 말을 뚝 그쳐버렸다. 로슈포르가 내게 진지하게 물었다.

"만일 그 필사본이 있다는 확신을 갖게 된다면 오마르 하이얌에 대한 관심이 다시 살아나겠니?"

"아마도 그렇겠죠." 나는 솔직하게 대답했다.

"그 하이얌의 필사본을 바로 이곳 파리에서 내 두 눈으로 보았고, 내가 직접 이 손으로 들춰보기까지 했다면……?"

27

이 새로운 사실이 단번에 내 인생을 뒤엎었다고 말하는 것은 정확하지 않다. 내가 로슈포르가 기대한 반응을 보였다고는 생각지 않는다. 나는 깜짝 놀라고 마음이 끌리기는 했지만, 한편으로는 반신반의하고 있었다. 그의 말을 전적으로 믿을 수는 없는 일이었다. 그가 들춰보았다는 필사본이 하이얌의 진본인지 어떻게 알 수 있단 말인가? 페르시아어를 모르는 사람이니 속았을 수도 있다. 내로라하는 동방학자들 중에서도 누구 하나 그런 사실을 밝혀낸 적이 없는데, 어떻게 그 책이 파리에 있을 수 있단 말인가? 그래서 그의 열정과 나의 의혹을 동시에 충족시키기 위해 나는 믿을 수 없다는 심경을 건방지지 않으면서도 솔직하게 표현한 것이었다. 그의 말을 믿으려면 더 들어봐야 했다.

로슈포르가 말을 이었다.

"다음 세대에 발자취를 남기겠다는 의지를 갖고 역사를 풍미하고 있는 한 비범한 인물을 만난 것은 나에게는 정말 엄청난 행운이었지. 오스만 튀르크의 술탄도 두려워해서 그에게 아첨하고, 페르시아의 샤도 그의 이름만 듣고 벌벌 떠는 인물. 고위 성직자들이 참석한 공개회의에서 '철학에 열중하는 것은 예언에 열중하는 것만큼 인류에 필요 불가결하다'고 얘기했다는 이유로 콘스탄티노플*에서

---

* 19세기 말 당시 오스만 제국의 수도. 현재는 튀르키예의 이스탄불이다.

쫓겨난 무함마드의 후손. 그 인물이 바로 자말 알딘인데, 너도 이름 정도는 들어봤겠지?"

나는 전혀 모른다고 고백할 수밖에 없었다. 로슈포르가 말을 이어 나갔다.

"이집트가 영국군에 반란을 일으켰던 그 사건이 바로 자말 알딘의 도움을 받아서 일어난 일이었어. 나일강 유역의 문인들이 모두 그를 내세우고 '지도자'라고 부르면서 그의 이름을 떠받들었지. 그렇지만 그는 이집트인이 아니어서 그 나라에 오래 체류할 수 없는 처지였어. 인도로 추방된 그는 거기서 또다시 여론을 움직이는 데 성공했지. 그의 영향으로 신문사들이 만들어졌고, 협회도 결성되었어. 이번에도 위기를 느낀 총독이 자말 알딘을 추방하는 바람에 그는 유럽에 정착하기로 결정했지. 그 이후로 그는 런던과 파리에서 눈부신 활동을 계속하게 되었어.

자말 알딘은 정기적으로 〈엥트랑지장〉에 기고를 하고 있었는데 그것이 인연이 되어 우리는 자주 만나게 되었지. 그는 나한테 자신의 신봉자들, 인도의 무슬림들, 이집트의 유대인들, 시리아의 마론파* 교도들을 소개해주었어. 나는 내가 그의 가장 절친한 프랑스인 친구였다고 생각했는데, 알고 보니 절친한 사람이 나 하나가 아니더라고. 에르네스트 르낭과 급진주의자 조르주 클레망소가 그와 잘 아는 사이였고, 영국에서는 솔즈베리 총리와 랜돌프 처칠, 시인

---

* 시리아에서 태동한 기독교의 한 교파이며 동방 가톨릭교회에 속해 있다.

이자 정치 활동가인 윌프리드 블런트와도 교류가 깊었지. 빅토르 위고도 사망하기 얼마 전에 그를 만났고.

그날 아침 나는 내 회고록에 써넣을 생각으로 자말 알딘에 대한 자료를 수집하는 중이었어."

로슈포르가 서랍에서 작은 글씨가 빽빽한 서류 몇 장을 꺼내서 읽었다.

"나는 전 이슬람 세계에서 종교 개혁가이자 혁명가이고, 사회 운동가, 설교자로 이름 높은 자말 알딘 알아프가니를 소개받았다. 온화함과 열정이 가득한 아름다운 까만 눈, 가슴까지 내려오는 짙은 황갈색의 숱진 수염이 위엄 있는 인상을 주었다. 그는 전형적인 통치자의 모습을 지니고 있었다. 그는 프랑스어를 약간 하는 정도였지만, 그의 지성은 언어의 부족을 충분히 채워주었다. 외모에서 풍기는 분위기는 침착하고 평온했지만, 그의 활동은 대단히 정열적이었다. 우리는 만나자마자 금방 가까워졌다. 일생을 혁명가로 활동해 온 나는 본능적으로 개혁 운동가에게 마음이 끌리기 때문이다……"

로슈포르가 서류를 가지런히 정리하고 나서 계속했다.

"자말 알딘은 마들렌 부근 세즈 거리에 있는 한 저택의 꼭대기 층 작은 방을 빌려서 살았지. 협소한 방이지만 인도와 아라비아 반도로 보낼 신문을 발행하기에는 충분한 곳이었어. 나도 딱 한 번 가보았지. 그 사람이 어떻게 살고 있는지 늘 궁금했는데, 자말 알딘을 초대해서 뒤랑 레스토랑에서 저녁을 함께 먹은 날 그의 집을 들르게 되었어. 방으로 들어갔더니 방 안이 온통 신문과 책으로 가득해서 정말 발 들여놓을 데가 없을 정도였고, 시가 냄새가 진동해서 숨이 막힐 지경이더라고."

자말 알딘에 대한 찬사를 늘어놓는 중이었으면서도 로슈포르가 마지막 대목에서는 역겨운 얼굴을 했기 때문에, 나는 방금 불붙인 아바나산 시가를 얼른 비벼 껐다. 그가 미소로 고마움을 표시하면서 말을 이었다.

"자말 알딘이 방이 어질러져 있어서 미안하다고 하면서, 자신이 소중히 여기는 책을 몇 권 보여주더구나. 그중에서 고급스럽게 장정된 하이얌의 책이 유난히 눈에 띄었어. 그는 그 책이 사마르칸트의 필사본이라고 하면서, 시인이 손수 쓴 4행시들이 실려 있고 여백에는 연대기가 적혀 있다고 설명했지. 특히 그 필사본이 어떤 우여곡절을 거쳐서 자신의 손에 들어왔는지를 강조하면서……."

"오, 신이시여, 감사합니다!"

영어로 외치는 나의 감탄사에 로슈포르가 회심의 미소를 지었다. 내 입에서 불쑥 튀어나온 그 감정 표현이, 내가 이제부터는 그동안 품고 있던 불신을 떨쳐내고 그의 입술에 매달릴 것이라는 표시였기 때문이다. 그 분위기를 타고 그가 재빨리 말했다.

"물론, 자말 알딘이 해주었던 얘기를 다 기억하지는 못해. 그날 저녁 우리의 가장 큰 화제는 아프리카의 수단에 관한 것이었으니까. 그리고 다시는 그 필사본을 보지 못했어. 하지만 그 책이 존재하고 있었다는 건 분명하게 말할 수 있네. 지금도 그 책이 존재하고 있다고 장담할 수는 없지만. 자말 알딘이 소지하고 있던 것이 모두 불에 타고, 파괴되거나 사라졌거든."

"하이얌의 필사본도 없어졌을까요?"

로슈포르는 대답 대신에 격려성 미소를 지어주었다. 그러고는 다시 자신의 서류를 참조하면서 자세한 설명으로 들어갔다.

"세계 박람회 참석차 1889년에 유럽에 온 나세르 알딘 샤*는 자말 알딘에게 '이교도들 속에서 여생을 보낼 것이 아니라' 페르시아로 돌아가자고 제안하면서 높은 관직을 주겠다는 뜻을 비쳤지. 그래서 자말 알딘은 입헌제 공포, 선거 실시, '문명국들과 마찬가지로' 법 앞에서 만인 평등권, 외세에 넘겨준 과도한 사업권 철폐 같은 획기적인 조건들을 제시했지. 참고로, 페르시아 정부가 유럽에 넘겨준 각종 이권과 관련한 당시의 정세를 얘기해줌세. 러시아는 차르의 장교들이 직접 지휘하고 최고의 장비를 갖춘 카자크 여단을 페르시아에 창설**해주는 대가로 도로 사업 독점권을 획득한 상황이었고, 영국은 빵을 대주는 대가로 광물 자원과 삼림 자원 채굴권 그리고 은행 경영권을 따낸 상태였지. 오스트리아는 주요 공직을 장악하고 있었고. 사실 자말 알딘은 절대 왕권 폐지와 유럽에 넘겨준 이권 철폐를 요구하는 조건들이 받아들여질 리가 없다고 확신하고

---

* 페르시아 카자르 왕조의 4번째 왕(재위 1848~1896). 근대화를 추진하고, 서구 제국주의에 맞서 국력을 강화하고자 노력했다.
** 카자크 여단은 총사령관이 페르시아인이 아니라 러시아인이었을 정도로 페르시아 정규군이라기보다는 러시아의 도구에 더 가까웠다.

있었어. 그런데 뜻밖에도 나세르 알딘 샤는 그가 제시하는 모든 조건을 수락하면서 국가의 근대화 운동에 협조하겠다고 약속했지.

그래서 자말 알딘은 페르시아로 떠났고, 처음 얼마 동안은 군주의 측근으로서 군주의 하렘에 있는 여인들로부터도 대단한 존경을 받았지. 그러나 개혁은 갈 길이 먼 정체 상태였어. 입헌제? 종교 지도자들이 신의 율법에 위배되는 것이라고 펄펄 뛰면서 샤를 설득했지. 선거? 궁정 귀족들이 들고일어나서 절대 왕권을 포기하게 되면 루이 16세의 신세처럼 종말을 맞게 될 거라고 경고했지. 이권 양도? 재정난에 시달리던 군주는 이미 체결된 각종 이권 양도를 폐지하기는커녕 오히려 페르시아 담배의 전매권을 1만5천 파운드라는 헐값으로 영국 기업에 팔아넘겼어. 수출뿐 아니라 국내 시장에 대한 영업권도 영국 기업의 것이 되고 말았지. 남녀노소가 모두 시가나 물파이프를 달고 살 정도로 담배를 즐기는 나라에서 담배 전매권은 영국에게는 수익성이 높은 장사였지.

담배 전매권에 대한 소식이 테헤란에 전해지기에 앞서, 나세르 알딘 샤에게 그 결정을 철회하라고 충고하는 글을 담은 괴문서들이 비밀리에 배포되었어. 그중 한 개가 군주의 침실로 들어갔고, 자말 알딘이 그 괴문서를 썼다는 의심을 받게 되었지. 이에 불안을 느낀 자말 알딘은 소극적 반란 상태로 들어가기로 결정했어. 페르시아에서는 오랜 옛날부터 자유와 목숨이 위협받을 때에는 테헤란 부근의 성소로 피신할 수 있는 풍습이 내려오고 있었으니까. 그 안에서는 찾아오는 손님들에게 얼마든지 자신의 불만을 표시할 수 있지만, 보호구역 밖으로 나가서는 절대로 그럴 수 없어. 자말 알딘은 거기서 대규모 민중 운동을 선동했지. 페르시아 방방곡곡에서 수천 명이 그의 설교를 듣기 위해 모여들기 시작했거든.

그러자 더는 참을 수 없게 된 알딘 샤는 그를 성소에서 내쫓으라는 명령을 내렸어. 사실 샤는 그런 비열한 짓을 하기 전에 몹시 주저했지만, 유럽에서 교육을 받은 재상이 샤에게 자말 알딘은 신앙이 없는 철학자에 지나지 않기 때문에 보호구역에 있을 권리가 없다고 설득했다는 소문이 있었지. 나세르 알딘 샤의 명을 받은 무장한 병사들이 성소로 들이닥쳤고, 겁에 질린 방문객들은 길을 터주는 수밖에 없었어. 결국 자말 알딘은 검거되었지. 그들은 그의 소지품을 모두 빼앗고 반벌거숭이 상태로 국경으로 끌고 가버렸어.

그날 사마르칸트의 필사본은 그 성소에서 알딘 샤가 보낸 병사들의 군홧발 아래 사라졌다."

로슈포르는 말을 하면서 일어나 벽에 기대고 팔짱을 끼었다.

"자말 알딘은 목숨을 보존했지만 상처받았지. 특히 그의 설교를 열성적으로 듣고 있던 수많은 방문객이 찍소리도 못 내고 그 굴욕적인 장면을 목격했다는 사실에 몹시 분개하다가 기막힌 묘수를 찾기 시작했어. 한 종교의 몽매를 나무라는 데 일생을 보냈고 이집트와 프랑스, 튀르크 프리메이슨단들의 거처를 수시로 드나들었던 그는, 마지막 무기를 사용해서 샤를 항복하게 만들 결심을 하게 된 거야. 결과야 어찌되든.

그래서 그는 페르시아의 최고 종교 지도자 앞으로, 종교적 권한을 발휘하여 군주가 무슬림의 재산을 이교도에게 넘기지 못하게 해 달라고 요청하는 장문의 편지를 썼어. 그 다음은 너도 신문에서 읽어서 알고 있겠지.”

나는 미국 언론에 보도되었던 시아파 최고 지도자의 놀라운 선언을 기억하고 있었다. “담배를 피우는 사람들은 누구를 막론하고, 신께서 서둘러 보내주신 이 시대의 이맘에게 반항하는 것으로 간주될 것이다.” 그 이튿날부터 페르시아에서는 한 사람도 담배를 피우지 않았다. 칼리안이라는 물파이프 담배가 집 안 어딘가로 치워지거나 박살이 났고, 담배가게들이 모두 문을 닫았다. 알딘 샤의 여자들까지도 금연을 철저히 지켰다. 몹시 당황한 군주는 시아파 지도자에게 서한을 보내 ‘금연이 무슬림들의 정신 건강에 끼칠 심각한 결과를 전혀 고려하지 않은’ 무책임한 처사였다고 비난했다. 그러나 담배 보이콧 운동은 격화되었고 테헤란, 타브리즈, 이스파한에서 격렬한 시위가 잇달았다. 마침내 영국 회사에 넘겨준 담배 전매권은 취소되기에 이르렀다.

로슈포르가 계속했다.

“그 사이에 자말 알딘은 영국행 배에 올라 있었어. 나는 영국에서 그를 만나서 오랫동안 얘기를 나누었는데, 그는 막막한 얼굴로 ‘샤를 쓰러뜨려야 해’라고만 반복했지. 상처받고 모욕당한 그는 오직 복수하겠다는 생각밖에 없었어. 더구나 몹시 화가 난 군주는 솔즈베리 총리에게 편지를 보냈지. ‘우리는 그자가 영국의 이권에 반대하는 행위를 했기 때문에 추방했는데, 어떻게 그자가 그 나라에 피신해 있을 수 있습니까? 그것도 런던에.' 솔즈베리 총리는 공식적으로는 알딘 샤에게 대영 제국은 자유 국가이며 표현의 자유를 금지하는 법이 없다고 답변했지만, 개인적으로 보낸 밀서를 통해 자말 알딘의 활동을 제한하는 합법적인 방법을 모색해서 영국 체류 기간을 단축하겠다고 약조했지. 그래서 자말 알딘은 영혼에 치명상을 입고 콘스탄티노플로 떠나지 않을 수 없었어."

"그럼 지금 거기 계십니까?"

"거기서 아주 쓸쓸하게 지내고 있다는 소리를 들었다. 술탄이 그에게 친구들과 추종자들을 받을 수 있는 아름다운 거처를 내주긴 했지만, 그 지방을 떠나는 건 금지되어 있어. 엄중한 감시를 받으며 살고 있지."

28

문이 활짝 열려 있는 호화로운 감옥. 일디즈 언덕 위에 목재와 대리석으로 이뤄진 궁전, 대재상의 관저에서 가까워 술탄에게 진상하는 요리들이 들어오고, 방문객들도 끊이지 않았다. 방문객들은 궁전의 정문을 넘어 통로를 따라 걸어가다 계단 앞에 이르면 갈로시*를 벗었다. 위층에서 약간 쉰 듯한 설교자의 음성이 쩌렁쩌렁 울리고 있는데, 페르시아와 샤를 힐책하면서 다가올 불행을 알리는 소리가 들렸다.

나는 위축되었다. 격동기의 동방을 풍미했던 시인이 남긴 필사본, 그 오래된 시집의 소재를 알아내기 위해 파리에서 콘스탄티노플까지 70시간 동안 기차를 타고 세 제국을 건너온 나는 모습도, 걸음걸이도, 생각도 낯설 수밖에 없는 미국에서 온 이방인이었다.

한 하인이 다가와 오스만 제국의 예법으로 허리를 구부리고 프랑스어로 짧은 환영 인사를 했다. 그러나 그는 내게 아무런 질문도 하지 않았다. 사람들이 이곳을 찾는 이유는 크게 다를 것이 없었다. 자말 알딘을 만나러 온 사람, 그의 설교를 들으러 온 사람, 아니면 지도자를 정탐하러 온 사람, 이 셋 중의 하나였다. 나는 커다란 응접실로 안내되었다.

들어서면서 어렴풋이 한 여인의 존재를 보게 된 나는 얼른 시선을 아래로 향했다. 이 나라의 풍습에 대해 이미 수없이 들었기 때문에, 나는 감히 손을 내밀어 악수를 청한다거나 웃는 얼굴로 인사를 할 수 없었다. 그저 입속으로 중얼거리면서 모자를 벗었을 뿐이다. 나는 여인이 앉아 있는 맞은편의 영국풍 안락의자에 몸을 파묻었다. 그러나 이게 웬일인가. 발밑의 카펫으로 내려간 내 눈이 여인의 무도화에 부딪치면서 파란색과 금색 드레스를 따라 무릎으로, 상반신으로, 목으로, 급기야는 베일까지 올라가고 말았다. 그런데 이상하게도 내 눈과 마주친 것은 베일에 가려진 얼굴이 아니라 드러

---

* 발바닥 전체를 높여주는 나무 밑창이 달린 목이 긴 구두.

나 있는 얼굴이었고, 두 눈이었다. 그리고 미소. 내 눈은 바닥으로 도망쳐 다시 카펫 위를 떠돌며 바둑판무늬를 맴돌다, 마치 물속으로 던져 넣어도 자꾸만 수면 위로 둥둥 떠오르는 코르크 마개처럼 막무가내로 여인을 향해 다시 올라갔다. 여자는 분명히 낯선 이가 나타나는 즉시 내려뜨릴 수 있는 최고급 비단으로 만든 민딜을 머리에 쓰고 있었다. 그러나 내가 그 자리에 있는데도 베일은 여전히 내려져 있지 않았다.

이번에는 여자가 깊은 생각에 잠겨 있어서, 나는 얼굴의 윤곽과 볕에 탄 고운 피부를 감상할 수 있었다. 그녀의 얼굴은 온화함 그 자체였고, 얼굴에 빛나는 섬광은 신비 그 자체였다. 넋이 나간 내 얼굴이 촉촉이 젖어 들고, 두 손이 차갑게 얼어붙었다. 행복이 나의 관자놀이를 때렸다. 처음 맞는 동방이 이토록 아름다울 줄이야! 이런 여인이 있는데 어찌 사막의 시인들이 노래하지 않을 수 있으리. 그들은 이렇게 읊조렸으리라. 얼굴은 태양이요, 머리칼은 보호의 그늘이요, 두 눈은 신선한 샘물이요, 몸매는 날씬한 종려나무요, 미소는 환상 속의 그것이라.

말을 걸어볼까? 커다란 방 안 멀리 떨어진 자리에서 마주 보고 있으니 양손을 확성기처럼 입에 대고 말할까? 일어날까? 그녀에게 다가가볼까? 가까이 놓인 의자에 앉았다가 혹시라도 여자가 미소를 거두고 베일을 내려버린다면? 우리의 시선이 또다시 우연처럼 마주쳤다가 장난치듯 달아났다. 그때 하인이 들어오면서 우리의 눈싸움은 중단되었다. 하인이 나에게 대접할 차와 담배를 가져왔다. 잠시 후에 하인이 그녀를 향해 머리가 바닥에 닿을 정도로 허리를 굽히고 튀르크어로 말했다. 나는 그녀가 얼굴에 베일을 내리면서 일어나 가죽 가방을 하인에게 주는 것을 보았다. 하인이 서둘러 출구로 향하자, 그녀가 따라나섰다.

여인은 응접실 문 앞에서 걸음을 멈추더니, 하인이 멀어지자 나를 돌아보며 큰 소리로 나보다 훨씬 정확한 프랑스어 발음으로 말했다.

"또 만나게 되겠죠!"

예의상 하는 말인지, 약속의 말인지 모를 말을 하며 장난기 있는 미소를 짓는 그녀의 얼굴에서, 나는 부드러운 비난과도 같은 어떤 도전을 느꼈다. 그녀는, 너무나 당황한 나머지 서툴게도 의자에서 벌떡 일어나다 균형을 잃고 쩔쩔매고 있는 나를 재미있어하는 얼굴로 쳐다보면서 꼼짝도 하지 않고 서 있었다. 내가 입술에 맴돌던 말을 채 꺼내기도 전에 그녀는 사라졌다.

창가에 서서 나무들 사이로 보일 듯 말 듯, 그녀를 실은 마차가 달려가는 모습을 바라보고 있을 때, 한 목소리가 내 꿈을 깨뜨렸다.

"기다리게 해서 미안하오."

자말 알딘이었다. 그가 꺼진 시가를 왼손에 쥔 채 오른손을 내밀어 악수를 청했다. 부드러우면서도 힘이 있는 손이었다.

"앙리 로슈포르가 보내서 온 벤저민 르사즈라고 합니다."

내가 소개장을 건넸지만, 그는 읽어보지도 않고 호주머니에 집어넁은 다음 두 팔을 벌려 나를 끌어안고 이마에 입맞춤을 했다.

"로슈포르의 친구는 모두 내 친구고, 그런 사람들한테는 터놓고 말을 하지."

그가 내 어깨를 잡고 2층으로 이르는 목제 계단으로 데려갔다.

"내 친구 앙리가 건강하기를 바라네. 추방지에서 귀환한 일이 그에게 어떤 영광을 가져다주었는지 알고 있네. 그의 이름을 외치면서 행진하는 파리 시민들을 보면서 그가 얼마나 행복해했을지! 〈엥트랑지장〉에 실린 기사를 읽었지. 그가 정기적으로 신문을 보내주고 있으니. 조금 늦게 받기는 하지만, 덕분에 파리 소식을 듣고 있다네."

자말 알딘이 정확한 프랑스어를 구사하려고 노력하기에, 나는 이따금 그가 찾으려고 하는 단어를 귀띔해주었다. 그는 내가 알려준 단어가 자신이 찾던 것이면 고마움을 표시했고, 그렇지 않은 경우에는 입술과 턱을 찡그리면서 기억을 더듬었다.

"파리에 있을 때 살았던 방은 보잘것없는 곳이었지만, 그 방은 거대한 세계를 향해 열려 있었네. 이 집의 백분의 일도 안 되는 좁은 곳이었지만, 거기서는 갑갑하지 않았지. 내 민족으로부터 수천 킬로미터 떨어진 이국땅에 있었지만, 이곳이나 페르시아에서는 할 수 없는 일들을 훨씬 효과적으로 추진할 수 있었지. 그때는 내 목소리가 알제리에서 카불까지 전달되었지만 지금은 몇몇 사람들만이 내 말을 들으러 올 뿐이네. 물론 내 말을 들으러 오는 이들은 언제나 환영이지, 특히 파리에서 오는 사람들은."

"저는 파리에 살지 않습니다. 어머니가 프랑스인이고 제 이름이 프랑스식이긴 하지만, 저는 메릴랜드주에 사는 미국인입니다."

그가 반가운 표정을 지었다.

"1882년 인도에서 추방당했을 때 미국으로 갔었네. 내가 미국 국적을 요청할 생각까지 했던 걸 알았다면 아마 많은 동지들이 분노했을 거야. 이슬람 부흥의 사도이자 예언자의 후손인 세이예드* 자말 알딘이 그리스도교 국가의 국적을 얻으려고 했으니! 하지만 나는 조금도 부끄럽게 생각하지 않네. 내 친구 윌프리드 블런트에게 그 일을 얘기하면서 그의 회고록에 써넣어도 좋다고 허락했으니까. 내가 그런 생각까지 하게 된 이유는 간단하네. 이슬람의 땅에서는 이제 폭정을 피해 살 수 있는 곳이 없으니까. 페르시아에 있을 때에는 전통적으로 불가침 지역인 성소에 은거해 있으려고 했으나, 군주가 보낸 무장 군인들이 들어와서 내 설교를 듣고 있던 수백 명의 방문객들로부터 나를 억지로 떼어놓았지. 한 사람만 제외하고는 아무도 감히 저항하지 못했으니까. 불행한 일이지만 이제 내 나라에서는 예배지에서도, 대학에서도, 오두막집에서도 전제 권력으로부터 보호받을 수가 없네."

그가 열에 달뜬 손으로 낮은 탁자 위에 놓인 목제 지구본을 어루만지면서 덧붙였다.

"오스만 제국에서는 그야말로 최악이었지. 술탄이자 칼리파인

* 예언자 무함마드의 가족과 그 자손을 가리키는 칭호.

압둘하미드 2세로부터 공식 초청을 받고 왔건만. 그 역시 알던 샤가 했던 것과 똑같이 내가 이교도들 속에서 사는 것을 비난하면서 초청장을 보냈더군. 그때 내가 '당신이 아름다운 우리 나라를 감옥으로 만들어놓지 않았다면, 우리가 유럽에서 은신처를 찾을 필요는 없었을 것이오!' 하고 답하는 것으로 만족했다면 좋았을 것을. 하지만 마음이 약해진 나는 또다시 속아 넘어가고 말았네. 콘스탄티노플에 왔다가 이런 신세가 되었으니. 자네가 보는 대로, 손님 접대의 원칙을 무시하는 반미치광이 술탄이 나를 포로로 붙잡아 두고 있으니 말이네. 나는 마지막으로 전령을 불러서 이렇게 전하라고 했지. '내가 진정 당신이 초대한 손님이오? 그렇다면 나를 떠나게 해주시오. 내가 당신의 포로요? 그렇다면 내 발에 쇠사슬을 묶어 감옥에 처넣으시오!' 허나 그는 아무런 답변도 보내지 않았네. 만일 내가 러시아나 영국은 말할 것도 없고 미국, 프랑스, 오스트리아-헝가리 제국의 국적을 갖고 있었다면, 영사는 대재상의 집무실 방문을 두드리지도 않고 들어가서 반 시간 안에 나를 자유의 몸으로 풀어주었을 테지. 이 시대에 우리 무슬림들은 고아나 다름없네."

숨이 가빠진 그가 호흡을 가다듬고 나서 말했다.

"술탄 압둘하미드를 반미치광이라고 표현했던 것만 빼고 내가 방금 했던 말을 모두 써도 좋네. 이 소굴에서 빠져나갈 수 있는 기회를 완전히 잃고 싶지는 않으니까. 그리고 그 인간은 완전히 돌아버린 미치광이에, 병적으로 의심이 많고, 시리아 점성가가 위험한 살인범이라고 예언한 사람이니, 정확하게 말하면 반미치광이라는 표현이 거짓이라고 할 수 있으니까 말이네."

"그건 조금도 걱정하지 마십시오. 저는 아무 얘기도 쓰지 않을 겁니다."

나는 그 기회에 나에 대한 오해를 풀어주었다.

"저는 신문기자가 아닙니다. 제 할아버지의 사촌이신 로슈포르 씨께서 저를 보내시기는 했지만, 제가 방문한 목적은 페르시아나 선생님에 관한 기사를 쓰기 위해서가 아닙니다."

나는 하이얌의 필사본에 대한 나의 관심과, 그 필사본을 곁에 두고 연구하고 싶은 나의 간절한 소망을 밝혔다. 주의 깊게 내 말을 듣고 있던 그의 얼굴이 밝아졌다.

"잠시나마 괴로운 심사에서 벗어나게 해준 자네에게 감사하네. 자네가 환기시킨 그 이야기야말로 내가 가장 좋아하는 것이라네. 니콜라가 루바이야트의 서문에 니잠 알물크와 하산 사바흐, 그리고 오마르 하이얌에 대해 쓴 글을 읽어보았나? 그 세 사람은 성격이 아주 다른 인물들이지만, 각각 페르시아의 정신을 상징하지. 나는 가끔 내가 그 세 사람을 합쳐놓은 사람이라는 느낌이 드네. 비위에 거슬리는 튀르크인 술탄의 통치를 받으면서도 위대한 이슬람 제국을 만들었던 페르시아인 니잠 알물크처럼, 나는 위대한 이슬람 국가를 열망하고 있네. 또 나는 하산 사바흐처럼 죽을 때까지 나를 따르는 추종자들을 이슬람의 전 영토에 심어놓고 싶네……."

그는 근심 어린 얼굴로 말을 중단했다가, 생각을 바꾸고 미소를 지으며 말을 이었다.

"하이얌처럼 나는 현재, 이 순간의 진귀한 기쁨을 살피고, 포도주와 술벗, 주막, 연인에 관한 시를 짓고 있지. 하이얌과 마찬가지로 나도 가짜 교도들을 신뢰하지 않네. 몇몇 4행시에서 오마르가 자신에 대해 얘기하는 것을 보면 그가 그리고 있는 사람이 바로 나라는 느낌이 든다네. '부자도 가난뱅이도 아닌, 신자도 이단자도 아닌 사내가 얼룩진 땅을 힘들게 걸어가네. 그는 어떤 진리에도 아첨하지 않고, 어떤 법도 따르지 않네……. 얼룩진 땅을 걸어가는 그는 용감한 사람인가, 불쌍한 사람인가?'"

그렇게 말하고 그는 생각에 잠긴 얼굴로 시가에 불을 붙였다. 작은 불똥이 수염으로 떨어지려고 하자, 그의 손이 능숙하게 불똥을 치웠다.

"나는 어릴 적부터 시인이자 철학자이며 자유사상가인 하이얌을 존경했던 사람이네. 그래서 늦게나마 유럽과 미국에서 하이얌을 알고자 하는 열기가 한창인 걸 알고 몹시 감격했지. 그런 내가 하이얌이 직접 쓴 루바이야트 원본을 손에 넣게 되었으니 얼마나 행복했겠나."

"그 필사본을 입수하신 때가 언제였습니까?"

"14년 전 인도에 있을 때, 오로지 나를 만나겠다는 일념으로 먼 길을 찾아온 페르시아 젊은이에게서 받았네. 그는 자신을 이렇게 소개했지. '테헤란의 바자에서 장사를 하다가 선생님의 충복이 되려고 찾아온 케르만 태생의 미르자 레자라고 합니다.' 내가 미소를 지으면서 '장사하던 사람'이 나한테 무슨 볼일이 있어서 왔느냐고 묻자, 나를 찾아오게 된 경위를 얘기하더군. 그 사람이 중고 옷 가게를 열었을 때, 샤의 아들 하나가 와서 1,100투만, 즉 1,000달러에 상당하는 숄과 모피를 가져간 일이 있었다고. 헌데 미르자 레자가 그 다음날 옷값을 받으러 왕자에게 갔더니, 오히려 돈을 요구하면 죽을 줄 알라고 위협하면서 매질까지 하더라는 거였네. 그런 수모를 당하고 나서 나를 만날 결심을 하게 되었다고 하더군. 내가 캘커타에서 설교하고 있을 때였지. 그가 나한테 그러더군. '전제 정치로 넘어간 나라에서는 정직하게 살아봐야 돈을 벌 수 없다는 걸 깨달았습니다. 선생님은 페르시아를 위해서는 헌법과 의회가 필요하다고 주장하신 분이 아닙니까? 오늘부터 저를 제자로 받아주십시오. 저는 장사를 접고, 선생님을 따르기 위해서 아내를 떠났습니다. 무엇이든 명령만 내려주십시오, 복종하겠습니다!'"

그 사내를 회상하는 자말 알딘의 얼굴이 괴로워 보였다.

"감동했지만, 당혹스러웠지. 집도 조국도 없이 떠돌아다니는 철학자의 처지로 결혼도 마다하던 내가 어떻게 남을 책임질 수 있겠나. 내가 메시아나 이 시대에 도래한 이맘이라도 되는 듯이 나를 따르겠다는 그의 뜻을 난 받아들일 수가 없었네. 그래서 그를 설득하려고 이렇게 말했지. '그까짓 돈 문제로 가게와 가족을 모두 버리고 떠나왔단 말인가?' 그랬더니 얼굴이 굳어지면서 대답도 없이 나가버리더군.

그 사람은 여섯 달이 지나서 다시 왔지. 안주머니에서 보석을 박아 넣은 작은 금장 상자를 꺼내 열어 보이며 이러더군.

'이 필사본을 보십시오. 가치가 얼마나 되겠습니까?'

필사본을 들춰보다가 내용을 보고 얼마나 놀랐던지, 나는 목소리까지 떨면서 말했지.

'하이얌의 필사본 진본이 아닌가! 이 그림, 이 장식, 이건 값을 매길 수 없을 정도로 귀한 것이네.'

'1,100투만 이상 나가겠습니까?'

'이것의 가치는 어마어마해서 비교가 안 되지!'

'이 책을 드리겠습니다. 이걸 보실 때마다, 미르자 레자가 선생님을 찾아온 것은 돈을 찾기 위해서가 아니라 자존심을 찾기 위해서였음을 상기하실 수 있을 겁니다.'

그렇게 해서 필사본이 내 손에 들어오게 되었고, 그때부터는 늘 지니고 다녔지. 미국, 영국, 프랑스, 독일, 러시아, 그리고 페르시아에 있을 때도 갖고 있었고. 샤 압돌아짐 성소에 은신하고 있을 때에도 필사본을 갖고 있었지만, 결국 거기서 잃어버렸네."

"그 책이 지금은 어디 있는지 모르십니까?"

"아까, 내가 체포될 때 한 사람만이 용감하게 샤의 군인들에게 대항했다고 했지? 그 사람이 바로 미르자 레자였네. 그는 홀연히 일어나서 고함을 지르며 군인들과 청중의 비열함을 나무랐지. 그리고 체포되어 고문을 당했고, 4년 넘게 옥살이를 했지. 석방이 되자, 레자가 나를 만나러 콘스탄티노플로 왔더군. 그의 건강이 너무 좋지 않아서 나는 그를 시내에 있는 프랑스 병원으로 보냈고, 작년 11월까지 입원해 있었지. 돌아가면 또다시 체포될 우려가 있어서 나는 그를 내 곁에 좀 더 오래 붙들어 두고 싶었네. 하지만 거절하더군. 그는 하이얌의 필사본을 찾겠다는 생각밖에는 없었네. 다른 것에는 아무런 관심이 없는, 일종의 편집 증세를 보였지."

"느낌은 어떠십니까? 필사본이 아직 존재할까요?"

"미르자 레자만이 그 물음에 대답할 수 있을 걸세. 나를 체포할 때 그걸 훔쳐 간 군인을 찾을 수 있다고 장담했으니까, 아마 기필코 찾아낼 거야. 어쨌든 그가 그 군인을 만나기만 한다면 돈을 주고라도 손에 넣고야 말 테니."

"필사본을 찾을 수만 있다면 돈이 문제가 아니지요!"

내가 흥분해서 말하자, 자말 알딘이 나를 유심히 쳐다보다가 눈살을 찌푸리며 내게 다가왔다.

"그 필사본에 대한 관심이 불쌍한 미르자에 못지않은 것 같군. 이런 경우에는 한 가지 길밖에는 없지. 테헤란으로 떠나게! 거기서 그 책을 찾게 될 거라고 장담할 수는 없지만, 자네가 볼 줄 아는 눈을 가졌다면 아마 하이얌의 다른 흔적들을 찾을 수 있을 게야."

나는 그의 판단이 옳다고 인정하면서 말했다.

"비자만 받을 수 있다면 내일이라도 당장 떠나겠습니다."

"그건 걱정하지 말게. 내가 바쿠에 주재하는 페르시아 영사에게 한마디만 하면, 자네가 안잘리까지 가는 데 필요한 서류들을 알아서 만들어줄 테니."

내가 무심코 미심쩍다는 표정을 지었는지, 자말 알딘이 재미있어 하면서 말했다.

"추방당한 사람이 어떻게 페르시아 정부를 대표하는 영사에게 그런 청을 할 수 있을까 하는 의문이 들 테지. 하지만 모든 도시의 각계각층에, 군주의 측근들 속에도 나를 지지하는 추종자들이 있음을 알아야 하네. 4년 전 런던에서 아르메니아인 친구와 신문을 발행할 때, 나는 페르시아로 가는 비밀 소포들에 신문을 끼워 넣어 보냈지. 노심초사한 알딘 샤는 체신부 장관을 불러서 무슨 수를 써서라도 신문의 유통을 막으라고 명했고, 장관은 세관원들에게 반체제 소포들은 모두 국경에서 가로채서 자신의 집으로 보내라고 지시했지."

그가 시가를 빨아 당겼다가 웃음을 터뜨리면서 연기를 내뿜은 다음 계속했다.

"샤가 모르고 있었던 것은, 그 체신부 장관이 내가 가장 신뢰하는 추종자 중의 한 사람이며 내가 바로 그 사람에게 신문을 유포하는 책임을 맡기고 있었다는 사실이지."

자말 알딘의 웃음이 연속해서 터져 나오고 있을 때, 새빨간 펠트 모자를 쓴 남자 셋이 들어왔다. 자말 알딘이 자리에서 일어나 그들과 인사를 나누고 포옹한 다음, 자리를 권하면서 아랍어로 몇 마디를 주고받았다. 나는 자말 알딘이 그들에게 내가 누구라는 것을 설명하면서 잠시 기다리라고 말하고 있음을 알았다. 그가 내게 돌아왔다.

"테헤란으로 떠날 결심이 섰다면 소개장을 써주겠네. 내일 다시 와서 가져가게. 그리고 아무 염려 말게. 미국인을 수색할 생각을 하는 사람은 아무도 없을 테니."

이튿날, 갈색 봉투 세 개가 나를 기다리고 있었다. 그가 밀봉하지 않은 봉투 두 개를 하나씩 건네주면서, 하나는 바쿠의 영사에게 보내는 것이고, 또 하나는 미르자 레자에게 보내는 것이라고 설명했다.

"이 사람은 정신이 불안정한 편집 증세를 보이고 있으니 그를 필요 이상으로 자주 만나지 말라고 일러두어야겠네. 나는 그 사람에게 깊은 애정이 있고, 나를 따르는 사람들 중에서 누구 못지않게 순수하고 진중해서 대단히 신뢰하기는 하지만, 최악의 경우에는 발작을 일으킬 수도 있으니까."

그가 한숨을 내쉬면서, 무릎까지 내려오는 기다란 튜닉에 받쳐 입은 통 넓은 회색 바지 호주머니에 손을 집어넣었다.

"이 금화 10리브르를 그에게 전해주게. 이제는 빈털터리가 되어 굶주리고 있을 게 뻔하지만, 자존심이 강해서 절대로 구걸은 하지 않을 사람이니."

"그 사람을 어디 가면 만날 수 있을까요?"

"그건 나도 모르네. 집도 가족도 없는 사람이니 여기저기 떠돌아다니겠지. 바로 그래서 내가 또 한 장의 편지를 자네에게 주는 거야. 이것은 테헤란에서 내로라하는 상인의 아들에게 보내는 것인데, 이제 겨우 스무 살 된 청년인데도 우리 못지않게 열정에 불타고, 늘 변함없이 한결같은 성품의 투철한 혁명가지. 동방의 정신을 얕잡아 보는 점이 약간 문제라서 내가 가끔 나무라긴 하지만. 만나 보면 알겠지만, 페르시아 복장을 하고 있으면서도 영국적인 냉정함과 프랑스적인 사고방식을 갖고 있고, 성직자의 정치 개입을 반대하는 클레망소 씨보다 훨씬 더한 교권 반대주의자지. 청년의 이름은 파젤. 그가 자네를 미르자 레자에게 데려다줄 걸세. 내가 그에게 가능한 한 미르자를 주시하고 있으라고 일러두었으니. 그렇다고 그가 미르자의 광기까지 막을 수는 없겠지만, 그가 있는 곳은 알고 있을 게야."

나는 떠나기 위해 일어났다. 자말 알딘이 뜨거운 말로 인사를 하면서 내 손을 꼭 잡았다.

"로슈포르가 편지에서 자네의 이름이 벤저민 오마르라고 했더군. 페르시아에서는 벤저민만 쓰고, 오마르는 절대로 입 밖에 내지 말게."

"하지만 하이얌의 이름이 아닙니까?"

"16세기에 페르시아가 시아파로 개종하면서부터 그 이름은 배척을 받고 있으니 그 이름을 썼다가는 낭패를 당할 수도 있네."

무력한 자신을 유감스러워하면서도 스스로 위로하는 듯 삐쭉거리는 그의 입술. 그의 충고에 고마움을 표시하고 돌아서서 나가려고 하는데 그가 다시 불러 세웠다.

"마지막으로 한 가지, 어제 여기서 우연히 만났던 젊은 여자와 말을 해보았나?"

"아니요, 그럴 틈이 없었습니다."

"그 여자는 나세르 알딘 샤의 손녀 시린 공주라네. 무슨 일이 생겨서 자네 앞의 문이 모두 닫힌다면, 내 집에서 보았던 사람이라는 걸 상기시키는 전갈을 그녀에게 보내게. 공주의 말 한마디면 장애물들이 제거될 게야."

29

트라브존행 범선에서 바라다보이는 흑해는 고요했다. 바람 한 점 불지 않아 너무 고요한 바다. 몇 시간 동안 계속 똑같은 해안을, 똑같은 바위섬을, 아나톨리아 반도의 똑같은 작은 숲을 만나고 있는 느낌이 들었다. 배를 타고 가는 동안에 마쳐야 할 숙제가 있어서 평온한 날씨가 필요했던 나로서는 불평할 이유가 없었다. 숙제란, 하이얌의 시집을 번역한 니콜라가 쓴 페르시아어-프랑스어 회화편을 완전히 암기하는 것이었다. 내가 만나러 가는 사람들에게 그들의 언어로 말하겠다고 마음먹었기 때문이다. 물론, 오스만 튀르크와 마찬가지로 페르시아에서도 많은 문인과 상인, 고위 관료들이 프랑스어와 영어를 할 줄 안다는 것을 모르지 않았다. 그러나 궁정 사람들과 외교관들로 국한된 범위를 넘어서고 싶다면, 그리고 대도시 외곽의 하층민들이 사는 지역을 여행하고 싶다면, 페르시아어를 알아야 했다.

그 도전은 나를 흥분시켰다. 나는 라틴어에서 파생된 언어들과 영어를 비교하면서 유사성을 찾는 일이 즐거웠다. 프랑스어 père, mère, frère, fille에 해당하는 영어 father, mother, brother, daughter, 페르시아어 pedar, medar, baradar, dokhtar. 인도-유럽 어족의 유사성을 이보다 더 잘 보여줄 수 있을까. 신을 부르는 호칭도 페르시아의 무슬림들은 'Allah'보다는 영어 'God'이나 독일어 'Gott'에 훨씬 가까운 'Khoda'를 사용한다고 했다. 이러한 예에도 불구하고 페르시아어에는 아랍어가 주된 영향을 미치고 있었다. 페르시아어의 수많은 단어들은 묘하게도 같은 뜻의 아랍어로 자유자재로 대치될 수 있었는데, 이처럼 페르시아 고유의 낱말 혹은 문장 전체를 아랍어로 마구 바꾸어 사용하는 습관은 아랍어를 지나치게 선호하는 문인들의 문화적 속물근성에 기인한 것이었다. 아랍어를 많이 사용한다는 점에서는 자말 알딘도 예외가 아니었다.

나는 나중에 아랍어도 공부하기로 마음먹었다. 우선은 페르시아어에 관한 지식 이외에 그 나라에 관한 유익한 정보를 알려주는 니콜라의 회화편을 암기하는 데 전력했다. 책 속에는 다음과 같은 회화가 실려 있었다.

"페르시아에서 수출되는 특산물에는 어떤 것들이 있는가?"

"케르만산 숄, 천연 진주, 터키석, 카펫, 시라즈산 담배, 마잔다란산 비단, (의료용) 거머리, 버찌나무로 만든 담뱃대가 있다."

"여행할 때 개인 요리사를 데려가야 하는가?"

"그렇다. 페르시아에서는 자신의 요리사, 침대, 카펫, 하인들이 없으면 마음대로 다닐 수가 없다."

"페르시아에서 통용되는 외국 화폐는 어떤 것들인가?"

"러시아 화폐, 네덜란드의 휠던과 두카트가 있고, 프랑스와 영국 화폐는 대단히 드물게 사용된다."

"현재의 왕은 누구인가?"

"나세르 알딘 샤."

"훌륭한 왕이라고 하는데, 사실인가?"

"그렇다. 특히 외국인에게 매우 호의적이며, 관대한 인품을 지녔다. 대단히 박학하며 역사, 지리, 건축에 조예가 깊다. 프랑스어로 얘기하고 아랍어, 튀르크어, 페르시아어를 유창하게 구사한다."

트라브존에 도착한 나는 이탈리아 호텔에 묵었다. 그 호텔은 식사 때마다 달라붙는 파리 떼를 쫓느라 짜증이 날 정도로 연신 손을 놀려야 하는 수고를 그나마 잊게 해주는 유일한 곳이었다. 나도 다른 투숙객들처럼 부채질로 파리를 쫓아주는 청년을 고용했다. 가장 어려웠던 것은, 식탁에서 곤충을 쫓되 내 눈앞에서 으깨어 죽이는 일은 하지 말라고 청년을 설득하는 일이었다. 청년은 처음 얼마 동안은 내 말을 따랐지만, 들고 있던 도구에 파리가 달라붙자 그때부터는 유혹을 뿌리치지 못하고 때려죽이고 말았다.

트라브존에 도착한 지 나흘째 되는 날에 나는 마르세유-콘스탄티노플-트라브존을 왕래하는 프랑스 MM 증기선에 올라 흑해 동부에 있는 러시아 항구 바툼까지 갔고, 거기서 트란스캅카스*행 기차를 타고 산맥을 넘어 카스피해 연안의 바쿠로 향했다.

나는 페르시아 영사를 찾아갔다. 그가 어찌나 친절하게 맞아주던지, 나는 자말 알딘의 편지를 내보이는 것이 쑥스러울 것 같아 한참을 망설였다. 의혹을 사지 않으려면 차라리 익명의 여행가로 남는 편이 더 나으리란 생각까지 들었다. 그러나 한편으로는 불안한 마음도 들었다. 편지 안에 나에 관한 것 말고 다른 메시지가 담겨 있다면, 내가 그 편지를 계속 갖고 있어서는 안 된다는 생각이 들었다. 그래서 불쑥 아리송한 말을 꺼냈다.

"우리가 어쩌면 같은 사람을 친구로 두고 있는지도 모르겠습니다."

그렇게 말하고는 편지를 건넸다. 영사가 즉시 조심스럽게 편지를 개봉하면서 책상 위에 있던 은테 안경을 끼고 읽어 내려갔는데 갑자기 그의 손이 부들부들 떨리기 시작했다. 일어나서 방문을 잠그고 온 그가 잠시 동안 종이를 입술에 대고 생각에 잠겼다. 이윽고 나를 향해 걸어온 그는 난파선에서 살아 돌아온 형제라도 되는 듯이 나를 끌어안았다.

그러나 그는 곧 표정을 바꾸고는 하인들을 불러서, 자기 집에서 가장 좋은 방에 내 가방을 가져다놓고, 저녁에 축하연을 준비하라고 지시했다. 나는 이틀 동안 붙들려 있었다. 그는 나와 함께 지내기 위해서 영사관에도 나가지 않고, 자말 알딘의 건강 상태, 기분,

---

* 캅카스 산맥의 남부 지역을 지칭한다. 현재는 아르메니아, 아제르바이잔, 조지아가 여기 해당된다.

그리고 특히 페르시아의 상황에 대해 '지도자'가 무슨 말을 했는지 끊임없이 물었다. 떠날 때가 되자 영사는 내게 캅카스-메르쿠르를 왕래하는 러시아 증기선에 선실을 마련해주었다. 그러고는 자신의 마부에게, 카즈빈까지 나를 동행해서 도움이 필요 없을 때까지 내 곁에 머물라는 임무를 맡겼다.

마부는 모든 일을 능수능란하게 처리하면서, 누구와도 바꿀 수 없을 정도로 내게 소중한 사람임을 입증했다. 나의 큼직한 웰즐리 가방을 검사하려고 잠시 파이프 담배 칼리안을 손에서 놓고 다가오는 거만한 콧수염의 세관원에게 슬그머니 돈을 쥐어준 사람도 내가 아니라 그였다. 비열한 주막집 주인을 시켜서, 다음날 다시 오라고 거만을 떨던 도로 공무원과 협상해서 말 네 필이 끄는 마차를 얻어낸 사람도 그였다.

나는 이전의 여행자들이 이 불편한 여행길에서 겪었을 고생을 생각하면서 위안을 삼았다. 13년 전만 해도 페르시아로 가려면 낙타를 이용하는 방법밖에 없었다. 트라브존에서 에르주룸*을 거쳐 타브리즈에 이르는 구도로의 40개 구간을 6주 동안 낙타를 타고 가는 긴 여행길은 부족 간의 끝없는 전쟁으로 때로는 대단히 위험했었다. 그러나 나세르 알딘 샤가 근대화 개혁을 실시하고 페르시아의 문호를 개방하면서부터 바쿠에서 안잘리 항구까지는 여객선을 이용하고, 거기서부터 테헤란까지는 마차를 이용해서 일주일이면

---

* 튀르키예 동부의 도시.

큰 위험 없이 갈 수 있게 되었다.

서방에서는 대포가 전쟁 또는 과시의 도구인 데 비해, 페르시아에서는 형벌의 도구이기도 했다. 내가 이런 얘기를 하는 것은, 테헤란의 성곽을 따라가는 도중에 대포가 끔찍한 용도로 사용되고 있는 장면을 목격했기 때문이다. 포박된 한 남자가 대포의 굵은 포신 안에 갇힌 채로 빡빡 깎은 머리만 내놓고 있었다. 행인에게 그 이상한 장면에 대해 묻자, 그 남자는 작열하는 태양 아래 음식은 물론 물 한 모금 얻어 마시지 못하고 죽을 때까지 그렇게 있어야 하며, 죽은 다음에도 오랫동안 시체를 그 자리에 방치함으로써 성문을 지나는 사람들에게 경고하는 본보기로 삼는다고 설명해주었다.

페르시아의 수도가 내게 마법의 도시로 느껴졌던 것은 바로 그 이상한 장면 때문이었을까? 동방의 도시에서는 현재의 모습과 과거의 그림자를 찾을 수 있다고 했는데, 테헤란에서는 그런 느낌을 받을 수가 없었다. 그럼 내가 테헤란에서 본 것은 무엇인가? 북쪽 지역의 부촌과 남쪽 지역의 빈민촌은 빈부의 차이가 너무 심했고 시장에는 물론 알록달록한 옷감들과 낙타와 노새 들이 우글거렸지만 카이로와 콘스탄티노플, 이스파한, 타브리즈의 시장들과는 비교할 수 없이 낙후되어 있었다. 그리고 어디를 둘러보아도 온통 칙칙한 회색 건물 일색이었다.

역사가 비교적 짧은 편인 도시 테헤란! 테헤란은 비록 몽골 침략 때 파괴되기는 했지만 많은 학자를 배출한 것으로 유명한 도시 레이에 오랜 세월 동안 종속되어 있었다. 튀르크 부족인 카자르 일족이 그 지역을 점유하고 왕조를 세운 것은 18세기 말이 되어서였다. 페르시아의 전 지역을 평정하는 데 성공한 카자르 왕조는 그 보잘것없는 마을을 수도의 반열에 올려놓았다. 그때까지 나라의 정치적 중심은 훨씬 남쪽에 있는 이스파한, 케르만, 시라즈에 있었다. 따라서 이 세 도시의 주민들이 자기들을 지배하고 있으면서도 자기들의 언어를 모르는 '북쪽 촌뜨기들'을 매우 탐탁지 않게 생각했을 것임은 말할 필요도 없다. 현재 왕위에 있는 나세르 알딘 샤가 즉위할 때만 해도 신하들에게 말을 건네려면 통역이 필요했다. 그 이후에 나세르 알딘 샤의 페르시아어 실력은 놀라울 정도로 좋아진 것 같았다.

샤가 그렇게 페르시아어를 잘하게 된 것은 그에게 시간이 많았기 때문이다. 내가 테헤란에 도착한 1896년 4월, 나세르 알딘 샤는 치세 50년째를 맞아 기념 축전을 준비하고 있었다. 국가를 상징하는 문장, 사자와 태양이 그려진 깃발들이 나부끼는 이 영광의 도시로 방방곡곡에서 명사들이 모여들었고, 수많은 외국 사절단들이 와 있었다. 귀빈들은 대부분 별장에 묵었는데도 유럽인들을 위한 두 호텔, 평소에는 한산하던 알베르 호텔과 프레보 호텔까지 빈 객실이 없을 정도였다. 나는 프레보 호텔에 마지막 남은 방을 간신히 얻을 수 있었다.

처음에는 곧장 파젤의 집으로 가서 편지를 보이고 어떻게 하면 미르자 레자를 만날 수 있는지 물어볼 생각이었지만, 성급한 마음

을 억눌렀다. 페르시아인들의 습성을 모르지 않았던 나는, 자말 알
딘의 제자가 나를 자신의 집에 머무르게 하리라는 것을 알고 있었
다. 하지만 나는 거절을 함으로써 파젤의 기분을 상하게 하고 싶지
도 않았고, 그와 그의 스승의 정치 활동에 연루되는 위험한 짓을 하
고 싶지도 않았다.

　내가 제네바 사람이 경영하는 프레보 호텔에 묵은 것은 그런 이
유에서였다. 다음날 아침에 나는 예를 갖추기 위해서 늙은 말 한 필
을 빌려 타고 미국 공사관으로 갔고, 대사관들이 모여 있는 거리에
서 멀지 않은 곳에 있는, 자말 알딘이 총애하는 제자의 집으로 갔
다. 멋지게 기른 콧수염, 무릎까지 내려오는 기다란 흰색 튜닉, 머
리를 꼿꼿하게 세우고 있는 위풍당당함, 냉담한 태도. 파젤은 콘스
탄티노플로 추방당한 인물이 내게 묘사했던 이미지와 그대로 일치
했다.

　우리는 곧 절친한 사이가 되기는 했지만, 첫 대면에서 미르자 레
자에 대해 이야기를 나눌 때에는 파젤의 직설적인 말투가 신경에
거슬려서 마음이 편치 않았다.

　"최선을 다해 당신을 도와주기는 하겠지만, 난 그 미치광이를 만
나고 싶지 않아요. 스승님께서 그 사람을 살아 있는 순교자라고 말
씀하셨을 때 나는 이렇게 말했지요. 그 사람은 차라리 죽는 게 낫
다고. 나를 그렇게 괴물 보듯 쳐다보지 마세요. 그 사람은 고문을
많이 당해서 정신이 완전히 나갔고, 그가 한 말 때문에 우리가 입는
피해를 안다면 당신도 나를 이해할 수 있을 겁니다."

"그 사람은 지금 어디 있나?"

"몇 주 전부터 샤 압돌아짐의 영묘에 살고 있는데, 정원이나 건물 사이의 복도를 어슬렁거리며 사람들에게 자말 알딘의 체포와 자신의 고통에 대해 얘기하면서 군주를 타도하자고 선동하고 있지요. 세이예드 자말 알딘이 이 시대의 이맘이라고 떠들어대고 있어요. 스승님께서 그런 정신 나간 소리를 하지 말라고 당부했는데도 말이죠. 난 정말 그 사람을 보고 싶지 않아요."

"하지만 나한테 필사본에 대한 정보를 줄 수 있는 유일한 사람이네."

"그걸 알기 때문에 그 사람을 만나게 해주기는 하겠지만, 난 그 자리에 같이 있지는 않을 거예요."

그날 저녁, 나는 테헤란에서 가장 부유한 사람 중의 하나인, 파젤의 아버지에게 저녁 초대를 받았다. 파젤의 아버지는 자말 알딘과 친구 사이였지만, 일체의 정치적 행동을 삼가고 있었다. 그러나 나를 통해서 지도자 자말 알딘에게 경의를 표하고 싶었던 그는 백 명에 가까운 사람들을 초대했다. 화제는 오마르 하이얌에게 집중되었다. 회식자들의 입에서 4행시들과 일화들이 거론되면서 대화가 무르익자, 화제는 정치에 관한 이야기로 자주 빗나갔다. 모두들 페르시아어, 아랍어, 프랑스어를 유창하게 구사하는 듯했고 대부분이 튀르크어, 러시아어, 영어도 어느 정도는 할 줄 알았다. 그들이 나를 동방학자이자 루바이야트의 전문가로 생각하고 있어서 그만큼 스스로 더 무지하게 느껴졌다. 과분한 평가라고 말하고 싶은 마음이 간절했지만 그런 말을 해봐야 진정한 학자가 보이는 겸손의 표시로 받아들여질 뿐이라는 걸 깨닫고, 고백하지 않기로 마음을 바꾸었다.

파젤의 아버지는 나를 초대하면서, 야회는 해 질 녘에 시작되지만 먼저 정원을 구경시켜주고 싶다면서 일찍 오라고 당부했었다. 파젤의 아버지처럼 궁전을 소유하고 있는 페르시아인이 자기 집 정원을 구경시켜주는 일은 거의 드문 일인 만큼, 그것은 나를 특별하게 대우하고 있음을 보여주는 동시에 자신이 유일하게 자랑거리로 삼는 것이 정원이라는 겸손함의 표시이기도 했다.

손님들이 속속 도착하면서 잔을 든 사람들이, 줄지은 포플러 사이를 구불구불 흐르는, 자연적인 것인지 사람이 만든 것인지 모를 수로 주변에 자리를 잡았다. 사람들이 대부분 카펫이나 방석에 앉기를 좋아하기 때문인지, 그들이 잡은 자리에 깔고 앉을 것을 갖다 놓느라고 하인들이 바쁘게 뛰어다녔다. 그러나 더러는 바위나 맨땅에 앉는 이들도 있었다. 잔디가 아예 존재하지 않는 페르시아의 정원은 미국인인 내 눈에는 벌거숭이 땅이라는 느낌이 들었다.

그날 저녁, 사람들은 적당하게 술을 마셨고 신앙심이 깊은 사람들은 차를 마셨다. 하인 셋이 커다란 사모바르 주전자를 들고 돌면서 시중을 들었다. 많은 이들이 아라크주, 보드카 또는 포도주를 마시고 있었지만, 추태를 보이는 사람은 한 사람도 발견하지 못했다. 물론 개중에는 얼근히 취한 사람들도 있기는 했지만 그들조차 타르 연주자, 자르브의 명인, 플루트 연주자 등 집주인이 고용한 음악가들의 연주를 묵묵히 듣는 것으로 만족했다. 나중에는 대부분 젊은이로 구성된 무용수들도 등장했지만, 야회장에 여자는 단한 명도 보이지 않았다.

야회는 자정 무렵까지 계속되었다. 사람들은 저녁 내내 피스타치오, 아몬드, 소금에 절인 열매, 사탕과자로 만족했고 식사는 맨 마지막에 나왔다. 그날의 주요리인 자바헤르 폴로우, 즉 '쌀로 지은 특식'이 나오면 손님들이 10분 만에 음식을 해치우고 손가락을 핥으며 떠나가기 때문에 집주인은 가능한 한 식사 시간을 늦추어야 했던 것이다. 우리가 나가자, 대문 앞에 모여 있던 마부들과 랜턴을 든 사람들이 각기 자기들의 주인을 모시느라 바쁘게 움직였다.

다음날 새벽에 파젤은 나와 함께 삯마차를 타고 샤 압돌아짐 성소까지 갔다. 그는 혼자 들어갔다가 거동이 불안해 보이는 남자하고 나왔다. 키가 크고 병적으로 마른 남자는 수염이 덥수룩했고, 두 손을 계속 떨었다. 흰색 누더기를 걸친 그는 자신의 소지품을 몽땅 집어넣은 탓인지 모양이 찌그러진 무채색 봇짐을 둘러메고 있었다. 나는 그의 눈빛에서 동방의 고뇌를 읽을 수 있었다.

내가 자말 알딘이 보내서 온 사람이라고 하자, 그는 즉시 무릎을 꿇고 내 손을 붙잡아 입맞춤을 퍼부었다. 그 자리가 불편했던 파젤은 미안하다는 말을 우물우물 뱉고는 자리를 피했다.

나는 미르자 레자에게 자말 알딘의 편지를 내밀었다. 그는 거의 뺏다시피 편지를 받아서, 나라는 존재를 완전히 잊은 것처럼 여러

장에 달하는 글을 서두르지 않고 읽었다.

나는 그가 편지를 다 읽고 나서 내가 관심을 갖고 있는 것에 대해 얘기해주기를 기다렸다. 그러나 그는 페르시아어와 프랑스어를 섞어서 알아듣기 힘들게 말했다.

"그 책은 내 고향 케르만 출신의 군인이 갖고 있소. 그 군인이 금요일, 그러니까 모레 이곳으로 나를 만나러 오겠다고 약속했지요. 그 친구에게 돈을 좀 주어야 할 겁니다. 그 책을 사기 위해서가 아니라, 그걸 고이 간직했다 돌려주는 데 고마움을 표시하기 위한 돈이죠. 그런데 불행히도 나한테는 돈이 한 푼도 없으니……."

나는 지체 없이 자말 알딘이 그에게 보내는 금화를 호주머니에서 꺼내 주었다. 그리고 같은 액수의 돈을 얹어주자, 그가 만족스러운 얼굴로 말했다.

"토요일에 다시 오시오. 신께서 도와주신다면 필사본을 돌려받게 될 거고, 그러면 당신에게 넘겨줄 테니 콘스탄티노플에 계신 지도자께 전해주시오."

30

내리쬐는 뙤약볕에 달아올라 먼지마저 뜨거운 테헤란의 거리는 무력감이 느껴질 정도로 한산했다. 살구를 곁들인 닭고기 요리, 시라즈산 신선한 포도주. 호텔방의 발코니로 나가 빛바랜 파라솔 아

래서 젖은 수건을 얼굴에 덮고 낮잠을 자는 페르시아의 하루하루
는 무료했다.

그러나 1896년 5월 1일, 한 사람의 목숨이 막을 내리고 또 다른
한 사람의 목숨은 경각에 달려 있었다.

방문을 거세게 두드리는 소리가 연거푸 들렸다. 잠에서 깨어나
기지개를 켜던 나는 그제야 내 방을 두드리는 소리임을 깨닫고 벌
떡 일어났다. 나는 찰싹 들러붙은 머리에 아래쪽으로 휘어진 콧수
염을 하고, 전날 산 기다랗고 헐렁한 튜닉을 걸친 채 맨발로 뛰어
나갔다. 걸쇠를 벗기는 손가락들이 제대로 말을 듣지 않았다. 문을
박차고 들어온 파젤이 나를 밀치며 문을 잠그고 나서 내 어깨를 흔
들며 말했다.

"어서 잠을 깨요. 15분 후면 죽은 목숨이라고요!"

파젤이 띄엄띄엄 알려준 소식은, 이튿날이면 전보를 통해 전 세
계가 알게 될 중대 사건이었다.

나세르 알딘 샤는 정오에 금요일 기도를 하기 위해 샤 압돌아짐
성소에 갔다. 그는 재위 50주년 축전을 위해 지은, 금실로 수를 놓
고 터키석과 에메랄드가 박힌 화려한 의상에, 깃털 장식이 달린 챙
없는 모자를 쓰고 있었다. 성소의 홀 안에서 군주가 기도할 자리를
정하자, 그의 발밑에 카펫이 깔렸다. 그는 무릎을 꿇기에 앞서 눈으
로 자신의 여자들을 찾아 자기 뒤에 자리를 잡으라는 손짓을 하고
나서, 끝이 멋지게 말려 올라가고 푸르스름한 광택이 도는 흰 콧수
염을 매끈하게 가다듬었다. 그 사이에 신도들과 성직자들이 밀려

들어오자, 근위병들이 질서 있게 입장시키기 위해 애를 썼다. 바깥 마당에서는 아직도 환호성이 일고 있었다. 군주를 향해 걸어가는 궁정 부인들 속에 한 남자가 슬그머니 끼어들었다. 양털 옷을 입은 수피 수도승 차림의 사내가 군주에게 종이 한 장을 내밀었다. 샤가 읽으려고 코안경을 쓰는 순간, 갑자기 총성이 울렸다. 종이 뒤에 권총이 숨겨져 있었다. 총알은 군주의 가슴에 명중했다. 군주가 비틀거리기에 앞서 중얼거렸다. "나를 부축하라!"

일대 혼란 속에서 가장 먼저 정신을 차린 대재상이 외쳤다. "가벼운 상처니 조용히들 하라!" 대재상은 주위 사람들을 물러가게 한 뒤 서둘러 샤를 궁정 마차에 싣고 떠났다. 그는 군주가 아직 살아 있는 것처럼 시신을 뒷좌석에 앉히고 부채질을 해주면서 테헤란까지 갔다. 대재상은 성소를 떠나기에 앞서 타브리즈를 통치하고 있는 왕세자에게 급히 궁전으로 듭시라는 전갈을 보냈다.

한편, 현장에서 샤의 여자들에게 붙들린 살해범은 사정없이 얻어맞고 있었다. 군중이 달려들어 그의 옷을 갈기갈기 찢고 있을 때 카자크 여단의 대장 카사코프스키 대령이 들이닥치는 바람에 일단 곤경에서 벗어나기는 했으나, 그때부터는 신문이 시작되었다. 이상하게도 범행에 사용된 무기는 온데간데없었다. 한 여자가 권총을 집어 옷 속에 감추었다고 하는데, 이후로도 무기는 발견되지 않았다. 반면에 권총을 숨기는 데 사용했던 종이는 회수되었다.

파젤은 자세하게 설명하기는 했지만 표현은 간결했다.

"그 미치광이 미르자 레자가 결국 샤를 살해하고 말았어요. 그에게서 자말 알딘의 편지가 발견되었다는데, 거기에 당신 이름이 언급되어 있잖아요. 어서 페르시아 옷을 입고, 돈과 여권만 챙겨요. 다른 것은 놔두고, 빨리 미국 공사관으로 피신해야 돼요."

맨 먼저 생각난 것은 필사본이었다. 미르자 레자가 오늘 아침에 그걸 손에 넣었을까? 나는 내가 얼마나 심각한 상황에 처해 있는지 아직 실감하지 못하고 있었다. 위대한 시인의 발자취를 찾아 동방에 온 내가 국가 수뇌 암살의 공모자라니 말이 되는가! 그러나 자말 알딘과의 접촉, 그가 주선해준 비자, 살해범이 소지한 편지에 언급된 내 이름 등 외면적으로 드러난 여러 가지 정황이 모두 나한테 불리했다. 어떤 재판관인들, 어떤 형사인들 나를 의심하지 않을 수 있겠는가?

발코니를 엿보던 파젤이 갑자기 몸을 낮추고 쉰 소리로 외쳤다.

"벌써 카자크 군인들이 몰려와서 호텔 주변의 통행을 막고 있어요!"

우리는 층계를 급히 내려갔다. 현관에 이른 우리는 수상하게 보이지 않으려고 의연하게 걸음을 떼었다. 챙 없는 모자를 푹 눌러쓴 금발 수염의 장교가 구석구석을 살피면서 현관문으로 들어오고 있었다. 그 순간 파젤이 재빨리 속삭였다. "공사관으로 가요!" 그러고는 내게서 떨어져서 얼른 그 장교에게 걸어갔다. "팔코브닉(대령님)!" 하고 부르는 그의 음성, 악수를 나누면서 국상에 관해 얘기하는 소리가 들렸다. 나는 카사코프스키 대령이 파젤의 아버지 집에 자주 들러 저녁을 먹을 정도로 친분이 있는 사람이라는 것을 알아차리고 한숨 돌렸다. 그 틈을 타서 나는 낙타털로 짠 아바 튜닉으로 몸을 감싸고 출구 쪽으로 걸어가 카자크 군인들의 숙영지로 변해버린 정원으로 나갔다. 그들은 내게 관심을 두지 않았다. 내가 안에서 나왔기 때문에 그들은 나를 자기들의 대장이 통과시킨 사람으로 판단한 것이었다. 철책을 지나 좁은 골목길로 나갔다. 오른쪽으로 가면 대사관들이 모여 있는 거리에 이르게 되고, 10분이면 미국 공사관에 갈 수 있었다.

군인 셋이 내가 가는 골목 입구에서 보초를 서고 있었다. 그들 앞으로 지나갈 것인가? 왼쪽에 또 하나의 골목길이 보였다. 그 길로 들어갔다가 나중에 오른쪽 길로 돌아오는 것이 낫겠다는 생각이 들었다. 그래서 군인들 쪽을 쳐다보지 않는 척하면서 걸어갔다. 몇 발짝을 걸어가는 동안 나는 그들을 쳐다보지 않았고, 그들도 나를 쳐다보지 않았다.

"정지!"

어떡하지? 걸음을 멈출까? 저들은 나의 첫마디부터 페르시아어가 서투른 걸 알고 신분증을 요구할 것이고, 수상쩍다 싶으면 나를 체포할 것이다. 도망칠까? 그들은 나를 붙잡는 데 아무런 어려움이 없을 것이고, 나는 죄인으로 몰릴 것이며, 변명을 해봐야 아무 소용이 없을 것이다. 선택의 여지가 없었다.

나는 아무 소리도 못 들은 것처럼 서두르지 않고 계속 걸어가기로 마음먹었다. 그러나 다시 고함 소리가 나면서 실탄을 장전하는 소리와 군화 소리가 들렸다. 나는 더 생각할 것 없이 뒤도 돌아보지 않고 골목길을 뛰어서 좁고 어두운 길을 골라 달아났다. 해가 이미 지고 있어서 반 시간이면 깜깜해질 터였다.

머릿속으로 기도문을 찾았지만, 입에서는 하느님 소리만 나왔다. "하느님! 하느님! 하느님!" 나는 마치 이미 죽어 천국의 문을 두드리는 사람처럼 하느님을 찾았다.

그 순간, 기적처럼 문이 열렸다. 천국의 문인가. 진흙으로 더럽혀진 벽 속의 작은 암문. 길모퉁이에서 문이 열리고 손 하나가 내 손을 건드렸다. 내가 그 손을 붙잡자 몸이 안쪽으로 확 잡아당겨지면서 문이 닫혔다. 나는 숨을 헐떡이면서 두려움과 불안 때문에 두 눈을 꼭 감고 있다가 이내 안도감을 느꼈다. 밖에서는 기병대 지나가는 소리가 요란하게 들렸다.

세 쌍의 웃는 눈이 나를 쳐다보고 있었다. 머리에 베일을 쓰기는 했지만 얼굴을 드러낸 세 여인이, 갓난아이를 보듯 따뜻한 눈으로 나를 쳐다보고 있었다. 그중에서 제일 나이가 많은 사십 대의 여인이 따라오라는 손짓을 했다. 정원 안쪽에 작은 정자가 보였다. 여자는 나를 그 안으로 데리고 들어가서 버들가지로 엮은 의자에 앉게 하고는, 다시 오겠다는 몸짓을 하면서 나를 홀로 두고 나갔다. 그녀는 나가면서 입을 뾰로통하게 내밀고 "안다룬"이라고 말했다. '안다룬'이라면 '안채'를 뜻하는 것이니, 여자들이 기거하는 곳을 군인들이 들이닥쳐서 뒤지는 일은 없을 테니 안심하라는 뜻인가?

실제로 가깝게 들리던 군인들의 발소리가 점점 멀어지면서 마침내 사라졌다. 내가 어느 골목에서 순식간에 사라졌는지 어찌 알겠는가. 그 구역은 열 개나 되는 골목길과 백여 채의 가옥과 정원 들이 옹기종기 모여 있는 복잡한 곳인 데다, 어둠까지 내려와 있었는데.

한 시간 후에 여자들이 와서 내게 검은색 차 한 잔을 주고 담배를 말아주면서 대화가 시작되었다. 그들은 페르시아어 문장에 프랑스어 단어를 간간이 섞어 가면서 천천히 나를 구해주게 된 이유를 설명했다. 외국인 호텔에 샤를 살해한 범인의 공모자가 묵고 있다는 소문이 퍼져 있었다. 달아나고 있는 나를 보면서 여자들은 내가 바로 그 '영웅적인' 공모자임을 알았고, 나를 구해주고 싶었다는 것이었다. 그들에게는 그럴 만한 이유가 있었다. 한 여자에게는 남편이고, 두 여자에게는 아버지가 되는 사람이 일부다처제 폐지, 남녀평등, 민주 체제 수립을 주장하는 반체제파 바브교* 소속이라는 이유로 15년 전에 억울하게 처형되었다. 샤와 성직자가 주도하는 탄압은 무자비했고, 밀고가 들어왔다는 이유 하나만으로 수만 명에 이르는 무고한 바브교도들이 학살되었다. 그때부터 과부의 몸으로 홀로 두 딸을 키우게 된 내 생명의 은인은 복수의 날이 오기만을 기다리고 있었다. 세 여자는 대신 복수를 해준 영웅을 누추한 정원에서나마 자기들이 보호할 수 있게 되어 영광이라고 말했다.

---

* 1844년 시라즈의 미르자 알리 무함마드에 의해 창시된 시아파의 한 분파. 세계의 종교적 통일을 이상으로 삼고 부패한 성직자를 비난하는 동시에 일부다처, 노예 매매 따위를 금하였다. 농민과 중소상인 사이에서 숨은 이맘의 출현으로 받아들여져 바브교의 세력이 급속도로 퍼지자, 카자르 왕조가 탄압하기 시작했다.

여자들이 자신을 영웅으로 보고 있을 때 솔직하게 그건 잘못 알고 있는 거라고 말하고 싶은 마음이 들겠는가? 나는 그들을 실망시키는 것은 실례이고 신중하지 못한 일이라고 자신을 타일렀다. 이 어려운 상황에서 살아남기 위해서는 그들이 보내는 갈채와 용기, 근거 없는 찬양이 내게는 필요했다. 그래서 나는 여자들에게서 의심을 살 정도의 수수께끼 같은 침묵 속으로 도망쳤다.

세 여자, 정원, 유익한 오해, 나는 페르시아에서 보낸 그 무더운 봄의 꿈같은 40일에 대해 한도 끝도 없이 이야기할 수 있다. 외국인으로서는 감히 상상도 할 수 없는 일이었다. 더구나 다른 곳도 아닌 동방 여자들의 세계에서 그들과 함께 산다는 것은. 내 생명의 은인은 나를 보호해줌으로써 자신이 어떤 어려운 일을 당하게 될지 모르지 않았다. 나는 첫날 밤 정원 안의 정자에서 돗자리 세 장을 포개어놓고 드러누워 잠을 청하면서, 그녀가 불면의 밤을 보내고 있음을 알았다. 동이 트기가 무섭게 그녀가 나를 불렀기 때문이었다. 그녀는 나에게 자신의 오른편에 책상다리를 하고 앉으라고 했고, 왼편에 두 딸을 앉게 한 다음 밤새 준비한 이야기를 시작했다.

그녀는 내 용기를 칭찬하는 것으로 시작해서, 나를 접대하게 되어서 정말 기쁘다고 말했다. 그러고 나서 잠시 침묵을 지키고 있던 그녀가 갑자기 앞가슴을 풀어헤치는 바람에 나는 눈을 어디에 두어야 할지 몰라 몹시 당황했다. 나는 얼굴이 빨개져서 눈을 돌렸지만, 그녀는 나를 끌어당겼다. 그녀의 어깨와 더불어 젖가슴이 드러나 있었다. 말과 몸짓으로 그녀는 내게 젖을 빨라고 했다. 두 딸이 참지 못하고 키득거렸지만, 어머니는 의식을 치르는 사람처럼 엄숙한 얼굴이었다. 나는 세상에서 가장 정숙하게 내 입술을 한쪽 젖꼭지에 대었다가 다른 쪽으로 옮겼다. 그녀가 천천히 옷을 여미고 엄숙하게 말했다.

"이것으로 너는 내 아들이 되었다. 너는 내 몸에서 나온 친아들과 같다."

이어서 그녀는 웃음기를 거둔 딸들을 향해 얼굴을 돌리고, 이제부터는 나를 친오빠로 대해야 한다고 말했다.

그 순간에는 그 의식이 감동적이면서도 한편으로는 기괴하게 느껴졌다. 그러나 다시 생각해보면서, 나는 그 의식에서 동방의 미묘한 정신을 발견했다. 사실 그 여자한테는 내가 거추장스러운 존재였다. 그러나 그녀는 자신의 목숨이 위태로운데도 주저하지 않고 내게 구원의 손길을 내밀었고, 조건 없이 나를 극진하게 보살펴주었다. 더군다나 젊은 외국인 남자와 자신의 딸들을 밤낮으로 함께 지내게 하면 언제고 사달이 날 수 있었다. 곤란한 상황을 빗겨 가기 위한 방편으로 상징적인 양자 의식을 치르는 것보다 더 좋은 방법이 있을까? 그때부터 나는 그 집 안을 자유롭게 돌아다닐 수 있었고, 내 '여동생'들의 이마에 입맞춤을 하고 같은 방에서 잠을 자면서 서로 보호하고 보살피며 지냈다.

다른 사람들이라면 그런 상황에 처했을 때 함정에 빠졌다고 느꼈을지도 모른다. 하지만 나는 용기를 얻었다. 여자들의 행성에 착륙해서 세 여자 중 한 여자와 서둘러서 모자 관계를 맺고 칩거 생활을 하면서 무위도식한다는 것, 그러다 차츰차츰 다른 두 여자를 피하고, 그들의 경계심을 완화시키고, 그들을 거부할 궁리를 하는 일, 반면에 불가피하게 여자들의 반감을 사기도 하고, 소외된 자신을 느끼고 당황하기도 하고, 신의 섭리에 따랐을 뿐인 여자들을 슬프게 하고 실망시켰던 것을 후회하는 일련의 과정은 사실 내 성격과도 거의 맞지 않은 일이었다. 그러나 그 경험이 없었다면, 그 여자가 그 무한한 사랑을 통해서 신앙의 가르침을 따르고 있었다는 것을 나의 서양적인 사고방식으로는 결코 깨달을 수 없었을 것이다.

마치 기적이라도 일어난 것처럼 그 모든 것이 단순하고, 투명하고, 순수했다. 욕망이 죽었다고 말한다면 거짓말일 것이다. 우리의 관계는 육체적인 것이었지만, 정말 순수했다고 나는 지금도 자신 있게 말할 수 있다. 나는 그렇게 수배령이 내려진 도시 한복판에서 베일로 얼굴을 가리지 않고도 수줍음을 느끼지 않는 여자들 틈에서 무사태평한 세월을 보냈다.

돌이켜볼 때 그 여자들과 함께 살았던 시간들은 특별한 은혜를 받았던 순간이었다고 생각한다. 그 순간이 없었다면 동방에 대한 내 생각은 주요 부분이 잘린 상태로 남아 있거나 피상적으로 남아 있었을 것이다. 페르시아어를 이해하고 일상어를 사용하는 데 내가 놀라운 발전을 한 것은 그 여자들 덕분이다. 여자들이 첫날은 프랑스어를 섞어 가며 가상한 노력을 했지만, 그 이후부터 우리는 가급적이면 그 나라 언어로만 대화했다. 대화는 열띠기도 했고, 허탈하기도 했고, 미묘하기도 했고, 노골적이기도 했고, 가끔은 외설스럽기도 했는데, 나는 근친상간의 금기에 구애받지 않는 오빠의 자격으로 모든 대화를 허락할 수 있었다. 과한 애정 표시를 포함한 모든 농담이 합법적이었다.

그 세월이 연장되었다면 매력적인 경험으로 남아 있었을까? 그건 알 수 없다. 알려고도 하지 않았다. 유감스럽게도, 예기치 못했던 사건으로 그 시간들이 종말을 고하게 되었으니까. 그것은 조부모의 방문이라는 아주 평범한 사건에 의해서였다.

평소에 나는 남자들의 거처로 이르는 비루니 문, 즉 정문에서 멀리 떨어진, 처음에 내가 그 집으로 들어간 그 암문이 있는 정원 쪽에서 기거했다. 나는 초인종이 울리면 즉시 몸을 숨기곤 했다. 그런데 이번에는 너무 방심하고 있었던 탓인지 노부부가 들어오는 소리를 듣지 못했다. 나는 여자들의 방에서 가부좌를 틀고 앉아서 '동생'들이 준비해준 칼리안 파이프 담배를 두 시간 전부터 느긋하게 피우고 있었다. 빨부리를 입에 물고 머리를 벽에 기댄 채 졸고 있던 나는 남자의 헛기침 소리에 소스라치게 놀라서 깼다.

31

곧바로 따라 들어온 양어머니는 자신의 집 안에 유럽인 남자가 있는 이유를 정확하게 설명하지 않으면 안 될 처지에 놓였다. 그녀는 자신이나 딸들의 명예를 떨어뜨리기보다는 진실을 밝히기로 하고 떳떳하고 당당하게 말했다. 이 외국인이 바로 폭군을 살해해서, 학살된 남편의 원수를 갚아준 범인과의 공모 혐의로 경찰이 찾고 있는 그 도망자라고 말했다.

그 말에 노인이 잠시 동요하는 듯하더니, 이윽고 판정이 내려졌다. 노인은 내게 고마움을 표하면서 내 용기와 아울러 내 생명의 은인의 용기를 칭찬했다. 갑작스러운 상황에 직면했지만 양어머니의 설명은 설득력이 있었다. 여자들이 기거하는 안채에 쫓기는 남자를 숨겨주는 위험천만한 짓을 저질렀으면서도, 그녀는 나를 보호해주어야 하는 필요성을 자신 있게 설명했다.

명예는 더럽혀지지 않았지만, 내가 떠나야 하는 것은 분명했다. 두 가지 길이 있었다. 가장 확실한 방법은 여자로 변장하고 미국 공사관까지 가는 것이었다. 그러나 '어머니'는 반대했다. 몇 주 전부터 공사관으로 가는 모든 길이 통제되었고 군인들이 순찰을 돌고 있다는 것이었다. 더구나 키가 183센티미터나 되는 남자가 페르시아 여자로 변장하고 나가봐야 대번에 눈에 띄어 붙들리기 십상이었으니, 그녀의 말은 옳았다.

또 한 가지 방법은, 자말 알딘이 한 조언대로 시린 공주에게 도와 달라는 편지를 보내는 것이었다. 내가 그 얘기를 하자 '어머니'가 찬성했다. 그녀는 살해된 군주의 손녀가 가난한 사람들의 고초를 가슴 아파하면서 남몰래 후원해주는 성품이라는 얘기를 들은 적이 있다면서, 자신이 직접 공주에게 편지를 전하겠다고 했다. 문제는 편지에 쓸 말이었다. 충분한 설명이 되면서도, 다른 사람의 손에 들어가더라도 나의 신원이 노출되지 않는 표현을 찾아야 했다. 내 이름을 언급할 수도, 자말 알딘의 이름을 언급할 수도 없었다. 그래서 궁리 끝에 그녀가 나에게 했던 말을 적기로 했다. '또 만나게 되겠죠.'

'어머니'는 장례식의 마지막 절차인 군주의 40제 때에 공주에게 접근하기로 결정했다. 몰려든 구경꾼들과 눈물로 엉망이 된 얼굴을 하고 곡하는 여자들로 붐비는 통에 식장이 혼잡해서, 공주에게 편지를 전달하는 일은 그리 어렵지 않았다. 손에서 손으로 전달된 편지를 읽은 공주가 기겁을 하면서 글을 쓴 남자를 눈으로 찾자 '어머니'가 넌지시 속삭였다. "그 사람은 저희 집에 있습니다." 시린은 즉시 장례식장을 나와 자신의 마부를 부르고는 '어머니'를 마차의 옆자리에 앉혔다. 공주는 의혹을 사지 않기 위해 왕가의 휘장을 씌운 마차를 프레보 호텔 앞에 세우게 했다. 두 여자는 아무도 알아보지 못하도록 베일로 얼굴을 단단히 가리고 마차에서 내려 걸어갔다.

처음 만났을 때보다는 확실히 말수가 많았다. 공주는 눈으로 나를 확인하고 나서 입가에 미소를 머금었다. 그러고는 갑자기 명령조로 말했다.

"내일 새벽에 내 마부가 당신을 데리러 올 테니, 준비하고 있다가 베일로 얼굴을 가리고 고개를 숙이고 걸어오세요!"

나는 그녀가 나를 공사관으로 데려가줄 거라고 확신하고 있었다. 그녀의 마차가 도시의 문을 넘고 나서야 내가 잘못 생각했음을 알았다. 그녀가 설명했다.

"물론 당신을 미국 공사에게 데려다줄 수도 있었어요. 그러면 당신은 안전한 곳에서 보호를 받았을 테지요. 하지만 경찰은 당신이 어떻게 공사관까지 무사히 갈 수 있었는지 대번에 알아낼 거예요. 물론 카자르 왕가의 손녀이니 나한테 그 정도의 힘은 있겠죠. 하지만 그렇다고 왕녀인 내가 군주를 살해한 공모자를 보호해준 것이 밝혀진다면 내 입장이 어떻게 되겠어요. 나로 인해 당신을 보살펴주었던 용감한 여자들이 화를 입는다면 그 또한 난처한 일이지요. 그리고 당신 나라의 공사도 그러한 죄를 저지른 사람을 보호하는 걸 탐탁지 않게 여길 거고요. 따라서 당신이 페르시아를 떠나는 것이 모두에게 좋아요. 당신을 내 외삼촌에게 데려갈 건데, 그분은 바흐티아리족 족장 중 한 분이세요. 40제에 참석하기 위해 부족의 전사들을 거느리고 와 계시거든요. 내가 미리 당신의 신원과 당신이 무고하다는 것을 알려놓아서 외삼촌은 알고 계시지만, 부하들은 아무것도 모르고 있어요. 외삼촌께서 카라반들도 모르는 길을 이용해서 당신을 오스만 제국의 국경까지 경호해주실 거예요. 지금 샤 압돌아짐 마을에서 우리를 기다리고 계세요. 돈은 갖고 있나요?"

"네. 저를 구해준 여자들에게 200투만을 주었지만 아직 400투만이 남아 있습니다."

"그걸로는 부족해요. 그 돈의 절반은 인솔자들에게 주어야 하고,

또 길을 떠나려면 돈을 갖고 있어야 하니까 이걸 받으세요. 튀르크 금화에요. 많은 돈은 아니니까 부담 갖지 마세요. 그리고 이건 '지도자'에게 보내는 건데 당신이 좀 전해주세요. 콘스탄티노플에 들르겠죠?"

공주에게 아니라고 대답하기는 어려웠다. 그녀가 여러 장의 서류를 잘 접어 내 튜닉 안으로 밀어 넣으면서 말을 이었다.

"미르자 레자의 신문 조서인데, 간밤에 내가 베껴 쓴 거예요. 당신은 읽어도 돼요. 아니, 꼭 읽어봐야 해요. 많은 것을 알 수 있을 거예요. 이 나라를 떠날 때까지 잘 보관하세요. 하지만 다른 사람은 절대 읽어서는 안 됩니다."

우리는 어느새 마을 입구에 와 있었고, 경찰이 사방에 깔려 있었다. 그들은 노새에 실린 짐까지 수색했지만, 감히 왕가의 마차를 막아서지는 못했다. 우리의 마차는 노란 저택의 마당까지 계속 달려 갔다. 마당 한가운데에 백 살은 먹었을 것 같은 거대한 떡갈나무가 있고, 탄띠 두 줄을 엇갈리게 해서 허리에 두른 전사들이 나무 주위에서 분주히 움직이고 있었다. 공주는 짙은 콧수염과 짝을 이루는 장식품이라도 되는 듯 전사들이 허리에 두른 탄띠에 경멸적인 시선을 보냈다.

"든든한 손에 당신을 맡겼으니 나는 이제 가야겠어요. 보시는 대로, 지금까지 당신을 보호해주었던 연약한 여자들보다는 저들이 당신을 훨씬 더 잘 보호해줄 거예요."

"그렇겠지요."

나의 불안한 눈이 전사들의 어깨에 매달려 사방에서 움직이고 있는 소총들을 따라다녔다.

공주가 웃으면서 말했다.

"나도 그럴 거라고 믿어요. 저들이 오스만 제국까지는 호위해줄 테니까 염려 말아요."

나는 작별 인사를 하려다 말고 물었다.

"이런 말을 물을 때가 아니라는 건 알지만, 혹시 미르자 레자의 집에서 오래된 필사본을 발견했다는 얘기는 못 들으셨는지요?"

그녀가 내 눈을 피하면서 기분이 상한 어조로 대답했다.

"정말 때를 잘못 택하셨어요. 콘스탄티노플에 도착하기 전까지는 다시는 그 미친 사람의 이름은 입에 담지 마세요!"

"그건 하이얌의 필사본입니다!"

나는 그 말을 하지 않을 수 없었다. 어쨌거나 내가 페르시아에서 모험을 한 것은 바로 그 책 때문이 아닌가! 그러나 시린은 한숨을 내쉬며 말했다.

"전혀 모르는데 한번 알아보지요. 당신의 주소를 주면 편지로 알려드리겠어요. 하지만 답장은 절대로 하지 마세요."

나는 '메릴랜드주 아나폴리스'라고 쓰면서 내가 이방인이라는 사실을 새삼 느꼈고, 페르시아 체류가 너무 짧았으며, 오지 말아야 할 곳을 잘못 왔다는 후회가 밀려왔다. 공주에게 쪽지를 내밀었다. 그녀가 쪽지를 잡으려고 할 때 내가 그녀의 손을 잡았다. 짧은 순간이지만 나는 힘주어 잡았다. 그녀도 내 손을 꼭 잡고 내 손바닥을 손톱으로 꼭 눌렀다. 상처가 날 정도는 아니었지만, 몇 분 동안 자국이 남을 정도였다. 미소가 감돌던 우리의 입술에서 동시에 똑같은 말이 튀어나왔다.

"또 만나게 되겠죠!"

나는 두 달 동안 길이라고 부를 만한 것을 보지 못했다. 우리는 샤 압돌아짐을 떠나 바흐티아리족의 땅인 남서쪽으로 향했다. 콤의 함수호를 돌아 같은 이름의 강을 따라가기는 했지만, 그 도시 안으로는 들어가지 않았다. 사냥꾼처럼 변장하고 소총을 어깨에 멘 인솔자들은 집단으로 움직이지 않으려고 주의했고, 시린의 외삼촌이 내게 "저기는 아무크, 저기는 베르차, 저기는 호메인"이라고 알려주었다. 그러나 그것은 우리가 아직 산악 지대 안에 있다는 뜻이어서, 나는 멀리 보이는 미너렛들을 통해 도시의 윤곽을 어렴풋이 짐작하는 것으로 만족해야 했다.

콤강의 수원지인 루리스탄 산악 지방에 이르자 인솔자들이 경계를 풀었다. 드디어 바흐티아리족의 땅에 도착한 것이다. 나를 위한 향연이 베풀어졌고, 그들이 내게 아편 담뱃대를 주었다. 나는 한 번 빨고는 곧바로 취해서 잠이 들었다. 다시 길을 떠나기까지는 이틀을 기다려야 했다. 슈슈타르, 아바즈를 거쳐 마지막으로 험난한 늪지대를 지나 오스만 지배하의 이라크 도시 바스라의 샤트알아랍강 연안에 이르려면 아직 갈 길이 멀었다.

마침내 페르시아를 무사히 벗어났다. 그러나 아직도 한 달간의 긴 여정이 남아 있었다. 나는 범선을 타고 파오에서 바레인까지, 이어서 해적 해안*을 따라 아덴까지 갔고, 그 다음은 홍해를 거슬러 올라가서 수에즈 운하를 거쳐 알렉산드리아로 갔다. 거기서 드디어 낡은 오스만 선박에 몸을 싣고 지중해를 가로질러 콘스탄티노플까지 갔다.

끝없이 계속되는 도주 속에서 몹시 지치기는 했지만 사고는 없었기 때문에, 나는 미르자 레자의 신문 조서를 베껴 쓴 열 장의 서류를 읽고 또 읽을 수 있었다. 다른 소일거리가 있었다면 그 서류에 관심을 쏟지 않았을지도 모르지만 미르자 레자의 가는 팔다리, 고뇌의 눈빛, 수도승 차림의 모습이 눈에 아른거리는 나로서는 사형수를 단독으로 신문하면서 작성한 조서에 마음이 쏠리지 않을 수 없었다. 어떤 때는 그의 음성까지 들리는 듯했다.

"경애하는 샤를 살해하게 된 이유가 무엇인가?"

"눈이 제대로 박힌 사람이라면, 세이예드 자말 알딘께서 학대를 받으셨던 바로 그 장소에서 샤가 쓰러졌다는 걸 알아차리기 어렵지 않을 것이다. 예언자의 후손이신 그 성인을 성소에서 끌어내기 위해서 어떻게들 했는가?"

"샤를 살해하라고 시킨 사람이 누군가? 공모자는 누군가?"

"세이예드 자말 알딘과 전 인류를 창조하신 지고하시고 전능하

---

* 페르시아만(아라비아만 또는 걸프만)은 예로부터 해적의 소굴이 많았다. 특히 카타르 반도에서 아랍에미리트의 라스마산담곶에 이르는 지방은 해적 해안이라고 불릴 정도였다.

신 우리 창조주의 이름으로 맹세컨대, 나와 세이예드 이외에는 어느 누구도 샤를 살해하려고 한 내 계획을 알지 못한다. 세이예드께서 콘스탄티노플에 계시니 그분과 연락해보면 알 일!"

"자말 알딘이 너한테 어떤 지시를 내렸는가?"

"콘스탄티노플로 그분을 찾아가서 샤의 아들이 나한테 가했던 고문에 대해 말씀드렸더니, 그분은 이렇게 말씀하셨다. '장례라도 치르는 것처럼 그렇게 울부짖지 말라! 너는 우는 것 말고는 아무것도 할 줄 모르느냐? 샤의 아들이 너를 고문했다면 그를 죽이면 될 것을!'"

"그렇다면 너한테 잘못을 저지른 사람은 샤의 아들이고, 자말 알딘이 복수하라고 조언한 사람도 샤의 아들인데, 왜 샤를 살해했는가?"

"내가 아들을 죽인다면 막강한 힘을 가진 샤가 그 보복으로 수천 명을 죽일 거라고 생각했다. 내가 가지를 치는 대신에 전제 군주라는 나무를 뿌리째 뽑기로 한 것은, 그 자리에 다른 나무가 태어나기를 희망해서였다. 더욱이 오스만의 술탄도 비밀리에 세이예드 자말 알딘께 무슬림들의 통합을 실현하기 위해서는 샤를 제거해야 한다고 말했다."

"술탄이 자말 알딘에게 비밀리에 한 말을 네가 어떻게 알고 있는가?"

"세이예드 자말 알딘께서 직접 나한테 말씀해주셨다. 그분은 나를 신임하셨고, 내게 아무것도 숨기지 않으셨다. 내가 콘스탄티노플에 있을 때 그분은 나를 친아들처럼 대해주셨다."

"거기서 그런 대접을 받았다면 무엇 때문에 체포될 위험을 무릅쓰고 페르시아로 돌아왔는가?"

"나무에서 잎이 떨어지는 것은 애초부터 예정된 운명인 것이다. 나는 이 운명을 믿는 사람이다. 내가 페르시아로 돌아와서 그 염원을 이루는 도구가 된 것은 예정되어 있던 나의 운명인 것이다."

32

일디즈 언덕 위 자말 알딘의 거처 주위에서 얼쩡거리고 있는 저 사람들, 자신들이 쓰고 있는 페즈 모자*에 '술탄의 첩자'라고 써 붙여놓지 않았지 저들의 정체는 누구라도 대번에 짐작할 수 있었다. 아마도 저들이 그곳에 있는 진정한 목적은 방문객들의 의욕을 꺾기 위해서일 것이다. 실제로, 예전에는 그렇게도 제자, 외국의 특파원, 유명 인사 들로 붐비던 그의 거처가 텅 비어 있었다. 숨이 턱턱 막히게 더운 9월의 그곳에는 입이 무거운 하인 한 사람밖에는 없었다. 그가 나를 2층으로 안내했다. 질긴 무명천과 벨벳을 씌운 안락의자에 몸을 파묻은 '지도자'는 깊은 생각에 잠겨 있었다.

내가 들어오는 것을 본 그의 얼굴이 밝아졌다. 그는 성큼성큼 걸

---

* 챙이 없고 위가 약간 좁은 원통형 모자. 튀르키예나 이슬람 국가에서 남자들이 쓴다.

어와 나를 끌어안고 나에게 그런 일을 겪게 한 것을 사과하면서, 무사히 돌아와줘서 기쁘다고 말했다. 나는 그에게 공주의 도움을 받아 도주한 경위와 파젤과의 만남에 대해 소상하게 얘기했다. 이어서 미르자 레자에 관한 얘기를 꺼내자, 자말 알딘이 편치 않은 얼굴로 말했다.

"지난달에 레자가 교수형을 당했다는 소식을 들었네. 신께서 그를 용서하시기를! 자신의 운명을 알고 있는 대단한 사람이었지. 현장에서 체포되고도 처형 일자를 늦출 수 있었던 사람은 아마 그가 유일할 거야. 샤가 죽은 지 백 일이나 지난 뒤였으니! 자백을 받아내기 위해 모진 고문을 했을 텐데."

자말 알딘은 느리게 말했다. 그는 쇠약하고 수척해 보였다. 평소에는 그토록 차분하던 그의 얼굴이 안면에 일어나는 경련 때문에 일그러졌다. 미르자 레자에 대한 얘기를 할 때에는 특히 괴로워하는 것 같았다.

"바로 이곳 콘스탄티노플에서 내가 데리고 있던 그 가련한 사람, 손이 떨려서 찻잔조차 들 수 없을 것 같던 그 사람이 샤에게 총을 쏘았다는 것, 그것도 단 한 방에 쓰러뜨렸다는 것이 난 도무지 믿어지지가 않네. 미친 사람이라는 점을 이용해서 다른 사람의 범행을 덮어씌웠다고 생각되지 않나?"

나는 대답 대신에 공주가 필사한 신문 조서를 건넸다. 코안경을 쓰고 서류를 읽고 또 읽는 그의 얼굴은 두려움에 떠는 것처럼 보이기도 했고, 내심 기뻐하는 것처럼 보이기도 했다. 이윽고 그가 서류를 접어서 호주머니에 집어넣고 방 안을 성큼성큼 걸어 다녔다. 그렇게 10분가량 침묵을 지키던 그가 이상한 기도문을 중얼거렸다.

"미르자 레자, 페르시아의 방황하는 아들아! 너는 미친 사람이었을 수도, 현자였을 수도 있구나! 너는 나를 배신한 사람일 수도, 내게 충성을 다한 사람일 수도 있구나! 애정을 불러일으키는가 하면, 혐오감을 불러일으키기도 하는구나! 어떻게 너를 사랑할 수 있고, 어떻게 너를 미워할 수 있겠느냐? 신께서는 너를 어떻게 하실까? 희생자들의 천국으로 불러들이실까, 살인자들의 지옥으로 내쫓으실까?"

그가 지친 모습으로 자리에 다시 앉아서 두 손으로 얼굴을 감쌌다. 나는 계속 침묵을 지키면서 숨소리를 내지 않으려고 애를 썼다. 자말 알딘이 다시 일어났다. 음성이 한결 평온해지고 정신도 맑아진 것 같았다.

"서류에 적혀 있는 말투로 보아 미르자 레자의 말이 확실한 것 같군. 지금까지는 의심을 품고 있었지만, 이제는 그가 살해범이 맞다는 걸 믿어야겠네. 아마도 내 원수를 갚으려고 그런 짓을 저지른 것이겠지. 그것이 내게 복종하는 길이라고 믿고서. 하지만 그가 주장하는 것과는 달리, 나는 살인 지시를 내린 적이 없어. 레자가 나를 찾아와 샤의 아들과 그 부하들이 자신에게 고문을 가했던 얘기를 털어놓으면서 눈물을 흘렸지. 나는 격려하는 마음에서 이렇게 말했네. '울음을 그쳐라! 그러고 있으면 동정을 받고 싶어 하는 사람으로밖에 더 보이겠느냐! 그렇게 동정을 받고 싶으면 차라리 불구가 되는 게 훨씬 나을 것이다!' 그러고는 그에게 옛날이야기를 하나 들려주었지. 다리우스 왕의 군대가 알렉산드로스 대왕의 군대와 대치하고 있을 때, 그리스 자문관들이 페르시아 군사의 수가 자기들보다 압도적으로 많다는 점을 지적하자, 알렉산드로스는 어깨를 으쓱 올리면서 '내 부하들은 승리하기 위해서 싸우고, 다리우스의 부하들은 죽기 위해서 싸우노라!' 하고 단호하게 말했다는 이야기였지."

자말 알딘이 기억을 더듬었다.

"미르자 레자에게 또 이런 얘기를 했던 기억도 나는군. '샤의 아들이 너를 학대했다면, 너 자신을 파괴하지 말고 그를 파멸시켜라!' 그 말을 살인 지시라고 볼 수 있나? 미르자 레자를 만나봤으니 자네도 알 테지. 여기 내 집을 찾아오는 사람만 해도 천 명이 넘는데, 내가 하필이면 미친 사람한테 그런 임무를 내릴 수 있다고 생각하나?"

나는 진지한 태도를 보이고 싶었다.

"그 살인의 책임이 선생님에게 있다고 할 수는 없지만, 도의적인 책임까지 부인하실 수는 없습니다."

나의 솔직한 말이 그의 아픈 곳을 찔렀다.

"그 점은 인정하네. 날마다 샤가 죽기를 바랐던 것은 사실이니까. 하지만 변명을 한들 무슨 소용이 있겠나. 나는 이미 유죄 선고를 받은 몸인데."

그가 작은 궤 앞으로 걸어가서 종이 한 장을 꺼냈다.

"오늘 아침에 유서를 썼네."

나는 그가 쥐어주는 것을 받아 떨리는 가슴으로 읽었다.

"자유를 박탈당한 포로 생활이 괴롭지도, 다가오는 죽음이 두렵지도 않다. 단 한 가지 유감스러운 것은, 내가 뿌린 씨앗이 열매 맺는 것을 보지 못한다는 점이다. 전제 군주는 동방의 민중을 짓밟고, 자유의 외침을 억누르는 어리석음을 되풀이하고 있다. 궁전 마당의 메마른 땅에 씨앗을 뿌리지 말고 민중의 비옥한 땅에 뿌렸더라면 나는 아마 성공했을 것이다. 내가 가장 큰 희망을 품고 있는 페르시아의 민중이여, 내가 죽기를 염원하던 인물이 제거되었다고 해서 자유를 얻었다고 생각하지 말라. 그대들이 흔들어야 하는 것은 해묵은 전통의 무게인 것을."

"사본을 갖고 있다가 번역해서 앙리 로슈포르에게 전해주게. 사람들이 모두 나를 살인범으로 지목한다 해도 〈엥트랑지장〉 신문만은 내 무죄를 주장할 것이네. 모든 사람이 내 죽음을 바라고 있는 마당에 내가 턱뼈암에 걸렸으니, 모두들 안심하길!"

그는 한탄해도 시원치 않을 자신의 병을 학자다운 태도로 태연하게 거짓 미소까지 지으면서 농담처럼 얘기했다.

그가 주문이라도 외는 듯 되뇌었다.

"암, 암, 암, 과거의 의사들은 모든 병을 천체의 회합 탓으로 돌리면서도 유일하게 암(cancer)에는 모든 의사들이 한결같이 게좌(the Cancer)라는 별자리의 이름을 붙이고 있으니 죽음을 면할 수 없는 병이란 뜻이 아니겠는가."

그가 쓸쓸한 얼굴로 잠시 생각에 잠겼다가 다시 쾌활해진 음성으로 초연하게 말했지만, 비통한 심정임을 느낄 수 있었다.

"내가 암에 걸렸다는 게 원망스럽네. 하지만 아무도 내가 암 때문에 죽었다고 말하지는 않을 것이네. 샤는 내가 죄인이니 넘겨 달라고 요청하고 있고, 술탄은 내가 자신의 초청을 받은 손님이기 때문에 나를 넘겨줄 수도 없고, 그렇다고 시역자를 벌받지 않게 놔둘 수도 없는 입장이지. 술탄이 샤와 그의 카자르 왕조를 싫어하고 날마다 샤에 대해 음모를 꾸미고 있는 사람이기는 해도, 자말 알딘처럼 시끄러운 사람 때문에 이 세상의 권력자들과 맞설 사람은 아니란 말이지. 술탄은 나를 여기서 죽게 할 거야. 새로 권좌에 오른 샤가 겉으로는 나를 넘겨 달라고 재촉하고는 있지만, 술탄은 샤가 치세 초기부터 손에 피를 묻히고 싶은 마음이 전혀 없다는 걸 알기 때문에 아마 샤를 설득하면서 묘안을 짜내려고 하겠지. 누가 나를 죽일 것 같나? 암이? 샤가? 술탄이? 아마 나는 그걸 모른 채 죽겠지만 내 젊은 친구, 자네는 알게 되겠지."

그는 껄껄거리며 웃었다!

사실, 나는 전혀 모르고 있었다. 동방의 위대한 개혁자의 죽음은 미스터리로 남아 있었다. 나는 아나폴리스로 돌아온 지 몇 달 후에 그 소식을 들었다. 1897년 3월 12일자 〈엥트랑지장〉에 자말 알딘이 사흘 전에 갑자기 세상을 떠났다는 기사가 실렸다. 여름이 끝날 무렵, 약속했던 대로 시린이 보내준 편지에서 자말 알딘의 제자들이 진술한 내용을 보고서야 나는 그가 사망한 것이 사실이었음을 알았다. 공주는 이렇게 썼다. "세이예드 자말 알딘은 몇 달 전부터 암으로 인한 것이 분명한 심한 치통으로 고통스러워했어요. 통증이 도저히 견딜 수 없는 지경이 되자 그분은 술탄에게 사람을 보냈고, 술탄이 서둘러서 자신의 치과의사를 보내주었지요. 의사는 그를 진찰하고 나서 가방에서 미리 준비해 온 주사기를 꺼내 곧 통증이 가라앉을 거라면서 잇몸에 주사를 놓았어요. 주사를 맞은 지 몇 초도 지나지 않아 지도자의 턱이 부어오르기 시작했어요. 숨이 막혀서 헐떡거리는 지도자를 보고 하인이 다시 의사를 불러오려고 뒤쫓아 갔지요. 아직 집에서 나가지 않은 상태였건만 의사는 돌아보지도 않고 대기하고 있던 마차를 타고 줄행랑을 쳤지요. 세이예드 자말 알딘은 몇 분 뒤에 사망했어요. 저녁에 술탄의 밀사들이 와서 시신을 씻기고 부랴부랴 매장했어요." 공주의 편지는 갑자기 자신이 번역한 하이얌의 시로 넘어갔다. "많은 학식을 쌓아서 우리를 깨우쳐준 사람들, 그러나 그들 자신도 의혹의 늪에 빠지지 않던가? 한 시대를 풍미한 이들도 누구든 영원한 잠에 들거늘."

그러나 그 편지의 목적이었던 필사본의 운명에 대해서는 간단명료하게 알렸다. "그 책은 살해범의 짐 속에 있었어요. 지금은 내가 갖고 있어요. 페르시아에 오시면 한가로이 읽을 수 있을 거예요."

하지만 공모자 혐의를 받고 있는 내가 어떻게 다시 페르시아로 간단 말인가?

33

페르시아 체류에 대해서는 갈증만 남아 있었다. 테헤란으로 가는 데 한 달, 거기서 나오는 데 석 달, 그리고 좁은 골목길의 집 안에 발이 묶인 채 위험의 냄새를 맡고, 가까스로 위기를 모면하고, 앞날을 막연하게 예상하면서 보냈던 짧은 기간의 나날들. 아직도 너무나 선한 추억들이 금단의 대지 쪽에서 나를 부르고 있었다. 칼리안을 피우며 담배 연기와 숯불 연기에 취해 보내던 지극히 무기력한 생활, 시린의 손을 잡고 나누었던 약속, 어느 날 저녁 '어머니'가 드러내준 젖가슴에 정숙하게 닿은 내 입술, 그리고 특히 믿을 만한 보호자의 품에서 나를 기다리고 있는 하이얌의 필사본.

어느 토요일 황혼 녘에 나는 동방에 대한 집착을 무의식중에 드러내고 말았다. 간신히 용기를 낸 나는 가죽 슬리퍼에 페르시아 튜닉, 양가죽으로 된 원뿔형 쿨라 모자까지 쓰고서 아나폴리스의 해변에서 인적이 없는 곳으로 알고 있던 구석진 장소를 산책했다. 생각했던 대로 텅 비어 있었지만, 돌아올 때에는 몽상에 잠긴 나머지 내 이상한 옷차림을 까맣게 잊어버리고 사람들이 북적거리는 길로 들어서고 말았다. "안녕하세요, 르사즈 씨" "산책 잘하세요, 르사즈 씨" "안녕하세요, 베이마스터 부인", 인사가 오갔다. 나는 "안녕하세요, 목사님!" 하고 인사하다가 질겁해서 눈살을 찌푸리는 목사를 보고서야 알아차렸다. 나는 걸음을 뚝 멈추고 후회스러운 마음으로 가슴에서 발까지 내 몸을 훑어보고는 모자를 매만지고 나서 걸음을 재촉했다. 나는 벌거벗고 있다 들킨 기분으로 튜닉을 여미고 뛰었다. 집에 도착하자 허겁지겁 벗은 튜닉으로 가죽 슬리퍼와 모자를 둘둘 말아서 벽장 깊숙이 쑤셔 넣었다.

그 이후로는 같은 실수를 다시는 저지르지 않았지만, 그날의 엉뚱한 산책은 일생 동안 나를 따라다녔다. 영국에서는 별난 옷차림을 풍부한 상상력의 표출이라고 보고 호의적으로 받아들이는 분위기였다. 그러나 세기의 급변을 신중하게 받아들이던 그 시절의 미국은 그러한 일탈 행위를 마땅치 않게 여겼다. 뉴욕이나 샌프란시스코에서는 아닐지 모르지만, 내가 사는 아나폴리스에서는 분명히 그랬다. 프랑스인 어머니에 페르시아 모자를 쓰고 다니는 나는 아나폴리스 사람들에게 다분히 이국적이었다.

어둠이 있으면 빛이 있기 마련인가. 무의식중에 저지른 엉뚱한 행동으로 나는 즉시 동방의 대탐험가라는 과분한 명성을 얻었다. 내 산책에 관한 소문을 듣고 찾아온 지역 신문의 국장 마티아스 웹이 페르시아 경험담을 기사로 쓰라고 제안했다.

내가 알기로 페르시아란 이름이 〈아나폴리스 가제트 앤드 헤럴드〉에 실렸던 것은, 커나드 선박 회사가 자랑하는 대서양 횡단 정기선, 금속 뼈대를 갖춘 최초의 외륜선이 빙산과 충돌했던 1856년이 마지막이었다. 그 사고로 메릴랜드주의 선원 일곱 명이 사망했는데, 그 불행한 여객선의 이름이 '페르시아'였다.

따라서 뱃사람들에게 페르시아는 불길한 이름으로 남아 있었다. 그래서 나는 내 기사의 머리말에서, 페르시아인들조차 자기들의 나라를 '아리아인들의 땅'을 뜻하는 옛날 표현 '아이라니아 바에자'를 줄인 '이란'으로 부르고 있으니 '페르시아'는 적절한 용어가 아니라는 걸 밝힐 필요가 있다고 판단했다.

이어서 내 기사를 읽는 독자 대부분이 한 번쯤은 이름을 들어보았을 유일한 페르시아인 오마르 하이얌을 상기시키면서, 깊은 회의가 담긴 4행시 한 수를 인용했다. "천국, 지옥, 이 특별한 땅을 대체 어떤 이가 방문할 수 있을까?" 나는 이렇게 머리말을 쓴 다음에 예로부터 페르시아 땅에 융성했던 조로아스터교, 마니교, 이슬람교의 수니파와 시아파, 하산 사바흐의 이스마일파와 가장 최근의 바브교, 샤이크교*, 바하이교** 등 여러 종교에 관한 상세한 내용을 압축된 문장으로 썼다. 그리고 우리가 쓰고 있는 '파라다이스'란 말의 어원이 페르시아 고어로 '정원'을 뜻하는 '파라다에자'라는 것도 빠뜨리지 않고 상기시켰다.

마티아스 웹은 나의 박식을 칭찬하면서 기사를 대단히 만족해했다. 그러나 그의 찬사에 용기를 얻고 내가 정기적으로 기고하겠다고 제안했을 때에는 갑자기 난색을 표하면서 조건을 달았다.

"원고에 군데군데 신경을 건드릴 만한 미개인들의 언어를 인용하지 않겠다는 약속만 해준다면 시험 삼아 당신을 써보도록 하지

---

* 19세기 초 샤이크 아흐마드가 페르시아의 카자르 왕조에 설립한 시아파 이슬람 학파. 19세기 중엽에는 샤이크교도들이 샤이크 아흐마드를 높이 평가하는 바브교와 바하이교로 개종했다.
** 19세기 중엽, 페르시아에서 창시한 종교. 시아파 이슬람의 신앙에 근거를 두고 있다.

요!"

내가 이해할 수 없다는 얼굴을 하자, 웹이 이유를 설명했다.

"페르시아 전문가 한 사람의 기사만으로는 수지가 맞지 않거든요. 하지만 당신이 여러 외신을 총괄적으로 맡아서 먼 나라들에 대한 뉴스를 우리 국민들에게 전해준다면, 신문에 고정란을 주겠소. 깊이를 줄이고 범위를 넓히자는 얘깁니다."

우리 둘은 미소를 되찾았다. 그가 협상이 이루어졌다는 뜻으로 내게 시가를 내밀고 나서 말을 이었다.

"어제까지만 해도 우리에게 외국이란 존재하지 않았고, 동방은 더더욱 그랬지요. 그런데 갑자기 한 세기가 지고 새로운 세기가 시작되는 걸 계기로 우리의 평화로운 도시가 세계의 소용돌이에 휘말리게 되었으니 말이오."

우리의 면담이 있었던 때가 쿠바와 푸에르토리코뿐 아니라 필리핀에까지 우리 군대를 파견하기에 이르렀던 에스파냐-미국 전쟁이 끝난 지 얼마 안 된 1899년이었음을 밝힐 필요가 있다. 그 이전에 미국은 결코 멀리 떨어진 나라에 위력을 행사하지 않았었다. 쇠퇴한 에스파냐 제국과의 전쟁에서 미국이 승리했고, 전사자는 2,400명에 불과했다. 그러나 해군 사관학교가 있는 아나폴리스에서 전사자 한 명 한 명은 부모의 죽음이고, 남편의 죽음이고, 친구의 죽음이고, 약혼자의 죽음이어서 내 고향의 보수주의자들은 매킨리 대통령을 위험한 야심가로 여겼다.

마티아스 웹도 그런 의견을 갖고 있는 건 아니었지만, 그는 구독자들의 공포를 고려할 의무가 있었다. 머리가 희끗희끗한 중년의 남자는 나를 이해시키겠다고 자리에서 일어나 익살맞은 표정까지 지어 가며 맹수가 발톱을 세우듯 손가락들을 오그리며 열변을 토했다.

"사나운 세상이 아나폴리스를 향해 성큼성큼 다가오고 있어요. 벤저민 르사즈 씨, 당신에게는 동족을 안심시켜줄 사명이 있습니다."

나는 그 벅찬 임무를 티 나지 않게 조용히 이행했다. 나는 파리, 런던, 그리고 물론 뉴욕, 워싱턴, 볼티모어에서 활동하는 동료 기자들의 기사를 참고했다. 따라서 내가 보어 전쟁, 1904년에서 1905년 사이 러시아 차르와 일본 천황 사이의 갈등, 러시아에서 일어난 대규모 소요 사태에 관해 쓴 모든 기사가 정사에 기록될 내용이라고 장담할 수는 없다.

그러나 나는 페르시아에 대한 기사에서만은 신문기자로서의 기량을 마음껏 발휘할 수 있었다. 나는 〈아나폴리스 가제트 앤드 헤럴드〉가, 1906년의 마지막 달에 세계의 모든 신문에 대서특필될, 머지않아 일어날 전쟁을 예고한 최초의 미국 신문이 되었다는 것이 자랑스러웠다. 남부와 동부에서 나오는 60개 이상의 신문 중에서 〈아나폴리스 가제트 앤드 헤럴드〉에 실린 기사가 가장 많이 회자되었던 것은 사실 그것이 처음이자 마지막이었다.

요컨대, 내 고향과 그곳의 지역 신문 이름이 세간에 널리 알려지게 된 것은 나한테 신세를 진 것이고, 나는 시린에게 신세를 진 것이었다. 내가 당시 페르시아 정세에 대해 상세히 알 수 있었던 것은, 페르시아에서의 내 빈약한 경험 덕분이 아니라 분명히 시린 덕분이었다.

그 뒤로 7년이 넘도록 공주에게서 아무런 소식이 없었다. 필사본에 대해 무슨 말이든 해야 하지 않나? 탐탁하게 여기는 것 같지는 않았지만 그녀는 분명히 내게 약속했었다. 시린에게서 반드시 소식이 오리라고 기대한 것은 아니었다. 그렇다고 내가 바라지 않았다는 뜻은 아니다. 우편물이 올 때마다 나는 혹시나 하면서 겉봉에 쓰인 글씨와 아랍 문자가 박힌 우표, 그리고 하트 모양의 숫자* 5가 있는지부터 살폈다. 나는 늘 그랬던 대로 또다시 실망할 줄 알면서도 희망을 버리지는 않았다.

당시 우리 가족은 아버지의 주요 활동 무대인 볼티모어에 정착하기 위해서 아나폴리스를 떠나 있었다. 아버지는 볼티모어에서 자신의 동생 둘과 함께 은행 설립을 계획하고 있었다. 나는 고향 집에 남기로 결정했고, 가까운 친구도 별로 없는 도시에서 반쯤 귀가 먹은 우리 집의 늙은 가정부와 살았다. 고독이 나로 하여금 그녀의 편지를 더욱 기다리게 하리라 믿으면서.

그러던 어느 날, 드디어 시린에게서 편지를 받았다. 사마르칸트

---

* 10진법으로 수를 표기하는 아라비아 숫자는 6~7세기 인도에서 기원하였고, 이를 페르시아 수학자와 아랍 철학자가 사용하면서 아바스 왕조에 전파되었다. 숫자라는 개념이 전해진 당시에 사용되던 숫자 형태가 동아라비아 숫자이며, 세계 표준이 된 서아라비아 숫자가 현재 우리가 쓰고 있는 숫자 형태이다. 페르시아 문자의 동아라비아 숫자 5는 하트 모양이다.

의 필사본에 관한 몇 마디와 그 밖의 내용이 담긴 긴 편지였지만, '먼 곳에 사는 친애하는 친구'로 시작되는 첫마디를 제외하고는 사적인 내용은 전혀 없었다. 그 다음은 하루하루 그녀의 주변에서 일어나는 사건들에 관한 이야기였다. 문외한인 내가 보기에도 군더더기가 전혀 없는 세세한 내용들이었다. 나는 그녀의 훌륭한 지성에 매료되었고, 많은 남자들 중에서 자신의 생각을 전할 사람으로 나를 택해준 것이 흐뭇했다.

그 이후로는 한 달에 한 번씩 그녀의 편지를 받았다. 발신인이 비밀 엄수를 요구했는데도 있는 그대로 폭로하고 싶은 충동이 일 정도로 손에 땀을 쥐게 하는 내용들이었다. 시린이 관대하게 그 내용을 옮겨도 좋다는 허락을 했을 때, 나는 파렴치할 정도로 그녀의 편지에 쓰인 전 문장을 번역해서 때로는 괄호도 이탤릭체도 사용하지 않고 구절을 통째로 차용했다.

그러나 구독자들에게 어떤 사실을 소개하기 위해 서두를 꺼내는 방식에서는 그녀와 상당히 달랐다. 예를 들어서, 다음의 글은 결코 공주가 생각조차 하지 않았을 표현이다.

"페르시아 혁명은 한 벨기에 장관이 물라*로 변장하는, 어처구니 없는 생각을 한 것이 발단이 되었다."

그렇다고 진실과 아주 먼 얘기는 아니었다. 시린은 1900년에 무

---

* 이슬람교의 법과 교리에 대해 정통한 종교 학자나 성직자에게 붙이는 칭호.

자파르 알딘 샤가 콩트렉세빌에서 요양할 때부터 반란이 일어날 조짐이 있었다고 보았다. 수행원들을 거느리고 가려면 군주에게는 돈이 필요했다. 무자파르 알딘 샤는 국고가 여느 때와 마찬가지로 비어 있는데도 열악한 재정을 해결하기보다는 러시아 차르에게 대부를 요청했고, 차르는 2억 2천5백만 루블을 보내주었다.

그러나 사실 그 금품에는 독이 묻어 있었다. 상트페테르부르크의 당국자들은 파산 위기에 처한 남쪽의 이웃나라에서 그 돈을 상환받기 위한 조건으로 페르시아 관세를 주관해서 직접 세금을 징수하겠다고 주장하여, 마침내 그 권리를 획득했다. 그 돈을 다 갚으려면 앞으로 75년은 걸릴 테니 얼마나 엄청난 특권인가! 유럽의 다른 강대국들이 러시아가 페르시아의 대외 무역을 장악한 것에 대해 시기할 것을 우려한 차르는 러시아 신하들 대신에 벨기에의 레오폴트 2세에게 세무를 맡아 달라고 부탁했다. 그렇게 해서 페르시아 샤의 궁정에 벨기에 관리 30명이 상주하게 되었고, 점점 막강해져 가는 그들의 영향력이 알려지기 시작했다. 그중에서 제일 높은 지위에 있던 나우스라는 자는 최고위층 인사들 앞에서도 고개를 바짝 쳐들고 다닐 정도로 위세가 당당했다. 혁명이 일어나기 하루 전까지만 해도 그는 궁정의 최고 자문관으로서 체신부 장관, 페르시아 재무 장관, 여권 국장, 관세청장 등을 겸임하고 있었다. 그 밖에도 조세 제도 전반을 개편하는 책임도 맡고 있어서, 노새에 실은 짐에 세금을 부과한 사람도 그였다.

나우스가 페르시아에서 가장 미움을 받는 남자이자 나라를 좀먹는 외국인의 상징이었음은 말할 나위도 없다. 청렴하다는 평판도, 유능하다는 평판도 없으니 그를 본국으로 송환하라는 목소리가 높아지기 시작했다. 그러나 러시아 차르의 지지를 받아서인지 아니면 차르를 둘러싸고 있는 보수적인 고문단의 지지를 받아서인지, 그는 자리를 고수하고 있었다. 이미 상트페테르부르크의 정부 기관지는 캐머릴러의 정치적 목적은 페르시아와 페르시아만을 단독으로 신탁 통치하는 것이라고 노골적으로 밝히고 있었다.

나우스는 끄떡도 하지 않는 것 같았고, 그의 후견인인 차르가 흔들리는 순간까지 그의 위세는 당당했다. 그러나 파멸의 순간은 페르시아의 공상가들이 예상한 것보다 훨씬 빨리 다가왔다. 전 세계를 깜짝 놀라게 하면서 발발했던 러일 전쟁이 러시아의 참패로 끝나면서 함대가 완전히 궤멸하고 말았다. 그 굴욕적인 패배가 무능한 지도자들의 잘못 때문이었음이 드러나자 러시아 민중은 부글부글 끓었다. 전함 포템킨 선상 반란, 해군 기지 크론시타트 폭동, 세바스토폴 반란, 모스크바 소요 사태가 연달아 일어났고 민중의 원성이 높아져 갔다. 나는 결코 잊히지 않는 일로 세계사에 남은 이 사건들에 대해서는 이것으로 설명을 줄이고, 이 일련의 사건들로 인해 1906년 4월 니콜라이 2세가 의회 '두마'를 소집할 수밖에 없었으며, 이것이 페르시아에 미친 파괴적인 영향에 역점을 두고자 한다.

러시아의 경제적, 정치적 침탈로 피폐해진 페르시아 민중의 불만이 고조되어 있는 때에 한 벨기에 고관의 집에서 가면무도회가 열렸는데, 거기서 미운 털이 박힌 나우스가 물라로 변장하고 참석하는 아주 진부한 사건이 혁명의 불씨를 당겼기 때문이다. 여기저기서 킥킥거리고, 웃음이 터지고 박수갈채가 일면서 장관 주위로 사람들이 몰려들어 찬사를 보냈고, 장관은 사진 촬영을 위해 포즈를 취해 달라는 청을 받았다. 그로부터 며칠 후, 나우스의 모습이 담긴 사진 수백 장이 테헤란의 시장에 배포되었다.

34

시린이 그 사진의 사본 한 장을 내게 보내주었다. 나는 아직도 그것을 갖고 있고, 가끔 향수에 젖은 눈길로 들여다보곤 한다. 정원의 나무들 사이에 펼쳐놓은 카펫 위에 튀르크식 복장, 일본식 복장, 오스트리아식 복장을 한 여자와 남자들이 앉아 있고, 그 한가운데 첫째 줄에 하얀 턱수염과 희끗희끗한 콧수염만으로도 경건한 성직자로 보이는 차림의 나우스가 있다. 시린은 사진 뒷면에 이렇게 평을 달았다. '그토록 많은 죄를 지었을 때에는 벌받지 않았는데, 아이러니하게도 작은 과실 때문에 벌받은 남자.'

나우스의 의도는 성직자를 비웃으려는 것이 분명 아니었다. 눈치가 없어서거나 무의식중에 혹은 괴벽스러운 취미 때문에 저지른 잘못을 가지고 죄인으로 몰아붙일 수는 없었다. 그의 진정한 잘못은, 러시아 차르를 위한 트로이의 목마가 되려고 한 순간부터 언젠가는 버림받을 날이 오리라는 걸 깨닫지 못하고 기고만장한 것이었다.

배포된 사진을 보고 분노한 시장 상인들은 집회를 열고 시장을 닫기로 결의했다. 그들은 먼저 나우스의 해임을 요구했고, 이어서 정부의 총사퇴를 요구하고 나섰다. 러시아처럼 의회를 설립할 것을 요구하는 전단이 배포되었다. 수년 전부터 민중 속에서 활동해 온 비밀 결사대는 자말 알딘과 미르자 레자의 이름을 외치면서 그들을 전제주의에 대한 투쟁의 상징으로 삼았다.

이에 카자크 여단이 도심을 봉쇄했다. 저항하는 자들은 전대미문의 진압으로 쓰러뜨릴 것이며, 무력으로라도 시장을 열게 할 것이니 군대에 대항할 생각은 일찌감치 포기하라는 경고가 소문을 타고 퍼져 나갔다. 상인들을 공포의 도가니로 몰아넣는 엄청난 위협이었다.

1906년 7월 19일, 시장 상인과 환전상 들로 구성된 대표단이 영국 공사관을 찾아가 체포될 위기에 처한 사람들이 공사관으로 피신해 오면 보호받을 수 있느냐고 물었고, 답변은 긍정적이었다. 대표단은 정중하게 사의를 표하고 물러갔다.

그날 저녁, 내 친구 파젤이 동지들과 함께 공사관에 나타났고 그들은 환대를 받았다. 파젤의 나이는 서른 살에 불과했지만, 이미 아버지의 재산을 상속받았기 때문에 시장의 내로라하는 거상 중 한 사람이 되어 있었다. 더구나 그는 상인 계급이라기에는 학식이 높아서 누구보다도 영향력이 컸다. 그런 조건을 갖춘 남자였으니 영국 외교관들은 귀빈들에게 내주는 방을 줄 수밖에 없었다. 그러나 그는 더위를 핑계로 삼아 그 호의를 사양하고, 공사관의 넓은 정원에 거주하는 것이 자신의 바람이라고 설명하면서 천막과 작은 카펫, 책 몇 권을 가져왔다고 말했다. 외교관들은 입술을 꼭 다물고 눈살을 찌푸리면서 파젤이 짐을 푸는 모습을 지켜보았다.

다음날은 상인 30명이 와서 보호를 요청했다. 사흘 뒤인 7월 23일에는 그 수가 860명이 되었고, 26일에는 5천 명, 8월 1일에는 1만 2천 명이 되었다.

영국 공사관 정원에 세워진 페르시아 마을, 실로 낯선 광경이었다. 조합별로 뭉친 천막들이 여기저기 세워졌다. 위병들의 거처인 정자 뒤편에 부엌이 만들어졌고 각 조합에 거대한 솥이 분배되는 등, 세 시간 만에 신속하게 생활 터전이 꾸며졌다.

그들은 조용하고 질서 있게 은신처를 만들었다. 페르시아인들이 바스트라고 부르는 성소에서 그들은 소극적 저항을 위한 만반의 준비를 하고 있었다. 예로부터 위험에 처한 사람들은 성소에서 보호받을 권리가 있었다. 테헤란에는 샤 압돌아짐의 영묘, 궁궐의 마구간, 토파네 광장의 가장 작은 성소인 대포 등 성역이 여러 군데 있었다. 도망자가 일단 그곳으로 들어가면 경찰도 건드릴 권리가 없었다. 그러나 자말 알딘에게 일어났던 일로 인해 그 권리가 오랫동안 지속될 수 없다는 걸 이미 경험한 터라 확실하게 불가침권이 인정되는 곳은 외국 공사관밖에 없다는 걸 모두 알고 있었다.

영국 공사관으로 피신해 온 사람들은 각각 나름대로 꿈을 품고 있어서, 각 천막의 분위기는 천차만별이었다. 근대화를 지지하는 파젤 쪽의 입헌제파는 젊은이와 노인으로 구성된 수백 명에 불과했지만, 그들은 안주만이라는 비밀 결사대의 조직원들이었다. 그들의 화제는 주로 일본과 러시아, 프랑스에 관한 것이었다. 특히 생시몽, 로베스피에르, 장자크 루소와 발데크 루소 등 프랑스 혁명에 영향을 준 인물들에 대해 얘기하면서 여러 서적과 신문 들을 열심히 읽었다. 파젤은 파리에서 1년 전에 가결된, 교회와 국가의 분리에 관한 법률의 본문을 오려서 번역한 다음 동지들에게 나누어주었고, 동지들은 그 문제를 놓고 열렬히 토론했다. 하지만 그들은 목소리를 낮추었다. 멀지 않은 곳에 물라들로 구성된 연합 단체가 있었기 때문이다.

사실, 성직자들도 두 파로 갈라져 있었다. 한쪽은 민주주의, 의회, 근대화 등 유럽에서 오는 것은 모조리 거부하면서 이렇게 주장했다. '우리에게는 쿠란이 있는데 무엇 때문에 입헌제가 필요한가?' 이런 주장에 대해 다른 한쪽은 성서에도 분명히 민주적으로 통치하라는 말씀이 있다고 응수했다. '모든 일을 서로 협의해서 해결하라.' 그들은 예언자 사후에 무슬림들이 새 국가의 제도로 입헌제를 채택했다면, 이맘 알리의 축출로 이어진 피비린내 나는 혈전은 일어나지 않았을 것이라고 덧붙였다.

대다수 물라들은 교의 논쟁을 초월해서, 독재를 종식하기 위한 입헌제에 동의하고 있었다. 그중에서 은신처로 피신해 온 이들은 자신들의 행동을 메디나를 향해 떠났던 예언자의 이주에 비유하고,

민중의 고난을 이맘 알리의 아들 후세인*의 고난에 비유하면서 그 수난은 그리스도의 수난에 버금가는 무슬림의 수난이라고 자위했다. 공사관의 정원에는 로제흐완이라고 부르는, 직업적으로 곡을 하는 사람들이 있었다. 그들은 후세인의 고난을 이야기하면서 슬피 울었다. 이들은 자신의 몸에 채찍질을 하면서 후세인의 불행을, 자신의 불행을, 적대적인 세계 속에서 방황하고 퇴폐주의 속에서 허둥대는 페르시아의 불행을 한탄하며 눈물을 흘렸다.

파젤의 동지들은 로제흐완을 경계하라고 했던 자말 알딘의 가르침에 따라 그들과 거리를 두고 있었다. 그들의 귀에는 로제흐완들의 이야기가 위험천만한 교만으로밖에 들리지 않았다.

나는 시린의 냉정한 견해에 깊은 감명을 받았다. 한 편지에 그녀는 이렇게 썼다. "페르시아는 병들었어요. 머리맡에 의사들이 수두룩해요. 근대적인 의사, 전통적인 의사들이 저마다 처방을 내놓고, 완쾌하려면 자기의 처방을 따라야 한다고 주장하고들 있어요. 혁명이 승리한다면 물라들은 민주주의자로 변하지 않으면 안 될 것이고, 혁명이 실패한다면 민주주의자들은 물라로 변하지 않으면 안

---

* 이슬람의 제3대 이맘(626~680). 제4대 칼리파 알리와 무함마드의 딸 파티마 사이에서 태어난 둘째 아들. 메디나에 은거하고 있던 하산이 죽자 시아파가 그를 맹주로 받들었다. 680년 우마이야 왕조의 칼리파 무아위야 1세가 사망하고 야지드가 칼리파의 직위를 계승하자, 이에 반기를 들고 쿠파로 향했다가 야지드 수하의 부하들에게 암살된 것으로 추정된다. 그 후 후세인은 시아파의 정신적 지주가 되었으며, 이슬람력으로 매년 1월 10일에 그가 순교한 날을 기리는 의식인 '아슈라'를 거행한다.

될 거예요."

바로 그 민주주의자와 물라들이 지금은 같은 은신처, 같은 정원에 모여 있었다. 8월 7일, 영국 공사관에 세워진 텐트는 1만 6천 개에 달했고, 도시의 거리는 텅 비었으며, 이름난 상인들은 모두 '이주'해 있었다. 샤는 굴복할 수밖에 없었다. 바스트 운동이 시작된 지 한 달도 채 되지 않은 8월 15일, 샤는, 테헤란에서는 직접선거를, 지방에서는 간접선거를 실시해서 입헌 의회를 설립하겠다고 선언했다.

이리하여 1906년 10월 7일에 페르시아 역사상 최초의 의회가 열렸다. 샤는 입헌제 실시를 선포할 인물로, 반체제파의 선두 인사이자 이스파한의 아르메니아인 군주인 말콤 칸을 선정했다. 말콤 칸은 자말 알딘이 런던에 체류할 때 유숙시켜주었던 자말 알딘의 동지였다. 영국 복장을 한 이 당당한 노인은 의회에서 민중의 대표로서 입헌군주제를 선포하는 것이 평생의 꿈이었다.

그에 관한 역사의 장을 좀 더 자세히 들여다보고 싶어도, 그 시대의 기록에서 '말콤 칸'이란 인명을 찾을 수는 없다. 하이얌의 시대와 마찬가지로, 당시의 페르시아 민중은 지도자를 이름으로 아는 것이 아니라 '왕정의 태양' '종교의 기둥' '술탄의 그림자' 같은 칭호로 알고 있을 뿐이었기 때문이다. 민주주의 원년의 입헌제 출범식을 거행하는 영예를 누린 말콤 칸에게, '이 시대의 니잠 알물크'라는 빛나는 칭호가 내려졌다. 세계적인 격변 속에서도 그토록 요지부동이었던 페르시아가 급기야 정변을 만나 엄청난 탈바꿈을 하게 된 것이다.

35

깨어나는 동방을 목격한다는 것은 하나의 특혜였고, 나에게 그 시기는 감동과 흥분과 의혹이 교차하는 긴장된 순간들이었다. 잠들어 있던 뇌에서 어떻게 그처럼 빛나는 굉장한 생각이 싹틀 수 있는가? 깨어난 동방이 앞으로 어떻게 될 것 같은가? 흔들어 깨워준 이들에게 맹목적으로 몰려드는 건 아닌가? 불안한 마음으로 이러한 질문들을 던지면서 나에게 점쟁이가 될 것을 요구하는 구독자들의 편지가 쏟아졌다. 1900년 베이징에서 일어났던 의화단 운동, 외교관 인질 사건, 그리고 의화단의 투쟁을 이용해서 열강에 선전 포고를 했던, '하늘이 내린 무서운 딸' 서태후와의 대결에서 연합군이 경험했던 위기를 아직 기억하고 있던 독자들은 아시아를 두려워하고 있었다. 페르시아는 다르냐는 구독자들의 질문에 나는 그렇다고 대답하면서, 민주주의가 시작되었다고 안심시켰다. 실제로 페르시아에는 시민권이 보장된 헌법이 공포되어 있었다. 하루가 멀다 하고 각종 사회단체가 생겨났고, 불과 몇 달 사이에 일간지와 주간지가 90종으로 늘어났다. 〈개화〉〈평등〉〈자유〉〈부활의 트럼펫〉 같은 이름의 신문들이 등장했다. 이런 신문들은 영국의 언론과 러시아의 야당계 신문들, 즉 사회민주주의파 〈소브레메니 미르〉, 자유주의파 〈리에치〉에 자주 언급되었다. 테헤란의 한 풍자 신문은 창간호부터 폭발적인 성공을 거두었고, 신문의 삽화가들은 부패한 귀족, 차르의 앞잡이들, 그중에서도 특히 가짜 신도들을 표적으로 삼았다.

　시린은 기뻐하면서 이렇게 썼다. "지난 금요일에 젊은 물라 몇몇이 시장에서 사람들을 모아놓고 입헌제는 이교도들의 개혁이라고 규정하면서 의회 의사당 바하레스탄으로 시위행진을 하라고 선동했어요. 그러나 성과가 없었어요. 그들은 목이 터져라 외쳤지만, 시민들은 시큰둥했어요. 한 남자가 걸음을 멈추고 그 장광설을 듣는 듯했지만, 곧 어깨를 으쓱 올리고는 사라졌지요. 마침내 존경할 만한 세 울라마가 나타나서, 그 설교자들에게 부끄러운 줄 안다면 무릎 높이 이상으로 눈을 올리지 말고 썩 물러가라고 호통을 쳤어요. 감히 말하는데 이제 페르시아에서 광신도들의 시대는 끝났다고 믿어요."

　이 마지막 문장, 나는 그것을 내 기사의 제목으로 사용했다. 공주의 열광에 물들어 나도 흥분했던 탓인지 내 기사는 종교적인 기록이 되고 말았다. 〈아나폴리스 가제트 앤드 헤럴드〉의 국장은 내게 형평을 지키라고 요구했지만, 구독자들의 편지가 갈수록 많이 날아오는 것으로 미루어 보아 나의 열의를 칭찬하는 것으로 여겨졌다.

　그 편지들 중에, 뉴저지주 프린스턴대학에서 문학사 학위를 취득한 하워드 C. 바스커빌이란 사람이 보낸 것이 있었다. 그는 내가 상세히 기술한 사건들을 가까이서 관찰하기 위해 페르시아로 떠날 생각을 하고 있었다. 그의 글 중에서 한 표현이 내 마음을 뒤흔들었다. '확신하건대, 이번 기회에 동방이 깨어나지 못하면 머지않아

서구 열강에 먹히고 말 겁니다.' 나는 그에게 보내는 답장을 통해 여행을 결행하라고 권유하면서 만일 결심이 섰다면 현지에서 도움을 줄 수 있을 만한 친구들의 이름을 알려주겠다고 약속했다.

몇 주 후에 바스커빌은 직접 아나폴리스로 나를 찾아와서, 미국 장로교에서 운영하는 타브리즈의 메모리얼 보이스 스쿨에 교사 자리를 얻었다고 말했다. 그는 페르시아의 청소년들에게 영어와 과학을 가르치기로 결정되었다는 연락을 받고 나의 조언을 듣기 위해 왔다고 했다. 나는 축하해주면서 내가 만일 페르시아에 가게 되면 꼭 찾아가겠다고 주저 없이 약속했다.

사실 나는 당장 페르시아로 갈 생각은 없었다. 가고 싶은 마음이 없어서가 아니라, 살인 공모 혐의를 받고 있기 때문에 그 여행을 주저하고 있었던 것이다. 테헤란에서 급격한 변화가 일어나고 있지만 만일 나를 체포하라는 지시에 따라 국경에서 바로 붙잡히게 되면 친구들이나 공사관에 알릴 수 없게 될까 봐 두려웠다.

그러나 바스커빌의 출발은 내 상황이 어떤지를 알아보고 싶게 만들었다. 시린에게는 절대로 편지를 쓰지 않겠다고 약속한 바 있었다. 그 약속을 어김으로써 그녀로 하여금 편지를 중단하게 만들고 싶지 않았기 때문에 나는 날로 영향력이 커지고 있는 파젤에게 편지를 보냈다. 파젤은 의회에서 중대 결정이 내려질 때에 의원들 중에서 가장 주목을 받는 인물이었다.

석 달 후에 답장이 왔다. 열렬하고 우정 어린 그의 편지에는, 내가 페르시아의 전 지역을 자유롭게 다닐 수 있게 되었다는 얘기와 함께 살인 공모 혐의가 완전히 벗겨졌음을 증명하는, 법무부 직인이 찍힌 공문서가 동봉되어 있었다.

나는 지체 없이 마르세유행 배를 탔고 거기서 테살로니키, 콘스탄티노플, 트라브존을 거친 다음 노새를 타고 아라라트산(山)을 에돌아서 타브리즈로 향했다.

타브리즈에 도착한 것은 6월의 뜨거운 여름날이었다. 아르메니아인 구역의 대상 숙소에 방을 잡았을 때에는 해가 벌써 지붕에 닿아 있었지만, 빨리 바스커빌을 만나고 싶었던 나는 곧바로 장로교 미션 스쿨을 찾아갔다. 살구나무 숲속에 면적은 넓지만 높이는 낮은 흰색 건물이 선명하게 드러났다. 철책 위에 소박한 십자가 두 개가 보였고, 현관문 바로 위의 지붕에 성조기가 걸려 있었다.

페르시아인 정원사가 나를 목사의 사무실로 안내했다. 뱃사람 인상을 풍기는 구릿빛 피부에 수염을 기른 키 큰 남자가 억센 손을 내밀며 정중하게 나를 맞았다. 그는 내게 자리를 권하기에 앞서 숙소를 제공하겠다고 제안했다.

"영광스럽게도 이곳을 찾아주시는 동포들을 위해 우리는 늘 방을 마련해놓고 있지요. 특별한 대접을 해드려야 할 분이라서가 아니라, 이 학교가 세워진 이래 시행하고 있는 관례에 따라 방을 내어드리는 것이니 부담 갖지 마시오."

나는 그 호의를 거절하게 되어 대단히 유감스럽다고 말했다.

"이미 대상 숙소에 방을 얻은 데다 모레는 테헤란으로 떠날 겁니다."

"타브리즈는 그렇게 하루 만에 서둘러서 떠나버리기에는 아까운 곳이지요. 아니, 여기까지 오시면서 동방에서 가장 큰 시장이나 《천일야화》에 나오는 블루 모스크 유적지를 둘러볼 생각도 하지 않으셨단 말이오? 요즘 여행가들은 너무 급하군요. 도착하기가 무섭게 서둘러 떠나려고들 하니. 어디를 가든 과정은 거쳐야 하는 법인데 말입니다. 가는 곳마다 알려지지 않은 지구의 한 면을 발견할 수 있으니 바라보고, 명상하고, 느끼고, 사랑하는 것만으로도 가치 있는 시간을 보내게 되지요."

그는 시시한 여행가를 만나게 된 것을 대단히 유감스러워하는 눈치였다. 나는 이곳을 찾아온 용건을 밝혀야겠다고 생각했다.

"실은 급한 용무가 있어서 테헤란으로 가는 길입니다만, 하워드 바스커빌이라고 이 학교 교사로 있는 친구를 만나려고 일부러 타브리즈에 잠시 들른 겁니다."

내가 친구의 이름을 언급하자, 갑자기 분위기가 무거워졌다. 목사의 얼굴에는 기뻐하는 기색도, 그렇다고 비난하는 기색도 없었다. 갈피를 잡을 수 없는 착잡한 표정이었다. 무거운 침묵을 지키던 목사가 말했다.

"선생이 하워드의 친구란 말이오?"

"하워드가 페르시아에 온 것이 어떤 의미에서는 저의 책임이라고 할 수 있습니다."

"막중한 책임이군요!"

목사의 입술에서 미소를 찾아보려 했지만 헛된 일이었다. 갑자기 목사가 늙어 보였다. 그가 어깨를 축 늘어뜨리면서 애원하는 듯한 눈길을 던지며 말했다.

"나는 15년 동안 이 학교를 운영하면서 우리 학교는 이 도시 최고의 학교이고 유익한 일을 하는 기독교 학교라고 자부해 왔소. 우리 일에 참여하고 있는 사람들은 이 지방의 발전을 진심으로 바라고 이 먼 곳까지 온 사람들이지요. 적의를 품은 집단과 교섭할 생각이 있는 사람이라면 절대로 보내지 말았어야 했습니다."

나는 그런 의심을 받을 이유가 전혀 없었기 때문에, 그 말은 다소 듣기가 거북했다. 나는 그의 사무실에 들어간 지 몇 분밖에 안 되었고, 그를 비난하는 말을 하지도 않았고, 아무것도 요구하지 않았는데……. 그래서 나는 그저 정중하게 고개를 끄덕이고만 있었다. 그가 계속했다.

"선교사가 페르시아인들의 마음을 아프게 하는 불행에 대해 무관심한 태도를 보이거나, 교사가 자기 학생들이 향상되고 있는데도 아무런 기쁨을 느끼지 못하거나 하면 나는 그 사람에게 단호하게 미국으로 떠나라고 충고를 하지요. 요즘은 특히 젊은이들에게서 그런 열의가 떨어지고 있어요. 초인적인 능력을 요구하는 것도 아닌데 왜들 그럴까요?"

장황한 서두를 그렇게 끝내고 입을 다문 목사는 신경질적으로 파이프를 만지작거렸다. 할 말을 찾고 있는 듯했다. 나는 그의 직무를 칭찬할 의무가 있다고 생각하고 초연하게 말했다.

"하워드가 이곳에 온 지 몇 달도 안 돼서 실망한 나머지 동방을 위하는 그의 열의가 일시적이었다는 말씀이십니까?"

목사가 소스라치게 놀랐다.

"천만에요, 바스커빌이 그렇다는 것이 아니오! 난 우리 신임 교사들 사이에서 그런 일이 일어나고 있다고 설명한 것뿐이오. 선생의 친구는 오히려 그 반대의 경우라서 걱정이지요. 어떤 의미에서 보면 그 사람은 우리 학교의 어느 누구보다도 훌륭한 교사지요. 그가 가르친 학생들은 눈부신 향상을 보였고, 학부모들도 바스커빌에 대한 고마움의 표시로 양, 닭, 전통 과자 할와같이 학교가 일찍이 받아본 적 없는 많은 선물을 가져오고 있어요. 문제는 그 사람이 외국인으로 행동하기를 거부한다는 점이오. 그가 여기 사람들과 똑같이 옷을 입고, 똑같이 먹고, 내게 여기 사투리로 인사를 하는 것은 그래도 미소로 넘길 수 있어요. 하지만 바스커빌은 외적인 면으로 만족할 사람이 아니에요. 거침없이 정치적인 문제에 개입해서, 수업 중에 입헌제를 찬양하면서 러시아인들, 영국인들, 샤와 보수적인 물라들을 비판하라고 학생들을 선동하고 있는 게 문제라는 거예요. 난 그가 '아담의 아들'이 아닌가 생각하고 있소. 여기 사람들은 비밀 결사대의 일원을 '아담의 아들'이라고 부르지요."

그가 한숨을 내쉬면서 계속했다.

"어제 아침에 우리 학교 정문 앞에서 시위가 있었지요. 이름난 종교 지도자 두 사람이 주도하는 시위였는데, 바스커빌을 해고하든지 아니면 학교 문을 닫으라는 거였소. 세 시간 후에 똑같은 장소에서 또 시위가 있었는데, 이번에는 하워드에게 환호를 보내면서 그를 떠나보내지 말라는 것이었소. 이런 식으로 갈등이 계속된다면 우리가 이 도시에 오래 있을 수 없다는 건 더 설명하지 않아도 이해할 수 있을 거요."

"하워드하고 그런 얘기를 이미 나누셨을 걸로 생각됩니다만."

"백번도 더 했지요. 놀랍게도 그 사람은 입헌제를 위한 혁명이 실패하면 우리는 강제로 떠나게 되어 있다면서, 동방이 깨어나는 것이 학교의 운명보다 훨씬 더 중요하다고 대답하더군요. 물론 나는 언제든 바스커빌과 했던 계약을 파기할 수 있어요. 하지만 만일 그랬다가는 우리를 지지해준 주민들 중에서 그의 편을 드는 사람들이 오해를 하고 우리에게 반감을 품을 수도 있기 때문에 주저하고 있는 거요. 유일한 해결책은 바스커빌이 그 사람들을 납득시키는 것이지요. 선생이 그를 좀 설득해주겠소?"

나는 그 부탁을 들어주겠다고 확실히 약속하지는 않고 하워드를 만나게 해 달라고 말했다. 목사가 밝은 얼굴로 벌떡 일어났다.

"바스커빌이 있는 곳으로 데려다줄 테니 따라오시오. 그 친구를 조용히 지켜보고 있으면, 내가 왜 이렇게 혼란스러워하는지 이해가 될 거요."

제4부

바다로 간 시인

하늘은 장기꾼, 우리는 힘없는 말들.
멋 부리자고 하는 말이 아니라 이것이 현실.
세상의 장기판에 우리를 놓았다 들었다 하는 그분,
갑자기 우리를 허무의 우물에 놓아버리네.

_오마르 하이얌

36

황혼에 물든 정원, 벽으로 둘러싸인 공간에서 탄식하는 군중. 저 많은 거무스레한 얼굴들 중에서 어떻게 바스커빌을 알아본단 말인가? 나는 한 나무에 기대고 서서 그들을 지켜보았다. 불 켜진 정자 입구에서 즉흥극이 벌어지고 있었다. 로제흐완이 울부짖음에 가까운 연설로 신도들에게 눈물과 고함과 피를 호소했다.

어둠 속에서 한 남자가 자발적으로 걸어 나왔다. 맨발, 벌거벗은 상반신. 사내는 쇠사슬로 친친 감은 두 손을 공중으로 쳐들었다가 자신의 어깨를 내리쳤다. 살갗이 쇠사슬에 긁히고 상처가 났지만, 그는 서른 번, 쉰 번, 피가 나고 핏방울이 튈 때까지 자학 행위를 계속했다. 순교자의 수난을 극적으로 구성한 섬뜩한 장면이었다.

끔찍한 채찍 소리가 점점 거세지면서, 그 소리에 메아리를 보내는 군중의 거친 숨소리와 매질 소리를 덮기 위해 연사가 목소리를 높였다. 그때 불쑥 나타난 한 배우가 검을 빼어 들고 무시무시한 얼굴로 군중을 위협하면서 주술로 주의를 끌고 나서 욕설을 퍼부었다. 그러나 그 배우의 연기는 오랫동안 계속되지는 않았다. 곧 이어서 그의 희생자가 모습을 드러냈다. 군중이 비명을 질렀다. 나 자신도 터져 나오려는 비명을 간신히 억눌러야 했다. 목이 잘린 남자가 땅바닥에 나둥그러졌기 때문이다.

내가 공포에 질려 목사를 돌아보자, 그가 차가운 미소로 안심시키면서 소곤거렸다.

"계속 써먹는 수작이지요. 한 아이, 아니 키가 아주 작은 남자를 데려다놓고, 그 머리 위에 양의 머리를, 피가 철철 흐르는 부분을 위로 향하게 올려놓고 구멍 뚫은 흰 천을 씌워 아랫부분을 감춰놓은 겁니다. 그러면 저렇게 소름 끼치는 효과를 주지요."

그가 파이프 담배를 빨았다. '목 잘린 남자'가 깡충깡충 뛰면서 몇 분간 무대를 돌다가, 눈물을 흘리는 한 외국인에게 자리를 내주고 사라졌다.

바스커빌!

또다시 목사를 쳐다보았지만, 그는 눈썹을 치켜올릴 뿐이었다.

미국식 복장에 실크해트까지 쓴 하워드의 모습은 특이했다. 비극적인 분위기와 너무나 대비되는 그 모습은 웃음이 나올 정도로 희극적이었다.

그러나 군중은 괴성을 지르면서 흐느꼈다. 목사를 빼고는 재미있어하는 얼굴은 어디에도 없었다. 목사가 말했다.

"순교 기념일에는 이상하게도 저렇게 유럽인이 참여해서 일원으로 활약하지요. 우마이야 왕조 때에 시아파의 최고 순교자 후세인의 죽음에 충격을 받은 한 유럽 대사가 그건 범죄라고 비난하다 너무 흥분한 나머지 스스로 목숨을 끊어버린 사건이 시초가 돼서 이제는 하나의 전통으로 자리 잡았지요. 물론 수난극에 늘 유럽인이 참여하는 건 아니고, 튀르크인이나 피부가 창백한 페르시아인을 받아들이기도 합니다. 하지만 바스커빌이 타브리즈에 온 이후로는 계속 그에게 역할을 맡기고 있어요. 저 친구 연기는 훌륭하죠. 진짜로 울거든요."

그 순간, 검을 든 남자가 다시 나타나서 바스커빌의 주위를 요란스럽게 오락가락했다. 바스커빌은 꼼짝도 않고 서 있다가 모자를 손가락으로 퉁겨 떨어뜨려서 가르마를 왼쪽으로 타 정성스레 넘긴 금발을 드러내고는 자동인형처럼 천천히 무릎을 꿇은 다음 땅바닥에 누웠다. 어린아이처럼 매끈한 그의 얼굴이 광채를 발하다가 광대뼈가 눈물에 젖자, 어떤 손이 그의 검은 옷 위로 꽃잎 한 줌을 뿌렸다.

내 귀에는 아무 소리도 들리지 않았다. 나는 초조한 마음으로 친구에게 시선을 고정한 채 그가 일어나기만을 기다렸다. 그 의식은 영원히 끝나지 않을 것처럼 느껴졌다. 나는 그에게 달려갔다.

한 시간 뒤, 학교로 돌아온 우리는 석류 수프를 앞에 놓고 앉았다. 목사는 우리 두 사람만 있게 해주었다. 거북한 침묵이 흘렀다. 바스커빌의 눈은 아직도 충혈되어 있었다.

"다시 서양인의 사고로 돌아오고 있네." 그가 엷은 미소를 지어 보이며 겸연쩍어했다.

"좀 여유를 갖게. 새 시대는 이제 막 시작되었어."

그가 잔기침을 하고 나서 뜨거운 수프 사발을 입으로 가져갔다가 다시 고요한 명상에 빠져들었다.

이윽고 그가 간신히 입을 열었다.

"이 나라에 도착하고 처음에는 거물급 인사들이 1,200년 전에 살해된 한 사람 때문에 흐느껴 울면서 슬퍼하는 것을 이해하지 못했어. 하지만 이제는 이해해. 페르시아인들이 과거 속에서 살고 있는 것은, 과거에는 그들의 조국이었지만 현재는 그들과는 아무 관련이 없는 외국인들이 판을 치는 땅이 되었기 때문이야. 우리에게는 근대적인 삶과 인권 확장의 상징이 되는 것들이 그들에게는 모두 외국 통치의 상징이 되고 있어. 러시아는 도로에 관한 모든 권한을, 영국은 철도, 전신, 은행에 관한 권한을, 오스트리아-헝가리는 우편에 관련된 권한을 완전히 장악하고 있고……."

"…… 그리고 하워드 바스커빌은 이렇게 미국 장로교 미션 스쿨에서 과학을 가르치고 있지."

"바로 그 말을 하려는 거야. 타브리즈 사람들이 어떤 선택을 할지는 불 보듯 뻔한 일 아닌가. 그들의 선조들이 이미 12세기에 했던 말을 지금도 그대로 가르치고 있는 전통 학교에 자식들을 보내는 게 쉽겠나, 아니면 미국 학생들과 똑같은 교육을 받을 수는 있지만 십자가와 성조기가 꽂힌 내 교실로 보내는 게 쉽겠나? 물론 나는 내 학생들을 그들의 조국에 이바지할 수 있는 훌륭한 인물들로 키울 자신이 있어. 하지만 어떻게 그 아이들을 변절자로 보이지 않게 할 수 있을까가 문제였지. 그런데 나는 처음 체류하는 순간부터 품었던 이 의문에 대한 답을, 아까 자네가 보았던 의식에서 찾았어.

어느 날 군중 속에 섞여서 의식을 보고 있는데, 내 주위에서 탄식의 소리가 일었지. 비탄에 빠진 그 초췌한 얼굴들을 보면서, 겁에 질려 애원하는 듯한 그 많은 눈들을 응시하면서, 나는 끝없는 슬픔에 시달리느라 너덜너덜해진 영혼들로 이루어진 페르시아의 불행을 봤어. 나도 모르는 사이에 눈물이 흘러내리기 시작했지. 그걸 알아차린 사람들이 나를 보고 감격해서 유럽인 대사의 역할을 맡으라며 나를 무대로 밀어낸 거야. 그 다음날 학부모들이 나를 찾아와서, 이제는 아이들을 장로교 학교에 보낸다고 비난하는 사람들에게 자신 있게 '나는 이맘 후세인의 죽음을 슬퍼하는 교사에게 내 아들을 보낸단 말이오' 하고 반박할 수 있게 되어 기쁘다고 하더군. 화가 난 몇몇 종교 지도자들은, 내가 성공한 사람인 걸 보면 모르겠느냐면서 외국인은 다 똑같은 사람들이라고 주장했지."

나는 하워드의 행동을 충분히 이해할 수는 있었지만, 회의적인 태도를 유지했다.

"그러니까 울부짖음으로 사람들을 선동하는 무리와 합류하는 것이 페르시아의 문제를 해결하는 자네의 방법이란 말이로군!"

"그런 뜻이 아냐. 우는 것이 해결책은 아니니까. 어떤 술책도 아니고. 내가 눈물을 흘린 것은 순수한 감정에서 우러나온 행동일 뿐이야. 누가 강요해서 억지로 흘리는 눈물이 아니란 말일세. 중요한 건, 다른 사람들의 비극을 무시하지 말아야 한다는 거지. 내가 우는 것을 보고, 내가 외국인으로서의 무관심을 벗는 걸 보고 사람들이 와서 은밀하게 말하더군. 우는 건 아무 소용이 없다고, 페르시아는 우는 사람이 더는 필요 없다고, 내가 할 수 있는 최선은 타브리즈의 아들들에게 적절한 교육을 시키는 것이라고."

"현명한 말이군. 내가 하고 싶었던 말이 바로 그거야."

"하지만 만일 내가 울지 않았다면 사람들이 나를 만나러 오지 않았을 거야. 사람들이 내가 우는 모습을 보지 못했다면, 학생들에게 샤는 썩었고 타브리즈의 종교 지도자들 역시 그에 못지않게 썩었다고 얘기하는 나를 가만 놔두지 않았겠지!"

"그럼 수업 중에 그런 말을 했단 말인가?"

"그래, 그렇게 말했지. 미국의 젊은이인 나, 장로교 미션 스쿨의 애송이 교사인 나, 나는 전제 군주와 일부 종교 지도자들을 통렬히 비난했고, 내 학생들은 내가 옳다고 인정했어. 학부모들도. 단 한 사람, 목사는 격분했지만!"

당황하는 나를 보면서 그가 한술 더 떴다.

"하이얌의 후손들에게 나는 또 이렇게 말했지. 미국인과 유럽인 수백만 명이 《루바이야트》를 머리맡에 두고 피츠제럴드가 번역한 하이얌의 시구들을 암송하고 있다고. 다음날 한 학생의 할아버지가 와서 손자가 전해주는 얘기를 듣고 몹시 감동했다면서, '우리도 미국 시인들을 대단히 존경하고 있소이다!' 하시더군. 물론 그 어른은 미국 시인의 이름을 단 한 명도 대지 못했어. 하지만 중요한 건, 그게 자긍심과 고마움을 표현하는 그 어른의 방법이었다는 거야. 불행하게도 학부모들이 모두 그런 반응을 보인 건 아니었어. 목사가 보는 앞에서 불만을 터뜨린 사람도 있었지. '하이얌은 술주정 뱅이에다 불경한 사람이었소!' 나는 답변했어. '그렇게 말하는 것은 하이얌을 모욕하는 것이 아니라 음주벽과 불경함을 찬양하는 겁니다!' 그 순간 목사는 숨이 넘어갈 뻔했지."

하워드는 어린아이처럼 웃었다. 화를 내려야 낼 수가 없는 너무나 천진한 웃음이었다.

"자네를 비난하는 사람들에게도 지금처럼 그렇게 웃는다면 아무 문제가 없을 것 같군. 그건 그렇고, 자네가 '아담의 아들'이라고 하던데 그건 또 무슨 소린가?"

"목사가 그러던가? 나에 대해 많은 얘기를 나눴나 보군."

"그렇다고 목사와 내가 생각까지 같을 수는 없겠지."

"자네에게 뭔가를 감추고 싶은 마음은 없네. 사실 내가 '아담의 아들'들과 관계를 맺게 된 동기는 아주 순수했어. 두 달 전에 한 남자가 나를 찾아왔는데, 거구에 어울리지 않게 수줍어하면서 자신은 안주만이라는 비밀 결사대의 일원인데 자기들의 본부에서 강연을 해줄 수 있느냐고 묻더군. 그 강연의 주제가 뭐였는지 아나? 자네는 절대로 알아맞히지 못할 거야. 다윈의 이론을 강연해 달라는 거였어. 정치적인 갈등이 폭발하고 있는 나라에서 그렇게 즐거운 일을 해 달라고 하니 내가 얼마나 감격했겠나. 기꺼이 승낙했지. 다윈에 관해 준비할 수 있는 자료를 모두 수집했어. 다윈을 비판하는 이론들까지 늘어놓으면서, 나는 사람들이 내 강의를 굉장히 지루해할 거라고 생각했어. 그런데 강의실은 만원이었고, 모두들 주의 깊게 귀를 기울이고 있었네. 그때부터 다양한 주제를 가지고 여러 번 강연을 하게 되었지. 그들은 지식에 목말라 있었고, 입헌제를 강력하게 지지하는 사람들이었어. 난 테헤란 소식을 듣기 위해 그곳에 자주 들르는데, 자네도 알아 두면 좋을 사람들이야. 그 사람들도 자네와 내가 꿈꾸는 것과 똑같은 세상을 꿈꾸고 있으니까."

37

저녁, 타브리즈 시장의 상점들은 거의 문을 닫았지만, 거리에는 활기가 넘쳤다. 네거리에 등나무 의자를 내다놓고 둘러앉아 있는 한 무리의 남자들, 그들이 뿜어내는 칼리안 담배 연기가 하루의 온갖 냄새를 조금씩 몰아내고 있었다. 나는 하워드 바스커빌을 따라 갔다. 그는 주변의 눈을 전혀 의식하지 않고 이 골목에서 저 골목으로 방향을 바꾸었고, 이따금 걸음을 멈추고 학부형과 인사를 나누었고, 골목에서 놀던 아이들은 놀이를 멈추고 우리가 지나가도록 길을 비켜주었다.

마침내 녹슨 대문 앞에 도착했다. 바스커빌이 문을 밀고 들어갔다. 덤불이 무성한 작은 정원을 지나 토벽집에 이르렀고, 현관문을 일곱 번 두드리자 삐걱거리는 소리를 내며 문이 열렸다. 커다란 방으로 들어서자 열어놓은 창문을 타고 바람이 들이쳐서 천장에 줄지어 매달린 불 켜진 전구들이 연신 흔들렸다. 그 안에 있는 사람들은 익숙한 듯했지만, 나는 심하게 흔들리는 돛단배에 올라탄 느낌이 들었다. 어느 누구의 얼굴에도 시선을 고정할 수 없어서 아무 데라도 누워 잠시라도 눈을 감고 있고 싶었다. 그러나 환영 인사는 끝날 줄을 몰랐다. '아담의 아들'들이 모인 그 집회소에서 무명인이 아닌 바스커빌은 열렬한 환영을 받았고, 그와 동행한 나도 덩달아 우정의 포옹을 받았다. 게다가 바스커빌이 자신을 만나러 미국에서 온 친구라고 나를 소개했을 때에는 나를 바라보는 시선까지 달라졌다.

이제는 앉을 때가 되었다고 생각하고 내가 마침내 벽에 등을 기대고 앉았을 때, 방 안쪽에서 키 큰 남자가 일어났다. 어깨까지 내려오는 흰 두건을 쓰고 있는 것으로 보아 그 단체의 주요 인물임이 틀림없었다. 그가 나를 향해 걸어오며 외쳤다.

"벤저민!"

나는 다시 일어서서 두 발짝을 떼었다가 내 눈을 의심했다. 파젤이었다. 우리는 뜻밖의 만남에 놀라 서로 얼싸안았다.

파젤이 평소의 자신과 어울리지 않는 그 열렬한 포옹을 설명하기 위해 동지들에게 말했다.

"르사즈 씨는 세이예드 자말 알딘 선생님과 가까운 사이였지요!"

그 말 한마디로 나는 귀빈 그 이상의 인사로 격상되고 말았다. 내가 마치 역사적 기념비, 아니 성스러운 유물이라도 되는 듯이, 그들은 내게 가까이 다가오지도 못하고 거북할 정도로 경건하게 바라보았다.

나는 파젤에게 하워드를 소개했다. 타브리즈가 파젤의 고향이기는 하지만, 그가 타브리즈에 돌아온 지 1년밖에 되지 않아서 두 사람은 서로 이름만 알고 있는 정도였다. 그런데 그날 저녁, 불빛이 춤을 추는 곰팡이 슨 방에 파젤이 와 있다는 것 자체가 어쩐지 심상치 않았다. 그는 민주주의 의회의 중심인물이고, 입헌 혁명의 기둥 아닌가? 그런 그가 이 중요한 때에 테헤란을 떠나와 있다니! 내가 몇 가지 질문을 하자 그가 거북한 표정을 지었다. 그러나 나는 프랑스어로 얘기하고 있었고, 목소리도 낮추고 있었다. 그가 주위 사람들을 힐끗 쳐다보면서 말했다.

"어디 머물고 있나?"

"아르메니아인 구역의 대상 숙소에."

"밤에 찾아가겠네."

자정 무렵, 내 방에는 여섯 사람이 모였다. 하워드 바스커빌, 나, 파젤과 그의 동지 셋. 파젤은 그 세 사람을 이름으로만 간단히 소개했다.

"안주만 본부에서 만났을 때 나한테 왜 테헤란에 있지 않고 여기와 있느냐고 물었지? 그건, 입헌 의회를 위한 곳으로서는 테헤란이 이미 부패해 있었기 때문이네. 너무 끔찍한 일이라 서른 명의 의원들에게 그 사실을 알리지도 못했지. 하지만 그건 엄연한 사실이야."

파젤의 엄청난 발언에 아연실색한 우리는 그의 얼굴만 쳐다보고 있었다. 그가 설명했다.

"2주 전에 상트페테르부르크의 〈리에치〉 특파원이 찾아왔었지. 이름은 파노프지만 '타네'라는 필명을 쓰는 기자였어."

그의 기사가 런던의 언론에 자주 인용되어서 나도 그에 대해서는 어느 정도 알고 있었다.

파젤이 계속했다.

"그는 사회민주주의자로서 제정 러시아를 반대하는 사람이지. 하지만 테헤란에 와 있는 몇 달 동안 자신의 신념을 감추는 데 성공해서, 러시아 공사관을 마음대로 드나들고 있었어. 우연이었는지 아니면 어떤 술책을 썼는지는 모르지만, 어쨌든 그는 절대 군주제로 복고하기 위한 카자크 여단의 쿠데타 계획이 상세하게 적힌 극비 문서를 입수하게 되었지. 새 체제를 받아들인 상인들의 기반을 무너뜨리기 위해 시장으로 깡패 집단을 침투시킨다는 계획이 하나였고, 또 하나는 일부 종교 지도자들을 선동해서 이슬람에 위배되는 입헌제를 폐지해야 한다고 주장하는 탄원서를 샤에게 보내도록 한다는 것이었지. 물론 파노프는 위험을 무릅쓰고 나한테 그 문서를 가져왔네. 나는 그에게 고맙다는 뜻을 표명하고, 즉시 의회를 비상소집했지. 나는 그 사실을 자세하게 알리면서 군주를 폐위하고 왕자를 즉위시킬 것, 카자크 여단을 해체할 것, 문제의 종교 지도자들을 체포할 것을 주장했지. 분개한 여러 의원들이 잇달아 연단에 올라 내 제의를 전적으로 지지했어.

그때 갑자기 수위가 들어와서, 러시아와 영국의 전권 공사들이 긴급히 전달할 것이 있다면서 밖에서 기다리고 있다고 알리는 바람에 회의가 중단되었지. 마즐리스(의회)의 의장과 총리가 나갔다가 다 죽어 가는 얼굴로 들어오더군. 무함마드 알리 샤를 폐위시킨다면, 유감스럽지만 러시아와 영국이 군사 개입을 하지 않을 수 없다는 입장을 알려 왔다는 것이었어. 그 얘기는 우리의 목을 조를 준비가 다 되어 있으니 맞설 생각은 하지 않는 게 좋을 거라는 경고였지!"

"대체 그 이유가 뭐지?" 아연실색한 바스커빌이 물었다.

"의회라는 말만 들어도 치를 떠는 차르가 자기 나라와 국경을 접한 지역에 민주 정체가 들어서는 걸 원치 않는 건 당연한 일 아니겠나."

"하지만 영국의 경우는 다르잖아!"

"그럴 줄 알았지. 하지만 페르시아인들이 민주주의를 실현할 경우 그 영향으로 인도인들이 들고일어난다면 보따리를 싸야 할 판인데 영국이라고 다를까! 그리고 페르시아를 포기할 수 없는 또 한 가지 이유가 있지. 1901년에 영국인 윌리엄 녹스 다시가 2만 파운드를 주고 페르시아 전 제국 내의 석유 개발권을 획득했는데, 그동안 아무런 소득이 없는 상태였거든. 그런데 다들 들어서 알고 있겠지만, 몇 주 전에 바흐티아리족이 사는 지역에서 엄청난 유전이 발견된 거야. 나라에 막대한 수익을 올려줄 수 있는 그 중요한 자원의 시굴권이 영국인에게 넘어가 있으니 얼마나 기막힌 일인가! 그래서 나는 의회에서, 석유 개발권에 관해 영국 정부에 좀 더 공정한 조건을 제시해야 한다고 주장했지. 대다수 의원들이 내 제의에 동의했고. 그 이후로 영국 공사는 나를 만나려고도 하지 않아."

"영국 공사관에서는 은신처까지 제공하지 않았었나?" 내가 생각 끝에 물었다.

"영국은, 영향력이 지나치게 커진 러시아가 페르시아라는 과자를 영국에는 겨우 연명할 정도로만 넘겨주고 있다고 생각하고 있었지. 그래서 우리를 부추겨서 러시아에 대항하게 만들려는 속셈으로 정원을 내주었던 거야. 나우스의 사진을 찍어 배포했던 것도 바로 영국의 짓이었다고 하니까. 우리 바스트 운동이 승리했을 때, 런던은 러시아 차르로부터 페르시아 북쪽의 이권은 러시아가, 남쪽은 영국이 갖는다는 협약을 받아냈던 거야. 영국은 소원을 이루자 더는 우리의 민주주의에 관심이 없게 되었고, 걸림돌이 될 만한 것들이 모조리 사라지기를 바라게 된 거지."

"무슨 권리로!" 바스커빌이 격분했다.

파젤이 그에게 인자한 미소를 지어 보이고 나서 말을 이었다.

"두 외교관의 방문 이후에 의원들은 낙담했지. 두 강대국을 동시에 상대할 수 없었던 의원들은 애꿎은 파노프만 원망하고 나섰네. 여러 의원들이 그를 문서 위조자라느니, 무정부주의자라느니 비난하면서 페르시아와 러시아 사이에 전쟁을 일으키려는 것이 그의 목적이라고 떠들어댔지. 그 기자는 그때 의사당에 와 있었네. 필요한 경우에는 그를 증인으로 내세울 생각으로 내가 회의실 옆방에 있게 했거든. 의원들은 그를 체포해서 러시아 공사관으로 넘기자는 발의를 했고, 그 동의안이 표결에 붙여졌지.

자기 나라의 정부에 대항하면서까지 우리를 도와주려 했던 사람이 사형대에 넘겨지게 생겼는데, 내가 어떻게 가만히 있을 수 있었겠나. 난 참을 수 없었어. 의자 위로 뛰어 올라가서 미친 사람처럼 외쳤지. '우리 아버지의 무덤에 대고 맹세하건대, 파노프가 체포된다면 아담의 아들들을 동원해서 이 의사당을 피바다로 만들고 말겠소. 그 동의안에 찬성하는 사람은 누구든 여기서 살아서 나가지 못할 것이오!' 의원들은 나의 면책 특권을 박탈하고 나를 체포할 수도 있었지만, 감히 그러지 못했지. 그들은 다음날까지 휴회하기로 결정했지. 바로 그날 밤 나는 수도를 떠나 내 고향으로 왔고, 파노프도 데려왔지. 그는 지금 타브리즈의 모처에 숨어서 외국으로 떠날 날을 기다리고 있네."

우리의 대화는 계속되었다. 새벽 기도 시간을 알리는 외침이 들렸을 때 우리는 깜짝 놀랐다. 어느새 동이 터 있었다. 우리는 비록 암담했지만, 미래에 관해 여러 가지 설계를 하면서 너무 지쳐 더는 말을 할 수 없을 때까지 논의를 계속했다. 바스커빌이 기지개를 켜면서 시계를 쳐다보더니 몽유병 환자처럼 일어나서 목덜미를 긁으며 말했다.

"벌써 여섯 시네. 오, 맙소사, 밤을 꼬박 새다니! 이런 얼굴로 학생들을 어떻게 대하지? 이 시간에 돌아가면 목사가 또 뭐라고 할는지."

"늘 하던 대로 여자하고 있었다고 하면 되지 뭘 그러나!"

그러나 하워드 바스커빌은 웃을 기분이 아니었다.

국가의 중대사가 어떻게 우연히 일어날 수 있을까. 나는 우연의 일치였다고 말하고 싶지는 않다. 그러나 파젤이 파노프에게서 넘겨받은 극비 문서에 대해 우리에게 설명하고 있던 바로 그 순간, 이제 막 싹튼 페르시아의 민주주의를 무너뜨리기 위해 획책된 쿠데타가 시작되고 있었다.

1908년 6월 23일 수요일 새벽 4시경, 랴코프 대령이 지휘하는 카자크군 1천 명이 테헤란 도심에 위치한 의회 의사당 바하레스탄을 향해 출동했다는 사실을 나중에 알았다. 의사당은 완전 포위되었고, 모든 출구가 통제되었다. 군대의 움직임을 알아차린 비밀 결사대 안주만 대원들은 얼마 전에 전화가 가설된 인근 대학으로 달려가서 입헌제를 지지하는 몇몇 의원과 아야톨라 베흐바하니와 아야톨라 타바타바이 같은 종교 지도자들에게 전화를 걸었다. 이들은 동이 트기 전에 의사당으로 향했고, 의회에 출석하는 것으로 입헌제를 향한 그들의 집념을 표시했다. 이상하게도 카자크군은 그들을 통과시켰다. 들어가는 것은 놔두고 나오는 것만 막으라는 명령을 받았기 때문이었다.

항의하는 군중의 수가 점점 늘어났다. 해가 떴을 무렵 수백 명에 이른 군중 속에는 '아담의 아들'들이 많이 끼어 있었다. 그들은 저마다 소총을 소지하고 있었지만 탄환은 넉넉하지 못했다. 한 사람이 갖고 있는 탄환 60발로는 의사당을 겨우 방어하는 정도에 지나지 않았다. 게다가 그들은 그 빈약한 무기마저 사용하기를 망설이고 있었다. 지붕과 창문 뒤에 진을 치고는 있었지만, 선제공격으로 불가피한 살상의 신호를 보내야 할지, 아니면 쿠데타군이 먼저 시작하기를 기다려야 할지 결정을 내리지 못하고 있었다.

카자크군의 공격은 계속 지연되고 있었다. 랴코프 대령은 러시아와 페르시아 장교 들에게 둘러싸인 채 토파네 광장에 포진해 있는 무시무시한 살상무기 대포 6문을 효율적으로 이용하기 위한 작전을 짜느라 여념이 없었다. 대령이 말을 타고 여러 차례 사정거리 안을 들락거렸지만, 입헌제파 의원들은 차르가 사소한 사건을 빌미로 삼아 페르시아를 침략할 것을 우려해서 '아담의 아들'들에게 발포 명령을 내리지 못했다.

공격 명령이 떨어진 것은 아침나절이었다. 누가 봐도 한쪽이 기우는 전투가 예닐곱 시간 동안 계속되었다. 결사대는 과감한 기습공격으로 대포 3문을 파괴하는 데 성공했다.

그러나 역부족이었다. 해 질 녘에 페르시아 역사상 최초의 의사당에는 항복의 백기가 휘날렸다. 마지막 총성이 나고 몇 분 후, 랴코프 대령은 포병대에게 또다시 발포 명령을 내렸다. 이로써 차르의 의도가 명확해졌다. 의회를 폐지하는 것으로 그치지 않고, 테헤란 시민들에게 완전히 파괴된 의사당의 모습을 보여줌으로써 영원한 교훈을 남기겠다는 심산이었다.

38

테헤란에서 전투가 아직 끝나지 않았을 때, 타브리즈에서 첫 번째 총격이 일어났다. 나는 학교에 들러서 하워드와 함께 안주만의 집회소로 향했다. 거기서 파젤을 만나 그의 동지 집에서 점심을 먹기로 약속이 되어 있었다. 미처 시장의 미로로 들어서기도 전에 가까운 곳에서 총성이 울렸다.

우리는 본능적인 호기심에 이끌려 소리가 난 방향으로 갔다. 백 미터 앞에서 군중이 고래고래 소리를 지르며 전진하고 있었다. 먼지, 연기, 몽둥이, 소총, 하얗게 타오르는 횃불, 무슨 말인지 모를 고함 소리. 타브리즈 사람들이 쓰는 튀르크어에 아제르바이잔어를 섞어서 외치고 있어서 나는 통 알아들을 수가 없었다. 바스커빌이 통역해주었다. "입헌제에 죽음을! 의회에 죽음을! 무신론자들에게 죽음을! 샤 만세!" 수십 명의 시민들이 사방으로 달아났다. 한 노인이 다리를 질질 끌면서 놀란 염소를 끌고 가려고 애를 썼다. 한 여자가 비틀거리며 넘어지자, 여섯 살밖에 안 되어 보이는 아들이 일으켜주었다. 그녀는 아들의 부축을 받아 절뚝거리면서 도망갔다.

우리는 약속 장소를 향해 걸음을 재촉했다. 한 무리의 젊은이들이 도로에 바리케이드를 쌓고 있었다. 통나무 두 개 위에 책상, 벽돌, 의자, 상자, 술통 들이 무질서하게 겹겹이 쌓였다. 젊은이들이 우리를 알아보고 통과시켜주었다. 그들은 "놈들이 이쪽으로 오고 있어요" "놈들이 이 지역에 불을 지르려고 해요" "놈들이 '아담의 아들'들을 모두 학살하겠다고 선언했어요" 하고 전해주면서 빨리 피하라고 말했다.

안주만 본부에 도착해보니, 소총으로 무장한 50명가량의 사내들에게 둘러싸인 파젤이 권총 든 손을 이리저리 움직이면서 각 대원에게 위치를 배정하고 있었다. 이런 위기 상황에 파젤이 소총이 아니라 오스트리아제 만리허 권총 한 자루만 달랑 들고 있는 것을 보니 어쩐지 다른 용도가 있는 것 같은 느낌이 들었다. 그는 침착했고, 간밤보다는 덜 불안해 보였다. 참을 수 없던 기다림의 시간이 끝났을 때 행동가가 보이는 침착함이었을까.

파젤이 어딘지 모르게 자신감이 넘치는 어조로 내질렀다.

"이제는 파노프가 알려준 내용이 모두 사실이었음이 판명됐어. 랴코프 대령은 쿠데타를 일으켰고, 자칭 테헤란 지구의 사령관이라면서 야간 통행 금지령을 내렸지. 그리고 오늘 아침부터는 수도와 타브리즈를 필두로 해서 전국의 도시에 입헌제파에 대한 수색령이 내려졌고."

"명령이 그렇게 빨리 전달되다니!" 하워드가 경악했다.

"아침에 러시아 영사로부터 쿠데타 개시를 알리는 전보를 받은 타브리즈의 종교 지도자들이 정오에 낙타 몰이꾼들의 구역인 데베치로 유격대원들을 소집했다는군. 그자들은 거기서 흩어져서 맨 먼저 내 친구 알리 메케디 기자의 집으로 쳐들어가 그의 아내와 어머니가 보는 앞에서 그를 쏘아 죽이고, 목과 오른손을 칼로 베어버렸어. 처참한 죽음이었지. 하지만 겁낼 것 없어. 오늘 밤 안으로 알리의 원수를 꼭 갚고 말 테니!"

그러나 그의 음성은 떨리고 있었다. 그가 잠시 호흡을 가다듬고 나서 말을 이었는데 비장함이 엿보였다.

"내가 타브리즈에 온 것은, 이 도시는 끝까지 살아남으리라고 확신하기 때문이다. 지금 우리가 서 있는 이 땅에서는 아직 입헌제가 건재하다. 이제부터는 이곳이 의회와 합법적인 정부의 본부다. 우리는 멋진 싸움으로 승리할 것이니 나를 따르라!"

파젤의 심복 여섯 명과 함께 우리는 그를 따라 정원으로 나갔고, 집을 한 바퀴 돌아 잎이 우거진 나무에 가려져 있는 나무 층계를 올라갔다. 우리는 지붕으로 올라가서 구름다리를 지나 벽이 아주 두꺼운 방으로 들어섰다. 있으나 마나 해 보이는 작은 창문은 감시를 위해 뚫어놓은 구멍 같았다. 파젤의 지시에 따라 창가에 서서 내다보니, 바리케이드로 막아놓은 지점 중에서 가장 방어가 허술한 길목이 바로 눈앞에 보였다. 바리케이드 뒤에 20여 명의 젊은이가 땅바닥에 무릎을 꿇은 자세로 소총을 겨누고 있었다.

파젤이 설명했다.

"결의가 대단한 청년들이지. 여기뿐만이 아니야. 저런 젊은이들이 모든 길목을 지키고 있어. 사냥개들이 오면 응분의 대접을 받게 될 거야."

그가 말한 '사냥개들'은 멀리 있지 않았다. 그들은 '아담의 아들'들 소유의 집 두세 채에 불을 지르느라고 잠시 지체했을 뿐, 함성과 총성이 점점 가까워지고 있었다.

갑자기 등골이 오싹해졌다. 방공호 같은 방에 피신해 있다고 무슨 희망이 있을까 하는 회의가 들 정도로, 죽음을 외치며 우리를 향해 전진해 오는 군중의 모습에 몸서리가 쳐졌다.

내가 본능적으로 목소리를 낮추어 물었다.

"저들의 수가 얼마나 될까?"

"기껏해야 천이나 천오백이겠지." 파젤이 자신만만하게 말했다. 그러고는 명령조로 덧붙였다.

"이제 저들의 기를 꺾을 때가 되었다!"

파젤이 동지들에게 우리에게 소총을 주라고 지시하는 것을 들으면서 하워드와 나는 장난기 섞인 시선을 주고받았다. 그러나 막상 차가운 금속을 건네받은 우리는 손으로 무게를 가늠해보면서 착잡한 기분에 빠져들었다. 파젤이 지시했다.

"두 사람은 창문에서 살피고 있다가 접근하는 놈이 있으면 보지 말고 쏴버려. 난 다른 곳으로 가서 저 야만인들을 깜짝 놀라게 해줄 테니까!"

파젤이 나가자마자 전투가 시작되었다. 전투라는 표현 자체가 어울리지 않았을지 모른다. 폭도들이 고함을 지르면서 다가왔고, 그들의 전위대가 마치 장애물 경기를 하는 것처럼 바리케이드를 향해 돌진했다. '아담의 아들'들의 일제 사격이 시작되었다. 10여 명의 폭도들이 쓰러지자 나머지는 후퇴했다. 단 한 명만이 바리케이드를 넘는 데 성공했으나 총검에 찔리고 말았다. 나는 끔찍한 비명을 들으며 얼굴을 돌렸다.

하는 수 없이 뒤로 물러난 시위자들은 목이 쉬어라 구호를 외쳐 댔다. "죽여라! 죽여라!" 이어서 한 분대가 총성이 울렸던 창문을 향해 총을 쏘면서 다시 바리케이드를 향해 돌격해 왔다. 그 과정에서 '아담의 아들' 한 명이 이마에 총을 맞았고, 일제 사격이 다시 시작되면서 선두에 선 공격군들이 또다시 쓰러졌다.

허겁지겁 후퇴한 공격군이 요란한 몸짓을 하면서 새로 작전을 짰다. 그들이 새로운 공격을 위해 다시 모였을 때, 꽝 하는 폭음이 일대를 뒤흔들었다. 포탄 한 개가 폭도들의 한가운데에 떨어지면서 공격군은 패주했다. 그러자 '아담의 아들'들이 소총을 쳐들고 외쳤다. "마슈루테! 마슈루테!(입헌제! 입헌제!)" 바리케이드 건너편에 수십 구의 시체가 널브러져 있었다. 하워드가 속삭였다.

"내 총은 여전히 차가운데······. 난 한 방도 쏘지 않았어. 그럼 자네가?"

"나도 안 쐈어."

"사정거리 안에 침입자의 머리가 보여서 막 방아쇠를 당기려던 참이었는데······."

잠시 후에 파젤이 의기양양한 얼굴로 들어왔다.

"나의 기습 작전을 어떻게들 생각하나? 근위대의 한 장교가 우리에게 팔아넘긴 낡은 프랑스제 방주 대포로 한 방 먹였지. 지붕 위에 있으니까 가서들 보라구! 훗날 그 대포를 타브리즈의 대광장 한복판에 내다놓고 이렇게 써놓겠어. 이 대포가 입헌제를 구했노라!"

불과 몇 분 만에 의미 있는 승리를 이끌어내는 장면을 직접 확인했으면서도, 나는 그의 말이 지나치게 낙관적이라고 생각했다. 그의 목적은 타브리즈를 끝까지 사수하는 것이었고, 그곳을 본거지로 삼아 최후까지 입헌제를 지지할 사람들을 모으고 앞으로 해 나갈 일을 함께 협의하겠다는 것이었다.

6월의 그날, 파젤이 우리에게 기껏 두 무더기밖에 안 되는 프랑스제 르벨 소총들과 단 1문의 방주 대포를 가지고 타브리즈 시장의 미로 같은 골목길에서 폭동을 진압한 것을 시작으로, 빼앗긴 자유를 페르시아에 돌려줄 거라고 장담했다면 그 말을 믿는 사람이 있긴 했을까?

그렇지만 우리 중에서 가장 순수한 열정을 지녔던 그는 자신의 목숨을 걸고 그 일을 해냈다.

39

하이얌의 나라는 실로 하루하루가 앞날을 예측하기 어려웠다. 동방의 여명은 이대로 끝나고 말 것인가? 이스파한에서 카즈빈까지, 시라즈에서 하마단까지 수백 수천의 맹목적인 가슴에서 똑같은 고함이 터져 나왔다. "죽여라! 죽여라!" 이제부터 자유, 민주주의, 정의라는 말은 숨어서 해야 했다. 미래는 이제 금지된 꿈에 지나지 않았고, 입헌제파는 어디에서도 발을 붙일 수 없었다. '아담의 아들'들의 집회소는 쑥대밭이 되었고, 그 많던 그들의 책은 모조리 불

살라졌다. 페르시아의 광활한 땅 방방곡곡에서 그 지긋지긋한 '죽여라' 소리가 끊이지 않았다.

타브리즈를 제외하고는 어디서나 그랬다. 쿠데타가 벌어지고 있던 그 기나긴 날, 영웅적인 도시 타브리즈의 30개 주요 구역 중에서 시장 북서쪽 끝에 위치한 아미르키즈라는 구역만이 여전히 공격에 저항하고 있었다. 그날 밤, 입헌제를 지지하는 수십 명의 젊은이가 교대로 길목을 감시하는 동안, 야심에 찬 파젤은 사령부로 승격한 안주만 본부에서 구겨진 지도에 화살표를 긋고 있었다.

우리 열두 명은 어른거리는 불빛에 행여 그의 연필이 가는 방향을 놓칠세라 열심히 시선을 집중하고 있었다. 파젤이 일어서서 말했다.

"적은 우리에게 당한 충격에서 벗어나지 못하고 있다. 저들은 우리에게 대포가 있다는 것도, 우리의 수가 얼마나 되는지도 모르고 있다. 따라서 그 점을 이용해서 재빨리 우리의 영역을 넓혀야 한다. 샤가 곧 군대를 보낼 것이고, 몇 주 내에 타브리즈에 당도할 테니 그 전에 이 도시 전체를 해방시켜야 한다. 오늘 밤 공격을 개시한다."

그가 고개를 숙이자 맨머리, 모자 쓴 머리, 터번을 두른 머리 들이 모두 따라 고개를 숙였다.

그가 설명했다.

"강을 건너서 기습 공격을 한다. 성채 방향으로 침투해서 시장과 묘지 양쪽에서 공격한다. 저녁이 되기 전에 성채는 우리의 것이 될 것이다."

그러나 결사대는 열흘이 지나서야 성채를 점령할 수 있었다. 거리마다 살육전이 벌어졌다. 입헌제파는 계속 전진했고, 모든 전투가 결사대 쪽에 유리하게 전개되었다. 토요일에 '아담의 아들' 몇몇이 '인도-유럽 전신국'을 점령한 덕분에 테헤란과 주요 도시들은 물론 런던과 봄베이(뭄바이의 전 이름)와도 연락을 취할 수 있었다. 같은 날, 한 경찰서가 동참하는 뜻으로 맥심 기관총과 탄약 30통을 가져왔다. 이런 일련의 성공이 타브리즈 시민들에게 자신감을 심어주어, 젊은이 늙은이 할 것 없이 저마다 무기를 들고 수백 명씩 떼를 지어 해방된 구역으로 몰려왔다. 몇 주 사이에 적군은 외곽으로 후퇴했다. 이제 적이 장악하고 있는 곳은 사람이 거의 살지 않는, 도시 북동쪽에 위치한 낙타 몰이꾼들의 구역인 사히브디반 주둔지밖에 없었다.

7월 중순경, 지원병으로 구성된 군대가 결성되면서 임시 행정부가 만들어졌다. 하워드는 보급품을 책임지게 되었다. 그때부터 그는 대부분의 시간을 시장에서 보내면서 식량과 물품의 재고를 조사했고, 상인들도 그에게 전적으로 협조했다. 그는 페르시아식 도량형을 훌륭하게 소화해냈다.

하워드가 내게 말했다.

"리터, 킬로그램, 온스, 파인트 따위의 단위는 잊어버려야 해. 여기서는 자우, 미스칼, 시르, 그리고 당나귀에 가득 실은 짐을 무게 단위로 삼는 카르바르도 있어."

그는 나를 가르치기 위해 애썼다.

"기본 단위는 자우라고 하지. 자우는 평균 크기의 귀리 한 알을 가리키는데, 귀리에 껍질이 있어야 하고, 양 끝에 까끄라기가 나와 있어서 쪼갤 수 있어야 해."

"꽤 까다롭군." 내가 웃음을 터뜨렸다.

그가 마치 선생이 학생을 꾸짖듯이 나를 흘겨봤다. 나는 하는 수 없이 배운 것을 응용해서 말해야 했다.

"그러니까 최소 계량 단위가 자우란 말이잖아."

"그게 아니지." 하워드가 화를 내고는 찬찬히 다시 설명했다.

"귀리 한 알의 무게는 겨자씨 칠십 알, 혹은 노새의 꼬리털 여섯 개하고 같으니까 자우가 최소 단위는 아니지."

하워드에 비하면 내가 맡은 임무는 정말 사소했다. 타브리즈의 방언을 모르는 나는 외국인 거류민들과 접촉해서 그들의 안전은 보장될 것이니 안심하라는 파젤의 생각을 전달하는 임무를 맡았다.

트란스캅카스 횡단 철도가 건설되기 이전인 20년 전만 해도 타브리즈는 페르시아의 관문으로서 여행자, 상인, 지식인 들이 반드시 거쳐 가는 통행로였다. 독일 회사 모시그와 쉬네만, 또는 오스트리아 동양무역주식회사 같은 유럽의 여러 기업체들이 타브리즈에 지사를 개설했으며 각국의 영사관, 미국 장로교 미션 스쿨, 여러 나라의 학교들이 있었다.

나는, 쿠데타와 탈환 등 어려운 날들이 계속되는 동안 외국인 거류민들이 한순간도 공격받지 않았다는 말을 할 수 있어서 행복하다. 실로 감동적인 형제애가 넘쳐흐르고 있었다. 바스커빌이나 나자신, 또 그 운동에 급히 합류한 파노프에 대한 얘기가 아니다. 그이외의 사람들, 파젤 편에 서서 서슴없이 무기를 들었다가 부상을당한 〈맨체스터 가디언〉의 특파원 무어 씨, 〈프랑스령 아시아〉에 기사를 실어서 파리와 전 세계에 위기에 처한 타브리즈를 구해야 한다는 연대 의식을 불러일으킴으로써 군수품 보급 문제를 해결해주었던 앙지니외 대위에게 경의를 표하고 싶다. 그 도시의 몇몇 성직자들은 자신들이 입헌제에 반대하는 이유로 외국인들의 참여를 들먹이면서 "한 떼거리의 유럽인들, 한 떼거리의 아르메니아인들, 한떼거리의 바브교도들, 한 떼거리의 불신자들"이라고 비난했다. 그러나 시민들은 그러한 선전에는 무감각한 반응을 보인 반면에 우리에게는 고마워하는 뜻의 애정을 표시했다. 남자들은 우리에게 형제였고, 여자들은 누이나 어머니였다.

내가 우리에 대한 시민들의 태도를 이렇게 구체적으로 설명하는이유는, 페르시아인들이 첫날부터 자발적으로 저항군을 전폭적으로 지지해주었기 때문이다. 맨 처음에는 타브리즈의 자유 시민들이, 이어서 탄압을 피해 고향을 떠났던 사람들이 입헌제의 마지막보루를 찾아왔다. 다음으로 제국의 각지에서 달려온 수백 명의 '아담의 아들'들, 여러 의원들, 그리고 랴코프 대령의 지시에 따른 삼엄한 단속을 용케 피한 테헤란의 공사들과 신문기자들이 초췌하고기진맥진한 얼굴로 속속 도착했다.

그러나 많은 이들 중에서도 가장 예상치 못했던 인물은 시린 공주였다. 공주가 야간 통행 금지령을 어기고 자동차로 수도를 빠져나갔지만, 카자크군은 감히 막지 못했다. 공주의 랑돌레 자동차는 시민들로부터 대대적인 환영을 받았다. 공주의 운전사가 타브리즈 출신인 데다 자동차를 운전할 줄 아는 사람이 페르시아에서는 흔치 않았기 때문에 더욱더 그러했다.

공주는 버려진 궁전에 머물고 있었다. 그 궁전은 그녀의 할아버지, 살해된 나세르 알딘 샤가 1년에 한 달간 머무를 계획으로 지은 것이었다. 그러나 전하는 이야기에 따르면, 궁전에 머문 첫날 밤부터 샤가 병에 걸리는 바람에 점성가들이 흉조가 들린 곳이니 다시는 발을 들여놓지 말라고 조언했다고 한다. 그때부터 30년 동안 궁전에는 아무도 살지 않았고, 사람들은 '빈 궁전'이라고 부르면서 그 근처에는 얼씬도 하지 않았다.

그러나 시린은 주저 없이 불길한 운명에 도전했고, 그 이후로 그녀의 거처는 도시의 심장부가 되었다. 그해 여름 저녁, 저항군의 지도자들은 궁전의 넓고 시원한 정원에서 모이는 것을 좋아했다. 나는 자주 그들과 동행했다.

공주는 나를 볼 때마다 기뻐하는 듯했다. 편지로 인해 우리 사이에는 누구도 침범할 수 없는 어떤 묵계가 있었다. 모임이 있거나 혹은 식사를 할 때마다 수십 명이 함께 있어서 당연히 우리는 한 번도 둘만의 시간을 가져보지 못했다. 사람들은 열렬하게 토론했고, 때로는 농담도 주고받았지만 결코 도를 넘지는 않았다. 페르시아의 예절은 까다로운 데다 과장도 심해서, 공주를 허물없이 대하는 태도는 허용되지 않았다. 사람들은 대체로 '누구의 그림자' 혹은 '누구의 노예'라고 하면서 자신을 낮추는 경향이 있었고, 왕이나 특히 왕가의 여인들에게는 코가 땅에 닿을 정도로 허리를 굽히는 과장된 격식을 차렸다.

목요일 저녁에 뜻밖의 일이 벌어졌다. 정확히는 1908년 9월 17일. 내가 어떻게 그날을 잊을 수 있겠는가?

동지들이 이런저런 이유로 모두 떠나고 나서 나는 맨 나중에 자리를 떴다. 궁전의 정문을 넘어서는 순간, 늘 갖고 다니던 서류 가방을 의자 옆에 두고 나왔음을 알아차렸다. 그래서 발길을 돌리기는 했지만, 공주가 방문객들과 인사를 나눈 뒤에 그곳을 떠났다고 믿고 있었기 때문에 공주를 다시 만나게 되리라고는 전혀 생각지 않았다.

그런데 아니었다. 그녀는 20개의 빈 의자들 한가운데 홀로 앉아 있었다. 수심이 가득한 얼굴로 생각에 잠겨 있는 공주. 나는 그녀에게서 눈길을 떼지 않고 가능한 한 천천히 내 가방을 들었다. 시린은 내가 들어온 것조차 모르는 듯 여전히 꼼짝도 않고 있었다. 나는 자리에 앉아서 고요한 명상에 잠겨 있는 그녀의 옆얼굴을 유심히 바라보았다. 그러고 있자니 12년 전 콘스탄티노플에 있는 자말 알딘의 응접실에서 그녀를 처음 만났던 순간으로 돌아가 있는 느낌이 들었다. 그때도 그녀는 그렇게 앉아 있었고, 머리에 드리운 파란 숄이 의자 밑까지 늘어져 있었다. 공주의 나이가 몇이었더라?

열일곱? 열여덟? 이제 서른 살이 된 그녀는 차분하고, 성숙하고, 위엄이 가득한 여인이었다. 처음 만났을 때와 똑같이 날씬한 몸매. 그 정도 신분의 여자들은 대개 호화로운 침상에 주저앉아 죽는 날까지 무위도식하고 싶은 유혹을 느낄 법도 하건만, 그녀는 그런 유혹을 과감하게 물리칠 줄 알았다. 그녀는 결혼했을까? 이혼했을까, 아니면 과부일까? 그런 얘기는 전혀 나눈 적이 없었다.

나는 자신 있게 말하고 싶었다. '콘스탄티노플에서 처음 만났을 때부터 당신을 사랑하고 있었다'고. 입술이 떨려서, 나는 소리가 나오지 못하도록 입술을 꼭 다물었다.

시린이 천천히 나를 향해 고개를 돌리더니 놀라는 기색이라고는 전혀 없이 물끄러미 쳐다보았다. 마치 그 자리에 계속 있었던 사람을 바라보듯. 그녀가 잠시 주저하는 듯하다가 말했다.

"무슨 생각을 하고 있죠?"

내 입술에서 대답이 바로 튀어 나갔다.

"콘스탄티노플에서부터 타브리즈까지의 당신을 생각하고 있었소."

시린은 약간 당황한 것 같았지만, 경계할 뜻은 전혀 없어 보이는 미소가 얼굴에 번졌다. 무슨 말이라도 해야겠는데 적당한 말을 찾지 못한 나는 그녀와 나 사이에만 통하는 말을 했다.

"또 보게 되겠죠."

우리는 추억에 잠겨서 잠시 동안 잠자코 있었다. 이윽고 시린이 말했다.

"테헤란을 떠날 때 그 책을 갖고 왔어요."

"사마르칸트의 필사본 말인가요?"

"내 침대 옆 서랍장 위에 있어요. 이제는 책을 들춰보지 않아도 돼요. 루바이야트와 여백에 채워진 연대기까지 모두 외웠으니까요."

"하룻밤만이라도 그 책과 함께 있을 수 있다면 내 생의 10년을 드리겠소."

"그럼 난 내 생의 하룻밤을 드리지요."

그 말이 떨어지자마자, 나는 시린의 얼굴 위로 몸을 숙였다. 우리의 입술이 스쳤고, 우리의 눈이 감겼고, 우리 주위에는 머릿속을 울리는 매미의 단조로운 합창 이외에는 그 어느 것도 존재하지 않았다. 길고 뜨거운 입맞춤. 흘러가버린 그 많은 날들과 두꺼운 장벽을 단숨에 뛰어넘는 입맞춤이었다.

손님이라도 올까 두려워서, 하인이 들어올까 두려워서 우리는 일어났다. 그녀를 따라 가로수가 하늘을 덮은 나무 터널을 지나 짐작도 못했던 작은 문을 통과한 다음 부서진 층계를 올라가서, 예전에는 샤의 방이었으나 지금은 그 손녀가 쓰고 있는 방으로 들어갔다. 육중한 두 개의 문짝이 닫히고, 묵직한 걸쇠가 걸렸다. 이제 우리 둘만의 공간이었다. 타브리즈는 이제 더는 세상과 동떨어진 도시가 아니었다. 세상이 타브리즈와 동떨어지지 않길 갈망하고 있었다.

커튼이 드리워진 거대한 침대에서 나는 내 사랑을 품에 안았다.

리본 장식과 단추를 하나하나 풀고 손가락으로, 손바닥으로, 입술로 그녀의 온몸을 더듬었다. 시린은 나의 애무, 나의 서투른 키스를 모두 받아주었다. 그녀의 감은 눈에서 미지근한 눈물이 흘러내렸다.

새벽이 되어서도 나는 아직 필사본을 들춰보지 못했다. 침대 옆 서랍장 위에 필사본이 놓여 있지만, 알몸으로 자고 있는 시린의 머리가 내 목 위에 있고, 그녀의 젖가슴이 내 옆구리를 누르고 있어서 꼼짝도 할 수가 없었다. 나는 그녀의 숨결, 그녀의 향기, 그녀의 밤을 마셨고 파르르 떨리는 그녀의 속눈썹을 바라보면서 그녀가 행복한 꿈을 꾸고 있는지 아니면 괴로운 꿈을 꾸고 있는지 알아맞히려고 애를 썼다. 그녀가 잠에서 깼을 때에는 이미 도시의 첫 소음이 들리고 있었다. 나는 다음번 사랑의 밤을 보낼 때에 하이얌의 책을 들춰보리라 다짐하면서 서둘러 사라져야 했다.

40

타브리즈의 새벽은 쌀쌀했다. '빈 궁전'을 나온 나는 어깨를 움츠리고 대상 숙소를 향해 걸었다. 이것저것 곰곰이 생각해야 할 것이 많아서 일부러 지름길로 들어서지 않고 천천히 걸었다. 간밤의 흥분이 아직 가라앉지 않고 있었다. 갖가지 몸짓, 속삭임이 생생하게 떠올랐지만, 내가 지금 행복한 건지 알 수가 없었다. 충만한 느낌은 있었으나 불현듯 불법적인 사랑에 대한 죄책감이 들었다. 불면의 밤을 보낼 때처럼 머릿속이 복잡하고 여러 가지 생각이 꼬리를 물고 이어졌다. '내가 떠난 뒤에 그녀는 미소를 지으며 다시 잠들었을까? 아니면 후회하고 있을까? 여러 사람이 있는 곳에서 다시 만나게 되었을 때, 그녀는 은밀한 눈빛을 보낼까 아니면 모른 척할까? 오늘 밤에 그녀의 눈빛을 보면 알게 되겠지.'

그때 갑자기 포성이 울렸다. 나는 걸음을 멈추고 귀를 기울였다. 우리 쪽에서 쏜 방주 대포 소리일까? 곧이어 일제히 쏘아대는 총성이 이어지다가 마침내 소강상태로 들어갔다. 나는 걸음을 빨리하며 귀를 세웠다. 또다시 포성이 울리더니 연달아서 또 한 번 울렸다. 이번에는 불안했다. 단 1문의 대포를 그렇게 연달아 발사할 수는 없는 일이었다. 2문 이상의 대포가 발사되고 있는 것이 틀림없었다. 포탄 두 발이 떨어진 위치는 내가 있는 곳에서 멀지 않았다. 나는 성채 방향으로 달리기 시작했다.

내가 걱정하면서 무슨 일이냐고 묻자, 파젤이 상세하게 알려주었다. 무함마드 알리 샤가 파견한 군대가 간밤에 당도해서 종교 지도자들이 장악하고 있는 구역에 주둔하고 있으며, 뒤를 이어 또 다른 군대들이 사방에서 집결하고 있다는 소식이었다. 타브리즈 공략이 시작된 것이었다.

테헤란의 군사령관이자 쿠데타의 주모자 랴코프 대령이 타브리즈를 향해 출동하기에 앞서 병사들에게 연설을 늘어놓았다.

"용감한 카자크 병사들이여, 지금 페르시아의 군주는 위험에 처해 있다. 타브리즈 사람들은 군주제를 거부하고 있다. 그들은 입헌제를 승인하라고 강요하면서 군주에게 전쟁을 선포했다. 그런데 그 입헌제란 바로 제군들의 특권 폐지와 군대 해체를 뜻하는 것이다. 따라서 입헌제의 승리는 곧 제군들의 처자식이 굶주리게 된다는 뜻이다. 입헌제는 제군들의 가장 위험한 적이니, 사자처럼 용맹하게 무찔러야 한다. 의사당을 파괴한 제군들에게 전 세계가 경탄을 금치 못하고 있다. 앞으로도 계속 밀고 나가서, 반란을 획책하고 있는 도시를 괴멸하라. 그리하면 러시아와 페르시아의 군주들을 대신해서 내가 제군들에게 돈과 명예를 약속하겠다. 타브리즈가 갖고 있는 모든 부는 제군들의 것이 될 터이니, 모든 것이 제군들 하기에 달려 있다!"

테헤란, 상트페테르부르크, 런던에도 똑같은 지령이 내려져 있었다. 그것은 타브리즈를 반드시 괴멸해서 징벌의 본보기로 삼겠다는 것이었다. 카자크군이 승리하게 되면 다시는 어느 누구도 감히 입헌제니 의회니 민주주의니 하는 말을 입에 담을 수 없을 것이고, 동방은 다시 영원히 잠들 운명이 될 것이었다.

그리하여 이후 몇 달 동안 전 세계가 이상하고 비통하게 흘러가고 있는 동안, 페르시아의 여러 지역에서는 타브리즈를 본받으려는 저항의 불꽃이 일기 시작했고, 타브리즈는 점점 더 확실한 본거지가 되었다. 입헌제파는 과연 최후의 보루가 붕괴되기 전에 체제를 재정비하고 무기를 조달할 수 있을까?

1909년 1월, 입헌제파는 대승을 거두었다. 바흐티아리족의 족장들인 시린의 외삼촌들이 옛 수도 이스파한에서 타브리즈와 연대하여 입헌제를 지지한다고 선언했다. 포위당해 있던 타브리즈에 그 소식이 전해지자 기쁨의 함성이 터져 나왔고, 사람들은 밤새도록 목이 터져라 외쳐댔다. "타브리즈와 이스파한이 합세했으니 이제 온 나라가 깨어나리라!" 그러나 바로 그 다음날, 적의 대대적인 공격으로 인해 저항군은 남쪽과 서쪽 진영을 포기하지 않을 수 없었다. 이제 러시아 국경 방향의 북쪽 도로만이 타브리즈와 외부 세계를 잇는 유일한 통로였다.

3주 후에는 라슈트라는 도시가 반란을 일으켰다. 이스파한에서와 마찬가지로 라슈트도 샤의 통치를 거부하면서 입헌제와 파젤의 저항 운동을 지지했다. 타브리즈에서는 또다시 환호성이 터졌다. 그러나 다시 시작된 공격군의 반격으로 유일한 도로가 차단되면서 타브리즈는 완전히 포위되었고, 우편물과 식량 보급로마저 끊기고 말았다. 20만 명가량의 시민들에게 식량을 계속 공급하려면 제한된 양을 배급해야 했다.

2월과 3월 사이에 여러 도시가 새로 가담하면서 입헌제파의 영역은 이제 시라즈, 하마단, 마슈하드, 아스타라바드, 반다르, 아바스, 부셰르로 늘어났다. 파리에서는 고고학자이자 언론인인 디욀라푸아가 타브리즈를 지지하기 위한 위원회를 결성했으며, 런던에서도 레밍턴 경이 주재하는 위원회가 결성되는 놀라운 소식이 있었다. 그리고 오스만 제국령 이라크의 카르발라에 기반을 둔 시아파 종교 지도자들이 군주제 복고를 지지하는 보수파 물라들을 비난하면서 공식적으로 입헌제를 지지한다는 입장을 밝힌 일은 특히 고무적이었다.

타브리즈의 승리였다.

그러나 타브리즈에는 죽음의 그림자가 다가오고 있었다.

한꺼번에 여러 도시가 들고일어나자, 사태를 감당할 수 없었던 무함마드 알리 샤는 악의 근원인 타브리즈를 무조건 쓰러뜨려야 한다는 생각에만 집착했다. 타브리즈가 넘어지면 다른 도시들도 굴복하리라는 계산이었다. 그러나 번번이 공략에 실패하자, 샤는 타브리즈의 시민을 기아에 몰아넣기로 결정했다.

배급제를 실시하고 있는데도 빵이 턱없이 부족했다. 3월 말에는 특히 노인들과 아이들 여러 명이 아사했다.

런던, 파리, 상트페테르부르크의 신문들이 일제히 포위된 도시 안에 아직도 많은 수의 자국민들이 생명의 위협을 받고 있음을 상기시키면서 열강을 격렬하게 비난하기 시작했다. 그러한 세계 언론들의 입장 표명이 전신을 통해 우리에게 전해졌다.

어느 날 파젤이 나를 불러서 알려주었다.

"세계의 여론을 의식한 러시아와 영국이 시끄럽지 않게 타브리즈를 쓰러뜨리기 위해서 이제 곧 자국민들을 철수시킬 거야. 우리에게는 큰 타격이 되겠지만, 그 철수 계획을 반대하지 않는다는 게 내 뜻이라는 걸 자네가 알아주었으면 해. 난 어떤 사람도 이곳에 강제로 붙들어 둘 생각이 없어."

그러면서 그는 나에게, 귀국이 어려움 없이 이루어질 수 있도록 최선을 다하겠다는 뜻을 외국인 거류민들에게 알리는 임무를 맡겼다.

그런데 정말 믿을 수 없는 일이 일어났다. 그 감동적인 순간을 경험하는 특권을 누리게 된 증인으로서, 나는 사람들에게 갖고 있던 선입견을 버릴 수 있게 되었다.

나는 타브리즈에 체류하고 있는 외국인들 중에서 가장 먼저 장로교 미션 스쿨의 목사를 찾아가기로 마음을 정했다. 그는 나를 믿고 하워드의 마음을 잡아 달라고 했었다. 그런데 하워드와 똑같은 길을 걷게 된 나를 달갑게 맞이할 리가 없었기에, 그를 다시 만난다는 것이 약간은 꺼림칙했다. 아니나 다를까, 나를 맞는 그의 태도는 냉담했고, 마지못해서 예의를 차리는 정도였다.

그러나 내가 찾아온 이유를 설명하자마자 서슴없는 대답이 튀어나왔다.

"나는 떠나지 않겠소. 외국인들을 철수시키기 위한 수송대를 조직할 능력이 있다면, 굶주린 도시에 식량을 보급할 수송대를 조직할 수 있는 능력도 있다는 거 아니겠소?"

나는 그의 태도에 감사했다. 이상적인 종교인다운 인도주의적 태도였다. 나는 이어서 근방에 있는 무역회사 세 곳을 찾아갔다. 그런데 놀랍게도 무역상들의 대답도 목사와 똑같았다. 그중에서 이탈리아인이 이렇게 설명했다.

"이 어려운 순간에 타브리즈를 떠난다면, 나중에 다시 이곳으로 돌아오기가 몹시 부끄러울 것이오. 난 이곳에 남겠소. 어쩌면 내가 여기 있음으로써 우리 정부가 이곳에 어떤 도움을 줄지도 모르지 요."

어디를 찾아가도 똑같은 대답이었다. 그들은 망설이는 기색 없이 단호하게 떠나지 않겠다고 말했다. 영국 영사 레티슬러 씨와 러시아 영사 포크히타노프 씨까지도 떠나지 않겠다고 대답하는, 정말 이례적인 일이 일어났다. 그들이 본국에 자신들의 의사를 통보하자 두 나라 정부는 대경실색했다.

타브리즈의 시민들은 외국인들의 연대 의식에 감격하면서 용기를 얻었다. 그러나 그 상황은 일시적이었다. 4월 18일, 레티슬러 영사는 런던에 전보를 쳤다. "빵을 구하기 어려움. 내일은 더욱 구하기 어려워질 것임." 19일, 또다시 전보를 쳤다. "절망적인 상황. 이곳에서는 포위망을 뚫기 위한 마지막 작전이 실시될 거란 소문이 돌고 있음."

실제로 그날 입헌제의 본거지에서는 회의가 열리고 있었다. 파젤은 그 자리에서, 입헌제파 군대가 라슈트에서 테헤란을 향해 진군하고 있으니 포위군의 몰락을 보게 될 날이 멀지 않았다고 알렸다. 그러나 그의 발언에 이어, 하워드가 시장에 비축되어 있던 식량마저 완전히 바닥이 났다고 환기시켰다.

"사람들은 이미 가축은 물론 길고양이들까지 도살했어. 온 가족이 말라비틀어진 석류라도 주우려고 밤낮으로 거리를 헤매고, 적들이 먹다 버린 빵조각을 찾기 위해 도랑을 뒤지고 있는 형편이야. 이러다간 사람이라도 잡아먹게 생겼어."

"2주, 단 2주만 버티면 되는데!"

파젤이 애원하듯이 내뱉었다. 그러나 하워드가 무정하게 되받았다.

"이젠 불가능해. 식량이 다 떨어졌어. 아무것도 남아 있지 않아서 배급을 줄 수가 없어. 2주면 시민들이 아사할 거고, 타브리즈는 유령 도시가 될 거야. 요 며칠 사이에 800명이 사망했어. 기아로, 또 기아와 관련된 갖가지 병으로."

"2주! 단 2주면 된다고!" 파젤이 되뇌었다. "필요하다면 단식이라도 해서!"

"이미 여러 날 전부터 굶고 있는데 또 무슨 단식인가?"

"그럼 어떻게 하자는 거야? 항복이라도 하자는 건가? 그토록 애태우며 기다리던 지지자들을 이제야 얻었는데, 여기서 주저앉을 수는 없지 않은가? 견뎌낼 방법이 전혀 없단 말인가?"

견뎌야 한다. 견뎌야 한다. 굶주림과 피로로 기진맥진해 있으면서도 승리를 눈앞에 두었다는 것 때문에 흥분한 우리 열두 명은, 오직 견뎌내야 한다는 생각밖에는 없었다.

"한 가지 방법이 있긴 한데……." 하워드가 말했다.

모든 시선이 그에게 쏠렸다.

"기습 공격으로 탈출을 시도하는 거야. (지도 위의 한 곳을 손가락으로 짚으며) 이 지점을 탈환해서 돌파구를 만들면 외부와 접촉할 수 있어. 적이 정신을 차리는 사이에 구원군의 원조를 받을 수 있을 거야."

나는 즉시 그 제안에 반대했다. 다른 동지들도 자살행위로 판단했다. 적은 우리 진영에서 기껏해야 500여 미터 떨어진 곳에 주둔해 있었다. 그 정도 거리의 평평한 땅이라면 저들이 금방이라도 건너와서 마른 진흙 성벽을 기어오를 것이고, 저항군을 몰아내고 어떤 반격에도 끄떡하지 않을 막강한 군대를 주둔시킬 터였다.

파젤은 망설였다. 지도는 쳐다보지도 않고 기습 작전이 불러일으킬 정치적 효과를 생각하고 있었다. 과연 작전이 성공할 수 있을까? 토론이 오래 계속되면서 분위기가 고조되었다. 바스커빌은 끈질기게 주장했고, 마침내 무어 씨의 지지를 얻기에 이르렀다. 〈맨체스터 가디언〉의 이 특파원은 자신의 군대 경험을 내세우며 그 기습으로 결정적인 효과를 얻게 될 것이라고 단언했다. 파젤은 마침내 결단을 내렸다.

"확신은 서지 않지만, 다른 방법이 없기 때문에 하워드의 제안에 반대하지 않겠다."

기습이 시작된 것은 다음날인 4월 20일 새벽 3시였다. 5시에 진지를 빼앗는다면, 적이 반격을 위해 병사들을 풀지 못하도록 여러 지점에서 정면 공격을 개시하기로 결정되었다. 그러나 적은 처음부터 그 작전을 알고 있는 듯했다. 무어와 바스커빌, 그리고 자원병 60명이 본부를 빠져나가려는 순간, 불기둥이 그들을 맞이했다. 더군다나 적은 전혀 놀라는 기색도 없었다. 스파이가 우리의 작전을 알렸던 것일까? 확언할 수는 없지만, 그 구역이 철저하게 통제되고 있었던 것으로 보아 랴코프 대령이 수완 있는 장교에게 임무를 내린 것이 분명했다.

분별력이 있는 파젤은 지체 없이 작전을 중지하라는 지시를 내렸다. 그가 비둘기 울음소리로 후퇴 신호를 보내자, 전투원들이 뒤로 물러났다. 무어를 포함한 많은 대원들이 부상을 입었다.

단 한 사람, 돌아오지 않은 이가 있었다. 하워드 바스커빌. 그는 첫 피격 때 즉사했다.

타브리즈는 사흘 동안 초상집 분위기가 계속되었다. 장로교 미션 스쿨에서도, '아담의 아들'들이 거주하는 구역에서도 통곡이 그치지 않았다. 나도 시뻘겋게 충혈된 눈으로 분개하면서 아무나 부둥켜안고 친구의 죽음과 대부분 알지 못하는 희생자들을 애도했다.

문상객들 속에 영국 영사가 있었다. 그가 나를 따로 불러내어 말했다.

"내가 알려주는 소식을 들으면 아마 용기가 날 겁니다. 당신의 친구가 사망한 지 여섯 시간 후, 런던에서 열강이 타브리즈를 구하기로 합의했다는 전갈이 왔어요. 바스커빌 씨의 죽음은 헛된 것이 아니었습니다. 이미 원정군이 이 도시에 식량을 보급하기 위해서 출동했습니다. 그리고 외국인 거류민들도 철수시킬 겁니다."

"러시아 원정군이겠죠?"

레티슬러 영사가 시인했다.

"물론 그래요. 러시아 원정군만 인근 마을에 배치될 겁니다. 하지만 우리가 안전을 보장할 테니 입헌제파는 걱정하지 않아도 될 겁니다. 차르의 군대는 임무를 끝내는 즉시 돌아갈 겁니다. 당신이 파젤을 설득해서 전투를 중지시킬 것으로 믿습니다."

내가 왜 그 제안을 수락했을까? 식량이 고갈된 상황에 낙담해서였을까? 지쳐서 그랬을까? 페르시아에 예정된 운명의 흐름이 내 마음 속으로 비집고 들어왔기 때문일까? 어쨌든 내가 반대하지 않았던 것은 사실이고, 그 최악의 임무를 받아들여야 한다고 나 자신을 설득했던 것도 사실이다. 그러나 나는 곧장 파젤에게 가지는 않았다. 몇 시간 동안이나마 현실에서 벗어나 시린의 곁에 있기로 마음먹었다.

사랑의 밤을 보내고 난 이후로 나는 공식적인 자리에서 말고는 그녀를 만나지 못했다. 기습 공격이 실패한 후 타브리즈는 분위기가 완전히 바뀌어 있었다. 사람들은 만나기만 하면 적군의 잠입에 대해 수군거리면서 도처에 간첩이 깔려 있다고 생각했다. 무장한 남자들이 거리를 정찰하면서 주요 건물들의 출입구를 지켰다. '빈궁전'의 정문 앞에는 대여섯 명이 경비를 섰다. 그들은 물론 나를 항상 미소로 맞았지만, 그렇다고 사적인 방문을 노골적으로 할 수는 없었다.

그날 저녁, 경계가 느슨한 틈을 이용해서 나는 공주의 방으로 갔

다. 문이 열려 있어서 나는 소리를 내지 않으면서 방문을 밀고 들어
갔다.

침대에 앉은 시린은 무릎 위에 필사본을 펼쳐놓고 있었다. 나는
슬그머니 그녀의 곁으로 가 앉아서 어깨를 맞대고 팔을 맞대었다.
그날 밤은 그녀도 나도 육체적인 사랑을 나눌 마음이 없었다. 우리
는 같은 책에 푹 빠져서 밤을 샜다. 그녀는 내 눈과 입술을 안내했
다. 그녀는 책에 적힌 글과 삽화 들을 다 알고 있었지만, 나로서는
처음 대하는 하이얌의 필사본이었다.

8세기 전에 니샤푸르, 이스파한 그리고 사마르칸트의 어느 정원
에서 쓰인 글이라는 것이 믿기지 않을 정도로 시간을 초월한 아름
다움과 정확한 예지로 가득한 구절들을, 그녀는 자기 나름대로 프
랑스어로 번역해주었다.

분통과 위로의 말, 패배했으나 숭고한 어느 시인의 비통한 독백.

부상 입은 새들은 숨어서 죽느니.
저승의 까만 침묵 속으로 들어간 인간에게 평화 있을진저.

그러나 환희와 무사태평을 노래한 글도 있었다.

포도주를 다오! 님의 볼처럼 분홍빛이면 좋겠구나.
그러면 나의 회한도 님의 곱슬곱슬한 머리칼처럼 가벼워지리니.

우리는 4행시들을 마지막 구절까지 낭송하고 삽화들을 오랫동안 찬미하고 나서, 여백을 빼곡히 채우고 있는 연대기를 읽기 위해 처음으로 되돌아갔다. 작품의 절반 이상을 차지하는 아르메니아인 바르탄의 연대기 덕분에 나는 그날 밤 하이얌과 자한 그리고 세 친구에 얽힌 이야기를 알았다. 이어서 메르프에서 도난당한 뒤에 그 필사본이 '암살단'에 끼친 영향 그리고 몽골 침략 때 소실될 무렵까지 필사본의 기이한 운명을, 알라무트의 도서관 사서들이 3대에 걸쳐서 각각 30쪽 분량으로 나누어서 요약한 연대기를 읽었다.

알아보기 힘들게 쓴 마지막 글을 시린이 읽어주었다. "나는 니샤푸르의 하이얌이 남긴, 그 무엇과도 견줄 수 없는 귀한 필사본을 숨기기로 결심했고, 알라무트가 괴멸되기 전날 밤 그 책을 갖고 내 고향 케르만으로 도망쳐야 했다. 이 책을 소지할 자격이 있는 사람들의 손에 쥐어지기 전에는 절대로 발견되지 않기를 희망하면서. 이제는 신께서 원하는 사람에게 인도하시든 아니하시든, 신의 뜻에 맡긴다." 내 계산에 따르면 이 글을 쓴 날짜는 1257년 3월 14일로 추정되었다.

내가 생각에 잠긴 채 중얼거렸다.

"필사본은 13세기에서 그쳤는데 자말 알딘은 19세기에 선물로 받았으니 그 사이에는 어떤 일이 있었을까?"

시린이 말했다.

"기나긴 잠을 자고 있었겠죠. 끝없는 동방의 낮잠을 자고 있다가, 그 미친 미르자 레자의 품에 들어가면서 소스라쳐 눈을 떴겠죠.

그 사람 역시 알라무트의 사서처럼 케르만 출신이었는지도 모르죠. '암살단'의 일원이 그의 조상이었다고 한들 그리 놀랄 일은 아니잖아요."

시린이 일어나서 천천히 걸음을 옮겼다. 그러고는 타원형 거울 앞에 놓인 걸상에 앉아 머리를 빗었다. 나는 몇 시간이고 그대로 앉아서 그녀의 우아한 팔놀림을 바라보고 싶었다. 그러나 그녀는 내게 현실을 일깨워주었다.

"내 침대에 앉아 있는 걸 들키고 싶지 않거든 떠날 채비를 하는 게 좋을 거예요."

어느새 커튼 너머가 훤했고, 새벽 햇살이 방을 물들이고 있었다.

"그렇군. 당신의 평판을 생각해야 했는데 깜빡 잊고 있었구려." 내가 무기력하게 말했다.

그녀가 나를 돌아보며 미소를 지었다.

"맞아요. 난 평판을 중시해요. 미남 외국인이 내 곁에서 밤을 보내면서 옷을 벗을 생각조차 하지 않았다는 소문이 페르시아의 모든 하렘에 퍼지는 건 정말 원치 않아요. 이제는 아무도 나를 탐내지 않는다는 뜻이니까요!"

나는 필사본을 금장 상자 안에 넣고, 내 사랑의 입술에 키스를 하고 나서 복도와 비밀문 두 개를 지나 포위된 도시의 혼란 속으로 뛰어들었다.

41

최근 몇 달 동안에 많은 사람이 죽었다. 고통 속에 숨져 간 그 많은 사람들 중에서 나는 왜 바스커빌을 상기시키기로 했을까? 그가 내 친구였고 동족이었기 때문일까? 어쩌면 그럴지도 모른다. 그리고 그가 외국인이면서도 동방의 페르시아에 자유와 민주주의가 태어나는 모습을 보는 것 외에 다른 야망이라곤 전혀 품지 않았기 때문일지도 모른다. 그의 희생은 헛된 것이었을까? 10년, 20년, 100년 후에도 서방은 그의 거룩한 행동을 기억할까? 페르시아는 그를 기억할까? 가망이 있는 세상과 가망이 없는 세상, 두 세상 사이에서 사는 이들이 피할 수 없이 겪게 되는 우울증에 빠지게 될까 두려워서, 나는 지금도 그를 생각하는 것을 될수록 피하고 있다.

그런데도 내가 군이 바스커빌이 사망한 직후에 일어났던 사건들을 상기시키려 하는 것은 그 죽음이 헛되지 않았다고 자신 있게 말할 수 있기 때문이리라.

외국의 간섭으로 도시의 봉쇄가 풀리면서 식량과 생필품이 보급되는 등 여러 일이 있었다. 하워드 덕분일까? 그가 죽기 이전에 내려진 결정이었을지도 모르지만, 내 친구의 죽음이 도시의 구원 시기를 앞당겼고 굶주림에 시달리던 무수한 시민들이 그 덕택에 살아남을 수 있게 된 건 부인할 수 없다.

파젤이 포위된 도시 안으로 차르의 병사들이 들어오는 것을 달가워하지 않을 줄 뻔히 알면서도 나는 그를 단념시키려고 노력했다.

"주민들은 이제 더는 버틸 수 없는 지경에 와 있어. 자네가 그들에게 줄 수 있는 유일한 선물은, 그들을 굶주림에서 구해주고 그동안 겪었던 고통이 헛되지 않도록 해주는 거야."

"엄청난 희생을 감수하면서 열 달 동안이나 싸웠는데, 이제 와서 샤의 보호자 니콜라이 차르의 지배를 받으란 말인가!"

"러시아 단독으로 하는 행동이 아니잖나. 그들은 유럽 여러 나라의 위임을 받았고, 전 세계에 퍼져 있는 우리 동지들이 이 작전에 찬성하고 있어. 이걸 거부하고 싸운다면, 지금까지 우리에게 성원을 보내주었던 거대한 지지 세력을 잃는 거야."

"승리가 눈앞에 보이는데 여기서 굴복하고 무기를 버리란 말인가?"

"대세를 따르든가, 운명에 맡기든가 둘 중 하나야."

소스라치게 놀라면서 나를 쳐다보는 그의 시선에 비난이 가득 담겨 있었다.

"타브리즈가 그런 모욕을 당하게 할 수는 없어!"

"이젠 나도 어쩔 수 없고, 자네도 어쩔 수 없어. 늘 옳은 결정을 할 수는 없겠지만, 적어도 후회하지 않을 쪽을 택해야겠지!"

그는 평정을 찾으면서 깊은 생각에 잠겼다.

"그럼 동지들의 운명은 어떻게 되지?"

"영국 정부가 안전을 보장했어."

"우리 무기는?"

"소총은 소지할 수 있고, 총을 발사한 집을 제외하고는 수색당하는 일도 없을 거야. 하지만 중무기는 내놓아야 해."

그는 안심이 되지 않는 얼굴이었다.

"내일이라도 누군가가 차르를 움직여 군대를 철수하지 않게 만든다면?"

"그거야 신의 뜻에 맡겨야겠지!"

"갑자기 자네가 동방인같이 느껴지는군!"

좀처럼 하지 않는 동방인 같다는 말, 그 말이 파젤의 입에서 나왔다는 건, 그것도 그냥이 아니라 입을 삐쭉거리면서 했다는 건, 찬사의 뜻으로 하는 말이 아니라는 것쯤은 나도 알고 있었다. 그래서 전술을 바꾸지 않으면 안 되겠다고 느낀 나는 한숨을 푹 쉬면서 일어났다.

"자네가 옳고, 이렇게 계속 주장하는 내가 잘못된 것 같군. 자네 뜻을 알았으니, 영국 영사에게 자네를 설득하지 못했다고 전하고 와서 끝까지 자네 곁에 있겠네."

파젤이 내 소매를 붙잡았다.

"자네를 비난하는 게 아냐. 자네의 제안을 거절하는 것도 아니고."

"내 제안이라고? 난 영국 측이 영사를 통해 제의한 내용을 전달하는 것뿐이야."

"진정하고 나를 좀 이해해주게! 타브리즈에 러시아군이 들어오지 못하게 할 방법이 없다는 것도 알고, 만일 그 제안을 거절하면 오직 해방이 되기만을 기다리고 있는 내 동족을 비롯해서 전 세계가 나를 비난하리라는 것도 알고 있어. 그리고 타브리즈의 포위가 풀리면 그것이 샤에게는 패배라는 것도 알고 있고."

"그게 바로 이 싸움의 목적 아닌가?"

"그게 아니지. 내가 샤를 혐오하는 건 사실이지만, 그와 싸우는 건 아냐. 전제 군주 한 명을 쓰러뜨리는 것이 최종 목적이 될 수는 없지. 난 페르시아인들이 자유로운 인간임을 자각해서 자기 자신과 자신의 힘을 믿고 오늘날의 세계 속에 당당하게 한 자리를 찾기를 바라는 마음에서 싸우는 거야. 난 그걸 반드시 이루고 싶어. 이 도시는 전제 군주의 통치를 거부하고 열강에 도전한 일로 도처에서 연대감과 경탄의 바람을 불러일으켰잖은가. 그런데 타브리즈 사람들이 막상 그 뜻을 이룰 듯하니까 이제는 가만히 놔둘 수 없다고 야단들이군. 귀감이 될 타브리즈 시민들의 행동이 너무 두려워서 이들을 모욕하겠다는 것이 아니고 무언가? 이 자랑스러운 시민들에게, 빵을 얻기 위해 차르의 병사들 앞에 무릎을 꿇으라는 얘기가 아니고 뭐란 말인가? 자유 국가에서 자유롭게 태어난 자네는 누구보다도 이런 심정을 이해하리라 믿네."

나는 잠자코 있다가 물었다.

"내가 영국 영사에게 뭐라고 답하면 좋겠나?"

파젤이 억지로 미소를 지으면서 말했다.

"한 번 더 자애로운 영국 국왕 폐하의 신세를 지겠으니 은신처를 제공해 달라고 전해주게."

파젤의 괴로움이 얼마나 컸을지 알기까지는 시간이 필요했다. 당장은 모든 일이 그의 우려와는 상반되게 보였기 때문이다. 며칠 후, 그는 영국 영사관을 찾아갔다. 레티슬러 영사는 즉시 그를 자기 차에 태우고 러시아군 전선을 통과해서 카즈빈 부근으로 데려갔다. 거기서 파젤은 입헌제파 군대에 합류했고, 오랜 기다림 끝에 테헤란으로 진군할 채비를 했다.

확실한 포위 공략으로 타브리즈를 공포의 도가니로 몰아넣는 데 성공한 샤는 사실 의기양양해 있었다. 포위가 풀리면서 행동이 자유로워진 파젤의 동지들은 지체 없이 수도를 향해 행군을 개시했다. 북쪽 도시 카즈빈에서 한 군단이, 남쪽 도시 이스파한에서 또 다른 군단이 행군을 시작했다. 1909년 6월 23일, 바흐티아리 부족들로 구성된 이스파한의 군대가 콤을 점령했다. 그러자 며칠 후, 샤와 협상하기 위해서는 입헌제파가 공격을 즉각 중단해야 하며, 그러지 않으면 두 강대국이 간섭하지 않을 수 없다는 영국과 러시아의 공동 성명이 발표되었다. 그러나 파젤과 그의 동지들은 못 들은 체하면서 진군을 늦추지 않았고 7월 9일에는 입헌제파의 두 부대가 테헤란의 성벽 밑에서 합류하기에 이르렀다. 13일에는 프랑스 공사관 부근 북동쪽 문의 경비가 허술한 틈을 타 2천 명의 저항군이 수도 안으로 들어갔는데, 그 장면을 〈르 탕〉의 특파원이 목격했다.

랴코프 대령만이 끝까지 버텼다. 대령은 300명의 병사와 낡은 대포 몇 문, 그리고 크뢰조 속사포 두 대를 갖고 테헤란의 중심부를 지키고 있었다. 치열한 전투가 7월 16일까지 계속되었다.

그날 아침 8시 반에 무함마드 알리 샤는 병사 500명과 궁정 식구들을 거느리고 러시아 공사관으로 피신했다. 그 행차는 왕권 포기를 뜻했다.

카자크군 사령관은 이제 무기를 버리는 수밖에 없었다. 그는 자신의 부대가 해체되지 않는다는 조건이라면, 입헌제를 받아들이고 승리자들을 섬기겠다고 선서했다. 그 약속은 지켜졌다.

폐위된 군주의 막내아들, 겨우 열두 살밖에 안 된 왕자가 새로운 샤로 지명되었다. 요람에 있을 때부터 왕자를 보아 온 시린의 말에 따르면, 왕자는 감수성이 예민하고 몹시 온순한 소년이었다. 왕자는 후견인 스미르노프와 함께 수도를 통과해서 궁전으로 들어가면서 민중으로부터 열렬한 환영을 받았다. "샤 만세!" 바로 그 전날 "샤를 죽여라!" 하고 외쳤던 똑같은 이들의 가슴에서 터져 나온 함성이었다.

42

나이 어린 아흐마드 샤는 제법 의젓한 태도로 적당한 미소를 지으며 신하들에게 하얀 손을 흔들어주었다. 그러나 샤는 궁전으로 들어가자마자 측근들을 불안하게 만들었다. 갑자기 부모와 헤어지게 된 소년은 애처로울 정도로 끊임없이 울어댔다. 그해 여름에는 아버지와 어머니를 만나러 가려고 도망을 치기까지 했다. 붙잡혀 온 소년은 이번에는 궁전 천장에 목을 매달았으나 숨이 막혀 오자 덜컥 겁이 나서 도와 달라고 외치는 바람에 아슬아슬하게 구조되었다. 그런데 그 끔찍한 경험이 좋은 약이 되었는지, 이후로는 불안감을 떨쳐버리고 입헌 군주 역할을 의젓하게 해내게 되었다.

그러나 실권은 파젤과 그의 동지들이 쥐고 있었다. 그들은 입헌제 원년의 새 정책을 숙청으로 시작했다. 구제도파 여섯 명이 처형되었는데, 그중에는 '아담의 아들'들과 맞서 싸웠던 타브리즈의 종교 지도자 두 명과 샤이크 파즐룰라 누리가 있었다. 파즐룰라 누리는 지난해 쿠데타가 일어났을 때에 학살을 재가했다는 이유로 기소되어 살인 공범죄로 사형 선고를 받았고, 시아파 교도들도 그 사형 판결을 인정했다. 그러나 그 판결은 동시에 파즐룰라 누리가 입헌제를 이교적 행위라고 선언한 데 대한 책임을 진다는 상징적 가치를 지니고 있었다. 그는 1909년 7월 31일 토파네 광장에서 교수형에 처해졌다. 그는 죽기 전에 "나는 반동분자가 아니다!"라고 불만을 터뜨렸고, 이어서 군중 속 여기저기 흩어져 있던 자신의 지지자들에게 들으라는 듯이 "입헌제는 우리의 종교에 위배된다!" 하고 외쳤고, 그것이 마지막 말이 되었다.

그러나 새 지도자들이 가장 먼저 수행해야 할 임무는 의회를 재건하는 일이었다. 잿더미가 된 폐허 위에 다시 건물을 세워야 했고, 의원들도 새로 선출해야 했다. 11월 15일, 아흐마드 샤는 페르시아 역사상 두 번째 마즐리스(의회)의 의사당 낙성식을 엄숙하게 거행했다.

"자유를 주시는 신과 이맘 성하의 신비로운 보호 아래 입헌 의회가 기쁨 속에 최상의 후원을 받으며 열렸습니다.

지적 향상과 사고방식의 진화는 변화를 불가피하게 만들었습니다. 비록 엄청난 시련을 거치기는 했으나, 페르시아는 끝내 그 많은 위기를 극복해냈고, 그리하여 오늘 페르시아 국민은 행복의 절정에 있게 되었습니다. 이 새로운 진보적 정부가 국민의 지지를 얻어 이 나라를 평온과 신뢰감이 넘치는 나라로 되살리고 있다는 것을 확인할 수 있게 되었음을 함께 기뻐합시다.

나라가 제자리에 서기 위해서는 개혁이 불가피하므로 정부와 의회는 문명국에 적합한 규범에 따라 국가의 재건과 특히 공공 재정의 재편성을 우선적으로 추진할 것입니다.

신께서 국가를 대표하는 의원들의 갈 길을 인도해주셔서 페르시아에 명예와 독립과 행복을 주시기를 우리 모두 기도합시다."

그날, 테헤란은 환희에 찼다. 시민들이 열을 지어 다니면서 네거리에서 노래를 불렀고, 자발적이든 강제에 의해서든 '입헌제' '민주주의' '자유'라는 단어를 집어넣은 즉흥시들을 외쳤고, 상인들은 행인에게 음료수와 과자를 나누어주었고, 쿠데타가 일어나면서 폐간되었던 수십 종의 신문들이 호외를 통해 부활을 알렸다.

해가 지자, 불꽃놀이가 도시의 하늘을 수놓았다. 의회 의사당 바하레스탄의 정원에는 계단식 좌석이 설치되었다. 관람석은 외교사절, 새 정부의 각료들, 의원들, 고위 성직자들, 상인 조합 대표단이 차지했다. 나는 바스커빌의 친구로서 그 관람석의 첫째 열에 앉을 권리를 얻었다. 내 자리는 파젤의 좌석 바로 뒤에 있었다. 불꽃과 폭죽이 연이어 터지면서 하늘이 단속적으로 밝아질 때마다 하늘을 향해 젖혀졌던 긴장한 얼굴들이 기쁨이 넘쳐흐르는 어린아이의 순수한 얼굴로 돌아왔다. 밖에서는 지칠 줄 모르는 '아담의 아들'들이 몇 시간 동안 계속해서 똑같은 구호를 외치고 있었다.

무슨 소리인지, 무슨 외침인지 알아듣지 못하는 나는 하워드를 생각했다. 이 축제의 주인공이 될 사람은 바로 하워드 바스커빌이 아닌가! 그 순간 파젤이 나를 돌아보았다.

"어째 우울한 얼굴이군."

"우울하다니, 천만에! 내가 동방의 땅에서 '자유'를 외치는 소리가 들리기를 얼마나 고대했는데. 다만 괴로운 기억들이 자꾸 떠올라서."

"그런 생각들일랑 떨쳐버리고 웃게. 마지막 환희의 순간이니까 마음껏 즐기게!"

어딘지 모르게 가시가 돋쳐 있는 듯한 그의 말이 마음에 걸려서 나는 그날 저녁 내내 축제 분위기에 젖어들 수가 없었다. 파젤은 일곱 달이 지난 지금도 타브리즈에서 나와 대립했던 그 가슴 아픈 논쟁을 잊지 않고 있는 걸까? 아니면 그럴 만한 다른 이유가 있는 걸까? 나는 다음날 그의 집으로 찾아가서 해명을 듣기로 마음먹었다. 그러나 곧 그 생각을 접었고, 이후로 근 1년 동안 그를 피했다.

무슨 이유에서였을까? 나는 견디기 힘든 모험을 하면서까지 타브리즈의 전투에 참여했던 일이 과연 현명했었는지 끝없는 의문이 들었다. 필사본의 흔적을 좇아 동방의 땅으로 왔던 나. 그런 내가 나와는 상관없는 투쟁에 그 정도로 깊이 관여할 권리가 있었을까? 내가 무슨 권리로 하워드에게 페르시아로 가라고 권했을까? 파젤과 그 동지들의 표현으로 바스커빌은 순교자였지만, 나에게 그는 이상한 이유 때문에 이국땅에서 죽은 친구였다. 친구의 부모님은 언제고 왜 자기들의 자식이 길을 잘못 들게 두었냐고 묻는, 그 공손한 물음 때문에 더욱 가슴을 시리게 하는 편지를 내게 보낼 것이다.

그렇다면 이 회한은 하워드 때문일까? 나는 일종의 예의라고 말하련다. 적절한 표현인지는 모르겠지만, 어쨌든 나는 내 친구들이 승리한 후에 타브리즈 전투에서 내 공훈을 칭찬하는 소리를 들으면서 테헤란에서 우쭐해 있고 싶은 마음이 전혀 없었다고 말하고 싶다. 내 역할은 우발적이면서 부차적이었다. 그 전투의 영웅이 내 동포였고 내 친구였다는 것 말고는 자랑할 것이 없는 나는 특혜를 누리겠다고 친구의 영예를 내 몸에 걸치고 싶지는 않았다.

나는 슬그머니 사라져서 모든 사람에게서 잊히고 싶다는 마음이 간절했다. 정치인, 결사대원, 외교관 들과도 다시는 접촉하고 싶지 않았다. 내가 늘 기쁜 마음으로 날마다 보는 사람은 시린밖에 없었다. 나는 그녀를 설득해서 수도 외곽의 휴양지 자르간다 언덕에 있는 그녀 집안의 별장으로 거처를 옮기게 했다. 나도 그 부근에 작은 집을 빌렸지만, 그것은 눈가림을 위한 것이었을 뿐 실제로는 하인들의 묵인 하에 나의 낮과 밤은 그녀 곁에서 흘러갔다.

그해 겨울, 그녀의 넓은 침실에서 우리는 여러 주 동안 둘이서만 지냈다. 커다란 동제 화로에 몸을 쬐면서 우리는 그 기나긴 시간들을 하이얌의 필사본과 몇몇 다른 책을 읽으며, 칼리안 파이프 담배를 피우고 시라즈산 포도주나 이따금 샴페인을 마시고 케르만산 피스타치오와 이스파한산 누가를 먹으면서 보냈다. 나의 공주는 귀부인인가 싶다가도 어느새 어린 소녀가 될 줄도 알았다. 우리에게는 그 무엇과도 바꿀 수 없는 소중하고 달콤한 순간들이었다.

날씨가 더워지면 자르간다 언덕은 활기를 띠었다. 자르간다에 호화 별장을 갖고 있는 외국인들과 페르시아의 내로라하는 부자들은 울창한 초목에 둘러싸여 여러 달 동안 빈둥빈둥 놀며 지냈다. 천국과도 같은 그곳이 많은 외교관들에게 테헤란의 회색빛 권태를 견딜 수 있게 해주는 유일한 곳이었음은 의심의 여지가 없다. 그러나 겨울이 되면 자르간다는 텅 비었다. 정원사들, 관리인들, 몇 안 되는 토착민들만 남았다. 시린과 내게는 이런 인적 없는 곳이 절실하게 필요했다.

4월이 되기가 무섭게 행락객들의 대이동이 시작되었다. 어중이떠중이로 찾아오는 이들이 늘어나면서 산책로마저 방문객들에게 빼앗긴 나는 있을 곳이 없었다. 시린은 아침에 일어나면, 그리고 낮잠을 자고 나면 찾아오는 손님들에게 차를 대접하기에 바빴다. 나는 그때마다 몸을 숨기느라 복도를 통해 도망쳐야 했다. 겨울이 끝났다는 것은 떠날 때가 되었음을 의미했다.

내가 떠나겠다고 하자, 나의 공주는 슬프지만 체념한 얼굴로 말했다.

"당신이 행복해하고 있다고 생각했어요."

"일찍이 가져보지 못했던 귀한 행복이었어요. 그래서 이 행복을 고스란히 정지시키고 싶은 거요. 나중에 이대로의 행복을 되찾기 위해서. 아무리 바라보고 있어도 싫증이 나기는커녕 당신을 향한 놀라움과 사랑이 커져만 가오. 하지만 우리에게 쳐들어온 사람들 때문에 내 눈이 달라지는 건 원치 않아요. 여름에는 떠나 있다가 겨울이 되면 당신에게 돌아오리다."

"여름에는 떠나고 겨울에는 돌아오고……. 당신은 계절, 세월, 당신의 인생과 내 인생을 당신 마음대로 할 수 있다고 생각하는군요. 당신은 하이얌에게서 배운 것이 아무것도 없나요? '입술을 축여야 하는 바로 그 순간에 갑자기 하늘이 너를 외면하는구나.'"

마치 내 속마음을 읽으려는 듯 그녀의 눈이 내 눈을 뚫어져라 쳐다보더니, 내 마음을 이해했다는 듯 한숨을 쉬며 물었다.

"어디로 갈 생각이에요?"

나는 아직 생각하지 않고 있었다. 페르시아에 두 번 왔고, 두 번 다 쫓기는 신세였다. 내게는 보스포루스 해협에서 중국해까지 동방의 땅을 돌아다닐 일이 남아 있었다. 페르시아와 동시에 반란을 일으켜서 술탄-칼리파를 폐위시키고 하원의원과 상원의원, 정치 클럽과 야당계 신문들을 자랑스럽게 여기고 있는 오스만 튀르크도

가보고 싶고, 영국이 끝내 정복해버렸지만 오랜 세월 외세의 침략을 꿋꿋이 버텨 왔던 아프가니스탄도 둘러보고 싶었다. 그러나 그 비용을 어떻게 감당한단 말인가. 그래서 나는 페르시아를 두루 돌아다니기로 마음을 정했다. 페르시아에서 내가 아는 곳이라고는 타브리즈와 테헤란밖에 없었다. 이스파한으로 갈까? 시라즈, 카샨, 케르만으로 갈까? 니샤푸르로 가서 수백 년 동안 지칠 줄 모르고 떨어진 꽃잎들에 파묻혀 있을 하이얌의 잿빛 무덤을 찾아볼까?

그 모든 길이 열려 있는데 어디부터 갈까? 내게 길을 정해준 것은 하이얌의 필사본이었다. 나는 크라스노봇스크(현재 지명 투르크멘바시)에서 기차를 타고 아시가바트와 고대 도시 메르프를 거쳐 부하라를 방문했다.

그 어느 곳보다도 사마르칸트로 가기 위해서였다.

43

나는 하이얌이 젊음을 꽃피웠던 도시에 무엇이 남아 있을지 몹시 보고 싶었다.

아스피자르 동네 그리고 오마르와 자한이 사랑을 나누었던 정원의 정자는 어떻게 되었을까? 11세기에 유대인 제지업자가 중국의 옛 제지술에 따라 뽕나무 가지들을 주물렀던 마투리드 마을에 가면 아직도 어떤 흔적이 남아 있을까? 나는 여러 주 동안 노새를 타기도 하고 걷기도 하면서 지나가는 행인들, 장사꾼들, 모스크의 이맘들에게 물었지만 아무것도 알아낼 수가 없었다. 사람들은 입을 삐쭉거리면서 모른다고 하거나 재미있다는 듯 미소를 지을 뿐이었다. 간혹 나를 하늘색 장의자에 앉히고 차를 대접하는 친절한 이들도 있었지만, 내 호기심을 충족시켜주는 사람은 한 사람도 만나지 못했다.

어느 날 아침, 나는 우연히 레기스탄 광장에 있게 되었다. 긴 행렬의 카라반이 지나간 뒤 또 다른 카라반이 들어오는데 이번에는 박트리아 낙타로 불리는, 발굽이 두껍고 털이 빽빽한 쌍봉낙타 예닐곱 마리를 거느린 짧은 행렬이었다. 나이 든 낙타 몰이꾼이 갓 태어난 양을 가슴에 안고 도자기 가게 앞에서 멈춰 섰다. 낙타 몰이꾼이 교환하자고 말하자, 도공이 뭐라고 대꾸를 하면서 만들고 있던 항아리에서 손을 떼지 않은 채로 일렬로 늘어서 있는 반질반질한 항아리들을 턱으로 가리켰다. 두 남자 다 테두리가 시커멓게 된 양털 모자에 줄무늬 튜닉을 걸쳤고, 불그스름한 수염 색깔도, 하는 몸짓까지도 비슷했다. 하이얌이 살았던 그 시절의 사람들도 저들과 같은 모습이었을까?

미풍이 불어오자 모래가 소용돌이치고 사람들의 옷이 부풀어 오르면서 광장은 환상적인 너울에 덮였다. 나는 이리저리 둘러보았다. 레기스탄 광장은 탑과 돔, 아치문을 갖춘 세 개의 거대한 건축물에 둘러싸여 있었다. 섬세한 모자이크와 황금빛, 자수정빛, 터키석 광채가 아롱진 아라베스크 문양으로 장식된 높은 벽, 기둥 상단에 정성 들여 새겨놓은 글씨 하며 세 건축물은 여전히 웅장했지만 세월과 바람, 수백 년의 무관심에 탑들은 기울었고, 돔에는 구멍이 나 있고, 외벽은 부식되고 얼룩져 있었다. 어느 한 사람 우러러 쳐다보는 이가 없었다. 한때는 위용을 자랑했을 텐데 이제는 흉한 몰골 때문에 외면당하는 신세로 전락하였으니.

나는 뒷걸음을 치다 누군가의 발에 부딪혀서 미안하다는 말을 하려고 돌아섰다. 바로 코앞에 나처럼 유럽식으로 옷을 입은 한 남자가 서 있었다. 이방인이라는 공통점 때문인지 우리는 자연스럽게 이야기를 나누게 되었다. 그는 러시아 고고학자였다. 그 역시 궁금한 것이 많아서 사마르칸트를 찾아온 사람이었다. 그러나 그는 이미 몇 가지 답을 갖고 있었다.

"사마르칸트는 거듭되는 재난을 맞아 모든 것을 잃은 비운의 도시입니다. 13세기에 몽골이 쳐들어와서 이 도시를 파괴했을 때, 주거 지역의 집들은 모두 무너지고 사방에 시체가 나뒹굴었지요. 생존자들은 동네를 버리고 새 터전을 일구기 위해 더 남쪽으로 내려갔습니다. 셀주크 제국 시대의 오래된 도시 사마르칸트는 켜켜이 쌓인 모래층으로 뒤덮인 광활한 벌판이 되고 말았지요. 땅 위는 들판이지만, 땅 밑에는 보물과 비밀이 살고 있습니다. 언제고 땅을 파서 가옥들과 거리를 발굴해야 합니다. 그래야 사마르칸트의 모든 역사를 알아낼 수 있습니다."

그가 하던 말을 중단하고 물었다.

"선생도 고고학자십니까?"

"아닙니다. 내가 이 도시를 찾은 건 다른 이유 때문입니다."

"그 이유를 여쭤보면 실례가 될까요?"

나는 오마르 하이얌의 필사본, 4행시와 연대기, 사마르칸트의 연인들을 그린 삽화들에 대해 말해주었다.

"나도 그 책을 정말 보고 싶었습니다! 그 시대에 존재했던 모든 것이 소멸되었다는 걸 아십니까? 마치 저주를 받은 것처럼 성벽, 궁전, 과수원, 정원, 상하수도, 사원, 서적, 주요 예술품 등 그 시대의 것은 하나도 남아 있는 것이 없습니다. 우리가 오늘날 찬양하고 있는 건축물들은 훨씬 나중에 티무르와 그의 후손들이 세운 것이니까 500년도 안 된 것들이죠. 하이얌이 살던 시대의 것이라고는 깨진 항아리 조각들밖에는 없었는데, 그 필사본이 남아 있다니 정말 기적 같은 일이군요. 더군다나 그걸 손에 넣으셨고 한가로이 읽기까지 하셨다니 대단한 특권입니다. 특권이고, 무거운 책임이지요."

"나도 그렇게 생각하고 있습니다. 여러 해 전에 그 책이 존재한다는 걸 알게 되면서부터 나는 그 책만을 위해 살았고, 그 책이 나를 모험의 길로 들어서게 했지요. 이제 하이얌의 세상은 나의 세상이 되었고, 그 책을 보관하고 있는 사람은 나의 연인이지요."

"그럼 사마르칸트까지 온 건 하이얌이 노래했던 곳들을 찾아보기 위해선가요?"

"나는 이 도시의 사람들이 적어도 옛 동네의 위치 정도는 알려줄 거라고 기대했습니다."

"기대를 저버려서 유감이오만, 어디를 가도 선생이 동경하는 그 시대에 관해서는 전설과 도깨비나 악령 이야기밖에는 듣지 못할 겁니다. 들어도 들어도 끝이 나지 않을 정도로 많은 이야기가 내려오고 있지요. 이 도시는 상상력을 자극하는 곳이니까요."

"아시아의 다른 도시들보다 훨씬 더 많은 전설이 내려오는 이유가 있을까요?"

"실은 나도 폐허가 된 이 도시의 이웃 마을이 이 시대를 사는 우리들의 상상력을 불러일으킨 건 아닌지 의심하고 있어요. 도시가 땅속에 묻히면서 수많은 아이들이 함께 묻혔지요. 그 후 수백 년이 지나면서 바람결에 계속 이상한 소리가 들려오자, 사람들은 사마르칸트가 묻힌 땅속에서 들려오는 소리라고 생각하게 되었지요. 그렇게 해서 유명한 사마르칸트의 전설이 탄생하게 되었고, 그 전설이 이곳을 신비에 싸인 도시로 만드는 데 크게 기여했지요."

나는 잠자코 그의 이야기를 들었다.

"사마르칸트의 어느 왕이 죽음을 피하고자 하는 인류의 꿈을 실현하고 싶었더랍니다. 죽음이 하늘에서 온다고 확신한 왕은 죽음이 절대로 도달할 수 없는 깊은 땅속에 무쇠로 어마어마하게 큰 궁전을 짓고 입구를 모두 막았답니다. 그 왕은 엄청난 부자라서, 날이 흐르는 걸 알기 위해 아침이면 뜨고 저녁이면 지는 인공 태양도 만들었지요. 그런데 애석하게도 죽음의 신이 왕의 방심을 틈타 궁전으로 들어오는 데 성공했고, 자신의 임무를 완수했지요. 죽음의 신으로서는 권력을 쥔 자든, 부를 가진 자든, 지략이 뛰어난 자든, 모든 피조물은 누구를 막론하고 죽음을 피할 수 없다는 것을 증명할 필요가 있었던 거지요. 그리하여 사마르칸트는 인간과 운명의 피할 수 없는 만남을 상징하게 되었지요."

사마르칸트 다음에는 어디로 갈까? 나에게 그곳은 동방의 끝이었고, 감탄과 무한한 향수의 장소였다. 그래서 그 도시를 떠나려는 순간에 내 나라로 돌아가기로 결정했다. 아나폴리스로 돌아가 여러 해 동안 눌러앉아 여행으로 지친 몸을 회복하고 난 다음 다시 돌아오고 싶었다.

결국 나는 엉뚱한, 아니 터무니없는 계획을 세웠다. 페르시아로 돌아가서 하이얌의 필사본과 함께 시린을 데리고 파리, 빈, 뉴욕 같은 몇몇 대도시로 떠난다는 계획이었다. 그녀와 내가 서방에서 동방의 리듬에 맞추어 살아간다면 그게 천국이 아닐까?

돌아가는 길에, 나는 시린과 하게 될 논쟁을 예상하면서 외로움을 느꼈다. 그녀는 '떠난다, 떠난다, 당신은 행복한 것으로는 만족할 수 없나 보죠?' 하면서 한숨지을지도 몰랐다. 그러나 나는 어떻게 해서든 그녀를 설득할 작정이었다.

카스피해 연안에서 탄 이륜마차가 자르간다의 내 집 앞에 나를 내려놓았다. 그런데 대문 앞에 보닛 한가운데에 성조기를 단 '주얼 40' 승용차 한 대가 서 있었다. 운전기사가 차에서 내리더니 내 신원을 물었다. 이상하게도, 내가 떠나 있는 동안 내내 그가 나를 기다리고 있었을 것 같다는 느낌이 들었다. 그는 아침에 와서 기다리고 있었던 것뿐이니 안심하라면서 말했다.

"제 주인님께서 선생님이 돌아오실 때까지 기다리라고 말씀하셨습니다."

"한 달 후, 아니 1년 후, 어쩌면 영영 돌아오지 않을 수도 있었는데요."

나의 싱거운 답변에 그는 전혀 개의치 않고 말했다.

"어쨌든 이렇게 오셨잖습니까!"

그는 미국 전권 공사 찰스 W. 러셀이 쓴 쪽지를 내밀었다.

"친애하는 르사즈 씨,
금일 오후 4시에 공사관으로 와주신다면 영광이겠습니다.
중대하고 긴급한 일 때문입니다. 내 운전기사에게 집을
비우셨더라도 기다렸다가 반드시 모셔 오라고 했습니다."

44

공사관에 도착하니 두 남자가 초조하게 나를 기다리고 있었다. 회색 양복에 물결무늬 나비넥타이를 맨 러셀의 콧수염은 시어도어 루스벨트 미국 대통령의 콧수염처럼 밑으로 처졌지만 윤곽이 뚜렷했다. 파젤은 변함없이 흰색 튜닉에 검은색 두건, 파란색 터번을 두르고 있었다. 외교관이 자신 없는, 그러나 정확한 프랑스어로 회의를 시작했다.

"오늘의 이 모임이 역사의 흐름을 바꿀 것입니다. 여러 가지 차이와 거리에도 불구하고 우리를 통해서 두 국가가 만나고 있는 것입니다. 젊은 국가지만 이미 민주주의가 무르익은 미국과, 수천 배로 나이 든 국가지만 민주주의가 미숙한 페르시아의 만남이지요."

러셀은 엄숙한 어조지만 오해를 살 수도 있는 표현을 흘려놓고는 혹시 파젤이 불쾌하게 생각하지 않는지 힐끔 쳐다본 뒤 계속했다.

"며칠 전에 테헤란의 민주 단체로부터 초청을 받고 갔다가, 입헌 혁명에 전적으로 동의하고 있다고 청중에게 설명했지요. 윌리엄 하워드 태프트 대통령과 녹스 국무 장관도 같은 의견이라는 걸 밝히는 바입니다. 그리고 미리 알려 두는데 오늘 우리의 모임을 국무 장관이 알고 있으며, 우리가 내리게 되는 결론을 장관께 전보로 보고할 것입니다."

러셀은 파젤에게 그 다음 얘기를 설명하게 했다.

"차르의 군대에 저항하지 말라고 나를 설득했던 일 기억하나?"

"나로서도 괴로운 일이었어."

"자네를 원망한 적은 결코 없어. 자네는 자네가 해야 할 일을 했던 거고, 어떤 의미에서는 자네가 옳았으니까. 하지만 불행하게도 내가 우려했던 일들이 일어나고야 말았어. 러시아는 타브리즈를 떠나지 않았고, 시민들은 모욕을 당하고 있지. 카자크군은 거리에서 여자들의 베일을 벗기면서 농락하고 있고, '아담의 아들'들을 말도 안 되는 구실로 잡아들여 감옥에 가두고 있고……

그렇지만 그보다 훨씬 더 심각한 문제가 있어. 타브리즈가 점령된 것보다도, 내 동지들의 운명보다도 훨씬 중대한 문제는 바로 우리의 민주주의가 침몰할 위기에 놓였다는 거야. 러셀 씨가 말한 '미숙한' 민주주의보다는 '약한', '위기에 처한' 민주주의라고 표현하는 것이 더 적당할지도 모르겠네. 표면적으로는 모든 일이 순조롭게 진행되는 것처럼 보이지. 민중은 전보다 행복해하고, 시장은 번창하고, 종교 지도자들이 타협하는 모습을 보이고 있으니까. 그러나 기적이 일어나지 않는 한 이 체제가 무너질 위기에 처했네. 왜 그런 줄 아나? 우리의 국고가 이전과 다름없이 비었기 때문이지. 구제도가 시행하던 이상한 세금 징수 방식 때문에, 각 지방의 탐관들이 민중의 고혈을 짜낸 재물 중에서 일부만 궁정에 떼어주고 나머지는 착복하고들 있어. 상황이 그러하니 국고가 마를 수밖에. 정부는 하는 수 없이 러시아와 영국에 돈을 빌리고, 채권국들은 그 대가로 이런저런 개발 사업권을 얻어내고 있네. 그걸 이용해서 차르는 우리나라의 사업을 간섭하고, 우리는 우리의 보물을 팔아버리고 있으니 정말 통탄할 일이지. 새 정권도 과거의 지도자들과 똑같은 곤경에 처해 있어. 근대 국가의 방식대로 조세를 징수하지 않으면 이 나라는 강대국의 통치를 받게 될 운명에 놓이고 말 거야. 따라서 우리에게 가장 시급한 일은 우리의 재정을 건전하게 만드는 일일세. 거기서부터 페르시아의 근대화가 시작되고, 페르시아의 자유가 시작되는 거니까."

"해결책이 그렇게 확실하다면 뭘 망설이나?"

"현재 페르시아에는 그런 중책을 맡길 만한 인물이 없네. 인구 천만을 가진 국가로서는 인정하기 씁쓸하네만, 여러 분야에서 무지하다는 걸 시인하지 않을 수 없어. 우리 나라에는 선진국 정부의 고위 관리들이 받는 근대 교육을 받은 사람이 소수에 불과해. 게다가 그 소수의 전문가 중에서도 대다수가 외교 분야에 편중되어 있는 형편이고. 그 외의 군대, 수송, 특히 재정 분야에는 전문가가 전무한 상태야. 우리의 제도가 앞으로 20년, 30년을 잘 견뎌주기만 한다면 틀림없이 그 모든 분야를 책임질 차세대가 형성되겠지. 하지만 우선은 정직하고 자격 있는 외국에 도움을 청하는 것이 최선책이라고 생각해. 그런 국가를 찾는 게 쉽지 않다는 건 나도 알아. 우린 이미 나우스, 랴코프, 그리고 그 밖의 많은 인물들 때문에 최악의 경험을 했으니까. 하지만 나는 절망하지 않아. 이 문제에 대해 의회와 정부에서 동료 의원들과 논의했고, 우리를 도와줄 나라는 미국이라는 결정을 내렸네."

"그런 결정을 내렸다니 흐뭇하긴 하네만, 왜 하필 미국인가?" 나도 모르게 그런 말이 불쑥 튀어나왔다.

내 말에 찰스 러셀이 놀라움과 불안을 금치 못하는 반응을 보였다. 파젤의 답변이 곧바로 분위기를 가라앉혀주었다.

"과거에 접했던 강대국들을 한 나라 한 나라 검토해봤지. 러시아와 영국은 지금까지의 행태로 보아 우리의 파산을 바라는 나라들이니 기대할 것이 없고, 프랑스는 차르와의 관계를 너무 우려해서 페르시아의 운명을 걱정해줄 수 없는 나라야. 게다가 전 유럽이 각종 동맹, 비동맹 전략에 얽혀 있으니 그 사이에서 페르시아는 그저 장기판 위의 힘없는 말처럼 놀아날 수밖에 없는 처지일세. 침략의 야욕 없이 우리 나라에 관심을 가질 수 있는 나라는 미국밖에는 없어. 그래서 내가 러셀 씨에게 이 중대한 임무를 맡아줄 수 있는 미국인을 아느냐고 물었지. 그런데 러셀 씨가 자네 이름을 언급했을 때, 내가 얼마나 고마웠는지 모르네. 자네가 재정학을 공부했다는 걸 까맣게 잊고 있었지 뭔가."

"그렇게까지 나를 신뢰해주는 점에 대해서는 고맙지만, 난 이 나라에 필요한 사람이 못 되네. 재정학 학위를 갖고 있긴 하지만 내 지식을 시험해볼 기회를 전혀 가져보지 못했으니 난 아마추어에 불과하네. 조선소를 운영하면서 많은 선박을 건조한 아버지 덕분에 나는 생활비를 벌 필요가 없었거든. 그러다 보니 여행을 하거나 책을 읽고, 사랑하고, 믿고, 의심하고, 나 자신과 싸우고, 가끔 글을 쓰는 것 같은 본질적인 것, 다시 말해 무의미한 것 말고는 다른 데에 관심을 가져본 적이 전혀 없네."

그들이 어색하게 웃으면서 당황한 시선을 교환하는 사이에 내가 계속 말을 이었다.

"허나 자네가 적임자를 찾게 된다면 그 사람에게 조언을 아끼지 않을 것이고, 성심성의껏 그 사람을 돕겠네. 하지만 성패는 전적으로 그 사람의 능력과 노력에 달려 있는 것이니까, 자질을 갖춘 사람을 찾아야겠지. 난 열의는 많지만 게을러서 적격자가 되기에는 부족한 점이 많은 사람이네."

파젤이 더 고집하지 않고 말했다.

"무슨 말인지 알아듣겠네. 그리고 사실 자네에게 맡기는 건 여러 가지로 곤란하긴 해. 자네가 내 친구라는 사실을 모두 알고 있는 마당에 반대파 정치인들이 가만있지 않을 테니까."

러셀은 웃다가 그대로 멈춘 굳은 미소를 지으며 묵묵히 듣고만 있었다. 우리의 대화가 마음에 들지 않았을 것은 당연했지만, 그는 침착함을 잃지 않았다. 파젤이 그를 쳐다보며 말했다.

"벤저민의 거절이 유감스럽기는 합니다만, 그렇다고 우리의 협약이 바뀌는 것은 아닙니다. 페르시아의 일에 가깝든 멀든 전혀 연루되지 않은 인물에게 책임을 맡기는 것이 훨씬 나을 것 같습니다."

"누구, 생각하고 있는 사람이라도 있습니까?"

"떠오르는 이름은 없습니다만, 엄격하고 정직하고 자주적인 정신을 가진 사람이면 좋겠습니다. 미국에서 찾아본다면 그런 사람이 있지 않겠습니까. 정중하고, 분명하고, 공명정대하게 처신하고, 바르게 말하는 사람이 있을 것 같은 예감이 듭니다. 바스커빌하고 닮은 사람이 어딘가 있겠지요."

1910년 12월 25일, 일요일이자 크리스마스 날, 페르시아 정부는 워싱턴 주재 페르시아 공사관에 다음과 같은 메시지를 타전했다.

"즉시 미국 국무 장관을 찾아가 금융 당국자들과 접촉하게 해 달라고 청해서, 그들에게 사심이 없는 미국인 재정 전문가들을 모집해 달라고 요청할 것. 페르시아의 재정 총장으로 오는 인물에게는 의회가 비준하는 3년간의 임기를 보장하는 조건으로 계약할 것이며, 그 기간 동안 지방의 세금 징수를 감시하는 감독관 1인과 공인회계사 1인의 보좌를 받아 페르시아의 재정과 조세법을 개편할 임무가 주어진다고 설명할 것.

국무 장관이 동의했다는 소식을 테헤란의 미국 공사가 알려 왔음. 중개인을 통하지 말고 직접 국무 장관을 만나 이 메시지의 전문을 전달하고, 장관이 제안하는 바에 따라 행동할 것."

이듬해 2월 2일, 페르시아 의회 마즐리스는 우레와 같은 박수 속에 미국인 전문가들의 임명안을 만장일치로 가결했다.

며칠 후, 의회에 그 임명안을 제출했던 재무 장관이 거리 한복판에서 그루지야인 두 명에게 살해되었다. 그날 저녁, 러시아 공사관의 통역관이 페르시아 외무부에 와서 그 살해범들은 차르의 신하들이니 즉각 넘겨 달라고 요구했다. 테헤란에서는 누구나 그 살인 행위가 의회의 임명안 가결에 대한 상트페테르부르크의 보복 행위임을 알아차렸지만, 정작 당국자들은 이웃나라 러시아와의 관계를 악화시키지 않기로 결정했다. 따라서 살해범들은 공사관에 인도되었다가 국경으로 갔고, 국경을 넘자마자 자유인이 되었다.

그에 대한 항의 표시로 시장은 문을 닫았고, '아담의 아들'들은 러시아 상품 불매 운동을 벌이면서 나라 안에 거주하는, 페르시아어로 구르지*라고 불리는 그루지야인들에게 보복 행위를 하겠다고 선언했다. 그러나 정부는 언론을 통해 이제 곧 진정한 개혁이 시작될 것이니 조금만 참으라는 성명을 발표했다. 미국에서 재정 전문가들이 도착하면 국고가 가득 차게 될 것이고, 채무를 갚으면 외국의 통치를 물리치게 될 것이며, 학교와 병원들이 세워질 것이고, 특히 최신 무기를 갖춘 군대가 창설되면 타브리즈에 주둔하고 있는 러시아 군대는 철수하지 않을 수 없을 것이라면서 인내를 촉구했다.

페르시아는 많은 기적을 기다리고 있었다. 그리고 그 기적들은 실제로 일어났다.

45

첫 번째 기적은 파젤이 알려주었다. 소곤거리는 듯 작은 목소리였지만 그는 흥분을 감추지 못했다.

"저 사람 좀 봐! 내가 그랬잖아, 바스커빌하고 닮았을 거라고!"

페르시아의 재정 총장으로 임명된 모건 슈스터가 우리에게 인사를 하기 위해 다가오고 있었다. 우리는 그를 영접하기 위해 카즈빈 방면 도로에 나가 있었다. 변변찮은 말 한 쌍이 끄는 낡은 역마차를 타고 가족과 함께 도착한 그는 이상하리 만큼 하워드와 꼭 닮아 있었다. 눈, 코, 깔끔하게 면도한 약간 동그스름한 얼굴, 머리 색

---

* 러시아어로는 '그루지야'라고 하는데, 이는 페르시아어 '구르지'를 차용한 것이다. 러시아식 표기의 음차가 널리 사용되었으나, 영어식 표기를 써 달라는 그루지야(현 조지아) 정부의 요청에 따라 2011년 3월부터 '조지아'로 표기된다.

깔과 가르마의 방향, 공손하면서도 자신만만한 악수까지도 똑같았다. 뚫어져라 쳐다보는 우리의 눈길이 신경에 거슬렸을 텐데도 그는 조금도 내색하지 않았다. 낯선 나라인 데다 특별한 상황이니만큼 그는 자신이 줄곧 호기심의 대상이 되리라는 걸 예상하고 있었던 듯했다. 실제로 그는 체류하는 동안 내내 적의에 찬 눈길 속에 감시를 받고, 공격을 받았다. 그의 일거일동이 빠짐없이 거론되고 평가되면서 때로는 칭찬을 받기도 했고, 때로는 원망을 사기도 했다.

슈스터는 도착한 지 일주일 만에 첫 번째 위기를 맞았다. 날마다 미국인들을 환영하기 위해 찾아오는 수백 명의 하객 중에서 몇몇 사람이 슈스터에게 언제 영국과 러시아 공사관을 방문할 거냐고 물었다. 그는 어물어물하면서 분명한 답변을 하지 않았다. 그러나 그 질문은 줄기차게 계속되었고, 그 소문이 퍼지면서 시장에서는 날마다 열띤 논쟁이 벌어졌다. "미국인이 과연 그 두 나라 공사관에 의례적인 방문을 할 것인가, 하지 않을 것인가?" 그런데 정작 무시당하고 있는 두 공사관 쪽에서도 아무런 반응을 보이지 않아서 분위기는 점점 더 긴장되고 있었다. 슈스터를 초빙하는 데 결정적인 역할을 했던 파젤이 가장 당황했다. 슈스터가 범한 외교적 결례로 인해 자칫 모든 계획을 전면적으로 재검토하게 될지도 모른다는 위기감을 느낀 파젤은 내게 그를 만나봐 달라고 부탁했다.

그래서 나는 나의 동포를 만나기 위해 흰 돌로 지어진 아타벡 궁전으로 갔다. 카펫과 예술품으로 화려하게 장식되고 동양풍과 유럽풍 가구를 갖춘 커다란 방이 서른 개나 되고, 건물 정면에 세워진 섬세한 기둥들이 연못에 비치는 아름다운 궁전이었다. 어마어마하게 큰 정원 안에 여기저기 인공 연못이 보이고 매미들의 합창에 섞여 간간이 도시의 소음이 들려오는 그곳은 그야말로 페르시아의 천국이었다. 그 궁전은 테헤란에서 가장 아름다운 거처 중 하나였다. 궁전은 원래 전 총리가 소유하고 있었으나, 입헌제를 열렬하게 지지하는 조로아스터교 신자 거상이 매입해 두었다가 미국인들에게 무료로 제공한 곳이었다.

슈스터는 현관에 나와서 나를 맞았다. 여독을 말끔히 씻은 그는 대단히 젊어 보여서, 서른네 살의 남자로는 느껴지지 않았다. 더구나 워싱턴 정부가 사심 없는 고결한 인품의 소유자라고 보내준 사람이 그렇게 젊은 사내라니 더욱 믿기지 않았다.

"공사관 문제로 몇 가지 상의드릴 것이 있어서 왔습니다."

"르사즈 씨도 그 얘기를 하시는군요!"

그가 재미있다는 얼굴을 했다.

"공사관 방문은 외교 의례에 관계되는 문제라는 걸 분명히 인식하고 있는지 모르겠군요. 우리가 난처한 상황에 빠진 나라에 있다는 것을 잊지 마십시오."

"내가 어떻게 그 점을 망각하겠습니까?"

웃으면서 말하던 그가 갑자기 웃음기를 거둔 진지한 얼굴로 자신의 임무를 강조했다.

"르사즈 씨, 그건 단순히 외교 의례의 문제가 아니라, 원칙에 관계되는 일입니다. 나는 이 직책을 승낙하기에 앞서 나 이전에 이 나라에 왔던 외국인 전문가 수십 명에 대해 조사를 했습니다. 몇몇 사람은 능력으로 보나 열의로 보나 조금도 부족한 점이 없는 사람들이더군요. 그런데도 그들은 모두 실패했습니다. 왜 그런 줄 아십니까? 지금 사람들이 나를 끌어들이려고 하는 함정에 그들이 빠졌기 때문입니다. 나는 페르시아 의회의 비준을 받아서 페르시아 재정 총장으로 임명되었습니다. 따라서 내가 샤와 섭정, 그리고 정부에 도착 인사를 하는 것은 당연한 일이지요. 그리고 나는 미국인이니까 친애하는 러셀 공사에게는 인사를 갈 수 있습니다. 그러나 나에게 러시아, 영국, 벨기에, 오스트리아 공사관을 방문하라고 요구하는 몇몇 사람들, 그들이 과연 무엇 때문에 그럴 거라고 생각합니까?

그 이유는, 미국인들에게 많은 걸 기대하고 있는 페르시아 국민에게, 그리고 온갖 역경에도 불구하고 우리를 임명했던 의회에, 모건 슈스터도 다른 외국인들과 다를 바 없는 외국인이라는 걸 보여주고 싶기 때문일 겁니다. 내가 일단 방문을 시작하면 그때부터는 초대가 빗발칠 겁니다. 외교관들은 예의가 바른 사람들이니까 내가 아는 언어를 사용하면서 나를 교양 있게 환대하겠지요. 그 다음부터는 내가 어떻게 될까요, 르사즈 씨? 나는 이 나라에서 브리지 게임, 티 파티, 테니스, 승마, 가면무도회를 즐기며 행복한 생활을 하다 임기가 끝나는 3년 후에는 구릿빛으로 탄 건강한 모습으로 부자가 되어 고국으로 돌아가게 되겠지요. 하지만 내가 그런 짓이나 하자고 여기 온 줄 아십니까? 천만에요!"

그는 거의 고함을 지르고 있었다. 그때 누군가가 응접실의 문을 조용히 닫았는데, 누군지 보이진 않았지만 아마도 그의 아내인 것 같았다. 그는 알아채지 못한 것 같았다. 그가 계속했다.

"나는 페르시아의 재정 구조를 근대화하라는 아주 구체적인 임무를 받고 온 사람입니다. 이 나라 사람들은 우리의 제도와 관리 능력을 믿기 때문에 도움을 청한 겁니다. 나는 그들의 기대를 저버리고 싶지도 않고, 그들을 속이고 싶지도 않습니다. 르사즈 씨, 내가 기독교 국가에서 왔다는 사실이 뭔가 시사하는 바가 있다고 생각되지 않으십니까? 오늘날 페르시아인들이 기독교 국가에 대해 어떤 이미지를 갖고 있겠습니까? 석유 사업권을 차지한 영국, 무력을 동원한 파렴치한 방법으로 자기들의 뜻을 강요하는 러시아를 진정한 기독교 국가라고 할 수 있습니까? 지금까지 페르시아인들이 접촉해 왔던 기독교인들은 어떤 사람들입니까? 사기꾼, 찬탈자, 도둑, 카자크군이 고작이었습니다. 우리가 그들의 눈에 어떤 사람들로 보여야 한다고 생각합니까? 우리가 어떤 세상에서 함께 살아가는 사람들이어야 하겠습니까? 우리의 노예가 되거나 적이 되라는 것 말고는 정말로 그들에게 제안할 것이 아무것도 없을까요? 그들이 우리와 대등하게 맞서는 국가가 될 수는 없을까요? 다행히 일부 사람들은 여전히 우리와 우리의 가치를 믿고 있지만, 유럽인을 악마와 동일시하는 수많은 목소리들을 얼마나 오랫동안 침묵하게 할 수 있겠습니까?

내일의 페르시아가 어떤 모습이어야 하겠습니까? 그건 우리의 행동에, 우리가 어떤 모범을 보여주느냐에 달려 있습니다. 바스커빌의 희생은 많은 사람들의 탐욕을 잊게 해주었습니다. 나는 그분을 높이 평가하고 있지만, 죽을 생각은 없습니다. 나는 오직 정직하고자 합니다. 미국의 어느 회사를 위해 일할 때와 마찬가지로, 나는 이 나라 페르시아를 위해서 성실하게 일할 겁니다. 부당 이득을 취하지 않고, 이 나라의 재정을 안정시켜서 부강한 나라로 만드는 데 최선을 다할 것이고, 그에 따른 행정부의 규칙은 엄격하게 지키겠지만 아첨을 하거나 의례적으로 경의를 표하는 일 따위는 하지 않을 겁니다."

바보처럼 내 눈에서 눈물이 줄줄 흘러내렸다. 슈스터는 입을 다물고 약간 당혹스러운 얼굴로 나를 물끄러미 쳐다보았다.

"내 얘기나 말투가 본의 아니게 상처를 주었다면 사과하겠습니다."

나는 일어나서 그에게 악수를 청했다.

"슈스터 씨, 상처받은 것이 아니라 당신의 말에 감동했기 때문입니다. 당신이 했던 말을 내 페르시아 친구들에게 전하면, 그들의 반응도 나와 다르지 않을 겁니다."

나는 모건의 거처에서 나와 바하레스탄으로 달려갔다. 파젤이 그곳에 있다는 걸 알고 있었다. 나는 그를 보자마자 소리쳤다.

"파젤, 기적이 또 일어났어!"

6월 13일, 페르시아 의회는 만장일치로 모건 슈스터에게 국가의 재정에 관한 모든 권한을 맡기기로 가결했다. 그 이후로 모건 슈스터는 국무 회의에 정기적으로 참석하게 되었다.

그 사이, 시장과 여러 공관에서는 또 하나의 사건이 화제가 되고 있었다. 모건 슈스터가 페르시아의 어느 종파에 소속해 있다고 비난하는 소문이었는데, 출처는 알려지지 않았지만 어디서 나왔을지 추측하기는 쉬웠다. 그 얘기는 터무니없어 보였지만, 선전가들은 그 소문을 사실로 믿게 만들기 위해 악담을 퍼뜨리고 있었다. 하룻밤 사이에 미국인들은 의심쩍어하는 군중의 따가운 시선을 받게 되었다. 나는 한 번 더 재정 총장을 만나 그 문제에 관해 이야기해보라는 임무를 받았다. 첫 만남 이후 우리 사이는 대단히 가까워져 있었다. 그는 나를 벤이라고 불렀고, 나는 그를 모건이라고 불렀다. 나는 그에게 사건의 자초지종을 설명했다.

"자네 하인들 중에 바브교도들이 있다는 소문이 있어서 파젤이 확인해보니 그 유명한 바하이교 신자들이라는 거야. 그리고 바하이교도들이 최근 미국에 지회를 개설하고 활발하게 활동하고 있다는 소문도 있고. 그래서 사람들은 공사관의 미국인들은 모두 바하이교도들이고, 페르시아의 재정을 정화한다는 명목으로 돈을 빼돌려 신자들을 먹여 살리고 있다고 믿고 있어."

모건이 곰곰이 생각하다가 말했다.

"한마디로 답변한다면 그건 절대 아니라고 단언하겠네. 난 선교를 하거나 개종시키려고 온 것이 아니라, 페르시아의 재정을 개혁

하려고 온 사람이야. 그리고 자네가 전해준 항간의 소문에 대해서 하나하나 덧붙이자면, 난 바하이교 신자가 아니며, 이 나라에 오기 바로 직전에 브라운 교수의 저서를 읽으면서 그런 종파들이 있다는 걸 처음 알았고, 바브교와 바하이교의 차이가 뭔지도 모르는 사람이라네. 그 다음, 하인들에 대한 얘기도 나로서는 금시초문일세. 이 큰 집 안에 하인이 열다섯 명이 있는데, 모두들 알다시피 그 사람들은 내가 오기 전부터 이 집에 있던 사람들이고, 특히 중요한 건 내가 그들에게 만족하고 있다는 점이야. 그리고 나는 나를 도와주는 사람들을 종교나 넥타이 색깔 따위로 판단하지 않아!"

"나는 자네를 이해해. 그리고 그 자세는 내 신념과도 일치하고. 하지만 우리는 종교 문제에 대해서는 대단히 민감하게 반응하는 페르시아에 있어. 오기 전에 신임 재무 장관을 만났는데, 중상하는 사람들의 입을 다물게 하려면 문제의 하인들을 내보내야 한다는 게 장관의 생각이야. 적어도 그중 몇 사람만이라도."

"재무 장관이 이런 일에까지 신경을 쓴단 말인가?"

"자네가 생각하는 것 이상으로, 장관은 이번 일로 자기 부서의 모든 기획이 수포로 돌아갈까 봐 걱정하고 있어. 그리고 얘기가 끝나는 즉시 자기에게 보고해 달라고 당부하더군."

"그럼 지체하지 말고 어서 가서 전해. 어떤 하인도 해고당하는 일은 없을 것이며, 이 일에 대해 다시는 거론하지 말라고!"

그가 일어섰지만, 나는 그대로 떠날 수 없었다.

"그건 충분한 답변으로 볼 수 없어, 모건!"

"아! 그런가? 그럼 내가 이러더라고 전해주게. '재무 장관님, 내 정원사의 종교를 캐내는 일 이외에 마땅히 할 일이 없으시다면 내가 장관님의 소일거리가 될 만한 중요한 서류들을 제공하겠습니다.'"

나는 물론 장관에게 그가 한 말을 다 전달하지 않았다. 하지만 내가 예상한 대로, 모건은 나한테 했던 말을 장관을 처음 만난 자리에서 그대로 되뇌었다. 그러나 그 일로 소란이 일어나지는 않았다. 사람들은 그에게서, 기탄없이 말하는 것이 일을 순조롭게 풀어나가는 분별 있는 태도라는 걸 배웠다.

어느 날 시린이 말했다.

"슈스터가 온 이후로는 건전하고 깨끗한 공기가 흐르고 있어요. 혼란스럽고 복잡하게 뒤얽힌 상황을 맞으면, 우리는 늘 거기서 빠져나오려면 몇 세기가 지나야 할 거라고 생각했어요. 그런데 갑자기 한 남자가 나타난 뒤로는 마치 다시 푸르러지지 못할 거라는 선고를 받았다고 믿었던 나무가 마법에라도 걸린 것처럼 잎사귀와 열매와 그늘을 아끼지 않고 있어요. 그 외국인이 나로 하여금 내 나라 사람들을 다시 신뢰하게 만들었어요. 그 사람은 우리 나라 사람들을 미개하거나 비천한 사람들로 대하지 않고 동등한 인간으로 대하고 있어요. 그 사람 덕분에 사람들이 자신감을 얻고 있어요. 당신 알아요? 우리 집안의 노부인들이 그를 위해 기도하고 있다는 걸?"

46

1911년 한 해는 페르시아 전체가 '그 미국인'의 영향을 받으며 살았고, 그는 중책을 맡고 있는 권력자들 중에서 가장 인기 있는 사람이라고 해도 결코 과언이 아니었다. 신문들은 모건의 활동을 전적으로 지지했다. 그는 가끔 기자들을 초청해서 자신의 계획을 발표하고, 미묘한 사안에 대해서는 그들의 조언을 청할 정도로 페르시아에 대단한 열정을 보였다.

특히 그가 어려운 과업을 성공적으로 수행해냈다는 점은 괄목할 만했다. 슈스터는 세제 개편을 하기도 전에 단순히 횡령과 낭비에 제한을 두는 것만으로 벌써 국가 예산의 수지 균형을 맞춰놓았다. 이전까지만 해도 왕자, 장관, 고관 들이 기름종이에 자기들의 요구액을 적어서 재무부에 보내면 담당 공무원들은 직위나 생명을 잃을 위험 때문에 그들의 요구를 순순히 들어주어야 했다. 그러나 모건은 그 모든 관행을 하루아침에 바꿔놓았다.

많은 사례 중에서 한 가지를 들어보면 이렇다. 6월 17일, 국무 회의에서 한 장관이 슈스터에게 비장한 어조로 테헤란에 주둔하는 군대에 지불할 봉급으로 4만 2천 투만을 요구했다.

"만일 그 돈이 지급되지 않는다면 반란이 일어날 것이고, 그로 인해 야기될 여러 문제는 모두 재정 총장이 책임져야 할 것이오!" 국방 장관이자 최고 사령관을 뜻하는 아미르 아잠이 외쳤다.

슈스터의 답변은 이러했다.

"장관께서는 열흘 전에도 같은 금액의 돈을 가져가셨는데, 그건 어디에 쓰셨습니까?"

"병사들의 가족이 굶주리고 있고, 장교들이 모두 빚을 지고 있는 어려운 상황이어서 연체된 봉급 중의 일부를 지급했소이다."

"장관께서는 그 돈을 전부 다 썼다고 확신하십니까?"

"한 푼도 남지 않았소!"

그러자 슈스터는 호주머니에서 글씨가 빽빽한 작은 판지를 꺼내더니 보란 듯이 자세히 들여다보고 나서 자신에 찬 목소리로 말했다.

"재무부가 열흘 전에 내주었던 돈은 1투만도 쓰이지 않은 채로 전 금액이 장관의 개인 계좌에 예금되어 있습니다. 은행가의 이름과 장관의 계좌 번호를 내가 갖고 있습니다."

장관이 벌떡 일어났다. 살찐 거구가 노발대발하면서 한 손을 가슴에 대고 동료 장관들에게 노기 띤 시선을 던지며 말했다.

"이런 식으로 내 명예가 짓밟히는데도 다들 구경만 하실 거요?"

어느 한 사람 그의 편을 들어주지 않자 그가 덧붙였다.

"그 돈이 내 계좌에 들어 있다는 얘기는 지금 처음 듣는 것이라고 맹세하오."

국방 장관 주위에 있던 몇몇 각료가 믿을 수 없다는 뜻으로 입을 삐쭉거리자, 슈스터는 장관들에게 그 은행가를 증인으로 출두시킬 것을 요청했다. 잠시 후 은행가가 도착하자, 국방 장관이 재빨리 그에게 다가가서 뭐라고 속닥거리더니 제자리로 돌아와서 겸연쩍은 미소를 지으며 말했다.

"저 몹쓸 은행가가 내 지시를 제대로 이해하지 못해서 아직 군대에 돈을 지급하지 않았다는군요. 오해가 있었던 겁니다!"

그 사건은 더 문제를 일으키지 않고 끝났지만, 그 이후로 고관들은 수백 년 동안 계속되어 오던 국고 횡령을 다시는 생각지 못하게 되었다. 그들은 물론 불만이 많았지만, 대다수 사람들과 각 부서의 장관들조차 그 결과를 만족스럽게 받아들였기 때문에 입을 다무는 수밖에 없었다. 페르시아 역사상 처음으로 공무원들, 군인들, 외국에 파견되어 있는 외교관들이 제때에 봉급을 받을 수 있었다.

세계 금융계에서도 기적을 이룬 슈스터를 신뢰하기 시작했다. 런던에 있는 셀리그먼 형제의 투자 은행이 페르시아에 관례적으로 요구해 왔던 굴욕적인 약정 조항 없이 선뜻 4백만 파운드를 빌려주기로 결정한 것이 그 증거였다. 관세 공제에다 어떤 종류의 담보도 요구하지 않는, 존중할 만하고 지불 능력이 있는 정상적인 고객에 대한 정상적인 대출이었던 만큼, 그 일은 대단히 의미 있는 첫걸음이었다. 페르시아를 예속시키려고 기를 쓰던 이들에게는 위험한 선례가 만들어지는 셈이었다. 따라서 영국 정부가 나서서 그 대출을 막았다.

그 사이에 러시아의 차르는 대단히 놀라운 수법을 동원했다. 7월, 폐위된 무함마드 알리 샤가 두 형제와 외인부대를 거느리고 권력을 되찾기 위해 페르시아로 향하고 있다는 소식이 들렸다. 러시아 정부는 그를 오데사의 감시 구역에 머물게 하면서 페르시아로는 절대 돌아오지 못하게 하겠다고 약속하지 않았던가? 그 질문에 대해 상트페테르부르크 당국은 무함마드 알리가 자신들의 방심을 틈타 가짜 여권을 가지고 떠났으며, 군 장비들은 '광천수'라고 표시된 상자에 실려 나갔기 때문에 자기들에게는 아무런 책임이 없노라고 답변했다. 그러나 그가 오데사를 떠나 군사를 이끌고 페르시아에서 수백 킬로미터나 떨어진 우크라이나를 넘어, 러시아 정기선에 병기를 싣고 카스피해를 건너 페르시아 연안에 당도할 때까지의 그 모든 일을 러시아 정부도, 군대도, 비밀경찰 '오흐라나'도 전혀 알아채지 못했다는 것이 말이나 되는가?

그러나 논쟁을 한들 무슨 소용이 있으랴. 우선 페르시아의 허약한 민주주의가 무너지는 사태를 막아야 했다. 의회는 슈스터에게 예산을 요청했다. 이번에는 슈스터도 반론을 제기하지 않았다. 반대하기는커녕 그는 며칠 이내에 최고의 장비와 풍부한 군수품을 갖춘 군대가 조직될 것이라면서 사령관의 이름까지 거명했다. 그리고 아르메니아 출신의 뛰어난 전략가인 에프라임 칸 사령관이 석 달 이내에 폐위된 샤를 무찔러 국경 밖으로 몰아낼 것이라고 장담했다.

전 세계의 공사관에서도 페르시아는 근대 국가가 될 것이라고 믿기에 이르렀다. 외국 정치인들의 시각과 마찬가지로 테헤란에서도 슈스터가 기적을 일으킬 것으로 믿었다. 이제 모건 슈스터의 역할은 단순한 재정 총장의 역할을 넘어서 있었다. 전 군주에게 구속 영장을 발부하고, 반역을 꾀하는 옛 군주와 그의 형제들을 체포하는 데 도움을 주는 사람에게 거액의 현상금을 내건, 미국 서부 스타일의 수배 전단을 전국의 도시에 붙일 것을 의회에 제안한 사람도 모건이었다. 그 일은 민중 사이에서 폐위된 군주의 평판을 완전히 떨어뜨리는 데 결정적으로 기여했다.

차르는 대로했다. 슈스터가 있는 한, 페르시아를 향한 자신의 야심이 실현될 수 없다는 것이 분명해졌기 때문이다. 니콜라이 차르가 해야 할 일은 슈스터를 떠나게 하는 것이었다. 중대한 사건을 꾸며서 떠나지 않을 수 없게 만들어야 했다. 그 임무는, 예전에는 타브리즈 주재 러시아 영사였으나 현재 테헤란 주재 총영사로 있는 포크히타노프에게 맡겨졌다.

임무라는 말은 아마 너무 점잖은 표현일 것이다. 비록 간교한 술책은 아니지만 주도면밀하게 꾸민 음모라고 표현하는 것이 더 적합하기 때문이다. 의회는 폐위된 샤 곁에서 반란을 주도하고 있는 두 형제의 전 재산을 몰수하기로 결정했었다. 재정 총장 자격으로 집행권을 갖고 있던 슈스터는 법에 저촉되지 않는 범위 내에서 처리하고자 했다. 압류할 대저택은 아타벡 궁전에서 멀지 않은 곳에 있었고, '술탄국의 빛'이란 칭호로 불리는 왕자의 소유였다. 모건 슈스터는 그 저택으로 영장을 소지한 공무원들과 헌병대를 파견했다. 그러나 러시아 영사관의 장교들이 지휘하는 카자크군이 헌병대를 막으면서, 빨리 물러가지 않으면 무력을 행사하겠다고 위협했다.

경위를 보고받은 슈스터는 보좌관 한 명을 러시아 공사관으로 급파했다. 보좌관을 맞은 포크히타노프의 어조는 다분히 도전적이었다. '술탄국의 빛'인 왕자의 어머니가 러시아 차르와 차린(황후)에게 보호를 요청하는 편지를 보냈고, 그 요청이 관대하게 받아들여졌다는 것이었다.

그 얘기를 전해 들은 슈스터는 자신의 귀를 의심했다.

"페르시아에 거주하는 외국인들이 형벌 면제 특권을 누리는 것, 페르시아 장관을 살해하고도 죄인들이 차르의 신하라는 이유로 재판을 받지 않는 것은 부당한 일이지만, 뿌리 깊은 관행을 당장에 뜯어고치기는 어렵겠지요. 하지만 페르시아인들이 자기 나라의 법을 멀리하고 재산을 외국 군주의 보호 아래 맡긴다는 것은 전대미문의 사건으로 남을 것입니다."

슈스터는 단념하지 않았다. 그는 다시 헌병대를 문제의 저택으로 보내면서, 폭력을 쓰지 말고 단호하게 압류하라고 지시했다. 이번에는 포크히타노프가 가만히 놔두었다. 그것은 그의 음모에 걸려든 것이었다. 그는 임무를 완수했다.

곧바로 반응이 왔다. 상트페테르부르크 정부는 그 사건이 러시아에 대한 도전이며, 러시아 차르와 차린을 모욕하는 것이나 다름없다고 주장하면서 테헤란 정부의 공식 사과를 요구하는 성명을 발표했다. 질겁한 페르시아 총리는 영국에 조언을 구했고, 영국 외무부는 진노한 차르가 바쿠에 군대를 집결시켜놓고 페르시아를 침략할 채비를 하고 있으니 최후통첩을 받아들이는 것이 현명할 것이라고 답변했다.

1911년 11월 24일, 페르시아 외무 장관은 애끓는 심정으로 러시아 공사관에 출두해서 비굴하게 전권 공사의 손을 잡고 다음과 같이 사과했다.

"우리 정부를 대신해서 귀국 정부의 영사관 장교들에게 가한 모욕에 대해 사과를 표명하는 바입니다."

차르의 전권 공사가 총리의 손을 잡은 채로 답변했다.

"총리의 사과는 우리의 첫 번째 통첩에 대한 답변으로 받아들이겠으나, 두 번째 통첩이 현재 상트페테르부르크에서 협의 중에 있음을 알려드려야겠습니다. 통보가 오는 즉시 총리께 그 내용을 알려드리겠습니다."

그 약속은 지켜졌다. 그로부터 닷새 후인 11월 29일 정오, 러시아의 전권 공사는 외무 장관에게 최후통첩의 원문을 제출하면서, 이미 런던의 동의를 받았으니 48시간 이내에 실행해야 한다고 구두로 덧붙였다.

첫째: 모건 슈스터를 본국으로 송환할 것.

둘째: 러시아와 영국 공사관의 사전 승인 없이는 절대로 외국인 전문가를 채용하지 말 것.

47

의회 의사당에서는 의원 76명이 기다리고 있었다. 터번을 두른 사람들, 원통형 페즈 모자나 헝겊 모자를 쓴 사람들, 그리고 많은 행동대원 중에는 유럽풍으로 옷을 입은 '아담의 아들' 몇 명이 끼여 있었다. 11시가 되자, 총리가 교수대에 올라가는 것처럼 연단에 올라서서 최후통첩의 원문을 침통한 음성으로 읽었다. 이어 영국이 차르를 후원하고 있음을 상기시키고 나서 정부의 결정을 알렸다. 저항하지 않고 최후통첩을 받아들이고, 미국인을 송환하기로 했다는 것이었다. 한마디로, 침략당하기보다는 강대국들의 통치를 받겠다는 것이었다. 최악의 경우를 피하기 위해 총리는 의원들에게 최후통첩의 시한이 12시로 정해져 있고, 시간은 점점 다가오는데 토론이 끝나지 않고 있음을 다시 한 번 상기시키면서 신임 투표를 하자고 제안했다. 총리는 발언하는 동안 내내 방청석을 향해 불안한 시선을 보냈다. 아무도 감히 입장을 막지 못했던 포크히타노프가 그곳에 당당하게 앉아 있었다.

총리가 다시 자리에 앉았을 때에는 야유하는 소리도, 박수갈채도 없었다. 무겁게 짓누르는, 질식할 것 같은 침묵만 흘렀다. 이윽고 존경할 만한 인물이 일어났다. 그는 예언자의 후손이자, 슈스터를 열렬하게 지지해 온 근대주의자였다. 그의 발언은 짤막했다.

"무력에 의해 페르시아의 자유와 통치권을 빼앗기는 것이 신의 뜻이라면 어쩔 수 없겠지요. 하지만 우리 스스로 포기하지는 맙시다."

또다시 침묵. 이어서 또 다른 사람이 일어나서 같은 뜻의 발언을 했다. 포크히타노프는 노골적으로 손목시계를 보았다. 그러자 총리도 금줄을 잡아당겨서 회중시계를 들여다보았다. 12시 20분 전이었다. 초조해진 총리가 지팡이로 바닥을 탁탁 치면서 빨리 투표를 하자고 재촉했다. 의원 네 명이 여러 가지 핑계를 대면서 부랴부랴 퇴장했고, 남은 72명의 의원은 모두 '반대'한다고 대답했다. 차르의 최후통첩에 반대. 슈스터를 송환하는 것에 반대. 정부의 결정에 반대. 해임당한 것이나 다름없어진 총리와 내각 전원이 퇴장했다. 포크히타노프도 일어났다. 그는 이미 상트페테르부르크에 타전할 보고서를 작성하고 있었다.

대형 출입문이 쾅 하고 닫히는 소리가 의사당의 정적 속에서 오랫동안 메아리쳤다. 의원들만 남았다. 그들은 이겼지만, 승리를 축하할 기분은 전혀 아니었다. 권력이 그들의 손에 있고, 나라의 운명, 미숙한 입헌제의 운명이 그들의 손에 달려 있었다. 그들은 어디서부터 시작해서 어떻게 해야 할지 알지 못했다. 의사당의 분위기는 비장하면서 혼란스러웠다. 어떻게 보면 순진해 보이기도 했다. 이따금 의견이 튀어나오기도 했지만 곧 수그러들었다.

"미국에 군대를 보내 달라고 요청하면 어떨까요?"

"미국은 러시아의 우방인데 그들이 오겠습니까? 차르와 일본 천황을 화해시킨 사람이 바로 루스벨트 대통령이었잖소."

"하지만 슈스터가 있잖습니까. 미국이 그를 도와주려고 하지 않을까요?"

"슈스터는 페르시아에서나 유명하지, 미국에서는 이름이나 겨우 아는 정도일 겁니다. 그리고 상트페테르부르크와 런던을 건드려서 미국의 입장을 난처하게 만든 그를 미국 지도자들이 좋게 평가할 리가 없지요."

"철도 건설을 제의하면 어떨까요. 그 정도의 제안이라면 아마 우리를 원조해주러 올 겁니다."

"그럴지도 모르죠. 하지만 그들이 오려면 최소한 여섯 달이 걸리는데, 차르는 2주일이면 도착한단 말입니다."

그럼 오스만 제국에 원조를 요청할까? 독일에? 아니면 일본에? 만주에서 러시아군을 무찌른 일본군이 아니던가? 그때 갑자기 케르만 출신의 젊은 의원이 엷은 미소를 띠며 페르시아의 왕권을 일본 천황에게 바치자는 제안을 해서, 파젤이 분노했다.

"우리에게는 이번이 마지막이라는 것, 그리고 이스파한 사람들에게조차 도움을 청할 수 없다는 걸 분명히 알아야 합니다! 전쟁터는 테헤란입니다. 테헤란 사람들과 현재 수도 안에 있는 무기만을 갖고 싸워야 합니다. 3년 전 타브리즈에서처럼 말입니다. 그리고 우리가 이번에 상대할 카자크군은 천 명이 아니라 5만 명입니다. 승산이 전혀 없는 싸움이라는 걸 명심해야 합니다."

지금까지의 발언과는 완전히 다른, 모두를 낙담시키는 그 말은 비난받을 만했다. '아담의 아들'들을 이끄는 수장이자 타브리즈의 영웅에게서 나온 그 말은 어려운 현실을 날카롭게 지적한 것이었다. 그 말대로라면 저항은 사실상 불가능했다. 그러나 파젤은 곧 이어서 말했다.

"우리가 싸우고자 하는 것은 오로지 미래의 페르시아를 지키기 위해서입니다. 페르시아는 아직 이맘 후세인의 추억 속에 살고 있지 않습니까? 순교자 후세인은 패전했고, 그로 인해 패배자가 되고 살해되었지만, 우리는 후세인에게 경의를 표하고 있습니다. 페르시아를 지키기 위해서는 피가 필요합니다. 우리는 72명, 후세인과 동고동락했던 전우들의 수와 똑같습니다. 우리가 죽는다면, 이 의회는 순례지가 될 것이고, 동방의 땅에 민주주의가 영원토록 닻을 내릴 것입니다."

그들은 모두 죽을 각오를 했지만 죽지 않았다. 마음이 약해져서 대의를 저버리지도 않았다. 그 반대로 그들은 수비군을 조직하는 데 전력했다. 타브리즈에서처럼 지원병이 대거 몰려들었고, 특히 '아담의 아들'들이 합세했다. 그러나 상황은 절망적이었다. 차르의 군대가 북부 지역을 점령하고 수도를 향해 진격해 오고 있었다. 눈 때문에 진군이 약간 지체되고 있었을 뿐이었다.

12월 24일, 해임된 총리는 강압적으로 권력을 되찾기로 작정하고 카자크군, 일부 바흐티아리 부족, 군대와 헌병대의 지원을 받아 수도의 주인이 되는 데 성공했고, 의회 해산을 선포했다. 의원들은 대부분 체포되었다. 그중에서 주동자들은 추방 선고를 받았고, 선두에 섰던 파젤도 같은 신세가 되었다.

새 체제는 차르의 최후통첩을 공식적으로 승인하고 실행에 옮기기 시작했다. 모건 슈스터에게 재정 총장으로서의 임무가 끝났음을 알리는 정중한 서한이 전달되었다. 비록 페르시아에 머문 기간은 8개월에 불과했지만, 슈스터는 어려운 상황의 연속이었던 그 숨 가쁜 기간 동안 페르시아를 완전히 바꿔놓을 뻔했다.

1912년 1월 11일, 슈스터는 예우를 받으면서 떠났다. 어린 아흐마드 샤는 자신의 자동차를 내주면서 바를레라는 이름의 프랑스인 운전사에게 안잘리 항구까지 모건 슈스터를 배웅하게 했다. 나를 비롯한 많은 외국인과 페르시아인 들이 그의 거처 현관에서부터 도로변을 메우고 그에게 작별 인사를 했다. 환호성은 물론 없었다. 군중은 그저 손을 흔들면서 마치 버림받은 연인처럼 조용히 눈물을 흘렸을 뿐이다. 그 과정에서 단 한 건의 작은 사건이 있기는 했다. 자동차가 지나갈 때 한 카자크 병사가 돌멩이를 집어서 미국인을 향해 던지려는 몸짓을 했다. 그러나 그는 끝내 그 돌멩이를 던지지는 못했다.

자동차가 카즈빈의 문 너머로 사라졌을 때, 나는 찰스 러셀과 함께 몇 걸음을 걷다가 그와 헤어져 시린의 궁전으로 향했다.

"기분이 안 좋아 보이네요." 시린이 나를 맞으면서 말했다.

"슈스터를 떠나보내고 오는 길이오."

"아! 마침내 떠났군요!"

탄성을 발하는 그녀의 어투가 어쩐지 석연치 않았다. 그녀가 좀 더 분명하게 말했다.

"오늘 문득 이 나라에 발을 들여놓지 않았더라면 좋았을 사람이라는 생각이 들었어요."

나는 혐오하는 표정으로 그녀를 쳐다보았다.

"어떻게 그런 말을! 당신이 하는 말이 틀림없소?"

"맞아요. 나, 시린이 하는 말이 틀림없어요. 그 미국인이 오는 것에 박수갈채를 보냈고, 그의 활동을 전적으로 찬성해 왔고, 그를 구세주로 보아 왔던 나지만, 지금은 그가 머나먼 미국에 그냥 머물러 있지 않은 걸 유감스럽게 생각하고 있어요."

"그 사람이 무슨 잘못을 했다고?"

"아무 잘못도 하지 않았지요. 그게 바로 페르시아를 제대로 이해하지 못했다는 증거예요."

"난 무슨 말인지 못 알아듣겠는데."

"어느 장관이 왕과 싸워서 이길 수 있고, 어느 아내가 남편과 싸워서 이길 수 있고, 어느 병사가 장교와 싸워서 이길 수 있겠어요? 그래봐야 처벌만 가중될 뿐 아니겠어요? 약자가 이기려고 했던 것이 잘못이죠. 페르시아는 도저히 러시아와 영국을 당해낼 수 없어요. 그러니까 페르시아는 약자답게 처신해야 했어요."

"그렇다고 끝까지 그럴 수는 없잖소? 언젠가는 분연히 일어나서 근대 국가를 세우고, 국민에게 교육을 시키고, 번영하고 존중받는 국가들의 반열에 들어가야 하는 것 아니오? 슈스터는 그걸 이루어 주려고 노력했던 거요."

"그래서 나도 그를 열렬하게 찬양했어요. 하지만 만일 그가 성공을 덜 거두었다면 오늘의 이 상황, 민주주의가 무효화되고 영토가 침략당하는 이런 비통한 처지에 있지는 않았을 거란 생각을 하지 않을 수가 없어요."

"차르가 야심을 버리지 않는 한 언제고 일어날 일이었소."

"물론 그랬겠죠. 하지만 조금 더 늦게 일어섰다면 훨씬 나았겠죠. 물라 나스루딘의 당나귀 얘기 들어본 적 있어요?"

나스루딘은 페르시아, 트란스옥시아나, 중앙아시아의 일화와 우화에 빠지지 않고 등장하는 전설적인 영웅이다. 시린이 당나귀 일화를 들려주었다.

"옛날에 반쯤 미친 어느 왕이, 당나귀를 훔친 죄로 나스루딘에게 사형 선고를 내렸더래요. 나스루딘은 사형대로 끌려가면서 이렇게 외쳤어요. '그 당나귀가 사실은 제 동생이온데 마법에 걸려서 그만 당나귀가 되었습니다. 하오나 그 짐승을 1년 동안만 저한테 맡겨주신다면, 전하나 저처럼 다시 말을 하게 만들어놓겠습니다!' 호기심이 동한 왕은 죄인의 입을 통해 재차 그 언약을 확인한 다음에 선언했어요. '좋다! 하지만 1년 후의 바로 오늘 날짜가 되었는데도 당나귀가 말을 하지 못한다면 너는 즉시 죽음을 면치 못할 것이다.' 나스루딘이 풀려나오자 그의 아내가 물었지요. '어쩌자고 그런 약속을 하셨어요? 그 당나귀가 말을 못 하리라는 건 당신도 알잖아요.' 나스루딘은 이렇게 대답했어요. '물론 알지. 하지만 1년 후에 무슨 일이 일어날지 누가 알겠소? 왕이 죽을 수도 있고, 당나귀가 죽을 수도 있고, 내가 죽을 수도 있는데.'"

공주가 계속했다.

"만약 우리가 시간을 좀 벌었다면, 러시아가 발칸 전쟁이나 중국과의 전쟁으로 곤경에 처했을지 누가 알겠어요. 그리고 차르라고 영원히 살 수는 없을 테니까 그 사이에 죽을 수도 있고, 6년 전처럼 또다시 폭동과 반란으로 위기를 맞을 수도 있어요. 우리가 인내하면서 기다리고, 간계를 써서 교묘히 빠져나가고, 핑계를 대면서 시간을 끌고, 허리를 굽히면서 거짓말을 했더라면 좋았을 거예요. 지금까지는 이런 것이 동방의 지혜였어요. 그런데 슈스터는 서방의 박자에 맞추어 우리를 전진하게 했어요. 그래서 우리를 파멸로 이끈 거예요."

시린이 곤혹스러운 얼굴로 하는 얘기를 나는 차마 반박할 수가 없었다. 그녀가 덧붙였다.

"페르시아는 불운한 범선이란 생각이 들어요. 선원들은 바람이 충분히 불어주지 않아서 배가 나아가지 못한다고 끝없이 불평했어요. 그러자 갑자기 벌을 내리듯 신께서 토네이도를 보내신 거예요."

의기소침해진 우리는 한참 동안 아무 말도 하지 않고 생각에 잠겼다. 이윽고 내가 한 팔로 그녀의 허리를 다정하게 감싸면서 말했다.

"시린!"

내가 그녀를 이름으로 불러본 적이 있었던가? 소스라치게 놀란 그녀가 내 몸에서 떨어져서 미심쩍은 얼굴로 나를 뚫어져라 쳐다보았다.

"떠나려는 거군요."

"맞소. 하지만 이번엔 좀 다르오."

"떠나면 그만이지 다를 게 뭐가 있겠어요?"

"당신하고 같이 떠날 거요."

48

1912년 4월 10일 셰르부르.

눈앞에는 은빛 물결을 일렁이며 까마득히 펼쳐져 있는 영불 해협. 곁에는 시린. 그리고 우리의 가방 속에는 오마르 하이얌의 필사본. 주위에는 조국 땅을 버리고 떠나온 동방인들이 믿기 어려울 정도로 많았다.

사람들은 '타이타닉호'에 저명인사들이 많이 타고 있으며 이 '바다의 거물'은 그들을 위해 건조되었다고 말했지만, 정작 그들은 이제 거의 잊힌 사람들이 되었다. 더는 먹고 살 터전이 없어서 미국을 꿈꾸며 떠나는 이주자들, 그 많은 남자와 여자와 아이 들. 여객선은 정말 여러 곳에서 많은 사람들을 끌어모아놓았다. 사우샘프턴 항구에서는 영국인들과 스칸디나비아인들을, 퀸스타운 항구에서는 아일랜드인들을, 셰르부르 항구에서는 더 먼 곳에서 온 그리스인들, 시리아인들, 아나톨리아 반도의 아르메니아인들, 테살로니키와

베사라비아의 유대인들, 크로아티아인들, 세르비아인들, 페르시아인들을 실었다. 나는 선착장에서 동방에서 온 사람들을 관찰할 수 있었다. 낯선 곳으로 떠난다는 불안감 때문인지 안절부절못하면서 혹시라도 없어질세라 변변치 않아 보이는 여행 가방 주위에서 떠날 줄을 모르는 이들이 있는가 하면, 이따금 풍랑이 일어 배가 요동칠 때는 행여 어린아이나 봇짐이 의자 밑으로 굴러갈까 신경이 곤두서 있는 이들도 있었다. 사람들의 눈빛 깊은 곳에는 모험, 고뇌, 도전의 빛이 담겨 있었고, 모두들 남보다 먼저 서양에 가게 되는 것을, 그리고 인간의 머리에서 나왔다고는 도저히 믿어지지 않을 만큼 당시 최고의 기술로 건조된 세계 최대 호화 여객선의 첫 출항에 탑승하게 된 것을 일종의 특권으로 느끼고 있었다.

내 감정도 다를 게 없었다. 3주 전에 파리에서 결혼한 나는, 나의 반려자에게 그녀가 살아왔던 동방에서의 영화로운 신분에 걸맞은 신혼여행을 선사하겠다는 단 한 가지 목적으로 출발을 서둘렀다. 그것은 일시적 기분에서 나온 허영심은 아니었다. 시린은 미국으로 이주하는 것을 오랫동안 주저했다. 페르시아의 개혁 실패로 인한 절망감이 아니었다면, 그녀는 결코 나를 따라나서지 않았을 것이다. 나는 그녀가 떠나야만 했던 세상보다 훨씬 환상적인 세상을 만들어주겠다는 꿈과 희망에 차 있었다.

'타이타닉호'는 그런 나의 계획을 훌륭하게 도와주고 있었다. 이 '떠다니는 궁전'에서 사람들은 육지에서 누리던 호사스러운 여가 생활을 얼마든지 되찾을 수 있었다. 서양인뿐 아니라 동양인을 위한 장소도 마련되어 있었다. 콘스탄티노플이나 카이로의 것에 손색이 없는 증기탕, 종려나무로 장식된 베란다, 철봉과 안마 기구, 기적의 버튼을 누르기만 하면 사막을 여행하는 느낌이 들도록 덜컹거리는 전기 낙타를 갖춘 체육관까지 있었다.

그러나 '타이타닉호'를 탐사하면서 우리가 오로지 동양적인 취향만을 찾아다닌 것은 아니었다. 우리는 유럽적인 취향에도 기꺼이 젖어들었다. 감색 턱시도 차림의 오케스트라가 연주하는 오페라 곡 〈호프만 이야기〉〈게이샤〉〈위대한 무굴〉을 들으면서 생굴을 음미하고, 수석 셰프의 특선 요리 리옹식 닭고기 튀김에 1887년산 샤토 코스 데스투르넬 와인을 곁들여 마셨다.

페르시아에서는 내내 숨어서 만나야 했던 시린이나 나에게는 그만큼 더 소중한 순간들이었다. 타브리즈와 자르간다 그리고 테헤란에 있는 공주의 거처에서 그녀와 한가로운 시간을 보냈던 것은 사실이지만, 곳곳에 놓인 거울과 훔쳐보는 하인들의 시선 때문에 나는 늘 우리의 사랑이 벽과 벽 사이에 감금되어 있는 느낌이 들어서 갑갑하고 불편했었다. 우리는 이제 낯선 시선들을 의식하지 않고 다정하게 팔짱을 끼고 다니는 연인의 평범한 기쁨을 누리면서 밤늦은 시간까지도 선실로 들어가지 않고 이곳저곳을 마음 놓고 돌아다녔다.

하루 중에서 가장 행복한 순간은 저녁 산책이었다. 우리는 저녁을 먹고 나서 곧바로 한 승무원을 찾아갔다. 그가 우리를 금고 앞으로 안내해서 필사본을 꺼내주면, 우리는 그것을 소중히 들고 갑판과 복도를 거닐었다. 파리풍 카페의 등나무 안락의자에 앉아서 아무 데나 펼쳐서 4행시들을 읽었고, 엘리베이터를 타고 전망대에 올라가서 보는 사람이 있든 없든 노천에서 뜨거운 키스를 나누었다. 밤이 늦어서야 선실로 들어온 우리는 하이얌의 시를 읽으며 밤을 새웠고, 아침에는 언제나 같은 승무원의 도움으로 필사본을 금고에 보관하곤 했다. 그것은 시린을 기쁘게 하는 일종의 의식이었다. 그래서 나는 다음날 한 자도 빠뜨리지 않고 낭송하기 위해서 열심히 4행시들을 외워야 했다.

나흘째 되던 날 저녁에 내가 우연히 펼친 페이지에 담겨 있던 하이얌의 4행시는 다음과 같았다.

> 우리의 생명이 어디서 오느냐는 그대의 물음에,
> 그 길고도 긴 이야기를 줄여 나 이렇게 말하리,
> 바다 깊은 곳에서 솟아오르노라고,
> 그리고 갑자기 바다가 다시 집어삼키노라고.

마침 바다 얘기가 나와 있는 것이 너무 반가워서 나는 더 천천히 다시 읽으려고 했다. 그러나 시린이 못하게 막았다.

"제발 그만!"

시린은 아연실색한 얼굴을 하고 있었다. 나는 불안한 마음으로 그녀를 쳐다보았다. 그녀가 작은 목소리로 말했다.

"나도 외우고 있는 루바이예요. 그런데 갑자기 처음 듣는 것 같은 느낌이 들어요. 그 시가 마치……."

그녀는 말을 하려다 말고 호흡을 가다듬었다. 그러고는 평온을 되찾은 얼굴로 말했다.

"우리가 이미 도착해 있다면 좋겠어요."

내가 어깨를 으쓱 올리며 말했다.

"이 세상에 두려움 없이 여행할 수 있는 배가 있다면 바로 이 배요. 스미스 선장이 말한 대로, 신께서도 이 여객선은 침몰시키시지 못할 거요!"

쾌활한 어조로 내뱉은 내 말이 그녀를 안심시켰다고 믿었지만 결과는 반대였다. 그녀가 내 팔을 잡으면서 속삭였다.

"다시는 그런 말 하지 말아요. 다시는!"

"당신 왜 이러는 거요? 농담이라는 걸 잘 알면서!"

"우리 나라에서는 무신론자도 감히 그런 말은 하지 않아요."

시린이 몸서리를 쳤다. 나는 지나치게 예민한 그녀의 반응을 이해할 수 없었다. 나는 선실로 들어가자고 말하고 그녀가 넘어지지 않도록 부축해줘야 했다.

다음날, 시린의 기분은 나아 보였다. 나는 기분을 바꿔주기 위해 그녀를 유흥장으로 데려가서 불빛이 깜박이는 전기 낙타를 타게 했다. 그곳에 먼저 와 있던, 자신의 이름을 따서 발행하는 주간지 사장 헨리 슬리퍼 하퍼 씨가 우리에게 차를 대접했다. 그는 자신의 동양 여행 이야기를 하다가 베이징에서 사 왔다는 개를 보여주었다. 그는 그 개의 이름을, 중국을 해방시킨 혁명가로 찬양받는 '쑨원'이라고 지었다면서 호탕하게 웃었다. 그러나 그 얘기도 시린을 즐겁게 하지는 못했다.

시린은 저녁을 먹으면서도 말이 없었고, 기운이 없어 보였다. 그래서 나는 날마다 하던 저녁 산책을 그만두고, 필사본도 금고 안에 놔두는 것이 좋겠다고 판단했다. 우리는 자러 들어갔다. 그녀는 곧바로 잠이 들었지만 깊이 들지 못하고 자꾸 잠을 깼다. 그녀가 걱정스러운 데다 일찍 자는 데 익숙지 않은 나는 그녀를 지켜보는 것으로 밤을 보냈다.

내가 왜 거짓말을 하겠는가? 여객선이 빙산과 충돌했을 때, 나는 그걸 알아차리지 못했다. 나중에 승무원한테서 충돌이 일어난 시각이 언제인지 듣고 나서야 자정이 되기 얼마 전 가까운 선실에서 시트 찢어지는 것 같은 소리를 들었던 기억이 났다. 그러나 그 이외에 다른 소리는 없었다. 적어도 뭔가와 충돌하는 소리를 들은 기억은 없었다. 그랬다면 잠이 들었을 리 만무했다. 내가 깜짝 놀라서 잠이 깬 것은, 누군가가 문을 두드리면서 알아들을 수 없는 말로 고함을 질렀기 때문이다. 얼른 시계를 보니 새벽 1시 10분 전이었다. 나는 실내 가운을 걸치고 문을 열었다. 복도에는 아무도 없었다. 그러나 멀리서 사람들이 크게 떠들어대는 소리가 들렸다. 한밤중인데 예사로운 일이 아니었다. 나는 대수롭지 않게 여기면서 무슨 일인지 알아보러 갔다. 물론 시린은 깨우지 않았다.

층계에서 한 승무원과 마주쳤다. 그는 대수롭지 않은 어조로 '작은 문제'가 생기긴 했는데 별일 아니라고 하면서, 일등석 승객들은 모두 '태양' 상갑판으로 모여주기를 바란다는 선장의 말을 전했다.

"아내를 깨워야 할까요? 온종일 몸이 좀 안 좋았거든요."

"선장님은 모두 집합시키라고 했습니다." 승무원은 선장의 지시가 못마땅하다는 듯이 퉁명스럽게 대꾸했다.

선실로 돌아온 나는 시린을 깨우려고 그녀의 이마와 눈썹을 어루만지고, 그녀의 귀에 입술을 대고 조그맣게 이름을 불렀다. 그녀가 신음을 흘리는 순간 내가 속삭였다.

"일어나요. 갑판으로 올라가야 해요."

"오늘 밤은 싫어요. 너무 추워요."

"산책하자는 게 아니라, 선장의 지시요."

그러자 그 말이 마치 기적이라도 일으킨 것처럼 시린이 침대에서 벌떡 일어나면서 외쳤다.

"호다야(오, 신이시여)!"

그녀가 부리나케 옷을 입었다. 몹시 허둥대고 있었다. 나는 그렇게 서두르지 않아도 되니까 천천히 입으라고 말하면서 그녀를 진정시켜야 했다. 그러나 갑판에 도착해보니 일대 소동이 벌어져 있었고, 한 승무원이 승객들을 구명보트로 안내하고 있었다.

조금 전에 나와 마주쳤던 승무원이 보여서 그에게 다가갔다. 그가 별일 아니라는 투로 말했다.

"여자와 어린이가 우선입니다."

나는 시린의 손을 잡고 구명정 쪽으로 데려가려고 했지만, 그녀는 움직이려고 하지 않았다.

"필사본을 찾아와야 해요!" 그녀가 애원했다.

"이렇게 혼잡한데 우리가 갖고 있다간 오히려 잃어버릴 위험이 있어요. 금고 안에 있는 게 훨씬 나을 거요!"

"난 필사본 없이는 안 떠날 거예요!"

승무원이 끼어들었다.

"떠나는 게 아닙니다, 부인. 한두 시간 동안 승객들을 대피시키는 것뿐입니다. 저는 그럴 필요까지는 없다고 생각하지만, 이 배의 대장인 선장의 지시가 그러하니 어쩔 수 없지요."

시린이 승무원의 말을 납득했다고는 말하지 않으련다. 아니, 그녀는 다만 저항하지 않고 내 손에 잡혀 있었을 뿐이다. 갑판 앞쪽으로 가고 있을 때, 한 승무원이 나를 소리쳐 불렀다.

"선생님, 이쪽으로 와서 좀 도와주세요."

나는 그리로 갔다.

"이 구명보트를 저을 남자가 있어야 하는데, 노를 저을 줄 아십니까?"

"체서피크만에서 여러 해 동안 보트를 탔지요."

만족한 승무원이 구명보트를 내게 맡긴 다음 시린이 배에서 내리는 것을 도와주었다. 구명보트에는 30명이 있었고, 아직 몇 명 더 태울 수 있었지만 여자들만 태우라는 지시가 내려져 있었다. 저만치에서 숙련된 솜씨로 노를 저어 가는 구명보트들이 보였다.

앞서가는 구명보트들이 일으키는 거친 물결 때문에 보트가 몹시 흔들렸다. 나는 간신히 보트의 균형을 잡고 노를 젓기 시작했다. 어디로 갈 것인가? 이 무한한 어둠 속에서 어느 지점을 향해 갈 것인가? 나는 아무 생각도 없었고, 구명보트를 타고 있는 사람들도 마찬가지였다. 나는 여객선에서 800미터 정도 떨어진 곳으로 가서 신호를 기다리기로 결정했다.

처음 얼마 동안 모든 사람의 걱정은 추위를 이겨내는 것이었다. 혹독하게 매서운 바람이 불어오면서 여객선에서 여전히 연주하는 오케스트라의 음악 소리가 들리지 않았다. 그러나 적당한 거리라고 느껴지는 곳에서 구명보트를 멈추었을 때, 우리는 그제야 엄청난 현실을 깨달았다. '타이타닉호'가 앞으로 기울어 가고 있었고, 불빛도 점점 약해지고 있었다. 우리는 모두 망연자실했다. 그 순간, 도와 달라고 외치면서 헤엄쳐 오는 남자가 보였다. 나는 남자를 향해 구명보트를 저었다. 시린과 한 여자가 나를 도와서 남자를 보트로 끌어올렸다. 이어서 살려 달라고 손을 흔드는 또 다른 조난자들을 향해 보트를 저었다. 우리가 사람들을 구하느라 정신이 없을 때, 시린이 비명을 질렀다. 수직 상태가 된 '타이타닉호'는 이제 불빛이 희미했다. 그렇게 5분을 버티던 '타이타닉호'는 자신의 운명을 향해 장엄하게 가라앉았다.

기진맥진해서 널브러져 있던 우리는 4월 15일의 태양빛에 깜짝 놀라 눈을 떴고, 가엾다는 듯이 쳐다보는 많은 얼굴들에 둘러싸여 있었다. 우리는 난파 신호를 받고 조난자들을 구하러 달려온 '카르파티아호'에 실려 있었다. 시린은 내 곁에 조용히 있었다. '타이타닉호'가 침몰하는 장면을 목격한 이후로 그녀는 한마디도 하지 않았고, 계속 내 눈을 피하고 있었다. 나는 그녀를 흔들면서 우리는 기적적으로 살아남았다고, 다른 승객들은 대부분 죽었다고, 주변에 있는 여자들은 남편을 잃었다고, 아이들은 고아가 되었다고 상기시켜주고 싶었다.

그러나 그만두었다. 하이얌의 필사본이 나에게와 마찬가지로 시린에게 어떤 보석보다도 값지고, 어떤 골동품보다도 귀중하다는 것을 알고 있었다. 필사본은 우리가 함께 있는 이유이기도 했다. 그 많은 역경을 무사히 넘긴 필사본을 이제 와서 또다시 잃었다는 것은 시린에게는 엄청난 충격일 수밖에 없었다. 나는 시간이 해결해주리라고 믿으면서, 그녀가 스스로 극복해낼 때까지 기다리는 것이 현명하다고 판단했다.

4월 18일 저녁 늦게 우리를 실은 배가 뉴욕항에 접근해 가자, 요란한 환영이 기다리고 있었다. 미리 보트를 타고 대기하고 있던 기자들이 확성기에 대고 우리에게 몇 가지 질문을 던졌고, 몇몇 승객들이 양손을 입에 모아 크게 답변했다.

'카르파티아호'가 선착장에 정박하기가 무섭게 또 다른 기자들이 조난자들에게 몰려와서는 저마다 가장 진실된 이야기, 혹은 가장 감동적인 이야기를 해줄 사람을 찾아 뛰어다녔다. 나를 선택한 사람은 〈이브닝 선〉의 아주 젊은 기자였다. 그는 특히 사고가 일어났을 당시 스미스 선장과 승무원들의 태도와 행동에 관심이 있었다. "그들이 공포에 빠져 있었습니까?" "승객들에게 사고에 대해 알리면서 진실을 은폐했습니까?" "일등석 승객들을 우선적으로 구했다는 게 사실입니까?" 기자의 질문 하나하나가 깊이 생각하게 만드는 것들이어서 나는 기억을 더듬으면서 대답했다. 우리는 일단 배에서 내려 부두에 이를 때까지 오랫동안 이야기했다. 시린은 여전히 입을 다문 채로 내 곁에 있었다. 그러다 어느 순간 그녀가 사라졌지만, 걱정할 이유는 전혀 없었다. 나는, 그녀가 멀리 간 것이 아니라 아주 가까이 있는데, 눈을 뜰 수 없을 정도로 나를 향해 터지는 플래시 때문에 사진사 뒤에 숨어 있는 것뿐이라고 믿고 있었다.

신문기자는 좋은 증언을 해주어서 고맙다고 하면서 나중에 하게 될 연락을 위해 내 주소를 적은 다음 나에게서 떨어졌다. 나는 그제야 주위를 둘러보면서 시린의 이름을 여러 번 크게 불렀지만, 그녀는 보이지 않았다. 그녀가 나를 찾아오리란 생각에 나는 그 자리에서 움직이지 않기로 했다. 나는 기다렸다. 한 시간, 두 시간, 부두는 차츰 비어 갔다.

어디로 가볼까? 나는 맨 먼저 '타이타닉호' 소속 회사인 '화이트스타'의 사무실로 갔다. 이어서 조난자들이 묵기로 되어 있는 여러 호텔을 돌았다. 그러나 어디에도 아내의 흔적은 없었다. 나는 다시 부두로 갔다. 그곳은 텅 비어 있었다.

그래서 나는 그녀가 주소를 알고 있는 단 하나의 장소로 떠나기로 결정했다. 일단 마음이 진정되면 나를 찾아 아나폴리스의 내 집으로 오리라고 믿으면서.

오랫동안 나는 시린의 소식을 기다렸다. 그러나 그녀는 오지 않았다. 편지도 없었다. 이제는 누구도 내 앞에서 그녀의 이름을 언급하지 않는다.

오늘 나는 자문하고 있다. 그녀가 살아 있기는 한 걸까? 그녀는 내가 생각하는 동방의 여자들과는 다른 사람이었을까? 너무 커서 더욱 고독한 내 침실에서 한밤중에 이런 의문이 떠오를 때면, 내 기억이 흐려질 때면, 내 이성이 흔들리는 것을 느낄 때면, 나는 일어나서 불이란 불을 모두 켜고 그녀의 옛날 편지들을 모두 꺼내놓고 마치 그 편지들을 방금 받은 것처럼 겉봉을 뜯는 시늉을 하면서 냄새를 맡고 그중 몇 줄을 다시 읽는다. 비록 냉정한 어투의 글이지만, 그녀의 편지들은 내 마음을 어루만져주면서 사랑이 다시금 싹트고 있는 것 같은 느낌에 젖게 한다. 그리하여 겨우 마음이 가라앉으면, 나는 편지들을 차곡차곡 정리한 다음, 다시 어둠 속에 잠겨서 두려움 없이 과거의 황홀한 순간들 속으로 빠져들곤 한다. 콘스탄티노플의 응접실에서 내게 던졌던 그녀의 한마디, 타브리즈에서 뜬눈으로 새웠던 이틀 밤, 화롯불 옆에서 보냈던 자르간다의 겨울. 그리고 신혼여행의 마지막 장면들. 전망대의 어두운 구석에서 나누었던 긴 키스. 나는 그녀의 얼굴을 두 손으로 감싸려고, 루바이야트 필사본을 닻줄을 잡아매는 말뚝 위에 올려놓았었다. 그것을 본 시린은 깔깔대고 웃으면서 내게서 떨어져서는 연극배우의 몸짓으로 하늘에 대고 이렇게 외쳤다.

"루바이야트, 타이타닉호를 타다! 서방의 꽃에 실린 동방의 꽃이여! 오마르 하이얌, 당신의 루바이야트 덕분에 우리에게 주어진 이 아름다운 순간을 당신이 보았다면……!"

이 시대 최고의 역사 소설가로 세계적 명성을 얻고 있는 마르그리트 유르스나르는 《하드리아누스 황제의 회상록 창작 노트》에서, 작품의 대상으로 하드리아누스와 오마르 하이얌이란 두 인물을 놓고 오랫동안 망설였다면서 이렇게 쓰고 있다. "역사적인 인물로서 하드리아누스 황제 말고 그와 거의 비슷한 흡인력으로 나의 창작 의욕을 유혹한 사람으로는 오직 한 사람, 천문학자이자 시인이었던 오마르 하이얌이 있었다. 그러나 하이얌의 일생은 순수한 관조자의 생애였고, 행동의 세계는 그것과는 너무나 거리가 멀었다. 더구나 나는 페르시아를 모르고, 또 그 나라 말도 모른다."

아민 말루프에게는 결코 핸디캡이 될 수 없는 유르스나르의 이 마지막 고백은 《사마르칸트》라는 대작을 탄생시키는 계기가 되었고, 이 작품은 프랑스 소설 부문에서 수개월 간 베스트셀러 수위를 지킨 것은 물론 작가에게 '동방의 정신'을 대변하는 새로운 거장이라는 명성을 가져다주게 된다.

아민 말루프는 11세기 페르시아를 풍미했던 대시인이자 수학자며 철학자였던 오마르 하이얌의 인간 탐구에 들어가면서 이렇게 말한다. "그에게서 내가 가장 매료되었던 점은, 과거도 미래도 아닌 현재의 삶이 가장 중요하다고 생각하는, 도저히 그 시대의 인생관으로는 믿기지 않는 그의 현세주의적 태도였다."

《사마르칸트》는 오늘날 이슬람 문학의 백미로 평가받는 4행시집 루바이야트를 영국의 시인 피츠제럴드가 번역함으로써 서구에 알려지게 된 대시인 오마르 하이얌의 전기이자 그가 남긴 시집의 운명을 그린 책의 일대기이며, 페르시아, 곧 오늘날의 이란을 중심으로 한 동방의 근대사를 기록한 역사서이기도 하다.

전반부에서는 이슬람 아바스 왕조 시대(750?~1258)에 중앙아시아 초원 지역에서 성장한 셀주크 제국이 전성기를 맞은 11세기 말, 즉 중세 이슬람 황금기 시대의 실질적 축을 담당한 페르시아 출신 학자들과 문인들이 이뤄낸 독자적 문화와 정체성을 그리는가 하면, 후반부에 들어서는 19세기 말 제국주의 시대로 건너와 열강의 틈바구니에서 해방과 혁명을 위해 투쟁하는 카자르 왕조 시대 페르시아인들의 모습을 그린 대작이다. 그 800년이 넘는 기나긴 세월을 이어주는 다리가 바로 오마르 하이얌의 4행시집 루바이야트이며, 그 배경은 사마르칸트를 비롯한 사막의 오아시스 도시들이다.

작가는 이 작품을 통해 역사를 과거의 사실로 끝나게 하지 않고 끊임없이 현재화하고 있다. 《사마르칸트》는 비록 수백 년의 세월

속에 묻혀 있던 사실일지라도 그것이 지닌 현재적 의미는 발견할수록 새로워짐을 느끼게 만든다. 과거의 현재화와 현재의 역사화를 향한 노력은 현실의 모순을 극복하고 정치적·사회적 행동의 오류를 반복하지 않게 하는 가장 실제적인 방법일 것이다.

작가는 민족·종교·이념 간 투쟁에 얽힌 피의 역사를 통해, 이념의 분열로 동족상잔의 비극을 치르고 종교적 갈등으로 인해 혼란을 겪고 있는 우리에게 뼈저린 교훈을 들려준다. 제3세계 나라들에서는 이른바 '개화기'로 불리는 제국주의 침략 시대, 탐욕스런 열강의 이권 다툼으로 만신창이가 되었던 우리 민족의 역사가 이슬람 세계에서도 똑같이 되풀이되고 있었던 것이다.

한 평론가는 그의 작품 세계를 두고 "말루프의 발언은 이 땅의 모순들과 인간들의 가슴을 향해 있지만, 그의 상상력은 하늘에서 빌려온 것임이 분명하다"고 말한다. 실제로 말루프는 1993년 《타니오스의 바위》로 '상상력이 뛰어난 작가'에게 주는 공쿠르상을 수상했고, 그전 1988년에는 《사마르칸트》로 프랑스 출판 협회상을 받았다. 따라서 《타니오스의 바위》가 그의 대표작으로 회자되고 있기는 하지만, 그의 공쿠르상 수상은 오히려 그 이전 작품인 《사마르칸트》의 덕을 입은 바가 크다.

《마니》를 통해 종교는 인간을 위해 존재함을 설파했고, 《타니오스의 바위》를 통해 신은 인간을 위해 존재한다고 외쳤으며, 《사마르칸트》를 통해 인간은 궁극적인 가치를 위해 살아야 한다고 부르 짖은 '깨달은 작가' 아민 말루프. 그의 목소리를 들을 수 있다는 것은 큰 축복이다. 진흙탕 같은 세상을 살고 있는 우리에게, 그의 작품들은 정신적 구원이 아닐 수 없다.

2022년 토지문화재단에서 아민 말루프를 제11회 박경리 문학상 수상자로 선정하면서 심사위원들은 이렇게 평가했다. "아민 말루프는 현대의 폭력적 사태와 사고를 막기 위해 끊임없이 용서와 화해, 공존의 중요성을 강조한다. 대립되는 여러 가치의 충돌로 인해 개인의 정체성이 위협받고 있는 이 시대에 그의 작품들은 상호 이해와 화합의 정신으로 인류 공동의 보편적 가치를 추구해야 할 세계 문학의 바람직한 방향을 제시한다."

끝으로, 역자는 박경리 문학상 시상식 참석을 위해 2022년 10월 13일에 한국을 찾은 아민 말루프를 직접 만나는 영광을 얻었다. 작가와의 만남이 계기가 되어, 1997년에 출간되었으나 오래전에 절판이 된 《마니》《사마르칸트》《타니오스의 바위》를 번역했던 역자는 당시 이슬람에 대한 정보와 이해가 부족했던 탓에 많이 미흡했던 번역을 보완하여 개정판을 내게 되었음을 이 자리를 빌려 밝힌다.

이원희

프랑스 아미앵대학에서 〈장 지오노의 작품세계에 나타난 감각적 공간에 관한 문체 연구〉로 석사 학위를 받았다. 옮긴 책으로 기 라셰의 《키루스 2세》, 블라디미르 바르톨의 《알라무트》, 앙리 지델의 《코코 샤넬》, 다이 시지에의 《발자크와 바느질하는 중국소녀》, 장 크리스토프 뤼펭의 《붉은 브라질》, 카트린 클레망의 《테오의 여행》, 소피 오두인 마미코니안의 《타라 덩컨》 시리즈, 마르크 레비의 《그녀, 클로이》 《고스트 인 러브》, 아민 말루프의 《마니》, 엘레오노르 드빌푸아의 《아르카》 등 다수가 있다.

사마르칸트

2023년 11월 17일 초판 1쇄 발행

- 지은이 ─────── 아민 말루프
- 옮긴이 ─────── 이원희
- 펴낸이 ─────── 한예원
- 편집 ──────── 이승희, 윤슬기, 양경아, 김지희, 유가람
- 본문 조판 ────── 성인기획
- 펴낸곳　**교양인**
　　　　　우04015 서울 마포구 망원로6길 57 3층
　　　　　전화 : 02)2266-2776 팩스 : 02)2266-2771
　　　　　e-mail : gyoyangin@naver.com

* 잘못 만들어진 책은 바꾸어드립니다.
* 값은 뒤표지에 있습니다.